非常追杀

刘敬堂　陈荣杰　著

中国文史出版社

图书在版编目（CIP）数据

非常追杀 / 刘敬堂，陈荣杰著 . — 北京 : 中国文史出版社，2018.4

ISBN 978-7-5205-0391-4

Ⅰ . ①非… Ⅱ . ①刘… ②陈… Ⅲ . ①长篇历史小说—中国—当代 Ⅳ . ①I247.5

中国版本图书馆CIP数据核字（2018）第147839号

责任编辑：徐玉霞

出版发行：中国文史出版社

网　　址：www.chinawenshi.net

社　　址：北京市西城区太平桥大街23号　　邮编：100811

电　　话：010-66173572　　66168268　　66192736（发行部）

传　　真：010-66192703

印　　装：北京温林源印刷有限公司

经　　销：全国新华书店

开　　本：16开

印　　张：19.75

字　　数：310千字

版　　次：2018年8月北京第1版

印　　次：2018年8月第1次印刷

定　　价：59.00元

目　录

第一章　京城喋血……………………………………001

第二章　塘沽脱险……………………………………018

第三章　快舰追捕……………………………………030

第四章　上海堵截……………………………………038

第五章　刺客被刺……………………………………054

第六章　雾海调包……………………………………065

第七章　孤魂难归……………………………………079

第八章　东逃扶桑……………………………………095

第九章　萍踪凶影……………………………………113

第十章　神秘刺客……………………………………130

第十一章　香港斗法…………………………………145

第十二章　地道惊魂…………………………………163

第十三章　井冈鹤子…………………………………181

第十四章　复辟闹剧…………………………………194

第十五章　金坛失手…………………………………210

第十六章　崂山遗恨…………………………………224

第十七章　酒馆疑案…………………………………245

第十八章　不速之客…………………………………261

第十九章　神偷"救驾"………………………………277

第二十章　猝死青岛…………………………………295

尾　声…………………………………………………309

第一章 京城喋血

戊戌变法失败，康有为奉诏离京。……康氏得意门生田兰姑娘，不经意爱上了追捕康有为的清廷密探。……六君子血染菜市口。

一

光绪二十四年八月初五（1898 年 9 月 20 日），天将拂晓，北京城里突然黑得伸手不见五指。这时，从米市胡同的南海会馆里急匆匆地走出两个人来。走在前头的，是身着灰色长衫的工部主事康有为。紧随他的，是提着箱子的仆人李唐。他们要赶北京开往天津的火车，所以，才急急忙忙地穿过墨黑一般的夜色。好在他们熟悉这一带的大街小巷，主仆二人走起来脚步如飞。

就在他们身后不远处，有一个黑影在跟踪，那黑影身轻如燕，脚步无声，他俩竟毫无觉察。直到主仆二人出了城门之后，黑影才返身离去，似乎并无恶意。

离开车的时间还有半个钟头，二人匆匆进了车站。四下一望，车站里冷冷清清，只在墙角有一对乞丐模样的夫妻，袒胸露腿，毫无顾忌地抱在一起呼呼大睡。他们急忙上了车，在车厢中部坐下之后，才发现对面的座位上躺着一对正在亲热的野鸳鸯。待那小女子爬起来之后，被男的拉着手跑到别的车厢去了。李唐一看，整节车厢只有稀稀落落的十几名乘客，他悔不该搅人美梦。他一边擦着额头上的汗，一边对主人说道："老爷，看来我们此行不太顺。"

"嗯！"康有为听了，心不在焉地应了一声，将目光久久地凝视着窗外。

李唐也朝窗外望了一眼，窗外依然是伸手不见五指的黑夜，只是远处有一盏灯光，在浓浓的夜色中，像鬼火一般忽明忽暗。李唐不明白：窗外黑咕隆咚的，有什么看头？老爷好像有什么心事。

康有为的确心事重重：堂堂工部主事、变法领袖、奉诏出京，却像做贼一样偷偷摸摸，仓促离京。这一别，更不知何时能回？

康有为又想起了近几天的宫闱之变……

二

正当戊戌变法轰轰烈烈地进行时，以慈禧为首的后党及顽固的守旧派秘密策划的"戊戌政变"，也正在紧锣密鼓地进行着。维新派发现，慈禧及直隶总督兼北洋大臣荣禄等，正在策划九月的天津阅兵。荣禄等后党的心腹正频繁往来于京津之间。在京的八旗军队和步兵统领也都加强了戒备。京师的空气一下子紧张起来了，将有"宫闱之变"的消息也在悄悄传播开来：届时，慈禧和光绪帝将同去天津，他们利用荣禄控制阅兵的机会，趁机废掉光绪，另立新君。以康有为为首的维新派认为：他们的变法虽然得到了光绪帝的信任和支持，但处处受到了后党及各种保守势力的掣肘。不除掉慈禧和荣禄，变法便难以进行。康、梁等人经过分析，觉得后党的政变，主要依靠荣禄控制的北洋三军。若在北洋三军中找一个忠于光绪帝，拥护维新的实力人物，不但能抗衡荣禄，甚至还能趁机杀掉荣禄，保卫圣驾，继而兵围颐和园，废掉西太后，还权光绪帝。思来想去，他们觉得袁世凯是最佳人选：一是袁世凯参加了维新派发起的北京强学会，曾对维新派表示了支持；二是他所控制的军队是一支精锐的新军，这是对抗荣禄的重要手段。只要袁世凯忠于光绪帝，坚定地站在维新派一边，慈禧的阴谋便可流产，维新事业便可成功。

为了能让袁世凯忠于光绪帝，康有为在七月二十六日拟了一份《边患日捍，宜练重兵，密保统兵大员折》，向光绪帝举荐袁世凯"隆其位任，重其事权"，即重用和晋升袁世凯。光绪帝很快电谕袁世凯，召他进京，先后两次接见了他。

八月初一，光绪帝再次召见了他，并颁旨，授袁世凯为侍郎后补，专办练兵事宜，"可与荣禄各办各事"。暗示他操办练兵事宜时，不必受荣禄的制约。

康、梁等人以为举荐了袁世凯，光绪帝又召见并提拔了他，他一定会忠于光绪帝，与维新派结成同盟的。于是，当康有为察觉京城已是黑云压城，时不我待时，他于初二晚派谭嗣同前往报房胡同法严寺内的海棠院，夜访袁世凯，准备提前实施"杀禄围园"的计划。

谭嗣同来到袁世凯在京的住地时，袁世凯正在床上同京都名妓赛金花云雨。他的侍卫在门外通报："大人，军机处谭大人求见。"听说谭嗣同来了，他极不情愿地从她那柔滑白皙的胴体上爬了起来，穿上睡袍，走向客厅。

谭嗣同出生于浏阳的名门望族，他父亲谭继海曾任湖北巡抚，他虽是帅门公子，但他不但很少有纨绔子弟的恶习，不近酒色，不贪逸乐，而且锻炼得品性高洁，学识精深，思想新锐，才华超迈。他不愿意做官，但还是封了个江苏候补知府、四品军机章京，深得光绪器重。袁世凯不敢怠慢："谭大人光临寒舍，有失远迎，请恕罪。"

"不敢，不敢，壮飞深夜打扰大人休息，实在抱歉。"谭嗣同抱拳还礼。

一番寒暄过后，言归正传。谭嗣同向袁世凯介绍了维新派拟提前行动的具体方案：即在八月初五日，袁世凯单独去向皇帝请训，光绪帝会给他一道事先准备好的硃谕，令他带兵赴天津，见到荣禄后，宣读皇上手谕，立即将荣禄就地正法！宣布由袁世凯代为直隶大臣，并传谕僚属，张挂告示，布告荣禄大逆不道的罪行。然后，立即封禁电信局和铁路，并用专列将袁世凯的军队运至北京。用一半兵力占领颐和园，一半兵力守住后宫，则可大功告成。

袁世凯明白了谭嗣同夜访的目的之后，信誓旦旦地表示："若皇上令我诛杀奸贼，我则全力以赴，以保圣驾！"

"荣禄可是个不容易对付的人，你有把握吗？"谭嗣同问。

"皇上有旨在我手，杀荣禄如同杀一只狗。"袁世凯拍着胸脯说。

但袁世凯可不是个等闲之辈，他对维新派只是虚与周旋，对谭嗣同提出的行动方案，他既不反对，也没有答应立即派兵包围颐和园，只是说手中的枪弹火药皆在荣贼之手，而且营哨的一些军官也多半是旧军人。为此，他说要立即回到天津的军营中，将不可靠的将军都换下来，再备足弹药才行。

谭嗣同也不好多说什么，只好依他。

待谭嗣同一走，袁世凯马上当了缩头乌龟，他连夜赶赴天津，将维新派"杀禄围园"的计划和盘向荣禄告密了。荣禄大惊失色，立即化了装潜回京城，向慈禧禀报了。

蜗居在颐和园的慈禧原定在初六日还宫的，听了荣禄的密报，气得她七窍生烟，即令李莲英，马上返宫。

八月初四，慈禧一行出其不意地回到宫中，光绪帝和维新派都被这突如其来的形势变化弄得措手不及。光绪帝连忙带着皇后、珍妃去向太后请安。慈禧怒道："你来得正好，我问你，你何故忘我大恩，胆敢谋我性命？"

光绪帝连忙跪下："儿臣怎敢？"

慈禧说："你说不敢，你为何叫人带兵围颐和园？"

光绪帝一听，知道事已败露，不觉发抖道："没……没有此事。"

"你不必抵赖，一切我已知晓了。"慈禧接着说，"你入宫时，乃五岁小儿，我立你为帝，养了你二十余年，你竟听信小人的话来谋害我！傻儿子，今日没有我，明天还能有你吗？你命薄，有何福气做皇帝！"

光绪帝跪伏在地不敢作声。这时，倒是珍妃肝胆过人，跪在太后面前说："皇帝系一国共主，圣母亦不能任意废黜。"

慈禧一听："反了！"她从椅子上站起，扇了珍妃一个大耳光，大声斥责，"你这狐媚子，也配与我讲话么？"当即将她打入冷宫。接着，她命令李莲英，将光绪软禁在四面环水的瀛台，撤换了皇帝身边的佣人，派出了自己的心腹对他严加看管，并断绝他与外界的所有来往。她还以皇帝的名义传旨：皇上有病，不能日理万机，亲临训政。

康有为得知宫廷的这一变故后，知道是袁世凯出卖了皇上和维新人士。当务之急是如何使光绪帝重获自由，还政于帝。否则，维新事业将半途而废。康有为将拯救光绪帝的希望寄托在外国人身上。他立即找到英国传教士李提摩太，请他介绍并陪同去见英国驻华公使窦纳尔，拟请窦纳尔去向慈禧说情，劝慈禧回心转意。当他们到了英国公使馆时，得知公使先生到北戴河避暑去了。他的努力失败之后，李提摩太劝告他，请他暂时南下，以避锋芒。他有些犹豫不决。

　　还是光绪帝一道诏书让他匆匆离开了北京，才避免了一场杀身之祸！光绪帝住到瀛台之后，知道后党们要反扑了。他急忙拟了一道诏书，让身边一位较熟的孙太监带交给军机章京林旭，再让他转交康有为。

　　林旭一见到康有为，哭着取出藏在衣带里的密诏。康有为跪地接旨，林旭边哭边读：

　　"工部主事康有为：朕今命汝迅速离京赴沪，督办官报，不可迟延。朕实有不得已之苦衷，非楮墨所能罄也。汝一片忠爱热肠，朕所深悉。望爱惜身体，善自调摄，将来更效驰驱，共建大业，朕有厚望焉。钦此——"光绪对这位年富力强、学贯中西的维新志士一直充满了期望。再也不能犹豫了，康有为知道形势险恶，皇上有意保他，以图东山再起。他立即写了一份谢恩折，托林旭藏好带进宫中，有机会呈给光绪帝，以表达对皇上的知遇之恩，并说自己将于八月初五日离京去上海……

　　"呜——"汽笛声打断了康有为的回忆。

　　火车已经开动了，此时，窗外的黑幕渐渐撕开了一道缝，外边的景物也渐渐明晰了。他探出头去，朝京城方向看了看：北京城的城楼仍隐约在浓雾之中，好像是一只张牙舞爪的怪兽，随时准备吞噬一切。

　　康有为人在火车上，心仍在北京城里。他的思绪很乱，心里异常焦急。他想：年轻英明的光绪帝如今怎样了？谭嗣同等军机四卿和以直言上疏而令朝野敬佩的御史杨深秀他们不会有什么危险吧？胞弟康广仁是否离开会馆？还有他最得意的女门生田兰，他让她去给谭嗣同送信，不知道她送到了没有？他曾对她说过，送完信之后，就赶快离京回老家崂山，以避灾祸。

　　田兰是梁启超、谭嗣同在上海开办不缠足会时，从青岛去的上海。不久，她参加了女学会并就读于中国第一所女校"经正学堂"。她品学兼优，正直善良，又生就一副端庄娴淑的容貌，是当时女门生中的佼佼者。后来，她追随康有为，由上海来北京和梁启超等人开办强学会。这时，她的哥哥伞郎也到了北京。伞郎任维新派的信使，还投师谭嗣同门下，习文修武，是个血气方刚的后生。田兰在北京强学会的图书馆里当管理员。如今，自己离开了北京，让他们兄妹还在京城传信，真让人不放心。

其实，最让人不放心的是康有为。这位维新运动的旗手、光绪推行"戊戌变法"的总顾问，正在走向一条九死一生的逃亡之路。

三

田兰藏着康有为的信，一个人在深夜里穿街走巷，直奔菜市口旁边的半截子胡同。虽然已是晚秋季节了，但北京城里依然高温未退，浓雾蒙蒙，天气闷热，一丝风儿都没有，让人感到烦躁不安。

她走到半截子胡同口时，忽然看到崇礼的戈什哈（满语，清朝高级官员的侍从护卫）阮少杰从胡同里走出来。

这对初恋中的年轻人，同时一愣，都站住了。

"田兰，你到这里来干什么？"还是阮少杰先开了口。

"我有事呀，你来干什么？"

"我是……我是路过这里的。"他的神情告诉她，他在撒谎。

阮少杰又问道："康先生什么时候离京？"

田兰听了，心中一惊：康先生身藏密诏离京一事，只有少数维新人士知道，他怎么会知道呢？她故作惊讶："离京？不知道！我昨晚去东岳庙看望师父去了。"田兰对这位在朝廷任职的男友始终抱有警惕，同时，也知道他对她的师父很敬佩。

田兰的师父，是位八十多岁的老道姑。当年，她在东海出家，曾手持一支铜箫，云游四海五十多年。晚年，独自住在东岳庙旁边的一个小四合院里。她不但教田兰读书、吹箫，还教她如何用箫作兵器进行防身自卫的武艺。临终前，她把伴了她大半辈子的铜箫送给了田兰。这支箫重两斤八两，长二尺四寸，一般人是吹奏不了的。在箫的末端，开了一个槽子，约三寸长，槽里有簧，连着一只剑尖。剑尖平时收进槽中，可作箫；若打开扣簧，剑尖探出箫管，如紫蛇吐信，又可作剑用。舞动起来，铜箫"呼呼"生风，声如警笛，令人生畏。上个月，老道姑圆寂后，就葬在东岳庙后边，还是田兰找阮少杰帮忙料理的。田兰常到她的坟前拜祭，为师父吹奏一首《松入风》。这首《松入风》的曲子，是师傅亲自谱的，旋律悠扬隽美、婉转绵长，也是她最喜爱的。

"好啦，我有急事，先走啦。"阮少杰望着田兰的脸，似乎还有话想对她说，但他没再说什么，便转身匆匆离去了。

田兰望着他远去的背影，心里有些纳闷，总觉得他今天有些怪怪的。

她走进半截子胡同以后，径直进了浏阳会馆，直奔谭嗣同的"莽苍苍斋"。

谭嗣同正在书房里收拾书籍和文稿。地上的一只绿釉缸里正烧着纸页。他一抬头，看到了田兰，连忙说道："田兰呀，你怎么来啦？康先生不是让你马上回崂山吗？"

"是啊。康先生临走前，叫我将这封信亲自交给您。"她一边说，一边从铜箫管中抽出一封"壮飞弟亲启"的信来。

谭嗣同看过信之后，知道康公已决定奉诏离京，对于康公劝他躲避的忠告他苦笑了一下，未敢苟同。他将信立即丢进了火中，又抬起头来说："你来得正好，眼下局势有变，为防不测，我让伞郎留在梁启超先生身边。我这里有些书信手稿，你帮我烧了吧。"

田兰一边将他放在旁边的手稿、信件往釉缸里丢，一边问道："谭先生，你何时离京？

谭嗣同听了，摇了摇头。他顺手将一些书稿丢进缸中，望着缸中跳动的火苗，紧锁着浓眉，大声说道："康公和维新的同仁，镖局的朋友，还有外国友人，都劝我出京避难，但我不能走！"

田兰很惊讶："为什么不能走？"

谭嗣同有些激动，他指着书架子上的一些精装书籍说道："纵观世界各国，变法成功者没有不流血的。正因为中国的变法还无人流过血，不能唤醒国人，所以，变法才受阻碍，国家才不昌盛！要流血，就从我谭嗣同开始吧！"他的话掷地有声，响遏行云。

　　田兰听了，热泪盈眶，已经明白了他的志向：他想取义成仁，以自己的鲜血来警醒世人！她连忙说道："不不，谭先生，您不能那样！您现在离开北京还来得及啊！以后还会有机会呀。我求求您啦！"

　　谭嗣同走过去，轻轻地拍了拍她的肩膀，说道："你还记得文天祥的那两句诗吗？'人生自古谁无死，留取丹心照汗青。'汗青，就是历史嘛，戊戌年间的维新变法，一定会留在汗青上的！"

　　田兰一边流泪，一边点头。

　　谭嗣同忽然想起了什么，连忙说道："对了，我刚刚得到消息，慈禧下了懿旨，要对维新派下手，将要关闭城门，全城搜捕。京城很危险，你要时时小心。你现在立即去琉璃厂，找到伞郎，让他将我这封信当面看后再交给梁启超先生。"说完，提笔在一张八分笺上匆匆写了一会，封好，交给了田兰。

　　田兰将信塞进铜箫管中，刚要走，又被谭嗣同叫住了："田兰，你将这信送出之后，立即赶回崂山去，好吗？"

　　田兰摇了摇头："不，我不回崂山，我要去找康先生！"

　　谭嗣同听了，思忖了一会，说道："那也好。不过，你要答应我，马上出城！还有，我这里有几件衣服和几张银票，你带给伞郎，反正我也用不着了。"说着，从柜子里取出了一个小布包，交给了田兰。

　　田兰接过布包后，眼泪再也忍不住了。她跪在地上，给谭嗣同叩了个头，依依难舍地离开了"莽苍苍斋"。

　　当走出浏阳会馆的门口时，她又留恋地回头看了一眼：谭嗣同一边笑着，一边朝她挥手。但她心里在说：谭先生，我会再来看您，您保重吧。她无论如何都不曾想到，这竟是她和谭嗣同的诀别！

　　离开浏阳会馆后，天已放亮。田兰一边走，一边留意街上的动静。街上的店铺照样在做着生意；行人依然拖着一条长辫子无精打采地走着；老北京们悠闲自在地遛鸟；两个在一座王府门口站岗的士兵，躲在墙边的角落里打瞌睡；在"怡春院"门口，几个青楼女子正在和出门的嫖客打情骂俏。一切都像往常一样，看不出有什么异常的迹象。不过，她心里记住了谭先生的嘱咐，不敢在街上逗留，抄近路到了琉璃厂。

梁启超住的会馆，她曾经来过几次，熟悉馆里的情况，她刚刚敲了一下门，门便开了半扇，伞郎一把把她拉进去了。

"康先生走了没有？"伞郎急切地问道。

田兰告诉他，康先生现在应该离开了南海会馆，昨夜还是她帮着李唐整理的行李。说着，将谭嗣同的信和布包交给了伞郎。伞郎看过信之后，连忙对她说："你马上出城，在城外的关帝庙等我！"

"你呢？还有梁先生呢？"田兰有些不放心。

伞郎告诉她说，他要立即护送梁先生去日本公使馆，然后出城去关帝庙找她。

田兰还想问些什么，不想伞郎发起火来，大声吼道："快走呀！你真急死人了！"

田兰觉得有些委屈，自己大老远地从浏阳会馆跑过来，连口水都没喝，还要受他的气！不过，她还是按哥哥说的去做了。离开会馆之后，直接出了城门，去了关帝庙。

关帝庙不大，可院子挺大，长着几棵合抱粗的柏树。虽然没有住庙的道人，但香火不断，隔三拉四的总有人前来叩拜。田兰在庙里转了一会，看看天色尚早，便靠在一块石碑上一边吹箫，一边消磨时间。

她又想起了阮少杰：不知道他现在在忙些什么？他不会跟着崇礼去干什么坏事吧？不，不会的！他不是那种干坏事的人，她毫不怀疑自己的这种看法。但他毕竟是崇礼的侍卫啊，崇礼叫他去干什么事，他敢违背吗？再说，昨夜在谭先生住的浏阳会馆附近遇到他时，他的那种支支吾吾的神态，又使她心里感到奇怪。她一边仰头望着天上的浮云，一边沉浸在回忆中……

四

田兰第一次见到阮少杰，是在北京强学会的院子里。

那是一个寒冷的冬天。田兰抱着十多本书从图书馆里走出来，忽然看到一个人双手撑着窗台，双脚悬在半空，正在专心听康有为宣传变法的演说。她走过去，拉了拉那个人的脚，想叫他到里边去听。谁知这一拉不要紧，那个人一下子滑了下来，摔进结了薄冰的荷花池里。他往上爬时，左手背上又被冰碴子划破了，鲜血直流。田兰连忙将图书放在水池边上，然后稍一运气，伸手将他一把拉上池岸，但不小心，他的脚将那堆图书碰落池子了。那人又连忙跳下去，将书一本一本地捞了上来，浑身湿淋淋的，冻得直打哆嗦。她看到他手上的鲜血，便连忙回房去拿药。当她拿着云南白药返回来时，那个人已经不见了，那些书也不见了！

她当时气得咬牙切齿，心想：要是再见到他，准叫他吃不了兜着走！

第二天，田兰正在图书馆里整理图书，忽然听见有人敲窗。她抬头一看，正是昨天那个人！不过，她再也生不起气来了，因为那个人双手托着她的那些图书，正笑容满面地与她打招呼。图书烘干了，还压得平平整整的！

她把他让进图书馆里，仔细打量他：身材修长而匀称，英俊的面部透出一股刚毅之气。但见了田兰，又显得腼腆、拘谨。田兰好奇地问他："昨天你怎么爬在窗台上听演讲？"他说："我是路过这里，见里面坐满了人，就扒上了窗台。康先生讲得太好了，国难当头，匹夫有责，听了很受启发。"接着，他不好意思地问："你能不能借几本书给我看？"

"可以。不过，要按时归还，更不能弄脏弄破。"田兰取出一本登记册，问他："你叫什么名字？多大年龄？在哪里就职？"其实，册子上并无年龄一栏。

他说："我叫阮少杰，今年十八岁，是步兵统领崇礼大人的戈什哈。"

"戈什哈是什么意思？"

"'戈什哈'是满语，意思是护卫。朝廷大臣如总督、巡抚、提督等，都有自己的'戈什哈'。"

田兰听了，"哼"了一声，说道："书，不借啦！"

"为什么？"

"因为崇礼是九门提督，强学会的书，不借给朝廷的大臣们看！"

阮少杰急了，连忙说道："朝廷大臣怎么啦？文廷式、袁世凯、王运鹏、徐世昌、张孝谦、陈炽，哪个不是朝廷大臣？他们不都是强学会的人吗？湖广总督张之洞、两江总督刘坤一、直隶总督王文韶，还各捐了五千两银子作为强学会的经费。就连李鸿章都想入强学会呢。我又不是朝廷大臣，就因为是崇礼大人的戈什哈，就不能借书看？岂有此理？"他越说越激动，放下手中的书，扭头就走。

"你等等！"田兰连忙喊住他，又把他拉回图书馆里，笑着说道："好啦，好啦，一个男子汉，度量竟这么小！我看你说得挺可怜，最主要的还是说得有些道理，本管理员同意借书给你。你自己选吧！"

阮少杰听了，转怒为笑，兴奋不已。他一连选了三本，高高兴兴地走了。

第二次见到阮少杰，是在东岳庙门口。

有一天晚上，田兰从师父处学箫回来，刚走到东岳庙门口时，有三个黑影悄没声儿地跟在她的后边。她当时并不害怕，因为凭着她在师傅处学到的几招和手里的这支铜箫，打几个歹徒不在话下。谁知同他们真的交上手时，才发现形势对自己不利。

开始时，三个黑影从她背后猛扑过来，试图非礼。她一闪身，"嘭"的一声，铜箫击在一个歹徒的头上，歹徒抱着头在地上打起滚来。第二个歹徒还没回过神来，铜箫吐出的利刃已经在他右臂上划了一个大口子，也号叫着跑开了。第三个歹徒根本没敢动手，便一溜烟逃走了。

田兰以为摆脱了险境，便收回铜箫上的利剑，继续朝前走。走着走着，猛地发现前边的路上，横站着二三十个人，他们手里都有刀、剑、棍、索等兵器，可能是刚才逃跑的歹徒叫来的同伙。她知道自己已在劫难逃了，倒不如同他们拼个你死我活！

就在这时，歹徒们动手了。他们先将手里的绳索从不同方向甩向田兰，田兰左腾右闪，用箫上挑下劈，终因寡不敌众，渐渐招架不住了。有几根绳索已经牢牢地缚在了她的身上，上衣的扣子被撕开，露出了半个"月亮"。歹徒们奸笑着朝她扑过来了："小娘子，让我亲亲吧！"孤立无援的田兰眼看就要遭殃了。

就在这时候，阮少杰策马赶来，他跳下马，迅速将田兰拉到他的身后，大声呵斥道："你们是什么人？竟敢拦路调戏良家女子？"

歹徒们仗着人多势众，并不把阮少杰放在眼里。他们步步紧逼，叫阮少杰少管闲事，否则，连他一起收拾。阮少杰突然抽出短枪，朝天一举："叭"的一声，空中响了一枪。

这一枪还真管用，一下子就把歹徒们镇住了，他们深知这洋玩意儿的厉害。

阮少杰大声喝道："我是步兵统领大人崇礼派来的，都随我到统领衙门去！"

一听说是崇礼派来的，歹徒们一哄而散，连先前躺在地上嚎叫的那个歹徒，也一骨碌爬起来溜了。

田兰乘机解开绳索，整理好凌乱的衣襟，这才朝牵着缰绳、身着戎装的阮少杰看了一眼：发现他气宇轩昂，英气逼人。

阮少杰也同时发现：刚经历了搏斗的田兰，没有闺中少女的娴静，没有小家碧玉的温柔，也不似他第一次见到的那个文质彬彬的女图书管理员，她身上正透出一种难以言表的巾帼豪气。他与田兰边走边谈。

田兰表示了谢意后问他："你怎么知道我在这里？"

阮少杰说："京师的治安和九门的防守、缉捕等，都归步军统领衙门管。这一带的治安最坏，经常有结伙的歹徒打家劫舍或寻衅滋事。我看见你去了东岳庙，怕你夜里回来时出什么岔子，顺便过来看看，谁知你真的遇上了这些地痞流氓。"

田兰笑着说："怪不得你一提统领，他们就被吓跑了！看来，我不但要感谢你，还得感谢那个什么'虫米（崇礼）'呢！"

"我只不过是借了个钟馗来打鬼的。"

田兰又说："还是快枪比我的铜箫厉害多了，我看看你的快枪好吗？"

阮少杰将快枪从枪套里取出来，关上保险，递给了她。田兰一边在手里把玩，一边说："洋人的快枪，做的就是精致！"

阮少杰见她喜欢快枪，便说："你要是喜欢，我就送给你一支。不过，是支小八音，只有巴掌这么大，是女子防身用的。"

"真的？"

"哄你干啥？"

"你从哪里弄的？"

阮少杰告诉她："那是一个洋人送给崇礼大人的。崇礼大人嫌它太小，子弹打得不远，就给了我。"

"你舍得吗？"

"给你，我舍得。"

二人披着月光走了一会。阮少杰翻身上马，又一把将田兰拉上马去。田兰假装怕摔下来，害羞地抱住了阮少杰的腰。阮少杰的后背被两坨软乎乎的东西顶着，感觉像触电一般，顿时，一股热流贯穿全身。他两腿一夹，马便扬蹄奔跑起来，背后的摩擦令他心旷神怡。

当离田兰住的四合院还有半里多路的时候，田兰执意要下马步行回去。她悄声对阮少杰解释：她怕哥哥看见，说完，连忙低下头。阮少杰紧紧握了握她柔软的手，道了声："保重，后会有期。"便翻身上马，疾驰而去了。

田兰久久凝望着，直到阮少杰的身影消失在夜色苍茫的远方。她心里涌起一阵从未有过的异样情感。

五

慈禧不愧是大清国晚期的铁腕女人。她专制横暴，玩弄权术的技巧，已到了炉火纯青的地步。她想做的事，没有做不成的。大事如废皇帝、立太子、杀大臣，或指使人在丧权辱国的条约上签字；小事如棒杀不顺眼的太监和妃子，她连眼皮都不会眨一下。那么，她想收拾她的侄儿光绪帝和剿杀那些不知天高地厚的维新派们，简直是易如反掌。她原以为自己搞的是突然袭击，抓康有为、梁启超等人，如瓮中捉鳖，一个也逃脱不了。但她万万没料到，领导这场变法维新的康有为和梁启超，竟在她从颐和园回宫的第二天，便神不知鬼不觉地逃之夭夭。这件事，对她至高无上的权威是一种挑战和讽刺！她无论如何都咽不下这口气。她要维护自己尊严的同时，还要了却心头的一块大病！

光绪二十四年八月初六，天刚刚亮，朝中的列班大臣们便齐刷刷地跪在养心殿里，等待慈禧前来训政。他们一个个头不敢抬，气不敢出，好像是些裹着绫缎的木头桩子！

慈禧的垂帘听政像过去一样，她坐在帘后，由光绪帝在台前亲自宣布：恳请慈禧太后训政。慈禧根据军机处事先代为拟好的内容开始以光绪帝的名义传旨：不准士民上书言事；取消《时务官报》；停办各省府州新式学堂；恢复八股文；查禁各省报纸，捉拿各报馆的主笔。紧接着，她颁布了一系列人事任免：将维新人士徐致清永远监禁，陈宝箴革去巡抚，张荫桓发配新疆……同时，命荣禄兼任军机大臣，许应骙为闽浙总督……总之，帝党的人一概诛逐，后党的人一概复起。她取消了全部"新政"，恢复旧制。这场由康有为、梁启超等人发起，由光绪帝诏布天下的变法刚好经历了一百零三天（百日维新）便夭折了。

这些复辟措施并没有减轻她对维新派的心头之恨，她还要将维新派一网打尽。她急令调军三千，关闭京师城门，进行全城大搜捕，停运京津铁路，到处张贴缉捕令。还亲自向步军统领崇礼下令，要他亲率三百名精兵包围南海会馆……

两天之后，慈禧正在养心殿读荣禄的密折，太监李莲英在她耳边报告，说是步军统领崇礼有要事相奏。待她读完了密折，才对站在一旁的李莲英说："叫他进来吧！"

李莲英传出话去之后，久等在外面的崇礼进殿叩拜了大礼，还没等他起身禀报，慈禧就发话了："是不是没逮着康有为啊？"

崇礼听了，浑身一震，连忙说道："臣奉老佛爷懿旨前去……"

慈禧又打断他的话："常言说得好，'养兵千日，用兵一时'。咱大清国步军统领的全名，叫提督九门步军巡捕五营统领，是二品，对不？"

崇礼听了，连连在地上叩头："老佛爷心明眼亮，记性好，是大清国臣民们的福气。"

"我还记得步军统领还有统率八旗步兵营和京城绿营兵，掌管京师的正阳、崇文、宣武、安定、德胜、东直、西直、朝阳、神武等九门的防守、稽查、门禁、缉捕事宜，还兼有断狱、编查保甲之职，我说的对不？"

崇礼更加紧张起来，连连叩头，嘴里不停地是、是、是。

"你倒好！在'用兵一时'的这个节骨眼上，却让康有为跑了！"慈禧越说越气，"你不觉得害臊吗？"

崇礼连忙说道："臣失职有罪，愿率兵出京，除掉康逆，将功补过。"

慈禧叹了口气，说道："这些年来，你们养尊处优，舒服惯了，一旦朝廷有事，就手忙脚乱！这是旗人的不幸，也是社稷的不幸啊！"

看到慈禧的气头已经过去了，崇礼连忙禀报："臣奉懿旨已搜遍全城，共捕获康贼余党三百二十六人。其中有谭嗣同、林旭、刘光第、杨锐等军机四卿，刑部主事杨深秀和康有为胞弟康广仁等首犯，已经押交刑部，等候审讯。"

"审讯什么？统统杀掉！越快越好。"

"是！但主犯康有为在禁城前一天离开了北京，梁启超下落不明！"

"康有为脱逃，这事有点蹊跷。这样吧，你再亲自带人在城里杀个回马枪，看还有没有漏网的。如还未抓到康有为，你就速去见荣禄大人，他会告诉你怎么做。"

"老佛爷胸宽若海，心善若佛！老佛爷的旨意，罪臣铭刻心中。"崇礼叩头谢恩之后，连忙退出了养心殿。

又有几位大臣要求叩见慈禧，都被李莲英挡在门外了。

慈禧打了个长长的哈欠，对李莲英说："小李子呀，巫氏兄弟怎么还没来谢恩呢？"

李莲英说："回老佛爷，大概他们正在天津到北京的路上呢。"

慈禧自言自语地说道："那就好，那就好！"

李莲英忙说："听说巫辛的两个侄儿是双胞胎，长得一模一样，外人很难分清谁是谁。"

慈禧说："啊！那倒是有趣儿。好哇，我有些发困啦。"两名宫女迅速将她搀扶着进里屋歇息去了。

六

就在康有为离开京城不久，在北京西城的菜市口，正上演着一场血腥大屠杀。

谭嗣同、林旭、刘光第、杨锐、杨深秀、康广仁等维新首领，在刑部侍郎刚毅的押送下，戴着脚镣、枷锁，六部囚车招摇过市来到菜市口，这里已经聚满了为志士们送行的人。按照《大清刑律》规定，他们须经刑部审讯才能定罪，但慈禧一刻也等不及了，担心夜长梦多，恐会招来洋人出面干预，便传谕刑部，不予审讯，即刻正法！

谭嗣同被放出囚车时，他面无惧色、沉着坦然。他看到脚下有一块煤块，捡起后，在地上迅即写下了一首千古绝句：

> 望门投止思张俭，忍死须臾待杜根。
> 我自横刀向天笑，去留肝胆两昆仑！

行刑时，六人均不肯下跪，曾是刑部候补主事的刘光第质问监斩官刚毅："为什么不经审讯就斩首？"刚毅答道："对不起，刘主事，我只知奉命监刑，不知其他。"

谭嗣同则曰："有心杀贼，无力回天！死得其所，快哉！快哉！"

六位变法首领，迎着刽子手的屠刀，大义凛然地倒下了，鲜血染红了菜市口刑场，也映红了中华民族无数志士的心。气贯长虹的"戊戌六君子"以其热血谱写了一曲流芳千古的《正气歌》。

其实，谭嗣同是完全可以逃脱抓捕的，无论是他自己对形势的判断，还是康有为信中的劝告，他都可从容地离开京城，但他要立志成仁，要以自己的鲜血唤醒同胞。

　　那天，田兰急得哭了起来。

第二章　塘沽脱险

官兵在塘沽搜寻未果，阮少杰又一次救了田兰。……慈禧密派亲信巫辛，带着她的懿旨跟踪追至天津。……阴差阳错，康有为在塘沽从容上船。

—

夕阳渐渐落下去了，暮色笼罩着北京城。

田兰站在关帝庙的门口，眼巴巴地望着那条朦朦胧胧的小路，等着哥哥伞郎从城里出来。

夜色越来越浓了，四周静的出奇。一群蝙蝠在头顶上飞来飞去，也没有半点声息。忽然，她听见身后有什么动静，回头看时，什么都没有。继而，老柏树旁边好像蹲着一个人影，还在不住地摇晃。她有些怯忧，顺手摸了摸腰间的那支小八音，胆子立刻壮了。她手握铜箫，一个箭步跃上去，那个人影"嗖"的一声窜走了。原来是只比猫大比狗小的畜生。她想，大概这座老庙的古殿中，住着一窝狐狸。

"田姑娘！"忽然小路上传来喊声。

她出了庙门一看，见一个中年男子牵了两匹马走来了。那男子一见了田兰，便说："总算找到您了。"说着，将两匹马系在庙门前的树上，"这两匹马，我就交给您了。"

田兰连忙问道："大叔，你是……"

那男子说："我是受人之托，来给您送马的，别的事，就不要问了。噢，对了，马鞍上还有衣物和吃的。田姑娘，我告辞了，一路小心。"说完之后，就消失在夜色中了。田兰想：会是谁送的呢？难道是他？

大约又过了半个时辰，隐约听见小路上有脚步声传来，田兰连忙隐身在庙门后面。不一会儿，听见哥哥轻声叫道："田兰，我来了！"

田兰连忙走出来，问道："你怎么才来呀？真急死人了！"

伞郎说："城门全关闭了，城里正在大搜捕。"

"你是怎么出城的？"

伞郎笑了笑："我是靠着这把伞，从城墙上跳下来的。"

田兰问："是你让人送来的马？"

"不是，我不知道。"

田兰又问："我们现在去哪里？"

"天津。"

"谭先生和梁先生呢？"

"快上马吧！路上我再告诉你。"

一阵清脆的马蹄声由近及远，敲碎了长夜的寂静，又慢慢消失在迷蒙的远方。

二

要去上海，须从塘沽乘船。康有为和李唐下了火车之后，不敢耽搁，连忙雇车赶往塘沽。这时，两人肚子已饿，他们随便进了一家酒馆。吃完饭之后，李唐去码头打听去上海的船期，康有为坐在店堂里一边看着行李，一边独自品茶、歇息。

邻桌有几位客人，正在一边饮酒一边低声议论着什么。开始，康有为并不在意，也就没听清他们议论的话题。后来，就渐渐听出了一些眉目。一个客商打扮的中年汉子说道："听说京津火车要禁开了，明儿去北京，只能坐马车了。"

一老者说："不会吧？恭亲王的军队正用火车调防，火车禁开，难道他们的军队也坐马车不成？"

中年汉子说："恭亲王去北京了。听车站上的一个朋友说：他化了装，身穿便服，带着十多个穿便装的护卫上了一辆专列。我那个朋友亲眼看见的，绝不会有假！"

旁边一个年轻汉子悄悄说道："京城已经宵禁了，你们知道吗？"

"为什么？"

"听说是在捉拿朝廷钦犯什么的，反正京师里人心惶惶的，好像出了什么大事。"

他们越说，声音越低。至于到底出了什么大事？要捉的朝廷钦犯是谁？捉到了没有？他也没听清楚。

其实，要捉拿的朝廷钦犯就是他！

此刻的北京城里，到处都在搜捕维新派人士。只有他对北京发生的突变一无所知。

不一会儿，李唐回来了，他告诉康有为：今天无船去上海，招商局有艘轮船，船名"海晏号"，要明天下午四时起航。

康有为虽觉得不太满意，也别无他法。为了早点离开这是非之地，只好同意乘坐"海晏号"去上海。

买了船票之后，他和李唐便提前上了船，在船舱中住下来，等待次日开航。

这艘"海晏号"虽然是艘洋船，但吨位不大，设备也较陈旧，船舱中空气污浊，铺位和伙食也难尽人意。康有为让李唐去打听一下，船上有无头等舱？李唐上上下下在船上跑了半天，回来对他说，船上头等舱的票已提前三天被订出去了。他向船长要求过，能不能想办法挤出一张头等舱的票？船长说，头等舱是官银留洋的官员集体订的，无法让出来。康有为听了，心中大为不快：自己是朝廷命官，又有密诏在身，却只能栖身于一艘小货轮的统舱之中！他越想越觉得窝火，便让李唐收拾好行李，退了船票，离开了"海晏号"。他俩哪里知道，就在他们离开不到半个时辰，官兵就搜查了塘沽码头停靠的所有中方客轮。

康有为和李唐下船之后，在码头雇了一辆马车，直接去了塘沽一家十分豪华的旅馆，这家旅馆恰恰是官兵刚刚搜查过的。

安顿好了之后，他问大堂中的侍者：能否订两张明天上午去上海的头等舱船票？侍者让他先在房间里休息，等候消息。

不久，侍者便将两张船票送到了康有为的房间，这是一位上海珠宝商刚刚送来的退票。康有为接过船票一看，脸上露出了少有的笑容。原来，这是两张英国太古公司"重庆号"客轮的头等舱船票；开船的时间是次日上午十一时，不但比"海晏号"提前五个小时开船，而且"重庆号"的设备和生活条件都要比"海晏号"优越得多。

康有为洗漱过了之后，虽然感到有些疲劳，却没有睡意。他打开随身携带的那道密诏，在灯下细细阅读了一遍。

读着读着，两行热泪不由自主地流下来。他和光绪帝虽是君臣，之间隔着一条不能也不许逾越的鸿沟，但他们相识相知，志同道合，这在中国自古至今的历史上，也是罕见的。一位大清帝国的皇帝，能如此器重一个五品之位的工部主事，并爱护有加，寄望厚重，这种知遇之恩，能不使康有为倍受感动吗？

他和衣躺在铺上，不由自主地又想起了变法的事……

自四月二十三日经慈禧同意后，由光绪帝颁布了《明定国是诏》，实行变法以来，后党们变得坐卧不安。在此之前，光绪帝为了实行变法，曾通过庆亲王奕劻向慈禧要变法之权，并表示："太后若不给我实权，我愿意退让此位，不甘作亡国之君。"

当奕劻将此话转告慈禧之后，慈禧大怒："他（光绪帝）不愿坐皇位？我还不想让他坐哩！"奕劻趁机说："太后不必动怒，我看变法的事，就先由着他们去变吧，等到变出什么岔子来时，也好名正言顺地去废黜他。"

尽管后来慈禧同意颁布《明定国是诏》，但大清的实权，却牢牢地被她握着。就在实行变法的第四天，她就逼着光绪帝一连发出了打击维新派的三道上谕。第一道上谕是，革除支持变法的大学士、户部尚书、军机大臣翁同龢的职务，令他开缺回籍，以孤立光绪帝；第二道上谕是，今后凡二品以上的文武官员授予新职，都要到慈禧面前谢恩，这为慈禧由幕后操纵转到台前训政做好了准备；紧接着，又发出了第三道上谕，任命荣禄为直隶总督。

尽管如此，变法活动在全国还是如火如荼地开展起来了，但随着时间的推移，帝党和后党的矛盾也日趋尖锐，几乎到了白热化的程度。维新派决定在后党动手之前，先除掉荣禄，再兵围颐和园，捕杀慈禧。但在这紧要关头，由于袁世凯的告密，暴露了维新派"杀禄围园"的计划，为慈禧捕杀维新派提供了借口，使康有为等人苦心经营的"变法"，一夜之间付诸东流！

……康有为想到此，心情沉重，更难入眠。这时，子夜已过，大街上浮躁的喧哗渐渐平息下来，四周死一般的沉寂。康有为起来宽衣解带，再次躺进被窝，想养一会神，因为明天还要乘船南下。

南下的航道上，也不会风平浪静。等待他的，将是激流暗礁。

三

田兰和伞郎刚刚到了塘沽，就迎面遇上了两个无赖，凭经验，知道是朝廷的密探。他们转身就走。

"站住！"两个密探大声吆喝着追赶过来。

伞郎将背后的油布伞从伞套中抽出来，低声对田兰说："你快走，我来对付他们。"

"不，你还要给维新派人士报信，你快离开，我来缠住他们。"田兰说完，手握铜箫朝他们走去。

"你是什么人？"一个密探骂骂咧咧地走过来，用腰刀指着田兰问道。

"老百姓。"

"三更半夜的在大街上干什么？"

"去赶火车，回北京。"

"北京的城门关了，铁路上的火车停了，到处都在捉拿钦犯康有为，难道你不知道吗？"

"朝廷的事，老百姓哪里知道？"

"是吗？我看你倒像康梁的余党，随我回衙署去再说，说不定哥们还能立功受赏呢。"一个密探说完，伸手去拉田兰。

田兰趁他不备，顺势一推，将他摔了个四脚朝天。他从地上爬起来后，挥刀朝田兰砍去。田兰用铜箫一挡，飞起一脚，踢在了他的裆部，痛得他直叫"哎哟！"

另一个密探举刀从田兰身后袭来，田兰一蹲身子，用箫一挡，避开了锋芒，但手中的铜箫却被他的腰刀碰落了。两个密探见她手中没了武器，胆子便大起来了。一个竟扔下腰刀，双手抱住了田兰。田兰趁势从腰间摸出小八音，对准他的腹部开了一枪，他像喝醉了酒，歪歪扭扭地倒下了。另一个见状，撒腿便跑。

枪声招来了一队士兵。有人在远处喊道："谁在打枪？出了什么事？"

"是我！"阮少杰突然出现在田兰身边，他朝正想逃跑的密探开了一枪，密探应声而倒。

他拾起地上的铜箫交给田兰，又示意她藏好手枪，对跑步赶来的士兵们说："是乱党，被我就地正法了。"

一名率队的军官见是崇礼大人的戈什哈，连忙说道："您没伤着吧？"

阮少杰踢了踢脚边的尸体，笑着说道："这两个孬种还想犯上作乱？等下辈子吧。"他望了望惊魂未定的田兰，对那名军官说道："你们巡查去吧，我送这位姑娘回家。"

士兵走后，阮少杰低声问田兰："你来天津干什么？"

"你先说你来天津干什么？"

阮少杰说："我是随崇礼大人来天津缉捕康有为的。"

"我是为讨赏银来天津的！"田兰的话显然是讥讽阮少杰的，"听说谁能捕获康先生，谁就能得到西太后的三十万两赏银！"

阮少杰听了，并没生气，只是叹了口气，说道："荣禄大人已经召见了崇礼大人，若是在这里未能缉捕到康有为，就速去烟台堵截。为了万无一失，还让他挑了八十名有武功的绿营士兵，去上海缉捕。我们明天一早就出发。"

田兰又刺了他一句："祝你马到成功，封官受赏。"

"我要走了，请你多多保重。我们会'殊途同归'的。"说完，离开了田兰。

田兰望着他的背影，心里很不是滋味。她反复思考着阮少杰的奇怪行为，仔细琢磨他最后一句话的含义，百思不得其解。

四

崇礼奉慈禧的旨意，在京城搜了个底朝天，仍不见康有为和梁启超的影子，但通过密探得到了一个情报：康有为已经去了天津，将从塘沽上船，经烟台，去上海。他将这消息连夜禀报了慈禧。

慈禧闻知变法的罪魁祸首康有为离京去了塘沽之后，气得从座位上跳起来。她立即要军机处向天津、烟台、上海的地方官员发出密电，诬称"康有为欲进毒丸杀害光绪帝，因事发南逃"。要他们设法捉拿，或"就地正法！"她还命令在天津的荣禄，要他派人派船，不遗余力，开展水陆追捕。

荣禄按照慈禧的旨意，秘密派出了多批刺客，在他派出的形形色色的刺客中，他最看重并寄予厚望的，就是慈禧向李莲英提到的巫氏父子——巫辛、巫非老兄弟和巫仿、巫侃少兄弟。

其实，巫氏父子，并无血缘关系。这是一个十分复杂的家庭。

巫辛十二岁便净了身，先在荣禄家里当太监，没事时，他就跟着戈什哈学武艺，十八般武艺样样精通。三年后，荣禄的父亲将他献进后宫充役。由于他聪明机敏，手脚麻利，办事认真，忠心可靠，又会讨主子们的欢心，便渐渐发迹，由一名小太监一步一步爬到了五品副总管太监的位子上。在光绪年间，宫廷中有一千九百多名太监，他能爬到太监这座金字塔等级的上层，没有点本事是万万不能的。

虽说他仍属奴才这一类，但其权势不逊于朝臣。不过，他从不张扬，更不骄横，总是夹着尾巴做人，低着头走路。不但在主子面前毕恭毕敬，就是在同辈和晚辈太监中，也总是谦让有加，故人缘极好。所以，后宫的嫔妃们便常常托他将私房钱存进宫外的钱庄里生利息。时间长了，利上生利，他便用这些银子在北京、天津、济南等地开了几家商号，雇上掌柜和账房先生管理。到了年底分红，嫔妃们个个满意。

和他同时进宫的弟弟巫非，就没有他的运气好了。巫非进宫后，分到钦安殿，专司香火，月银三两，米二斛，别无其他进项。日子苦不说，常年和外界隔绝，日夜与香火为伴，孤独难耐，便想出宫。他将自己的想法偷偷告诉了巫辛，巫辛听了，心中一动：当太监的，不论怎么风光，终有老的一天。等自己老了，孤单一人，无家可归，纵有多少钱财，也带不进棺材里去。若安排巫非出了宫，在外边安家立业，自己老了，便去投奔他，也是一条退路。于是，他先派人在保定府的丁家镇买了两亩地，盖了一个四合院，还花银子从芙蓉楼买了一个从良的张姓女子。等把这一切都安排妥了，他便利用职权以"巫非有病，不宜留在宫中支使"为由，放他出了宫。巫非出宫后，和张氏结成夫妇，在丁家镇落下脚来。

第二年，保定府发水大涝，有不少人背井离乡逃荒去了。巫非看到地价便宜，一下子买了五十多亩地，又买了骡子，雇了五个长工，成了镇上的殷实人家。

一天天刚黑，忽然从官道上驶来了两辆马车。马车在巫家门口停下后，巫家人打着灯笼迎了出来，车上接着下来几个人，忙着搬进了一些箱笼、细软之后，马车便静悄悄离开了丁家镇。

第二天，巫非夫妇对邻居称：他们有个哥哥叫巫辛，在京城开店铺，在苏州、南京一带有分号。谁知大嫂生下一对双胞胎男婴之后，因出血不止病故。哥哥又常年在外经商，不便照料，所以，便把两个孩子过继到巫非的名下。这对双胞胎大的叫巫仿，小的叫巫侃，哥哥为了抚养他们，还留下了一些银子，准备在镇上开一家绸缎铺。

镇上的人见他们说得在理，都信以为真了。而在朝中，巫辛却称这对双胞胎是他弟弟巫非所生，是他的亲侄子。

巫仿和巫侃确实是一对双胞胎，他们长得一模一样，穿上同样的衣服，就很难分辨出来。不过，老大巫仿的右耳垂生下来就缺了半截。但他们却不是巫辛的儿子，一个已被阉割的太监，怎么会有儿子呢？当然更不是巫非的儿子，曾经以皮肉为生的张氏已无生育能力。至于这对双胞胎的父亲到底是谁？连巫辛也说不清楚。

原来，后宫有位曲贵人，进宫前是位满洲地方官员的女儿。进宫十年了，不但未能得到皇上的御幸，而且连皇上的面都见得很少，有点寂寞难耐。一天，有位大臣经过后宫，见这位被冷落的妃子一副浪姿媚态，娇嫩迷人，不禁多看了几眼。看得他口流水、腿发软，对方也送来了秋波。他见四周无人，顿起淫心，竟色胆包天地与妃子交起了床第之欢。不久，妃子怀孕了，那位大臣以后再也没有露面。此事若被发现，不但曲贵人将会受到酷刑，还会连累她的父母兄弟。她把自己的私房钱和一些首饰交给了巫辛，并跪哭在地，求他设法搭救。巫辛一时心软，便答应下来。随后，他便买通了御医，以"身患痨病，不宜居留宫中，须出宫医治、静养"为由，放她出了宫。

曲贵人出宫之后，悄悄去了巫辛为她在京郊租的一座幽静的宅子里。不久，便生下这对双胞胎。她在回宫之前，将这对双胞胎托巫辛找了一户人家代为抚养。后来，由于产后落疾，又加上担惊受怕，日夜想念自己的孩子，忧郁病危。一次，巫辛去看她，她将宫女们打发出去，"扑通"一声跪在巫辛跟前，哭着求他答应将两个孩子抚养成人，她在黄泉下，也不忘他的大恩大德。巫辛答应了，便将这对双胞胎送到了丁家镇。

巫非、巫辛白捡了一对儿子，却又做得天衣无缝，世上除了他们两兄弟外，再没有人知道这一秘密。

这对双胞胎渐渐大了，巫非便请了一位私塾先生来家里为他们授课。谁知这兄弟俩是榆木脑袋，听说读书习字就头疼，倒是喜欢舞枪弄棒。若是镇子上来了走江湖的把式练摊，兄弟俩就会跟着人家转，还将家中的茶叶、鸡蛋、香油什么的偷偷地拿出去，送给人家，央求人家教他们拳脚。巫非见了，也不生气，他干脆花了三十两银子，请了几位武把式在家中悉心教授他们，还亲自带他们到湖北武当、四川峨眉等地去拜师习艺，一去就是大半年。自此，兄弟俩的武功大有长进，在保定一带，也有些名气。虽然如此，他们并不胡作非为，相反，对父母百依百顺，十分孝顺。

巫氏兄弟年届十六时，巫辛便让巫非带着他们去了北京，住进了巫辛购置的辛寓——一座深宅大院。

这一年，正逢戊戌变法。因巫辛经常要往天津荣禄那里跑，又要侍候颐和园的慈禧，两头忙，不大在家，便嘱咐巫非，让他带着两个儿子，只可在院子里练练武功，不要出大门半步。巫非唯唯应诺。

……

巫辛接到荣禄召见的急电之后，便连夜去了天津，荣禄在密室接见了他。而后，将一柄镶着红宝石的短剑，赐给了他。当巫辛等正准备离开荣禄的衙门时，北京派人送来了慈禧的懿旨。懿旨上说："巫氏父子出京追捕叛臣康有为，是奉旨行事，沿途军政应予以协办，不得阻碍。若失职致使康贼逃脱者，将严惩不贷！"

巫辛朝着懿旨跪拜、谢恩之后，双手接过懿旨，立即又乘车返京谢恩去了。

五

巫辛从天津回来之后，立即带着巫非和两个侄儿进宫谢恩。

慈禧在养心殿里召见了他们，她对跪在地上的巫辛说道："巫辛呀，听说你对大清国忠心耿耿，又特别能办事，所以嘛，我才叫你来陪我说说话，解解闷。你去过天津吗？"

"回老佛爷，奴才去过天津，见过恭亲王了，还将懿旨供在了祖宗牌位上。今日特率弟弟和两个侄儿来向老佛爷谢恩，祝老佛爷万寿无疆！"

慈禧望着巫仿和巫侃说："这对双胞胎长得挺俊呢，脸蛋又一模一样，没个记号恐怕认不出来吧？"

巫辛连忙说道："回老佛爷，老大巫仿的右耳垂少了半截，是胎里带的。"

慈禧："是吗，让我看看。噢，果真少了半截呢！这是天意，不然怎么区分？"接着，她话头一转，说道，"好钢要用在刀刃上，康逆是我的一块心病。现在派你们出京去除康逆，这叫打虎还得亲兄弟，上阵还靠父子兵嘛，你看如何？"

"不除康逆,我巫氏父子无脸再见老佛爷。"巫辛说完将头叩在地上,"嘭嘭"作响。

"我就等着你这句话呢。"慈禧从李莲英手上拿过一张银票,说道,"这是三十万两银票,权当是出京除逆的盘缠。事成之后,再行晋封吧。"

"谢老佛爷恩典。奴才心中只有老佛爷的懿旨,不敢接受赏银。"巫辛跪地说。

是啊,一个太监能得到慈禧的单独召见,并委派如此重大的使命,是巫辛想都不敢想的。再说,三十万两银子堆起来,能堆成一个小草垛那么高!这么多的赏银,有点受宠若惊。

"我叫你拿去,你就拿去吧!记住你发的誓就行啦。"慈禧站起来,准备回去歇息了,她说,"你们去吧,军机处正等着呢!"

待慈禧离座走了之后,巫氏父子才敢站起来,领了赏银,急忙去了军机处。

巫辛在军机处得知康有为已去了天津,并很有可能从塘沽乘船赴上海。他拿到了康有为的相片和清廷发往各地缉拿康有为的密诏,便回到辛宅。当晚,他在家中摆上香案,朝着懿旨拜过慈禧的大恩大德之后,四个人轮流用针尖刺破手指,写下血书:"生是大清人,死是大清鬼。不除康逆,死不瞑目。"

第二天,巫辛便带巫非和两个侄儿,匆匆赶往天津。

六

康有为在旅馆里吃了早饭之后,坐在大厅里,等着看当天的报纸。当天的报纸还没有送来,他有些焦虑,因为他想知道北京的政局有何变化,也惦记着谭嗣同、刘光第等人的安危。

李唐提着行李来到大厅,对康有为说:"老爷,'重庆号'是十一点开船,我们去码头吧。"

康有为听了,心中有些怅然。他虽然觉得时间尚早,但还是默默地站起身来,随着李唐去了码头。

他们前脚刚离开旅馆，荣禄派出的捕快便气势汹汹地来到旅馆搜查，但扑了个空。

"呜——"

汽笛声响过不久，"重庆号"缓缓地离开了码头。它庞大的钢铁身躯在港湾里调了个头，便驶出了塘沽港。出了港口，轮船开始加速，船头冲开层层波浪，船尾搅起团团浪花，然后，像一匹脱缰的野马，头也不回地朝海天之间飞驰而去……

田兰和伞郎站在送客的人群中，目送着"重庆号"离开码头，驶出了海港，驶向了渤海。

伞郎笑着对田兰说："这一关终于过去了，康先生已经脱险了。"

田兰心事重重地说道："还不能这么说，还有慈禧派出的杀手在围追堵截呢！"她接着将阮少杰说的话告诉了伞郎。

伞郎听了愤愤地说道："我看他也是黄鼠狼给鸡拜年！"

"我不管他安的是好心还是坏心，我只想知道，他为什么要告诉我呢？"

"也许是另有所图吧！"

田兰听了，白了他一眼。

第三章　快舰追捕

海面上，当"飞鹰号"快舰即将追上康有为乘坐的"重庆号"客轮时，"飞鹰号"却因故返航，功亏一篑。……船靠烟台港，因地方官员的失职，又错过抓捕康有为的机会。

一

巫氏父子在天津没有搜捕到康有为，分析他很可能乘洋人的客轮离港了。当回人匆忙赶到塘沽时，"重庆号"已经出港一个多小时了！巫辛望着苍茫的大海，气得直跺脚。

就在这时，直隶总督兼北洋水师衙门派员送来了荣禄的手令："着北洋水师'飞鹰号'军舰立即起航，追截'重庆号'，捉拿朝廷命犯康有为。专使巫辛等随舰督办！"

"飞鹰号"军舰的管带刘冠雄立即命令轮机舱升火，随即拉响了出舰的汽笛，水兵们纷纷奔向各自的岗位。

在上甲板的主炮位上，一个胖胖的炮手望着身着便装的巫辛对旁边的装弹手问道："专使是几品官呀？"

装弹手想了想，说道："反正比我们管带的官大！你看他，还随身带着三个随从。"

"飞鹰号"军舰紧急出航了，沿着塘沽—烟台航线去追赶"重庆号"。

刘冠雄怕甲板上风大，请巫氏父子进舱休息。巫辛说，他现在是心急如焚，他要亲自看到"飞鹰号"追上"重庆号"。刘冠雄也不勉强，又回驾驶舱去了。

"飞鹰号"是北洋水师的一艘速度最快的军舰，航速为二十九节，比"重庆号"的航速快一倍。驶出海港之后，"飞鹰号"的航速由前进一逐渐增加到了前进三，军舰像一支脱弦的箭，在海面上乘风破浪。舰尾，被螺旋桨搅起的团团浪花，在海面留下了一道长长的白色航迹。

巫辛望着海天一色的大海，按捺不住心中的激动。心想：用不了几个时辰，朝廷钦犯就是自己捕获的猎物了！他想象着他亲自押着康有为，回到北京之后，不论是帝党还是后党的朝臣们，都站在午门外边迎看。刑部押走了康有为，他去养心殿向老佛爷复旨。老佛爷笑着夸奖他们父子，又下诏逐个授官、赐赏……想到这里，他情不自禁地失声笑了。

飞溅的浪花溅到了他的脸上，他骤然一惊，又从想象中回到了现实。海面上除了茫茫海水，什么都没有。他有些沉不住气了，走进驾驶舱，对刘冠雄说："航行几个时辰了？"

刘冠雄望了望舱壁上的航海钟，对他说："已有两个时辰零七分了。"

巫辛问他："还能不能再快些？"

刘冠雄说："这已是本舰的最高航速，无法再快了。"

他听了，不再问什么了，只是目不转睛地望着前方，急切地盼着能看到"重庆号"的影子。

刘冠雄连忙将自己的单筒望远镜递给他。透过望远镜，除了前边的海浪看得更清晰以外，仍然是水天一色，连只海鸥都看不到！

过了一会，他终于捕捉到了一个黑点，他问刘冠雄："看！那是什么？"

刘冠雄接过望远镜看了看，肯定地说："那就是'重庆号'！"

小黑点越来越大，在海天之间还逐渐出现了一条黑色的飘带，那是从"重庆号"的烟囱中飘出的黑烟。随着与"重庆号"之间距离的不断缩小，渐渐能看到"重庆号"的轮廓了，巫辛也越来越激动。

话筒里传来了轮机舱的报告声，刘冠雄放下航行日志，连忙走出了驾驶舱。

巫辛又拿起了望远镜，他不但能看清"重庆号"的船身，还能看清桅杆上悬挂的英国国旗！

他将望远镜递给巫非和两个侄儿，让他们也玩玩这个西洋镜。他有些按捺不住自己内心的喜悦，对他们说："准备随我登上'重庆号'，去'瓮中捉鳖'！"

这时，他忽然发现"重庆号"越来越远了，又渐渐变小了！他夺过望远镜，一边看，一边惊喊："这是怎么回事？"

刘冠雄气喘吁吁地从轮机舱返回到驾驶舱，额头上大汗涔涔，一脸无奈地对巫辛说道："专使大人，对不起！'重庆号'追不上了。"

巫辛大惊道："什么？这是为什么？"

"因为'飞鹰号'上的燃煤已经快烧尽了。"

巫辛一听，如雷轰顶，差一点站立不住。眼看着大功就要到手了，却功亏一篑，他气急败坏地责问刘冠雄："你为什么不多装载一些燃煤？"

刘冠雄说："本舰是从西洋定购的，燃煤舱的容积有限，再加上高速航行，耗煤量太大，所以才……"

没等他说完，巫辛指着船头说道："难道真的不能再追了？"

"再追，不但本舰没法返航回港，恐怕还会机毁船破。"刘冠雄说的是实话。

巫辛又跑到前甲板上，眼巴巴地望着前面的"重庆号"渐行渐远，又消失在水平线下。他气得一句话都说不出来，一边跺脚，一边大骂："我操他祖宗八代！"骂完，身子有些摇晃，接着，"哇"的一声，吐出一口鲜血。

巫非父子连忙跑过去扶住他，然后，又搀着他回舱室休息去了。

站在炮位上的胖炮手对身边的装弹手说："嘻嘻……一个阉割了的太监，用什么去操人家的祖宗八代？"

装弹手说："大概是做梦娶媳妇吧？"

刘冠雄对着话筒下达了返航的命令之后，"飞鹰号"像一只斗败了的公鸡，调转了船头，有气无力地朝塘沽方向驶去。

当天夜里，北洋水师的码头上一片寂静，停泊在码头的各种舰只，随着海港中的潮水微微波动着。这时，从远处匆匆跑来一队水师衙门的士兵，站在"飞鹰号"旁边，一名军官对值更水兵喊道："奉直隶总督兼北洋水师大臣令：着'飞鹰号'管带刘冠雄立即去水师衙门。"刘冠雄刚刚从跳板走到码头上，就被士兵们押走了。

那个胖炮手不知道发生了什么，连忙问值更的水兵："他们为什么抓刘大人？"

值更水手说："估摸着与追'重庆号'有关。大概那个太监专使怀疑刘大人故意放跑了康有为，在荣禄大人跟前告了一状呗！"

胖炮手说："那可是天大的冤枉啊！"

旁边的一个老兵倒有点得意："今晚放假啰！我们上'窑子'、喝酒、抽烟去喽。"

二

自田兰和伞郎在塘沽港送走康有为之后，心里又不安起来，他们认为，上海是"重庆号"的终点港，上海道台肯定也接到了清廷的密电，必会调集大量军警包围码头，加之慈禧和荣禄秘密派出的数批刺客也去了上海，所以，只要康有为一走下"重庆号"的跳板，必会遭到缉捕，他们都为康有为捏着一把冷汗。他们决定从陆路抢先赶到上海。

田兰和伞郎风尘仆仆地来到上海，到码头一打听，"重庆号"还未到上海港，一颗悬着的心才算落下。他们并不知道，"飞鹰号"出海追捕过"重庆号"，也不知"重庆号"中途还要停靠烟台，更未料到崇礼奉荣禄之命已率兵去了烟台。

当巫辛向荣禄禀报了出海追捕的经过之后，荣禄立即以军机大臣的名义向烟台发了一封密电：康有为进毒丸毒弑大清皇帝，已乘"重庆号"南下，着道台李希杰严加搜捕，一旦捕获，准就地正法！与此同时，荣禄还着崇礼从陆路火速赶赴烟台督办。

崇礼到了烟台之后，因时间紧迫，便直奔码头。他以为烟台的军警们早已等候在码头上了。

谁知到了码头一看，令他惊骇不已，他不但没见到驻烟台的道台李希杰的影子，码头上甚至无一兵一卒！就在这时，"重庆号"已缓缓进港了。一些购了船票的乘客纷纷拥到码头旁边准备登船。崇礼如临大敌，立即下令随身带来的卫队将码头包围起来，一队手持快枪的士兵一字排开，将准备登船的乘客赶到了一边，码头上的空气骤然紧张起来。

"重庆号"在码头上系好缆绳之后，下船的乘客提着各自的行李走下了舷梯。崇礼命令士兵们对下船的乘客挨个察看，但没有发现与康有为照片相似的人。

下船的乘客离开之后，上船的乘客陆续登船。同时，货舱开始卸货、装货，货物堆放在码头上，一些士兵撬开木箱和竹筐检查，里边装着苹果、海带和一只只石狮子之类的玩意儿。崇礼让懂英语的参将和阮少杰到船上交涉，要求上船捉拿朝廷钦犯。他们刚刚走到舷梯口，就被一名英国二副拦住了。参将和二副比比画画地说了一会儿，便带着阮少杰回来了。他告诉崇礼："英国人说，'重庆号'是一艘英国轮船，决不允许中国军人登船搜查。"

崇礼听了，急得团团乱转。他对阮少杰说："你速去烟台衙门，让道台带上朝廷发来的电报与英国人交涉，允许我们登船。"阮少杰策马而去。看到崇礼又急又气的样子，参将气冲冲地说："大人，我们大清国的军队到船上去捉拿大清国的朝廷钦犯，还用得着他英国人同意吗？只要大人下令，卑职这就带人登船，看他们英国人谁敢阻拦我！"

崇礼听了，大声呵斥道："放肆！若强行登船搜捕，英国政府就会提出强烈抗议！一抗议，就要惊动朝廷。这种事，大清国吃的亏还少吗？西太后就最头疼洋人的抗议！谁要是惹出了外交官司，谁就没有好果子吃，你懂个屁！"

参将听了，不敢再说了。

崇礼眼巴巴地朝烟台衙门方向望着，焦急地等着烟台的官员能早点来，半个时辰过去了，等来等去，只等来单枪匹马的阮少杰。阮少杰跳下马后，向崇礼报告："李希杰请大人速到烟台衙门，有要事相告。"

崇礼不明就里，以为情况有变，他转身对参将说："你们在这里守着，没有我的命令，不准'重庆号'离港！"说完，随着阮少杰骑马去了烟台衙门。

李希杰早已站在衙门的大门口迎候，还没等崇礼下马，他就碎步迎上去，说道："不知大人到了烟台，未曾远迎，请大人千万莫怪。"

崇礼问他："怎么，你没接到朝廷的电报？"

李希杰说："电报倒是接到了一封，是密电，还没译出来，下官和下属都看不懂。"

"为什么不译出来？"

李希杰说："衙门里负责译电的官员石中九因事外出了。"

崇礼一听，火冒三丈，大声吼道："还不赶快派人将他找回来！若误了大事，放跑了康有为，拿你是问！"

李希杰慌了，连忙说道："请大人先到衙门里歇着，下官这就差人去找。"

崇礼听了，也无计可施，只好随他进了衙门，坐在椅子上生闷气。

这时，康有为正坐在"重庆号"头等舱里，专心致志地写着他的《大同书》稿。一个船员为他送来了一杯咖啡，李唐连忙上前挡住，他指着桌子上的一杯绿茶说道："我家老爷只喝龙井，不喝洋茶。"

船员走了以后，李唐对康有为说："老爷，您一上船就没停笔，累不累呀？想不想下船看一看？烟台可是个好地方，烟台的苹果是中国第一。"

康有为没有抬头，他说："你下去转转吧，要是看到苹果，就买上一些，让上海的朋友尝尝。"

"那好。"李唐说完随着乘客们走下了舷梯。他在码头上转了一会，这里没有人会注意到他，他买了一筐苹果，搬回到了船舱。

李唐为他削了一个又红又大的苹果，他咬了一口，说道："味道真的不错，又脆又甜。"说完，又埋头写起来。

假若译电的官员没有外出，假若康有为随李唐下了"重庆号"来到码头上，那么，他的这次逃亡之旅很可能就结束了。也许他命不该绝，又阴差阳错的过了一道鬼门关。

三

朝廷发来的电报就在桌子上摆着。墙上的钟在"滴滴答答"地走着。崇礼和李希杰都坐在椅子上焦急地干等着。不知是天气太热还是心中害怕，汗水不断地从李希杰那张没有血色的脸上滴下来。

出去找人的衙役回来了："报告大人，石中九的老婆说，石中九到亲戚家喝喜酒去了。"

李希杰把桌子一拍，大声说道："混账，还不快去把他叫回来！"

"是。"衙役应声又出去了。

大约又过了半个小时，衙役回来报告说："大人，石中九在酒桌上吹牛，说他是酒中石，从来不醉。结果，与人赌酒时，醉成了烂泥，扶都扶不起来，怎么办？"

"给我抬也要抬回来！"

待衙役走后，崇礼冷笑一声，说道："李大人，没想到你的属下都是这种角色，你难道不怕追究渎职之罪？"

李希杰连忙欠身说："卑职失察，卑职失察！"

不一会儿，几个衙役架着石中九进了衙门，衙役们一松手，他就歪倒在地，口中吐出一摊秽物，顿时，大堂中酒气弥漫。

李希杰望着地上的石中九，对衙役们喊道："快打扫！把他拖出去用冷水浇！"

崇礼说道："浇有什么用？等把他浇醒了，再译出电文来，'重庆号'早就开走了！"正说时，从码头方向传来了汽笛声，"重庆号"要起航了！

李希杰慌了，连忙问道："大人，依您看……"

崇礼把手一挥："走，你亲自去向英国人交涉一次，拖住时辰，等他译出电文之后，速送码头，以大清国政府的名义，要求他们同意我们登船。"

他们刚刚走出烟台衙门，就碰到从码头上赶来的参将，他禀报说："大人，'重庆号'已经离港了。"

"我不是跟你说过，没有我的命令，不许开船吗？"

参将说："卑职遵照大人的吩咐，坚决不许他们开船，可是，英国人根本不听！"

崇礼恨恨地说："唉，这事怎么向荣禄大人交代哟？"

李希杰脸色苍白，他试探着问道："大人，还有没有补救的办法？"

"补救个屁！"崇礼把一肚子火都发泄在李希杰身上，"失职放跑了朝廷钦犯，是个什么罪名，你自己心里明白就行了！"说完，气呼呼地拂袖而去。

烟台截康失手不久，崇礼又收到了荣禄发来的电报：京中未获康逆，后已大怒。烟台又失手，难以免究，尔可速赴沪协上海道缉逆，以补尔罪！

崇礼看了电文之后，对阮少杰说："上海是个中外混杂的地方，且康梁的余党颇多，恐怕会在码头上救助。我拟率兵与上海道的军警周旋，你可挑选数人，混杂于市井密访，若发现康党行踪，即报我处置，不得已时，亦可自行处置，惹出了纠纷我自会出面。"

阮少杰听了，连忙去挑选行刺的助手去了。

第四章　上海堵截

在终点港上海，各路人马纷至沓来，有缉康密探，有刺康杀手，也有护康使者。……田兰和阮少杰这对爱恨交织的"冤家"，又聚首上海滩。

———

上海，不同于塘沽和烟台。这里，租界成群，鱼龙混杂，既是冒险家的天堂，也是改良者和革命者的藏匿之地，清政府有时也鞭长莫及。

上海道台蔡钧，是荣禄的门生，又是经他举荐，才担任上海道台这个人人眼红的肥缺的。当他接到清廷的密电之后，接着又收到了荣禄的密电。他知道，这是清廷权力核心人物赐予自己的又一个有关前程的重大使命。他不敢有丝毫马虎，立即调集军警守候在十六铺码头附近，又派出了一些密探、刺客，手里拿着康有为的照片，以各种身份，穿梭于外滩、客栈、酒楼、茶馆之间，大街小巷墙上，还贴着缉捕令。

为了万无一失，蔡钧还公开悬赏：凡捉拿到康有为的有功者，一律赏银两千，若杀死并验明确系康贼正身者，赏银十万两！高赏之下，必有勇夫。哪个密探和刺客不为这惊人的赏金动心？

其实，蔡钧还留了一手，他要依仗英国人来达到自己立功的目的。当他布好了天罗地网之后，便乘车去了英国驻上海总领事馆，刚到领事馆门口，一个高个子英国人已在等候他了："欢迎阁下光临。我叫卜兰德，总领事白利南先生已接到阁下要来访的通知。恕我有失远迎。"蔡钧有些奇怪：这个英国鬼子竟然能说如此流利的中国话！而且，还说得非常纯正，不简单！他连忙点头、道谢。

卜兰德又说："总领事先生正在客厅恭候阁下。"说着，领着蔡钧走进了大门。

总领事馆的长廊两边，挂着几幅文艺复兴风格的西洋油画。在落地玻璃窗前，立着一尊裸体的、带翅膀的天使雕像。在客厅门口，有两只红木雕刻的狮子，狮子张着大口，正望着他，他不禁身上一寒。客厅的玻璃书架上摆满了精装图书，壁炉上方摆着一艘帆船的模型。室内别无杂物，显得十分明亮、雅致。

白利南连忙从沙发上站起来，用英语说道："您好，道台先生，您的到来是我的荣幸。"卜兰德充当他们谈话的翻译。

蔡钧连忙说道："总领事先生，您太客气了。"

白利南没有多少客套话，他单刀直入地问道："道台先生，您有什么事需要我帮忙吗？"蔡钧连忙从皮包中取出了一份照会，交给了白利南。白利南看不懂中文，又递给了卜兰德。

卜兰德看完后，告诉白利南说："他要求允许他派中国军人搜查从天津方向开来的'重庆号'轮船，缉捕朝廷钦犯康有为，希望能得到您的同意。"

白利南听了，头摇得像个拨浪鼓："不不不！"他让卜兰德告诉蔡钧，"英国的轮船，绝不允许中国军人搜查，如果中国军人强行登船搜查，是违背国际公法的行为，他的政府将向中国政府提出强烈抗议！"

蔡钧并未生气，似有预料，他将事先译好了的北京发来的密电和康有为的照片交给了白利南。密电上写着：康有为进红丸弑上，着尔等捉拿后，就地正法。

他想，凭着清廷的密电向白利南施加压力，白利南一定会同意他派兵登船的。果然，白利南看了照片和密电之后，语气有了变化。他说："请阁下放心，我们会派巡捕上船进行例行检查的，不过，贵国军人不可上船。"说完，站起来，将密电的抄件和康有为的照片锁进了保险柜。

蔡钧听了，脸上露出了笑容，心想，反正能帮我逮住康有为就行。退一万步讲，就算在船上逮不住，只要他一登岸，也会落到我手中的。

虽然蔡钧在官场中沉浮了数十年，又有和洋人打交道的诸多经历，可谓智多谋足，但他忘了"螳螂捕蝉，黄雀在后"的古语。

二

当蔡钧走了以后，白利南又打开了保险箱，从中取出李提摩太从北京发来的急电，让卜兰德看了一遍。

原来，这位英国传教士十分欣赏领导中国变法的康有为。在慈禧政变前不久，也就是康有为奉旨出京的头一天，他在北京会晤过康有为，他提出的联英抗俄建议也得到了这位名满中外新派领袖的认可。他对这位身顾长髯、目光炯炯的中国南海奇人充满了好感。当他得知康有为逃往上海并受到朝廷追杀的消息后，立即去电英国驻上海总领事馆，要求搭救康先生。卜兰德将电报还给白利南，说道："李提摩太传教士十分赏识康有为先生，他乘的'重庆号'正驶往上海，要您设法营救。"

白利南说："是啊，康有为先生是维新派的杰出人物，也是我们英国人的朋友，我们一定要保护他，不使他遭到当局的迫害。不过，困难很大。"

卜兰德显然知道他的困难在哪里，因为"重庆号"要在十六铺码头靠岸，而十六铺码头一带又是法租界，即使中国军队不登船搜查康有为，待轮船靠岸后，租界警察也会在码头上拘捕他。他的处境十分危险。

白利南站在窗前，望着远处的黄浦江，江面上挂着各国旗帜的船只往来如梭。他沉思了一会，然后高兴地说道："卜兰德，我想出了一个非常好的办法！"

卜兰德道："是吗？那可太好了！"

三

海上的风浪不大，碧空万里无云。"重庆号"上的乘客们纷纷来到甲板上散步，欣赏海上风光。

康有为看书看累了，信步来到甲板上。他手扶着栏杆，望着船尾翻腾的浪花，随着浪花远去，思绪又回到了北京，眼前又浮现出光绪帝清瘦的面容和期待的目光，想起了光绪帝亲自召见他时的情景……

光绪二十四年四月二十三日（1898年6月11日），光绪帝颁布了《明定国是诏》，自此，拉开了变法维新的序幕。

又过了五天，光绪帝发出上谕：召见康有为。

康有为头天晚上就去了颐和园，住在户部公所，次日一早，他就到了朝房候旨。

说来也巧，荣禄因为被晋升为直隶总督，去向光绪帝谢恩，也在朝房中候旨，二人相遇，彼此都认出了对方。荣禄首先发难，他不阴不阳地说道："我当是谁呢？原来是大名鼎鼎的康公啊！康公博学中西，才华横溢，倡导变法，不知最近又有何种补救时局的高招啊？哈哈哈！"

康有为对这位慈禧的心腹、抵制变法的顽固派，心中早就有反感，经他这么一激，立刻来气了。他铁青着脸，一字一板地说道："唯有变法，才能补时局，救中国！"

荣禄说道："谁都知道变法的道理，可是，这一二百年的老法子，在一夜之间能突然变得了吗？"

康有为知道，变法的阻力，正是来自这些守旧的大臣们，他气愤地说："若能杀几个顽固的大员，法即可变！"

荣禄听了，气得连嘴唇都发紫了："岂有此理！"一甩袖子，走了。

光绪帝先召见了荣禄。荣禄谢恩之后，便在光绪帝面前弹劾康有为"辩言乱政"，想挑拨康有为和光绪帝之间的关系，以达到光绪帝疏远康有为的目的。谁知光绪帝召见他纯属例行公事。光绪帝因急于要召见康有为，便打断了他的上谏，让他退了出去。

康有为跨进了勤政殿，行过了面君之礼。光绪帝望着眼前的这个"公车上书"的发起者，脸上绽出了少有的笑容。他问了康有为的近况之后，便让他陈述变法之事。康有为从当时的形势入手，分析了中国所处的危局，认为中国贫弱而列强贪得无厌，大清江山已经到了生死存亡的紧急关头。接着，他分析了"少变"和"全变"的利害关系，又提出了变法的措施，认为变法须先统筹全局而全变之，开制度而变法律。又引证了日本的维新变法和法国自普法战争失败后实行的变革，认为中国地大人多，只要变法三年，则可蒸蒸日上，富强可驾万国。

光绪帝听到这里时，朝门外看了看，见无人窃听，才叹了口气，脸上有一种痛苦的表情。他低声说道："康卿啊，我不是不想变法，只是心有余而力不足啊。"

康有为知道他指的是慈禧握着实权，守旧大臣们又占着重要位子，他想变法而放不开手脚的处境。他对光绪帝说，那些守旧的大臣们精力已经衰竭，又身兼数职，无暇读书，不知新学，不懂新政，让他们去变法，等于缘木求鱼。既然皇上无权力革掉他们，可以不必尽撤旧衙门，只需增设新衙门；不革旧大臣之职，仍保留他们的高官厚禄，他们则不会阻挠变法。再提拔维新人士，允许他们专折奏事，由他们去办理新政。对变法之事由皇上下诏书推行。再交各衙门复议，守旧派就无法议驳了。

光绪帝听了，认为可行。

康有为接着又谈了八股和科举的弊端。他认为：学八股者，不读秦汉以后的书籍，更不知道世界各国之事。割让辽东台湾，不是割于朝廷而是割于八股；赔银两万万两，不是赔于朝廷，而是赔于八股……总之，中国吃尽了八股之害，应坚决废除。他要求光绪帝下明诏废除八股，勿须经部臣再议。

光绪听了，当即表示同意。

光绪帝问康有为："现在国库空虚，国势日衰，怎样才能富国强民呢？"

康有为介绍了外国筹措资金的办法，如日本创银行、发纸币；印度征收地税，都达到了筹款的目的。中国矿物满地，为地球上所少有，若筹税数亿，也遍筑铁路，练民兵百万，购铁船百艘，建水师学堂船坞，各省县开办学堂，国势则会大变……

君臣二人越谈越有兴趣，不觉已谈了两个多时辰，这是光绪帝召见朝臣时间之长绝无仅有的一次。

召见完毕时，康有为躬身退出，光绪帝从他的座位上站起来，一直将他送到了勤政殿的门口，才恋恋不舍地转身。

变法在光绪帝的支持下，在维新人士与守旧派的斗争中，终于走过了沧桑的一百天……"老爷，起风了，您回舱房歇会儿吧。"李唐不知道什么时候来到他的身边，打断了他的回忆。

他朝海面上看了看，果然起风了，波浪"哗哗"地拍击着船头，平静的海面上，绽开了无数朵洁白的浪花。

四

蔡钧从英国总领事馆出来后，去了十六铺码头，向在码头上巡逻的军警布置了一番，才匆匆赶回道台衙门。他觉得又累又渴，刚好师爷艾方南端来了一盘子切开了的西瓜，他抓起来就吃，边吃边发牢骚："这个该死的工部主事康有为，不但把个京师闹成了一锅粥，还害得老子日夜不宁！他乘坐的轮船在上海靠什么岸？直达厦门、广州该有多好。免得老子提心吊胆！"待他说完，艾师爷对他说："大人，今日来了两拨客人。"

蔡钧问道："都是些什么人？"

艾师爷告诉他："先来的，是步军统领崇礼，他说是奉荣禄大人之命，来协助大人缉拿康有为的。"

蔡钧听了，"哼"了一声，说道："我还用得着他来协助？"

"后来的，是后宫的五品副总管巫辛公公，他还带着他的弟弟和两个侄儿呢！"

"他们来上海干什么？"

"巫公公说，他也是从荣禄大人那里来的，是奉西太后的懿旨，请大人协助他缉拿康有为。"

蔡钧听了，悻悻地说道："他们的来头都不小啊，一个他要协助我，另一个要我协助他，有意思，真有意思！"

艾师爷说："我已将崇礼大人安排在衙门的贵宾客室住下了，他带的百余名士兵，安排他们住在衙门的驿站里，崇礼大人说，他急着要见您。"

"巫氏父子呢？"

"他们说，想先去码头上转一转，不要我们安排，也没说住在哪里。"

蔡钧又问："这两拨人还没碰过面吧？"

艾师爷说："他们是一前一后来的，可能未碰过面。"

"都是抢功的！"蔡钧愤愤地说道，"有本事，就在北京、塘沽和烟台抢呀！跑到上海来凑哪门子热闹？"

"巫氏只有四个人，能有多大的能耐？"艾师爷不解地问道。

蔡钧说："你可别小看了那个阉官，他的武功非同一般，当年，他在颐和园还救过懿驾呢！"接着，他饶有兴趣地向艾师爷谈起了巫辛救驾的经过：

有一年夏天，西太后在昆明湖的画舫上看谭鑫培唱京戏，巫辛让人在湖里挖了几节又嫩又脆的鲜藕，要御膳房洗净，切成铜钱厚的片，然后，放在一只汝瓷大盘子里，上面蒙了一片新鲜荷叶。他用紫檀木托盘托着，沿着长廊正准备送给西太后解渴。当他走到半路上，忽然从廊檐上跳下三个蒙面的刺客，两个刺客用两把剑从不同方向指着他的咽喉，一个刺客站在前边接应，迫胁他带路去找西太后。他佯装害怕，刚刚走了几步，便突然来了个雄鹰钻天——双手护住托盘，腾身跃起，双脚左右开弓，将两个刺客踢倒！一个被踢中了心窝，毙倒在地上；一个被他踢进湖里淹死了；那个在旁边接应的刺客不敢恋战，转身就跑。巫辛用脚从地上勾起一把剑，腿起剑飞，剑尖扎进了他的后背！这时，十多名侍卫和太监赶过来，巫辛让他们不要声张，赶快处理现场，他面不改色地托着托盘去了石舫。西太后吃着他送来的藕片，直夸奖巫辛办事赶眼色，还赏了一片藕片给他，他连忙跪下谢恩。至于三个刺客的事，他压根儿就没讲半个字，后来，西太后还是从别的太监那里听说了当时的情况。她把巫辛召去，责怪他立了这么大的功怎么不言语一声？他说，他生是老佛爷的人，死是老佛爷的鬼，为了太后，他不怕上刀山、下火海！自那以后，西太后更加器重他了。

"他的弟弟和那两个侄儿呢？"艾师爷问道。

蔡钧说："他们到底有没有点本事？我不清楚，不过，总有些过人之处吧，这叫'没有金刚钻，不揽瓷器活'嘛！"

艾师爷点了点头，说道："我明白了。"

蔡钧又说："他不但是西太后的红人，而且还是荣禄大人的心腹！咱们既不能得罪他，还要提防着他！"

艾师爷连连点头。

蔡钧让他亲自去"江南春"定一桌酒席，晚上请崇礼吃一次花酒。艾师爷会意，连忙去了。

五

巫氏四人到上海之后，礼节性地去上海道衙门打了个招呼，然后，一行人径直去了十六铺码头。

巫辛凭着自己的直觉，已感觉到了码头上的紧张气氛。一个衙役一面敲锣一面吆喝，他指着贴在铜锣背面上的康有为照片喊道："看到了吗？这就是朝廷钦犯康有为！不论军政平民，凡提供康有为行踪者，奖白银两千两；凡献上康有为首级者，只要验明正身，一律奖银十万两。十万两哪！"他绘声绘色地吆喝着，唾沫四溅。那些穿梭于行人中间的密探们，虽然衣着、身份各不相同，但那种特有的目光和举止，巫辛仍然能识别出来。还有些市民聚在一块，看墙上的缉捕令，有的还在低声议论着。

黄浦江上有几只小船在游弋，船上的人不断地以手势与岸上的军警们联络着。

巫氏四人刚走到码头旁边，便被军警们拦住了。一名士兵说道："上海道有令：闲杂人等，一律不得进入码头！走走走！"说着，将他们向外推搡。

一名士兵去推巫仿时，巫仿像根石柱子一般立在那里，纹丝不动，他的这一举止，令推他的那名士兵惊诧莫名。巫辛连忙说道："仿儿，我们走。"

巫仿这才跟着巫辛离开了码头。

他们接受了在塘沽和烟台的教训，不再依赖官方，也不想找官方的麻烦，他们在离十六铺码头不远的城隍庙旁边，选了一家叫"仙客来"的旅馆住下了。

安顿好之后，巫辛让巫仿去城隍庙买了一些香纸。晚上，他在客房里的桌子上摆了懿旨，领着巫氏父子三跪九拜。他望着懿旨喃喃地说："老佛爷，我巫氏一家已来上海，托老佛爷洪福，成全我巫氏一家除康成功，以报答老佛爷的大恩大德。"

叩拜完了之后，巫仿说道："伯父，我们奉旨来上海缉拿康逆，易于瓮中捉鳖！依我看，上海道兴师动众，是摆的花架子，吓唬人的！"

巫非说："仿儿，不得乱说。"

巫仿说："我们上午去上海道衙门时，那个姓艾的师爷说蔡大人不在衙内，问他去了哪里，他说不知道，我看，他是在回避我们。"

"仿儿说得有些道理，蔡钧是上海滩的一条地头蛇，不论是红道黑道，也不论是东洋人西洋人，他都能左右逢源。咱们初来乍到，人生地不熟，有劲使不出来，今后，只好见机行事了。"巫辛不无担忧地说。

巫侃说："伯父，我们奉旨除逆，难道他敢阻拦我们不成？"

巫辛说："孩子，记住，如今世风日下，咱们谁也不能信呀，尤其在上海。"

案上的几炷高香飘出的缕缕青烟，在巫辛旁边绕来绕去，此刻的巫辛，就像庙里正在享用烟火的塑像，正襟危坐。巫非父子默默地站在一边，不敢再问什么了。

巫氏兄弟对巫辛十分崇拜，在他们眼里，除了老佛爷，再也没什么人能比得过他们的伯父了。两人自小就在巫辛的影响下长大，两性人的变态心理和长期被扭曲了的性格，又重塑着巫仿和巫侃。巫辛又不断地向他们言传身教着奴才的愚忠信条，所以，巫仿和巫侃的性格已变得极其孤僻和冷漠了。

巫辛又说："听说崇礼已到了上海，他也不是盏省油的灯！"

巫非说："蔡、崇二人会不会联手行事，排挤我们？"

巫辛摇了摇头，说道："他们二人，各怀鬼胎，就是联手，也是同床异梦。"

说到这里，他忽然想起了什么，转头对巫仿说："仿儿，明天一早，你就去打探崇礼的部属，看他们在干什么？咱们要做到知己知彼，心中有数。"

巫仿听了，点了点头。他抚摸着那柄短剑，剑鞘上的红宝石在灯光的照耀下，如一滴鲜红的血。

六

傍晚过后，外滩一带灯火辉煌。黄浦江中的灯标和船舶的灯光，像些忽明忽暗的星星，在波浪中闪烁、漂浮、移动。

田兰和伞郎沿着苏州河畔匆匆走着，他们轻车熟路地来到一栋灰色的小楼门前，田兰抬手轻轻敲了敲门。

门开了一道缝，一名男子问道："您找谁？"

"我是田兰，找沈老师。"

门打开了，田兰和伞郎进去后，门又紧紧地关上了。

这时，又有个人影从远处走到小楼前，看了看门牌，然后掉头消失在夜色之中。

当田兰刚刚走进客厅，沈老师就连忙迎上来："我的阿兰回来喽！"

田兰一把抱住沈老师，激动地说道："沈老师，您好！"

沈老师双手捧着田兰的面颊，仔细端详了一会儿，笑着说道："没变，没变！还是当年的模样。"

田兰问："萍萍呢？"

"她在卧室里呢。"沈老师大声对楼上喊道："萍萍，你看谁来了？"

叫萍萍的女孩是沈老师的独生女，随母姓沈，名萍。

不一会儿，沈萍在楼梯口上看到了田兰，她顺着楼梯边跑边喊："兰姐，你可想死我了！"跑到田兰跟前时，忽然看见了站在一旁的伞郎，脸上立刻飞起了红晕，人也拘谨起来，连声音都变得小多了："你……怎么也来了？"

伞郎也有些窘迫，他反问道："难道不欢迎哥哥吗？"

沈萍听了，连忙解释："我不是那个意思……"

"好啦好啦！不要重男轻女。"田兰将她拉在自己身边，问道："你还在报馆里当译员？"

沈萍点了点头，她问田兰："你怎么连封信都不寄就突然来上海了？"

田兰将北京时局的突变和康有为奉旨出京的经过简要地告诉了她们。

"那康先生现在呢？"沈老师还没听完，就急忙问道。

田兰说："康先生是乘坐英国太古公司的'重庆号'客轮离开塘沽的，大约明天可以抵达上海。"

沈老师一听，脸色骤变，她霍地站起来，说道："既然清廷已向各地发了密电，那么，上海道的军警就会奉命在码头上搜捕，恐康先生难逃此劫！"说着，她的眼泪夺眶而出，"不但康先生将有杀身之祸，按照惯例，清廷还会杀害康先生的亲属和族人的！子褒，你速去电报局，给香港的区谦之发一封电报，让他们速去南海，通知康先生家人外出避一避！"

田兰终于明白了，刚才开门的男子叫陈子褒，好像是沈家的新主人。他虽然没说一句话，但对大家所谈的内容，却听得十分专心。他刚要出门，伞郎说道："我陪你去吧？"

田兰也说："对，就让伞郎陪你去吧，伞郎的武功颇好，他可给你做个伴。"

陈子褒说道："不用了，我对这一带非常熟悉，不会有事的，你们放心好了。"说完，匆匆走了。

伞郎回头望了望沈萍，沈萍也正默默地望着他，眸子里有一种幽怨的光泽。

这时，沈老师张罗着要为田兰和伞郎做夜宵。田兰悄悄对沈老师说了几句话，沈老师点了点头："好吧，今晚让他们好好谈谈。"

七

田兰知道沈萍此刻的心境，三年前，他们就是在这间客厅里认识的。田兰的父亲田力和沈老师的丈夫李耕书都在一家洋人开的造船厂里工作，他们曾是师兄弟。

田兰母亲去世后，父亲便把田兰从青岛接到了上海，让她住在沈老师家里，这时，维新派在上海发起并成立了上海强学会，他们两家都参加了，田兰先是帮着沈老师校对《强学报》，后来又和沈萍一道进了上海经正女学堂。沈老师经常为中国的第一份女报——《女学报》撰写关于男女平权、女性的人格以及主张婚姻自主等内容的文章。田兰帮她誊正文稿，所以总是她的第一个读者。从那以后，田兰的眼界大开，在漫长的封建社会里，妇女始终身处在社会的最底层，在家庭中遵循"三从"，即"在家从父，既嫁从夫，夫没从子"；在生活中，言行又要遵循四德，即"女有四行，一曰女德，二曰妇言，三曰女容，四曰妇功"。在婚姻上，男子可以多妻、再娶，而女子只能从一而终，女性只能是男子的附庸和奴隶。她尤其敬佩康有为提出的"凡人皆有天性，不论男女，人人皆有天与之体，即有自由之权，上隶于天，人尽平等"的主张，认为历来女子不得科举，难入仕途，其结果必然是"万国卿相尽是男儿，举国职官无有女子，考二十四朝之史文，选举不闻巾帼，披九万里之地志，考职不见裙衩"，是背天心而逆公理的。单纯而热情的少女，生活在理想和追求的空想世界里。

有一天，田兰和沈萍从女学堂回来时，沈老师一把抱住了她们，呜咽着说："我们的命好苦哇！你们两个的父亲为一艘新下水的轮船试航时，因船在海上触礁沉没，船上人员无一生还……"

后来，沈老师又写信给正在崂山学艺的田兰的哥哥伞郎，让他从家乡也来到上海，和他们生活在一起。她一概视同己出，像亲生母亲一样关照这对兄妹。在那段悲伤的日子里，他们相依为命，甘苦与共。这期间，伞郎与沈萍渐渐有了一种朦胧的感情，但彼此都没说破。后来，康有为去了北京，田兰和伞郎也相继北上。不知道是伞郎还是沈萍先给对方寄了第一封信，反正他们的书信往来渐渐频繁起来。开始，是托田兰和沈老师转交的，后来，他们便在信封上直称其名，别人也就不便多问了。

此次伞郎突然来到上海，沈萍自然十分激动，她有一肚子的话想向伞郎说，可又找不到机会。她心里有些焦躁，但又不便表现出来，便缠着田兰，要她讲他们在北京的生活情况，田兰会意。

夜宵后田兰便对沈老师说，她想去太古公司问一问"重庆号"抵达十六铺的时间，以便见机行事。

沈老师让她早去早回，自己便上楼收拾铺位去了，留下了伞郎和沈萍在客厅……

八

田兰出了大门之后，沿着苏州河畔朝前走，这时，路面上已是车少人稀，从远处传来"三鲜云吞！"的小贩叫卖声，偶尔打破了苏州河畔的寂静。

突然，田兰发现有个黑影悄无声息地跟在她的后边。她走得快，身后的黑影也走得快；她故意停下来，身后的脚步声就消失了。田兰已经察觉到了自己的危险处境。

这个黑影是谁？他怎么知道自己在这里？是上海的密探？是劫贼？还是地痞流氓？不管是哪一路的，都是冲着她而来的！她决定教训教训这个不知天高地厚的跟踪者。她将铜箫握在手里，边朝前迈步，边寻找出击的机会。

机会终于有了，当她走到一棵梧桐树旁边时，故意放慢了脚步，然后，一个"春燕剪翅"，猛然返身，挥箫向黑影击去。那黑影似乎早有防范，一个"鹞子翻身"，轻捷一跃，退出一丈多远。因为相距太远，田兰手里的铜箫便失去了用武之地。

那黑影似在故意气她，他站在那里，既不前进又不后退，像是在向田兰挑衅。田兰突然从身上掏出小八音，以枪口对着黑影，厉声说道："你是什么人？不说，我可要开枪了！"

黑影这才笑起来，说道："你只管开枪好了，你的枪里没有子弹！"

田兰一听，已知道是谁了，心想，真是冤家路窄。她又气又恼，一边"刀枪入库"，一边说道："怎么又是你？你来上海干什么？"

阮少杰走到近前，笑着说："我是奉崇礼大人之命，来上海缉捕朝廷钦犯的呀！你来上海干什么？"

"我来上海，是护卫康先生的！"田兰有些激动："不像你们这些慈禧的鹰犬，专干伤天害理的勾当！"

"就凭你那支没有子弹的小八音，能护卫你的康先生吗？"阮少杰说着，从口袋里摸出了五发子弹，"给，这是从一个洋人手里买的。"

田兰把身子一扭，不肯要他的子弹。

阮少杰抓过她的手，把子弹放在她的手心里，顺势捏着笑道："没有子弹，那支小八音还不如一根擀面杖呢！"

田兰的火气和怨气渐渐小了，她说："少杰，我劝你还是离开那个崇礼吧！"

"离开？我为什么要离开他呢？"

"因为……唉！不跟你说了，你这个人真固执！"田兰知道自己一下子说服不了阮少杰，便连讽带刺地说道："不就是为了想立功升官，再得那十万两白银吗？真可恶、可鄙、可耻！"阮少杰说："可恶也好，可鄙也好，可耻也好，谁不想升官发财？只是我不会有那种福分！""少杰，我们分手吧！"田兰的声音有些伤感。

"为什么？"

"我们不是一条道上的人，我们的事，不会有结局的。晚分手不如早分手，你说呢？"阮少杰刚要说什么，忽然看见两名巡警朝他们走来，阮少杰迅速抱住了田兰，田兰也搂着他的脖子，踮起了脚，这对情侣忽然热烈地拥抱着、亲吻着。一股热流在两人的心中翻腾，他们既激动又忘情，丝毫没有忸怩、做作的成分。

警察朝他们望了望，十分妒忌地从他们身边走过去了。

雾，渐渐从江面上升起来，向两岸无声地弥漫开，慢慢地笼罩着这一对恋人。

这对道不同、言不合，但又陷入热恋中的情人，站在苏州河畔，裹着潮湿的浓雾，欲罢不能，难舍难分。他们不再说话，只是默默地偎依着，回忆着昔日在京城那些难以忘怀的美好时光……

那是一个雪后初晴的上午，他们相约去了卧佛寺，在大殿里烧了香，拜过佛之后，二人沿着小路去山坡上欣赏雪景。满山的松树，都披着一层白雪，白雪晶莹，松针碧绿，一白一绿，相映成趣，十分悦目。远处，群山披银，阳光返照，使人联想起古人以雪为题的诗句。当他们走到一棵树下时，田兰趁他不备，猛然扯了一下树枝，枝上的积雪纷纷坠落在阮少杰的头上和衣领里，田兰却笑得弯下了腰。阮少杰伸手从衣领中抓出一把积雪，当再去抓第二把时，积雪已经融了，冷水顺着他的后背往下流去，激得他直跳。他捏了一个大雪蛋，朝田兰跑去，田兰连忙躲避，脚下一滑，摔倒了。阮少杰伸手去拉她时，也摔倒了，二人顺着山坡朝下滑去，"扑通"一声，同时跌进了一个积雪的山谷里。阮少杰跌在了她的身上，他就势用嘴巴揩干了田兰脸上的雪。田兰也趁机用手臂挽住了他的脖颈，二人在雪地上翻滚、缠绵，好不开心。

当他们从雪堆里站起来时，都忍不住笑了。田兰伸手去拍打阮少杰头上的雪，阮少杰余兴未尽地对着她的耳朵轻声问道："累吗？"

田兰猛一摆头，"嘣"的一声，算是作答。阮少杰连忙用手捂住额头："你好狠心，看我怎么收拾你？"说着，又去追她……

田兰还记得阮少杰是怎样教她瞄准、射击的。

有一天，阮少杰悄悄告诉她说，崇礼新近买了一支洋枪，让阮少杰替他去靶场校枪，问她愿不愿去学打靶？自从有了那支"小八音"之后，田兰虽然爱不释手，但从来没使用过，听说要去靶场打靶，她当然是求之不得了。

在一座旧庙改成的靶场里，阮少杰手把手地教会了她如何擦枪、装弹、退弹，又教她如何握枪、瞄准、击发及各种射击姿势，最后教她实弹射击。她一共打了三发子弹，虽然未中靶心，但都打得不错。她有些不服气，又打了一枪，这一枪终于打中了靶心。可是，打完后，她就后悔了，因为弹匣中只有一发子弹了！听阮少杰说，这种型号的手枪，子弹特别稀少。他看见她难过的样子，马上安慰她说："别像三岁小孩，过几天我再想法去弄几发。"

从靶场回来，他们在神武门外一家羊肉馆里共进午餐，她记得那是她第一次喝多了酒，但不记得阮少杰是怎么样送她回宿舍的……

一声高亢的汽笛声，把他俩从甜蜜的梦境中拉回现实。夜已深，远处的灯光也开始稀落了。

田兰坚持要去太古公司打听"重庆号"的到港时间。

阮少杰告诉她说："不用去了，海上有雾，'重庆号'不但不能进港，还必须在长江口外抛锚，等海上的浓雾消退了，才能进黄浦江，这个时间是说不准的。"

田兰有些半信半疑："你是怎么知道的？"

阮少杰指了指漆黑的夜空说道："是老天爷告诉我的。"

田兰听了，有些相信。

"你快回去吧，上海的刺客、密探防不胜防。"阮少杰帮她将子弹装进弹匣，接着说道，"巫氏一家，已奉太后的懿旨到了上海，他们是志在必得。尤其是那个太监巫辛，独来独往，难以捉摸，连崇礼大人都对他心怯三分。"

"他们住在哪里？"

"听说住在城隍庙旁边的'仙客来'旅馆里。"

"为什么不住上海道衙门？"

"这就是他与崇礼大人的不同之处。"阮少杰挽住她的手，边走边说："别问那么多了，我送你回去。"

田兰顺从地点了点头，双手抱住了他的一只胳膊，将头依偎在他的身旁，迈出了碎步。

第五章　刺客被刺

巫氏老少兄弟，为在沪能捕得康逆志在必得；京师九门提督崇礼，精心编织了一张捕康的罗网；上海道台蔡钧更是胸有成竹。看来，康有为是在劫难逃，孰料巫辛被不明身份的人刺伤。

一

"江南春"饭庄是一家颇有名气的酒楼，它的满汉全席和京、鲁大菜在上海滩独占鳌头。上海的政要和工商界的巨头们常常前往光顾，它还经常接待德、法、日、英等十余国的公使或领事。大凡北京或天津二品以上的官员到达上海，蔡钧都在这里设席款待。他为崇礼接风的雅室，选在二楼上。为了自己和客人的安全，当然也是为了显示上海道台的威风和派头，他从一楼的大门口到二楼的包厢门口，安排了二十多名全副武装的士兵，又在饭庄的周围安插了十多名便衣巡警。他想让崇礼看看，他蔡钧虽然不是京官，但他的排场与权势绝不亚于那些京城的显要。

不一会儿，汽车开到了"江南春"饭庄的门口，蔡钧和崇礼同时从两边下了车，二人并肩进了饭庄的大门，又沿着红地毯登上二楼，走进了艾师爷预订的"春深如海"厅。

偌大的"春深如海"中，只设了一张雕花八仙桌，只有蔡钧和崇礼两个人，显得极不协调。

他们各坐一方，但身边却各有三把椅子和三套餐具，难道还有贵客不成？就在崇礼好奇之际，只见蔡钧两手扬起，用力一拍，从门口款款走进六个袒胸露背、面容姣好的年轻女子，她们似是轻车熟路，在主客身边各坐了三人，有二人紧偎主客左右，极尽挑逗献媚之能事，有一人专门负责执壶斟酒。不一会儿，又走进两个女子，其中一个是弹琵琶的乐师，一个是唱曲的歌女。随着琵琶的节奏，那歌女轻轻地唱起了评弹。崇礼虽然听不懂吴侬软语，但觉得歌女的口齿伶俐，音润腔圆，可谓声色俱佳、赏心悦目，这与京韵大鼓的风格截然不同。虽然是良辰美酒，花好月圆之夜，但崇礼却无心欣赏，因为他心中有事，而又不能当着这些陪侍女子的面说，他只是逢场作戏，心猿意马。他把一位小姐放在桌上的汗巾错当餐巾用来揩嘴。

蔡钧洞察到了崇礼的心思，他朝乐师和歌女挥了挥手，他们连忙退了出去。他又对桌上的女子说道："你们也下去吧！"她们都知趣地告退，蔡钧还在最后一个少女的丰臀上捏了一把。

崇礼走到房门口，朝外看了看，见门外除了手持快枪的军警外，还看到了坐在楼梯口旁边的阮少杰，他放心了。关上门之后，他从怀中取出了一只锦盒，双手递给蔡钧，说道："这是一件祖上传下来的小玩物，请蔡大人笑纳。"

蔡钧打开锦盒一看，十分惊讶，原来里边是一件"金桂挂屏"。这只"金桂挂屏"上纯金包角，宝蓝衬底，屏上景物全部以金片雕成，山石、花鸟、亭榭、流水等栩栩如生，工艺精湛，金光耀眼，价值连城。他虽然心中狂喜不已，但又装得无动于衷。他轻描淡写地说道："啊呀呀，这么精美的玩物，下官平生未见，不过，我可不敢夺人之爱啊！"

崇礼知道他是欲擒故纵，连忙说道："蔡大人，您这就见外了。您若不收下，未必要我再带回北京不成？"

蔡钧一边把玩着挂屏，一边笑着说道："好吧，恭敬不如从命，下官收下就是了。"他怕他真的带回北京。

第一笔生意已经成交。

崇礼接着说："蔡大人，我奉旨缉捕康逆，谁知在北京、塘沽、烟台连连失手，羞惭难当。荣禄大人命我来上海，协助大人缉拿康逆，也是让我借大人之力，为我将功折罪呀。"

蔡钧说道："哪里哪里！崇大人是提督九门步军，统领五营巡捕，朝中的正二品大员。下官是一地方官员，为朝廷除逆，是你我责无旁贷的职责。"

崇礼从蔡钧的话里听不出有什么承诺，便接着说道："缉拿康逆一事，大人胸有成竹。又占有天时、地利、人和，定会马到成功的。我只求大人在立此殊荣时，也让我沾沾光，以便回京复命时能体面一些，别无他求，请大人体谅。"

蔡钧说道："咱俩都是奉西太后旨意，又受荣禄大人之命行事，有功同受，有赏同享。不过，下官在这里任职以来，对上海滩的枝枝节节比较熟悉，因常与洋人打交道，还能办理一些洋务。最可靠的是，我已将北京的密电给英国驻上海总领事馆的白利南总领事看了，请英国人出面协助缉捕康有为，他们没有反对。看来，康逆是难逃上海这一关了！除非他能飞上天，遁入海！"

崇礼已听出了他的言外之意：缉捕康有为的头功，是他蔡钧的！在人屋檐下，不得不低头。他说："蔡大人，我带来了一百余人，都是从巡捕营中挑选出来的精兵强将，清一色的旗人，善于跟踪、暗杀，请蔡大人统一调令。"

"不敢，不敢！就让你的部属在上海滩好好玩一玩吧，这里的'梦春阁'可是全国一流的哦！缉康的事我已部署好了，待'重庆号'靠岸后，你只需带上几名贴身随从，和我一起在十六铺码头看热闹就行了！"蔡钧似在告诫他：你不要插手。

崇礼听了，心中老大不快。

蔡钧又说："崇大人，巫氏一家已到上海，您知道吗？"

崇礼听了，故作惊讶："他的腿，可够长的了！"

蔡钧说："他们可是直接奉懿旨来上海缉拿康逆的。"

崇礼说："就凭他们父子四人？我看他是想踩着蔡大人的肩膀来抢头功的！"

蔡钧说："头功也好，二功也好，那是他们的造化。不过，听说太后对巫辛的'四不洋'十分赏识？你知道是哪'四不洋'吗？"

崇礼"哼"了一声，说道："什么'四不洋'？说穿了漏水！太后吃过洋人的大亏，从骨子里恨洋人。巫辛就来了个'不信洋教、不穿洋服、不吃洋饭、不交洋人'的家训，其实是在太后面前讨好卖乖！"

这时，艾师爷敲了敲门进来了。

他对蔡钧说道："大人，有密报送来，说是雾大，'重庆号'已在吴淞口外抛锚了，明日雾散后，才能开进黄浦江。"

蔡钧听了，点了点头："知道了。"

艾师爷刚要走，又被蔡钧叫住了："巫公公他们呢？"

艾师爷说："他们住进'仙客来'旅馆之后，门关窗闭，再没出来。"

待艾师爷走了之后，蔡钧对崇礼说道："崇大人，巫氏四人可谓是恃才傲物、天马行空，难以捉摸哪。"

崇礼低声说道："我已安排了人，会去关照他们的，请大人放心好了。"

蔡钧会意，不过，他显出一种事不关己的局外人样子，敷衍着说道："那是你们之间的交情，下官不便多言。来，请崇大人尝尝法兰西的洋酒。"

崇礼刚刚端起杯子，蔡钧拍了拍手，那六个女子和乐师、歌女又鱼贯进来了。

窗外，华灯万盏；楼内，灯红酒绿。

弦乐声、浪笑声和猜拳的喧哗声混杂在一起，令人感到头晕目眩。

二

大凡有雾的天气，海上多半风平浪静。

康有为斜靠在铺位上，借着壁灯在审读《波兰分灭记》的手抄本。

他编的这部书共有两册，用墨笔书写的，字迹工整。在变法期间他曾将此书进呈光绪帝一册，是为了让光绪帝借鉴当年波兰由于变法不及时、不果断，遭到守旧派的破坏和外国的干预而导致被瓜分灭国的教训。并影射中国当前的现实颇近波兰当年的情况。

波兰原是欧洲的一个大国，总面积超过了英、意、法、奥等国，但却遭到了瓜分灭国的命运。他在书中从两个方面向光绪帝提供了亡国的借鉴：一是揭露了波兰顽固派如何反对、阻挠、破坏变法，以致引狼入室；二是用俄国吞食波兰的事实，揭露沙俄的扩张野心，批驳朝中"一意倚俄"的错误主张。自从法、德、俄三国"干涉还辽"以后，朝廷中的上层对俄产生了好感，尤其是慈禧、李鸿章等当权者产生了亲俄倾向。康有为在书中指出："俄为虎狼之国，日以吞并为事，大地所共闻也。"波兰当年因依赖俄国，结果，俄国公使操纵波兰政治，下令"一切不可违俄国全权大使之命"，否则，革去官职，没收财产。俄国军队包围波兰国后，搜捕、屠杀爱国者，禁止波兰变法，最后与普、奥分灭了波兰。波兰的皇后不堪污辱，服药而死，波兰国王亦忧愤而亡。他在书中劝告和提醒光绪帝，必须当机立断，排除阻力，要有把来之不易的变法进行到底的勇气和决心。他还在书中向光绪帝提出了一些具体变法的措施：改宪法而图新，可采万国之良法，重新草定新法；任客卿以办新政，可请外国专家来华指导，每衙门派一人，以为"治访"，不授以实官；拔通才以济时艰，可不拘资格选拔通才，委以重任；设经济以理财政，快速发展农工商业；变衣服以易人心。他认为不易当时的衣服，不能易人心，成风俗，亦不利于变法的进行。

光绪帝读了《波兰分灭记》之后，深受刺激。他赏给康有为编书银两千两，表明了他对这本书的认可，这是光绪帝不曾有过的恩典。自此以后，他将顽固派攻击康有为的奏折统统驳回。不久，又提拔了谭嗣同等四位维新派人士充任军机章京。为打击顽固派，他还革除了礼部六堂的官职，接着又逐退了李鸿章等守旧大臣。维新变法的汹涌浪涛，冲击着中华古国的大地……

康有为读着想着，他忽然感到四周寂静无声，不但听不到波浪撞击船头的声音，而且也听不到单调而沉闷的机器声了。他问睡在旁边的李唐："船怎么停了？"

李唐翻身坐起来，他把脸贴在舱壁上听了一会儿，也没听到有什么动静，便披衣走出了舱室。

不一会儿，李唐回来了，他告诉康有为说："老爷，听船上的人说，因为海上起了大雾，轮船抛锚了。"

康有为披上长衫来到前甲板上，他站了一会儿，感到空气中湿漉漉的，四周漆黑一片。他想，这夜晚的海面，正如大清国的风云，变幻莫测。

　　他觉得他似置身在一个遥远而又荒凉的海岛上，孤独像一堵看不见的墙，正从四面八方向他挤压着，让他喘不过气来。

三

　　"仙客来"旅馆是一座典型的中式建筑，大门两侧有四根合抱粗的楠木柱子，柱子上的红漆光彩照人。旅馆共有三层，房顶上盖着琉璃瓦，显得堂皇而又气派。门口站着两名伙计，迎送着进出的客人。

　　伞郎借着旅馆外泄的灯光，在大门口看了一会，又悄悄转到了旅馆的后门。

　　后门比较偏僻。在一道围墙上开了一个小门，通着旅馆的后院。这个小门大约是为运送菜米烧柴的伙计们专门开的。二楼的房间，就是巫氏一家包的两间客房。伞郎在小门旁边站了一会，没听见有什么动静，便纵身跃上了丈余高的围墙，然后，轻轻跳进了院子。正当他向二楼观察时，伙房的门开了一扇，伞郎连忙隐身在墙边一人多高的一堆木柴后边。只见一个人穿着短裤走到门口，朝后院里泼了一盆水，然后又关上了门。伞郎猜想，大概是灶房的伙计倒洗脚水，准备睡觉。少顷，他忽然听到墙外有轻轻的脚步声，接着，一个面蒙黑纱的不速之客跃上了墙头，朝院子里看了看，然后一声不响地落在地面，伞郎不禁暗暗叹服他的轻功。

　　为防不测，伞郎连忙从背后的伞套里抽出伞来，在柴堆缝里紧盯着蒙面人，心里想，他是谁？来这里做什么？是跟踪自己的还是另有他图？他想看个究竟。

　　蒙面人似乎对这里十分熟悉，功夫也不简单，只见他像一只壁虎，沿着砖墙攀到了二楼的窗台，悄悄地朝房内窥探。

　　看来，蒙面人是冲着巫氏来的，而且是来者不善。这样也好，免得自己动手。他原想在"重庆号"靠岸之前，先除了清廷的这只最危险的鹰犬，搅乱上海道的阵脚，以争取时间，趁乱营救康有为。谁知半路上杀出了一个"程咬金"来！好吧，不妨来个坐山观虎斗。

巫辛早已熄了灯，似已睡熟。

房间的窗子开着，但关着纱窗，蒙面人用一把腰刀轻轻划开纱窗，缩身进了房间，悄悄地向床铺摸去。他看到巫辛安然地躺在床上，因为天热，身上的被单只盖住了腹部，胸膛裸露在外边。他有些窃喜，举起腰刀，猛地朝下扎去。就在这千钧一发之际，巫辛突然抬起一脚，将他踢出数尺。接着，巫辛一个鲤鱼打挺，从床上跳下来，赤手空拳地同蒙面人打斗起来。

蒙面人被巫辛踢中之后，知道对方已有防备，自己不是敌方的对手，心中已经生怯。他不敢恋战，连忙跳到窗台上，然后又跳到院子里，准备逃走。谁知巫辛紧随其后，从窗户一跃而出，蒙面人刚刚落地，他已站在蒙面人的对面挡住了去路，二人又在院子里打斗起来。蒙面人的腰刀舞得"呼呼"生风，巫辛左腾右挪，在躲闪腰刀的同时，冷不防使出一招"单腿扫叶"，令蒙面人穷于提防。

伞郎边看边想，这巫辛真是个怪人，他和刺客打斗，自己手中没有兵器，为什么不喊巫氏父子出来帮忙呢？正在这时，巫辛飞起一脚，"当啷"一声，将蒙面人的腰刀踢飞了。就在他惊恐的瞬间，巫辛又飞起一脚，因他躲闪迅速而未被踢中心窝，却被踢在左腿上，他站立不住，跌倒在围墙边。

巫辛走过去，大声喝问："你是何人？谁派你来的？"

蒙面人并不答话，巫辛弯下腰去，想撕下他的面纱，就在这时，蒙面人迅速从靴子里抽出了一把匕首，待巫辛伸手去撕面纱时，他趁机朝巫辛刺去。巫辛躲闪不及，匕首刺中了他的右臂。他连忙跳到一边，避开了蒙面人的第二次刺杀，他觉得右臂火辣辣的，剧痛钻心。蒙面人连忙从地上弹起来，纵身跃过围墙，落荒而去。

巫非父子听见院内的打斗声，鱼贯地从窗台上跳下来，巫非看到巫辛用左手捂着右臂，鲜血顺着手指间流了出来，他大惊失色，连忙问道："大哥，您怎么啦？"

巫辛皱着眉头说道："有刺客！"

"刺客在哪里？"

巫辛用嘴努了努墙外："跑啦！"

巫非连忙命令两个儿子："快，去追！"

巫辛阻止道："算啦！刺客是有备而来的，追也无益。"说着，目光中有一种痛苦的神情。

因巫辛受伤，已不能跃上二楼的窗台了，巫非和巫侃便扶着巫辛，巫仿手持短剑在前边引路，他们喊来伙计，打开围墙小门的锁，再从墙外绕到大门，回到了他们的房间。

这场殊死格斗，伞郎看了个一清二楚。不过，他心里一直弄不明白，那个蒙面人是谁？他为何要刺杀巫辛？

待后院恢复了平静，他也跃上围墙，离开了"仙客来"旅馆。

四

崇礼和蔡钧离开"江南春"时，已是子夜时分，也许是洋酒的后劲太大，也许是玩妞过度，蔡钧觉得浑身筋疲力尽，眼皮也睁不开了，钻进汽车便睡着了。

崇礼却没有这份福气，当他谈完正事时，心里就盼着能早一点散席，因为他今天的心不在酒桌上，更不在那三个风情万种的女子身上。谁知好容易熬到散席，蔡钧又领了一个模样俊俏的女子进了楼上的包厢，并约定一小时后与崇礼在大厅会面一起走。崇礼来到大厅，那三个形影不离的女子像三条美丽的花蛇，在他身上滑溜溜地缠着、绕着、舔着。他觉得上海的女子不及京城女子含蓄。于是，他从身上取出了三百元银票塞给他们，三个女子才眉开眼笑地离去，他则喊来阮少杰，陪他坐在那里品茶，等蔡钧下楼。

两个在崇礼房门口站岗的士兵见他回来了，连忙为他开了门。崇礼问："赵侍卫来过没有？""没有。"士兵答。待他进去后，又为他关上了门。

他坐在客舍的书房里，望着书案上的一柄宝剑出神。这时，有人轻轻敲了三下房门，赵侍卫推门走进来。

崇礼连忙问道："怎么样？得手了吗？"

赵侍卫连忙跪下，说道："回大人，巫辛武功过人，且已有防范，故卑职未能置他于死地。"

"难道失手了？"

"回大人，卑职已刺伤了他的右臂，虽未能当场毙命，但卑职在匕首上已涂过药了，他活不过半个月。"赵侍卫颇为得意地答道。

崇礼听了，点了点头，和颜悦色地说道："好！今晚的功劳，我先给你记下。待缉杀康有为之后，再一并奖赏，你也累了，回去歇着吧。"

赵侍卫连忙说："谢大人对卑职的栽培提携之恩。"说完，转身朝门口走去。

这时，崇礼顺手抓起书案上的剑，猛地朝赵侍卫的后心刺去，剑尖从前胸穿出，血流如注。

赵侍卫身子一震，回头望了望崇礼，双眼中充满了无奈的悔恨，他捂着前胸，颓然倒下了……

五

蔡钧一大早就赶往上海道衙门，因为浓雾散后，"重庆号"就会驶进黄浦江，他要在十六铺码头亲自督阵，指挥军警们缉捕康有为。

汽车刚到衙门口，艾师爷连忙迎上去，低声对他说道："大人，昨晚有人行刺崇礼大人。"蔡钧一听，吃惊不小，他问道："崇礼大人怎么样了？"

"崇礼大人安然无恙。"

"刺客呢？捉到了没有？"

"回老爷，刺客被崇礼大人当场杀死了。"

蔡钧一听，松了一口气，这才迈进大门。

蔡钧的紧张不是没有道理，崇礼毕竟是朝廷大员，奉旨来沪，昨晚还在一起推杯换盏，他若有什么闪失，别人岂不说我设的是鸿门宴？我这个道台还保得住吗？

蔡钧在衙内刚坐下不久，巫辛带着巫氏父子来到了衙门。蔡钧连忙迎上去，说道："我已听属下说过，巫公公已到了上海，因我去了英国总领事馆，故而没有见到公公，请公公海涵。"

巫辛双手向他抱了抱拳，说道："因我身上有老佛爷的懿旨，故而不便礼拜，请蔡大人勿怪。"

"免礼、免礼。巫公公请上坐，容卑职一拜。"

其实，蔡钧早已知道他们出京前慈禧召见了，还知道他身带懿旨出京刺杀康有为，但他装作压根就不知道此事。当巫辛说到身上有老佛爷的懿旨时，他才佯装下跪，巫辛连忙把他拉起来，说道："我等奉旨来沪除逆，请蔡大人给予协助。"

他口气不小，也不客气。蔡钧听了，心里很不舒服：一个五品的阉臣，却在我的面前装腔作势！不就是侍候太后的一个太监吗？浑身透着一股子奴才味！但他不敢明着得罪巫辛，脸上仍堆着笑，拉着巫辛的手，说道："巫公公，你不该把我当成外人，来到上海，也不住衙门的客舍，昨晚，我为你备了薄酒，想为你接风洗尘，派人到处去找您，却没找到您的住处，让我难尽地主之谊。您太不该，太不该了啊！"他是在撒谎。

巫辛听了，淡淡地说："蔡大人的盛情，巫某心领了。"

蔡钧接着说道："再说，您不住在衙门的宾舍，也委实让人不放心啊。这不，昨晚就有刺客对崇礼大人行刺，虽然行刺未遂，但这是个信号。"

巫辛一听说有刺客行刺崇礼，连忙问道："刺客捉到没有？"

蔡钧说："刺客已经死了。巫公公，请，咱们一道去看看崇大人。"

巫辛听了，点了点头，跟着蔡钧去了衙门的贵宾客舍。

崇礼书房里的物件十分凌乱，一个红木笔筒掉在地上，几只毛笔撒落在附近，一幅中堂的挂绳断了一头，中堂斜挂在墙壁上，一看就知现场曾发生过打斗。

见蔡钧和巫辛来了，崇礼连忙迎上去，向他们讲述了昨晚发生的事，然后，指着依然躺在地上的蒙面人说："这就是昨晚来刺杀我的刺客，因刺客死在我的客舍内，所以，我让部属守着现场，向上海道衙门报案，请蔡大人查验。"

　　"有什么可查验的！分明是康党余孽干的！我已命人对客舍加强警戒。对了，巫公公，您和贤弟及两位贤侄在外边，我真放心不下，不如搬进客舍来住吧，我早晚还可照应。"

　　"谢谢蔡大人的关照，我们住在外边方便些。"

　　蔡钧又说："要不，我就派几名士兵在旅馆里警卫？"

　　"蔡大人的好意，我心领了。士兵就不必派了，免得引起市人的猜疑。"巫辛说着，走到蒙面人的尸体跟前，猛地撕下他的黑纱，见刺客露出了一张被痛苦扭曲了的脸，眼皮未合，眼里还存留着死时的悔恨。

　　巫辛站在刺客的尸体旁若有所思，难道真是康党……

　　艾师爷匆匆走来，对蔡钧说道："大人，港务局说，黄浦江面雾大，'重庆号'仍在海上待命。"

　　蔡钧说道："好吧，二位大人就随我一起去十六铺码头等着，'重庆号'一进黄浦江，就封锁码头。"

　　一听说要去十六铺码头，他们虽然各怀鬼胎，但心中都有些激动，因为他们盼望已久的时刻就要到了。

第六章 雾海调包

康有为得知自己因蒙冤获罪而受到通缉时，悲愤不已。……几路杀手各显神通，对"重庆号"展开了地毯式搜查，一无所获。当他们互相攻讦、推诿时，康有为乘坐的英国"琶瑞丽号"轮，正向香港进发。

—

天刚破晓，一个又瘦又高的人影匆匆来到英租界的码头上。

码头上停泊着一艘挂着英国国旗的炮艇。艇上的水手看清了是英国驻上海总领事馆的卜兰德时，连忙搭起了跳板，待卜兰德登艇之后，炮艇便悄无声息地离开了码头，借着江面上的浓雾，小心翼翼地沿着顺水而下。

原来，英国驻上海总领事白利南遵照李提摩太的要求，为营救康有为，他设计了一个"海上调包"的计划。卜兰德就是奉白利南之命，去执行这一计划的。

炮艇离港之后，加速向吴淞口驶去。

吴淞口的雾比黄浦江要小一些，但能见度很低。炮艇一直驶到了庞大的"重庆号"跟前，才停下来。卜兰德用电筒向"重庆号"发出了信号，"重庆号"上立即给予回应。不一会，"重庆号"的舷梯放下来了，卜兰德在水手的协助下，登上了"重庆号"，在一名值更水手的引导下，直奔船长室。

船长早已接到了白利南发来的电报，他在门口等候着卜兰德。

"您好！船长先生，我叫卜兰德，是英国驻上海总领事白利南先生派我来的"，卜兰德从一只皮质公文夹中取出一份文件，"这是白利南先生给您的手令。"

船长说："卜兰德先生，见到您很高兴，我叫劳拉托，我愿按您的安排行事。"

二人在房间里商量了一会，便一起去头等舱找康有为。

李唐正在收拾行李，见有人敲门，便打开了门，问道："你们找谁？"

卜兰德用华语反问道："请问，这是康有为先生的房间吗？"

李唐点了点头。

卜兰德从公文夹中取出了康有为的照片，和眼前的李唐对照了一下，问道："康有为先生到哪里去了？"

李唐告诉他们，康有为到后甲板散步去了。

二人道谢以后，便去了后甲板。

康有为站在栏杆旁边，心事重重地望着浓雾弥漫的海面。

卜兰德手里拿着照片，走到他的跟前，仔细朝他打量了一会，确认他就是照片上的人时，便直截了当地说："请问，您就是密司特康吧！"

康有为一愣，他是懂英语的，便道："在下就是康有为，你们找我有事吗？"

"我叫卜兰德"，他又指了指身边的劳拉托，"这位是劳拉托船长。我们想请您到船长室去一下，好吗？"

"您有什么事吗？"康有为觉得很奇怪，因为他不认识这两个英国人，更不知道他们找自己干什么。

"您的一位朋友前来拜访您，他在船长室等您。"

"我的一位朋友？"康有为猜不出是谁到海上来拜访他，他想问清楚，"不知是哪一位？"

"您去了，便会知道。"

康有为觉得他们在卖关子，便笑了笑，跟着他们走向船长室。他看到房间里并没有人，便急着问道："我的朋友在哪里？"

这时，卜兰德从他的公文夹中取出了一张公文纸，交给了康有为，康有为接过去一看，是清廷发给上海道台蔡钧的密电抄件，他一下子惊呆了，原来纸上写着：康有为进红丸弑大清皇帝，着速密拿，就地正法。

康有为急着问道："这是怎么回事？"

卜兰德告诉他："这是蔡钧先生交给我们总领事馆的，要我们协助缉拿你。"

"不不，我为什么要杀害英明的皇上呢？一定是有人诬陷我。"康有为大声喊起来。

"康先生，请您不要激动。"卜兰德让康有为坐在沙发上，船长为他倒了一杯热咖啡，想使他冷静下来。但康有为像疯了一样，急不可待地追问他们："请你们告诉我，大清国的皇上到底怎么啦？是不是驾崩了？"

卜兰德说："北京官方密电上就这么说的。"并拿出了上海道府到处张贴的悬赏通缉令给他看。

康有为看了，犹似一个响雷在头顶上炸开了！他几乎站立不住，杯子中的咖啡也泼了出来，继而，他不再大声叫喊，一面流着泪，一面喃喃地说道："我知道了，一定是慈禧和荣禄下的毒手，嫁祸于我。皇上既然驾崩，我活在世上还有何用？不如随皇上而去吧！"说到这里，他面北而跪，边叩头边哭泣，额头碰在甲板上，"嘭嘭"作响，不一会，他的额头上便渗出血来了。李唐在甲板上没找到康有为，便到处寻他。当寻到了船长室门口时，忽然听见了康有为的声音，便急忙进去。他看见康有为像疯了一般跪在地上叩头，吓了一大跳，他急忙去拉康有为起来。康有为吩咐他说："快，去取纸笔来！"

不一会，李唐拿来了毛笔和纸，康有为跪在地上疾书，给他的弟子们写了一封遗书：

吾专为救中国，哀四万万人之艰难而思变法以救之，乃蒙此难。惟来此人间世，发愿专为救人起见，期皆至于大同太平之治。将来生生世世，历经无量劫，救此众生，虽频经患难，无有厌改。愿我弟子、我后学，体吾此志，亦以救人为事，虽经患难无改也。地球诸天，随处现身，本无死理；至于无量数劫，亦出救世人而已。聚散生死，及理之常，出入其间，何足异哉！？到此亦无可念，一切付之，惟吾母吾君之恩未能报，可为念耳！

光绪二十四年八月九日

康长素遗笔

接着，他又给在广州的弟子徐君勉写了一信，将家事托付给他：

吾以救中国故，冒险遭变，竟至不测，命也。然神明何曾死哉？君勉为烈丈夫，吾有老母，谨以为托，照料吾家人，力任大道，无变怠也。同门中谁能仗义，护持吾家吾国者，吾神明嘉之。任甫若存，并以为托。

光绪二十四年八月九日

有为绝笔告

他将绝命书交给了李唐，嘱咐他一定要藏好，若有机会时交给他们。

他好像完成了一件很大的心事，他不哭了，也不再说什么，只是定定地望着大海。突然，他一下子冲出船长室，拼命朝船舷跑去，大家立刻明白了他的意图——想投海成仁，以追随他的皇上。船长、卜兰德、李唐连忙将他拉住了。

卜兰德告诉他说，大清皇上是否已经驾崩，英国公使馆目前尚未接到北京政府的通告，也没有从其他渠道得到过类似的消息；还说，也可能是北京政府的电报内容不是事实。他只是奉白利南的指示，前来营救他的。

康有为听了，觉得有些道理，情绪慢慢稳定下来。他说："你们为什么救我？"

卜兰德说："李提摩太先生认为您是维新变法的领袖，也是我们英国的朋友，您受到了政治迫害，所以，才设法营救您。"接着，他介绍了自己的身份和他登船的目的，又向他说明了他的危险处境："北京政府已电令全国，通缉你和变法的人士。已有一些变法人士遭到了逮捕和迫害。现在，全副武装的军警布满了十六铺码头，还有不少密探和刺客在到处找你。你的处境十分危险，绝对不能在上海登陆。"

康有为只是默默地听着，一句话也不说，他还没从那封密电带来的悲哀中解脱出来。他在想，难怪皇上下密诏催他离京，皇上大权已旁落，预感宫闱有变。让他赴沪督办官报是托词，离京避难是真。

卜兰德继续说道："我要提醒您，上海道台蔡钧先生，可能随时会带领士兵前来搜查'重庆号'。"

康有为问道："我该怎么办？"

卜兰德说："我们为您准备了另一艘英国轮船，负责帮助您脱离危险，您看——"他指了指停泊在远处的一艘轮船，"那是英国的'琶瑞丽号'。"

大海上的雾已开始慢慢散去，时间紧迫，康有为不再犹豫，只好听天由命，他在水手们的帮助下，收拾好行李，带着李唐，迅速从"重庆号"上通过炮艇转移到了"琶瑞丽号"。

康有为站在"琶瑞丽号"的甲板上，朝卜兰德和劳拉托大声喊道："谢谢你们！"

卜兰德和劳拉托朝他不断地挥手，同康有为告别。

"琶瑞丽号"拉响了汽笛，调转了船头，朝香港方向驶去。

康有为逃出虎口之后，立即从船上向澳门《知新报》的陈仪侃发了一份电报，告知自己无恙。要他通知家人及"万木草堂"的门生，让他们速去澳门避祸。其实，在他发电报之前，广州的区谦之收到上海的急电之后，已将康有为的母亲、夫人和康氏族人连夜进行了转移。

二

蔡钧和崇礼及巫氏四人分乘三辆汽车来到了十六铺码头。十六铺码头仍然笼罩在浓雾中。

艾师爷对蔡钧说："大人，十六铺码头一带是法国租界，法国总领事馆已派出巡捕封锁了码头出口，不许外人进入。"

"英国总领事馆没派人来吗？"蔡钧问道。

艾师爷说："一直没看到英国总领事馆的人，不过，法国总领事馆副领事早就等在码头上了。"说着，他指了指远处的几个人影。因为雾大，看不清他们的面孔。

蔡钧转身对崇礼、巫辛说："法国人跟我的关系不错，走，我们过去交涉交涉，请法国人也帮忙缉捕康有为。"

蔡钧让译员向那名副领事说明了来意之后，副领事的头摇得像个拨浪鼓，咕噜一番。译员告诉蔡钧，副领事说，他无权允许中国军警进入法国租界的码头逮捕人犯！

蔡钧还想让译员再交涉一次，崇礼说："蔡大人，我看这个法国佬是在故意刁难，再交涉也无益了，还是等英国佬吧。既然他们已经答应派人登船搜查，我们就省事省心多了，让他们把朝廷命犯送来不是更好吗？"

这时，巫氏父子悄悄离开了码头……

蔡钧朝四周看了看，焦急地说道："是啊，是啊，这是白利南总领事亲口对我说的，怎么不见他们的人呢？"他把艾师爷叫到一边，对他交代了几句，艾师爷便带着译员匆匆走了。

码头附近的雾渐渐散了，站在码头上，已能看清江面上大大小小的船只。

过了一会，艾师爷回来了，他说："大人，白利南总领事钓鱼去了，领事馆的一个秘书告诉我说，他们已派巡捕乘炮艇到'重庆号'上搜查过了，康有为根本就不在'重庆号'上，他们无能为力。"

蔡钧一听，愣了。他气急败坏地说："康有为明明乘'重庆号'离开塘沽的，难道他能半路飞上天不成？也许他们不认识他，或者是康有为化了装，瞒过了他们！要是我们登船搜捕……"

艾师爷连忙解释："我也交涉过，但那个秘书的口气很硬，他说英国公使从北京发来电报说，他们坚决不同意中国军人登'重庆号'逮捕旅客，若强行登船，不但违犯国际公法，也侵害了英国利益，他们将提出抗议！"

蔡钧此时才感到有些不妙了。英国人先是说康有为不在"重庆号"上，又说不允许中国军人登船搜捕，他们的洋葫芦里到底装着什么药？

崇礼站在一边，一直在琢磨：康有为乘"重庆号"离开了塘沽港，在烟台没有下船，这是千真万确的事，既然不能在半路上飞上天，但会不会在半路上下了海呢？他求功心切，对蔡钧说："蔡大人，您在码头上守着吧，我可要先走一步了！"说着，他朝站在马路上的参将和随从人员招了招手，转身走了。

蔡钧已知道他要干什么了，朝他大声喊道："崇大人，使不得，使不得啊！"

崇礼好像没听见，走得更快了。

他要按自己的方式行事。他在"重庆号"到码头之前，为防万一，早已准备了另一套方案：他让参将事先定租了一条小火轮，停靠在江边上。蔡钧望着他们的背影，恨恨地说道："这个八旗子弟和这个阉臣，他们非给我捅出大娄子不可！"

但他又无可奈何。

三

大雾渐渐散了，"重庆号"开始起锚。然后，徐徐地驶进了黄浦江。

崇礼的小火轮和巫辛租的小驳船较上了劲，都开足了马力，在江面上鼓浪前进。渐渐，小火轮追上了小驳船。待两船平行时，崇礼站在驾驶室里，从舷窗上探出头来，大声对巫辛说道："巫公公，你我应是一家眷属，何必争先恐后，让蔡大人在码头上守株待兔吧！哈哈哈……"

由于船上噪声太大，巫辛听不清他说了些什么。他朝小火轮上的崇礼看了一眼，回头对船主说："我加一百元，你把船开得再快一些！"

小驳船终于超过了小火轮。

快到黄浦江口时，终于听到了"重庆号"进港的汽笛声，接着，已隐约看到"重庆号"的庞大身躯了。巫辛和巫氏父子站在船头，拼命摆着手，大叫着，要"重庆号"停下来。"重庆号"似乎忽略了江面上的这只小驳船，仍在向前缓行。当小驳船接近"重庆号"时，小驳船的船头轻轻擦了一下"重庆号"的船体，小驳船像鸡蛋碰到石头一样，顿时就被撞翻了，巫氏四人和雇来的十余名杀手连同船主一齐落入了黄浦江中。巫氏四人在陆地上有用武之地，可在水里就成了四个秤砣！幸亏雇来的杀手们水性好，将他们一一救了起来。

崇礼见巫辛的小驳船翻了，幸灾乐祸，他一边向水中乱抛救生圈，一边命令士兵鸣枪示警，要"重庆号"停下来。

"重庆号"上的人见撞翻了驳船，又有鸣枪，终于停下了。

崇礼让译员站在船头上，向"重庆号"喊话，说要登船搜捕朝廷案犯。

劳拉托听了，大声说道："没有英国总领事的命令，你们不能登船。"

崇礼早已等得不耐烦了，他朝阮少杰喊道："登船！"

这些他从北京带来的清兵们，在阮少杰的带领下，一窝蜂地沿着索梯爬上了"重庆号"。劳拉托戴着雪白的手套指着阮少杰说："你们这是违犯国际公法，我要抗议，强烈抗议……"秀才遇到兵，有理说不清。英国船长的抗议，对崇礼的部下来说，犹似一阵耳旁风，因为他们是一群执行特殊使命的清兵。

崇礼没有登船，他在小火轮上坐镇指挥。

士兵们按事先安排好了的步骤，分头对轮机室、贮藏室、货舱、客舱、水手舱、餐厅、伙房进行了详细搜查。

阮少杰带着两名持快枪的士兵推开了头等舱的一间房门，见一对外国中年夫妇正赤裸着上身在铺上互相抱吻，那位肤色白嫩的金发女人还冲他们狡黠一笑，用半通不通的华语说道："哈努！你们好！"

阮少杰连忙退了出去，一位士兵又回头瞄了一眼那对大奶，然后恋恋不舍地离开。

在另一个房间里，一位戴眼镜的牧师反问道："请问，船上发生了什么事？"

阮少杰没有回答，只是在房间里上下四周看了看。

他们整整在船上搜查了一个多小时，一无所获，便离开了"重庆号"，乘坐小火轮向十六铺码头驶去了。

最先回到十六铺码头的，是巫氏四人。蔡钧看到他们都成了落汤鸡，知道已经发生了什么。

他哭丧着脸说道："巫公公呀巫公公，您怎么也跟着崇大人去胡闹呢？这不，没吃到羊肉，却惹了一身膻！"

也许是海水浸泡了他的伤口，巫辛嘴唇乌青，脸色苍白，他强忍着右臂上的阵阵剧痛，一句话都没说。

"怎么，您病了吗？"蔡钧看到他有些异常，便连忙说，"您还是回旅馆歇会吧。"

巫辛摇了摇头。因为他不知道崇礼是否捕获了康有为？他心里十分矛盾，既希望崇礼在"重庆号"上能搜捕到康有为，让老佛爷去了那块心病；但又不希望崇礼得手，因为这样一来，自己又失去了为老佛爷报恩的机会，何况他已收了赏银。

巫仿见伯父的身子微微地发抖，连忙脱下自己的褂子，用力拧干了水，披在巫辛的身上。不一会，崇礼率领部属们也登岸了，不过他没有在码头上停留，而是径直回了衙门的客室。蔡钧从他和他下属的脸色上，已经猜到他们也是白费心机！

汽笛声从江面上传来，"重庆号"徐徐靠上了十六铺码头的泊位，接着，旅客们陆续离船上岸。

四

蔡钧调来的军警虽然不能登船搜查旅客，但他们在码头外边设下了三道哨卡。除全副武装的军警以外，一些便衣密探手里拿着康有为的照片，在逐个对照着下船的中国旅客。有两个生意人抬着一个大木箱，刚刚走出码头，就被军警们叫住了，问他们箱子里装着什么？他们说是一个菩萨。军警们立刻围了过去，逼着他们打开箱子。箱子打开后，有一层厚厚的毛边纸，包着一个一人多长的物件，生意人不太情愿地解毛边纸，军警们如临大敌，立刻紧张起来。有几个竟"哗啦啦"拉开了枪栓！二人只好一层一层解开毛边纸，里边果然包着一尊唐山烧的上了白釉的观音塑像！

军警们松了一口气，却苦了这两个生意人，他们又一层一层地用毛边纸将观音像包好，装进木箱，小心翼翼地抬着走了。

　　最后下船的乘客是一对高个的外国中年夫妇。男的拎了个旅行箱，女的身穿一件长大衣，她双手抱住凸起的胸部，低胸领口下露出了一片毛发。那个军警立马上来要检查。男的说："刚才在船上我们脱光给你们看啦！"军警不理，强行拉下了女方的手。霎时，一只纯种的英国宠物犬从女人的大衣里掉到了地上……

　　乘客已经走完了，蔡钧望着尚未卸货的"重庆号"，心里在盘算：康有为既然上了"重庆号"，而崇礼登船时又没搜到，旅客下船时更没发现，那么，他一定还在船上！同时，他也在心里暗暗骂着崇礼和巫辛：太后和荣禄怎么会将除逆的重任交给这些废物呢？他们是十足的土包子，没有经过洋场面。他想，康有为可能躲在英国的外交邮件中，因为"重庆号"经常运输英国公使馆的邮件，这些邮件在海关是免受检查的。要不就躲在轮船的隔层舱中了。

　　总之，康有为肯定还在"重庆号"上。想到这里，他有些激动。他已经顾不了什么国际公法和英国人的警告，舍不得孩子，套不住狼。他要亲自捉拿康有为，他已经利令智昏了。于是，他向军警下达了强行登船搜查的命令。为了不使康有为漏网，他让艾师爷花重金请了三位著名的造船工程师，让他们专门负责搜查轮船上的隔层舱，又凑合了十几个办过洋务的军警，专门搜查外交邮品。

　　军警们受命后，在劳拉托的再次抗议声中，强行登上了"重庆号"！

　　巫辛觉得自己没能在黄浦江登上船，已是失误，懊悔不已。如今蔡钧又下令登船搜查，他再不能错过这个机会了，便忍着伤痛，咬着牙关，率巫非等人紧跟在军警们后面登上了"重庆号"。

　　又一个小时过去了，仍未见康有为的踪影。此时，蔡钧才发现自己失策了，也有些后怕起来。强行登船，是孤注一掷，若捕获了康有为，是抢了头功，还可将功折罪；现在两手空空，费力不讨好，不但是严重渎职，还给朝廷惹来了外交纠纷，此事恐怕难以下台。

　　"回衙门！"他大声吩咐了一句，便钻进守候在码头旁边的汽车，绝尘而去。

五

蔡钧从汽车上下来，感到又累又渴，一进衙门就抱起了他那把宜兴紫砂茶壶。

"大人，天津来的电报！"艾师爷将电报译文放在蔡钧的面前。

一听说是天津来的电报，刚刚抱起的茶壶又被他放下了，他战战兢兢地拿起电报，上面写道：康逆在沪缉拿后，无须押京，就地正法。着蔡钧施刑，崇礼、巫辛监刑。荣即日。

蔡钧放下电报时，额上已沁出了冷汗。他在宦海浮游了多年，从未像今天这样栽这么大的跟头！他不无惶恐地说道："这场祸可惹大了！"

艾师爷既是他在衙门办公事的得力助手，又是给他出谋划策的军师。他说："此祸需设法化解，宜早不宜迟。"

蔡钧说道："崇礼不听我劝告，擅自率人在黄浦江上拦住英轮，说是搜捕康逆，我看，他会不会另有所图，在半路上放走了康逆？"

艾师爷说："此说虽无铁证，但也难脱嫌疑，起码是打草惊蛇，因为毕竟是他擅自先登船的。"

蔡钧想到这里，拍着桌子说道："对，就拿他当只替罪羊吧！"

艾师爷补充说："替罪羊不是一只，而是两只！"

蔡钧一听，立刻领会了，他笑着说道："你就照此去拟一份奏折报天津，让荣禄大人过目后再转呈太后。"

艾师爷连忙到书房去了。

蔡钧是想抢在崇礼和巫辛的前头告上一状，使自己处于主动地位。谁知他的奏折还没发出，崇礼和巫辛的密电已送到荣禄的手上了。

崇礼在密电上说："蔡钧收到朝廷的密电之后，竟将电文告诉了英国总领事白利南。我怀疑是蔡钧假英国人之手，放跑了康有为，乃属大逆不道之罪，应当严惩。"

巫辛的电报和崇礼的密电内容相似。他说康有为在京变法时，和英国人多有往来。南下时又是乘坐的英国轮船，蔡钧将朝廷的意图告诉了英国人，估计是英国人在航行途中救走康有为，从而导致在上海将康有为缉拿、正法的计划付诸东流。他只是在密电的最后加了一句：崇礼浮躁，不宜此事。

荣禄认为巫辛的分析很有道理：康有为的漏网，与蔡钧过分相信英国人有关，应对他重处。

但蔡钧是他的忠实门徒，又是他推荐任上海道台的，今后，还要靠他和洋人打交道，若重处蔡，对自己亦不光彩。在权衡了利弊后，他给蔡钧发了一份电报，指责他"办事不力，轻信外人，使康逆得以逃脱，今后应将功补过，以不负皇恩"后，便不再追究了，蔡钧也免了被重处的厄运。对于巫辛，荣禄则大加赞扬，并以朝廷名义赐给黄马褂一件，还派了宫中的一名御医前往上海，为他疗伤。此举，令巫氏父子极为感动。

六

清早，御医在为巫辛疗伤过后，同巫非守候在旅馆，巫仿和巫侃则按巫辛的吩咐，分头外出打探消息去了。

中午，巫仿匆匆回到旅馆，对巫非说，康有为乘坐的"重庆号"，在吴淞口外停过一夜，康有为换乘英国的"琶瑞丽号"去了香港。此刻，还在海上航行，估计康有为会和家人会合，然后再逃往海外。

巫非说："我就猜到是英国人捣的鬼，他们将康有为在海上放跑了！"

"我们是不是直接去他的老家，在南海县缉捕他？若捕不到他，则将他的眷属和族人全部拘禁起来，逼迫康有为就范，投案自首。"巫仿的话，正中巫非的下怀。但他不敢做主，连忙带着巫仿去了卧室，将父子二人的想法告诉了巫辛。

巫辛一听，一下子从床上坐起来，问道："此事属真？"

巫非连忙答道："是仿儿花钱在英租界打探到的消息。"

"仿儿做事，心中有数。"巫辛想了想，忽然说道："快收拾行李，咱们这就去南海县！"行李收拾好了，巫非走到巫辛身边，低声说道："大哥，您的右臂……"

巫辛冷冷地说道，"是我的右臂事大？还是圣命事大？"巫辛越说越激动，眼中噙满了泪花，"太后待我巫氏恩重如山，就是全家死在追杀康逆的路上，也难报皇恩之万一。塘沽、烟台连续失手，上海又是竹篮打水，这是巫氏的奇耻大辱！"

御医知道巫辛的决心已定，临分手时说道："巫公公如此深明大义，忠心耿耿，带伤除逆，可敬可佩！"

巫辛向他深深作了一揖，说道："待我等取了康贼的首级之后，再去贵府拜谢您吧。"

御医连忙回礼，说道："愿巫公公多多保重，马到成功！"

当天下午，巫氏父子便离开了"仙客来"旅馆。

暮色四合时，一辆小汽车驶到了"仙客来"旅馆门口，一名伙计连忙迎上去，问道："请问先生，你们要住宿吗？"

艾师爷从汽车里探出头来，说道："去叫你们老板出来！"

伙计一看来客的派头和说话的口气，知道车里来了大人物，他应了一声，连忙跑进了旅馆。

不一会，老板慌忙出来了。

艾师爷下了车，对老板说："你是老板吗？"

"小人便是。"

师爷说："上海道台蔡大人专程前来你们旅馆，探访从北京来的四位客人。"

一听说蔡大人驾到，老板连忙跪下说道："小人有眼不识泰山，请问蔡大人贵客的尊姓大名？"

艾师爷说："都姓巫，老弟兄俩和少弟兄俩。"

"回禀大人，这四位贵客是在本旅馆住过，不过，他们今天下午已经结账离店了。"

"他们去了何处？"

"回大人的话，小人不知道他们去了何处。"

艾师爷听后，不再问了，他说："好啦，没你的事了。"说完，打开车门，钻了进去。

蔡钧虽然没下车，却听得清清楚楚，他后悔自己来迟了。后来，荣禄虽然在电报中指责了他，并没有追究他。他心里明白，是他将朝廷的密电抄送给了白利南，实属泄露了当局的最高机密，已产生了严重后果。他不怕崇礼，因他很难接近"后党"的核心。而巫辛就不一样了，他若在太后面前将此事捅出去，后果不堪设想！为了稳住巫辛，他在南京路的一家酒楼定了一桌海鲜，想亲自接巫氏父子前往赴宴，以修补他和巫辛的关系，只是因为来迟了一步，他的这番精心安排便落空了。

第七章　孤魂难归

苏州河畔，阮少杰和田兰演绎着爱恨情仇；黄浦江边，伞郎和沈萍欲别还羞。……巫氏乘坐的"顺风号"轮途中不顺，其掌门人巫辛，命毙南国的残暮鸦声之中。

一

许多天来，准确地说，是得知康有为乘坐的"重庆号"将要抵达上海以来，沈家就再也没听见笑声了，他们的心中承受着巨大的恐惧和压力。因为他们身单力薄，无法与上海和北京的官方势力抗衡。加之，康有为身在船上，既无法营救，又无法联络，而围捕他的罗网又织得密密麻麻的，他们也无法突破，只能日夜为康有为捏着一把冷汗，默默地祈祷上苍能保佑他度过这一劫难。

今天，笑声终于从沈家传出来了。

一大早，伞郎就出门打探消息去了，沈老师在看报纸，田兰和沈萍站在窗前，望着弥漫的大雾。她们原本寄望这雾早点散去，拨云见日，让康先生平安抵沪。但昨晚听伞郎说十六铺码头已经戒严，蔡钧在坐镇指挥，专等"重庆号"靠岸，她们又希望这雾再浓一些，好掩护康先生脱险。总之，她们感到了有一种无名的压抑排解不开。沈萍悄声问道："兰姐，康先生他今天……"她没敢说下去，泪珠已滚落出来，将头埋在田兰胸前，双肩抽动着。

田兰一边拍打着她瘦弱的肩头，一边说道："贵人自有贵人福，康先生不会有事的，还有许多事情等着他去做呢！你放心好了。"她虽然这样安慰着沈萍，但自己也情不自禁地流起泪来。

沈老师手里拿着报纸，闭着眼，眼角上也有泪花。

中午，伞郎忽然跑了进来，把大家吓了一大跳，田兰连忙问道："出了什么事吗？"

伞郎抹了一把额头上的汗水，激动地说道："'重庆号'已经靠岸了。"

田兰和沈萍同时问道："那康先生呢？你看到了吗？"

伞郎摇了摇头。

沈萍见他摇头，放声哭起来了。

沈老师说："伞郎，你慢慢地说，康先生会不会被他们抓走了？"

伞郎又摇了摇头，说道："军警们在码头旁挨个检查旅客，又登上'重庆号'去搜查过，英国船长还大声抗议着。据一个上海的密探说，康先生根本不在'重庆号'上，害得他们白忙乎了大半天！"

康先生既然没被码头旁的军警们认出，"重庆号"上又没搜查到，那么，他到什么地方去了？这是一个令他们百思不得其解的谜团，大家的心情既紧张，又沉重。

门铃响了，陈子褒开门一看，是邮差。他接过邮差送来的电报，交给了沈老师，沈老师展开一看，连忙说道："你们都来看！"

大家围在沈老师的身边，看着奇怪的报文：

赢州已借南风去，羞煞河边钓鱼人，盛酒马背应识途，为报绣户一片心。

谦谦君子

沈老师一下子就猜出这是区谦之发的电报，可那四句似诗非诗的文字表示什么意思呢？

田兰说："要想知道这四句话的内容，首句话最重要，为什么要把瀛州写成赢州呢？"

大家从"鹦鹉州"猜到"永州"，又猜南风是什么含义？田兰忽然说道："我猜出来了！赢舟是英舟的谐音，英舟即英国船。是不是康先生已乘英国轮船去了南方？"

　　经她这一提，大家慢慢便猜出了电报的内容：因为康先生乘英轮南下了，那么，那些在十六铺码头上的"钓鱼人"不就失策了吗？"盛酒"者，瓶子也，瓶即平；马背上有鞍子，鞍即安，这句话是一路平安。第四句的关键是"绣户"，户即沪，绣户即指沈家。

　　猜完了，大家都情不自禁地笑了起来，脸上的愁云和心里的阴云一下子便被这由衷的笑声扫涤尽了。

　　原来，区谦之接到了康有为在"芭瑞丽号"上发出的电报之后，怕上海方面着急，便给他们发来了这封天书一般的电报。

　　沈老师显得十分兴奋，她说要烧几个好菜，大家好好庆贺一下。伞郎听了，连忙说道："沈老师，现在我要去港务局购买明天去广州的船票。"

　　沈老师问他："这么快就走啊？"

　　伞郎说："既然康先生南下了，刺客们也会跟踪而去的，我要尽快赶去。"

　　沈老师听了，点了点头，嘱咐他说："你早去早回，我们等你。"

　　田兰心细，她看到沈萍的睫毛悄悄垂下来了，便说："你俩一起去吧，我帮老师做菜。"沈萍向她赧然一笑，拉着伞郎的手出门了。

　　待他俩回来时，已是晚饭时分。他们围坐在饭桌旁，边吃饭，边听沈萍讲述他们在外边听到的一些消息和逸闻，气氛既温馨又活跃。当说到巫氏父子船翻后，因为不会游泳而成了四只落汤鸡时，大家还争论起来。田兰说："叫落汤鸡不妥，因为江水不是汤，应当叫落水狗才合适呢。"说完，又引起了一阵笑声。

　　吃罢饭后，沈萍忙着去洗碗，田兰对伞郎丢了个眼色："这几天你没洗过一次碗，今天，应该轮到你了。"

　　伞郎说："我怕洗不干净。"

　　"不要紧，让沈萍教你洗。"

　　伞郎明白了，高高兴兴地进了厨房。

　　田兰对沈老师说，她要出去寄封信，临走时朝厨房看了一眼，见两人的脑袋挨在一起有说有笑，她不好意思地回头出门了。

她是在向沈老师表明，她离开之后，让伞郎和沈萍能在一块多待一会，彼此多说说心里话。

其实，她也是与阮少杰有约，今晚在苏州河畔相见，因为阮少杰有事要告诉他。

二

一轮新月冉冉升起在黄浦江的上空，苏州河的水波中也荡漾着一个月亮。河畔的树木、房舍都沐浴在一片银辉之中。世界竟是如此的宁静和安详，很难让人与阴谋、刺杀和罪恶联在一起。田兰披着月光，刚走到一座小桥畔，就看到站在不远处树旁的阮少杰了。

田兰的心不由得激烈跳动起来。这在过去她与阮少杰相会的经历中，还不曾有过的感觉，这是一种奇妙而又无法言传的感觉。忽然，她想起了两句词："月上柳梢头，人约黄昏后。"对，就是这种感觉，原来古已有之了！只不过苏州河畔没有依依的杨柳，而是一行法国梧桐罢了！想到这里，她不由得放慢了脚步，她知道她此刻的脸上一定是绯红的，好在朦胧的月色能够遮盖自己的羞怯。

还没等她走到树下，阮少杰就迎上来了，对田兰说："我明天就要离开上海了。"

田兰急切地问道："到哪里去？"

"广州。"

"广州？是随崇礼去吗？"

"不，崇礼大人已奉命回京，派我带两个人去广州。"

田兰没想到这么快又要分别，心中有些惆怅，原先想说的一些心里话，此刻也无法表达了。她抬起头来，望着明月，不再问了。

阮少杰向她解释说："今天下午，崇礼接到军机处的电报，命他速回北京。

崇礼临走前把我叫到他的房中，说康有为已从海上换乘英国轮船南下了。巫氏父子也得知了这一消息，明天上午十时，他们将乘招商局的'顺风号'轮船去广州，要我跟紧巫氏父子，见机行事。"

"见机行事？"田兰抬起头来，问道，"行什么事？是不是叫你有合适的机会就刺杀康先生？你打算怎样见机行事？"

阮少杰说："也包含着这层意思，恐怕还要对付巫氏父子，我并非你想象的那么坏。"

"你怎么对付巫氏父子？"

"从他们手中抢功，或对他们……"

田兰问："你为什么要告诉我？"

阮少杰没有回答。

"说呀，你为什么要告诉我？"

"因为，因为……因为我对你是一片真心！"

田兰赌气地说："清廷的刺客，都是些没有心肝的鹰犬，哪里还有什么真心？"

阮少杰笑着说："以后你会知道的。现在，咱们不能说点别的吗？"

田兰已有所感悟，便不再刺激他了。

二人踏着月色，默默地在河畔上散步。在一株梧桐的树荫下，阮少杰悄悄地握住了田兰的手。田兰觉得阮少杰的手心中有一股难以抵御的热浪，通过手臂传到了她的身上、心里，使她几乎不能自持，真想倒在阮少杰的怀里。阮少杰见田兰顺从了他，便得寸进尺，伸手搂住了她的腰肢，一股甜蜜的幸福感瞬间在两人心头涌起。在梧桐树的月影下，阮少杰吻起了她的额头、耳轮、脸颊，正准备捧起她的下颌，亲吻她的唇时，田兰突然说道："不，不要这样！我要回去了。再见！"说完，她挣脱了阮少杰的手，头也不回地走了。其实，她是急着回去报信。

她匆匆走着，不敢回头望，因为她知道，阮少杰一定还站在那里非常失落地望着她。

当她快走到沈老师家的门口时，心中有些不忍，觉得这样对待阮少杰，是不是误会他了？或是给他造成误会？她有些后悔和内疚。

三

没有戒严的十六铺码头，又恢复了往日的繁忙。旅客们在匆匆地登船和下船，搬运夫们在装卸着货物，嘈杂的喧哗声不绝于耳。

伞郎提着行李，站在码头入口处，好像在等什么人，其实他是在望着上船的乘客。

巫辛父子昨晚就住在码头附近的旅店，当登船的时间一到，他们四人最先向"顺风号"走去，只是巫辛今天有些异常，将手搭在巫仿的肩膀上，走起路来似乎有些吃力。

这时，田兰和沈萍坐一辆人力车赶来了。

她们在码头外边，隔着栅栏朝伞郎招手，伞郎连忙跑过来，朝她们"嘿嘿"笑着。

田兰望了望沈萍，笑着说："萍萍，我让开，有什么话你就快说呀！等上船了，就说不成了！"说完，她去找她的另一半去了。

沈萍腼腆地低下了头，从口袋里取出一只铜壳怀表，她羞怯地说道："你带上吧，好看时间。"

伞郎既惊喜又感到突然："你这是哪来的？"

沈萍说："快接着啊，这是我父亲在我十六岁时从欧洲带给我的生日礼物。"

伞郎从栅栏空缝中接了过去，一看就知道是名表，表壳上刻着一只帆船。

汽笛声响了，伞郎连忙将怀表装进口袋，连声谢谢，并朝她憨厚地笑了笑，便转身朝"顺风号"跑去。

田兰好不容易看到了人群中的阮少杰！

阮少杰穿了一身米色西装，潇洒飘逸，在两名穿长衫的跟班陪同下，大摇大摆地走到码头入口处。他回过头来四处张望，终于看到朝他招手微笑的田兰。

他也向她笑了笑，还做了个抱拳的手势，回头走下了码头。

他预感田兰会来送的。

沈萍过来了，田兰举了一半的手又放下了。

沈萍问她："兰姐，你怎么啦？"

"我是有些不放心他……""们"字到嘴边又咽了回去。

沈萍幽幽地说："我也是。"

田兰说："我们回去吧。"

沈萍依依不舍地跟着田兰离开了码头。

四

"顺风号"的吨位不大，又遇上风大浪急，船速很慢。当航行到第二天中午时，巫辛的高烧不退，有时昏迷不醒，有时闭着眼说些呓语。巫非怕他熬不到轮船靠岸，便打发巫仿去打听一下，看船上有没有医生？

不一会，巫仿领着一名戴眼镜的日本医生来到舱室，医生给他量了体温，又用听诊器叩听他的胸部。谁知他猛然醒了，瞪着一对充血的眼睛望着医生，又厉声问巫仿："他是谁？"

巫仿告诉他："他叫松本，是位日本医生。"

一听说是日本医生，他连连摆手，示意医生离开。松本觉得奇怪：这人怎么啦？为什么有病不治呢？

日本医生想察看他的睑底，刚伸出手去，被巫辛用手推开了，他大声喊道："东洋鬼子，别碰我！别碰我！"然后又转头望着巫仿，大声斥责："什么大夫不能请？你偏偏请了个东洋大夫！"

巫非走过去，在他耳边低声解释："哥哥，这船上没有中医。"

"没有就算了，我就是死，也不许东洋鬼子碰我！记住了吗？"

"记住了。"巫非的眼里含着泪花。

日本医生走了之后，巫辛又进入昏迷状态，巫仿伸手摸了摸他的额头，烧得烫手，他便去端了一盆凉水，将汗巾打湿，搭在他的前额上，以此来帮他镇静、降温。

第三天，一直昏迷不醒的巫辛突然醒了。他指了指前胸，又嘶哑着声音说道："你再念一念，让我听听。"

巫仿知道他的意思，便从他的前襟里取出老佛爷的懿旨，在他耳边轻轻念了一遍，巫辛听了，脸上露出了一丝笑意。

也许是回光返照吧？当巫仿念完懿旨之后，巫辛竟安安稳稳地睡着了，似乎那道懿旨是一副能起死回生的奇方良药。

五

伞郎的三等舱在轮船的一层，而头等舱都在二层上，他已认准了巫氏父子的房间：12 号和 14 号。晚餐之后，他像普通旅客一样，在甲板上散步，却没有看到巫氏父子。他又回到船舱，看看周围没有人，就从伞柄中悄悄抽出剑来，插在背后，蒙上面罩，躲进了一间贮藏室。

一名船员提着一只大水壶从走廊上走过来。他轻轻打开门，一把将他拉了进去，那名船员还没明白过来，嘴上已被伞郎塞上了伞套。伞郎用剑尖指着他的鼻子尖，低声说道："你要不叫不闹，听我的吩咐，这一百元钱就是你的，若不听话，马上就让你喂鱼！"伞郎说完，将钱在他眼前晃了晃，塞在了他的口袋里。

那个船员早已吓得脸色苍白，哪里还顾得上什么钱呢？只要能保住命就是烧高香了，他惊恐地望着伞郎，一个劲地点头。

伞郎将他的制服脱下来，穿在自己身上，然后把他的手脚捆绑起来，丢在地上。又摘下他的帽子，提上大水壶，关上舱门，到头等舱送开水去了。

他首先敲了敲 12 号房门，里边无人应声，又接着去敲 14 号房间，门开了，巫侃堵在门口，问他有什么事？

伞郎指了指大水壶："先生，要开水吗？"

巫侃回头望了望巫非，巫非点了点头。

伞郎进了房间，刚要倒开水，却被巫侃拦住了："我来倒吧。"说着，将大壶接过去了。伞郎站在巫辛的床边，见巫辛头上敷着湿毛巾，仰面躺在床上，好像已经睡过去了。

虽然伞郎与这个老奸巨猾的刺客近在咫尺，且他正在昏睡中，但他不能动手，因为巫氏父子都在旁边警觉地望着他，似乎随时准备应付意外袭击。大约在"仙客来"遇刺之后，巫氏一家已不相信任何人了。

既然时机不好，就不能打草惊蛇，待巫侃倒完开水之后，他提着大水壶离开了。

当他走到走廊尽头时，忽然听见身后传来一阵急促的脚步声，他连忙躲在楼梯口旁，抽剑在手，又飞身来到船舷上。

其实，在伞郎去送开水时，巫氏父子已有了警惕，当伞郎离开房间后，巫仿注意到他并未按顺序去敲 16 号和 18 号的房间，而是提着大半壶开水走了。他更加怀疑，便连忙持短剑追了出来，想看看这送开水的船员是否是船上的人？

巫仿追到船舷时，伞郎返身持剑刺去，巫仿一闪身，躲过去了，问道："朋友，你是谁？"

伞郎并不搭腔，连续用剑刺杀，巫仿手中的剑太短，只能左右躲闪，渐渐招架不住了。但伞郎也施展不开手脚，因船舷太窄，他的剑尖常常碰在栏杆上，溅出一簇簇的火花，无法将巫仿置于死地。

这时，走道上传来巫侃的喊声："哥哥，我来了。"

伞郎趁他还没过来，用剑将巫仿逼到了楼梯口旁，巫仿站立不稳，顺着楼梯摔下去了。等巫氏兄弟会合时，已不见了刺客，只听见海面上"扑通"响了一声。

"有人跳水啦！"不知谁喊了一声。

"快，扔救生圈！"

巫氏兄弟趁着混乱离开了现场。

伞郎用了个障眼法，人已经回到了头等舱的另一面走廊，当他刚刚走到 6

号房间时，房门突然打开，有人一把将他拉了进去！

伞郎刚要举剑，见一个穿米色西服的青年，像是一位阔少爷，坐在沙发上，朝他笑了笑，又示意他不可出声。

这时，门外又传来了脚步声，阔少爷朝两名随从使了个眼色，一个随从将伞郎拉到房门后边，阔少爷若无其事地坐在靠门处，悠闲地用一把小刀削苹果。

巫仿和巫侃走到房门口时，站住了，朝房间里张望着。

阔少爷说："有什么事吗？"

巫仿和巫侃没有回答。

"请进来坐坐吧！"

巫仿和巫侃对望了一眼，摇了摇头，走了。

伞郎从房门后边走出来，向阔少爷抱了抱拳："谢谢你们。"

阔少爷只是笑了笑。

当他走到门口时，忽听那个阔少爷说道："朋友，接住。"

他一回头，刚好一个苹果扔过来，他伸手接住，朝他笑了笑，飞快离开了。他很纳闷：他是谁？为什么要救自己呢？

他到贮藏室给那个船员解开绳子，还给他衣帽之后，晃了一下伞剑，又指着他的口袋说，"买把新水壶够了吧？今天发生的事你还记得吗？"

那个惊魂未定的船员连忙点头，又赶紧摇头。

六

大风夹着雷雨袭击着香蕉林，香蕉树宽厚的叶子在风雨中"呼啦啦"响着、摇曳着。一个响雷过后，漆黑的夜空中划过一道紫色的闪电，闪电照出一个打着雨伞的人，正在香蕉林中的泥泞小路上艰难地奔走着。

他就是区谦之。

当他接到上海的电报之后，便由广州赶到了南海县的县城。康有为的老家远在银塘乡，天黑无车，加上风雨大作，他只好连夜离开县城，徒步去银塘乡报信。

他到了银塘之后，已是深夜了。他从村头寻起，终于看到了两棵大榕树。榕树旁边，有一座挺气派的房子，门额上有一木匾，上面刻着"延香老屋"四个魏碑大字，这就是康有为的祖老宅。

他敲了敲厚重的大门，不一会，大门打开了，康有为的原配夫人张云珠站在门口，望着全身湿透了的区谦之，问道："请问，您找谁？"

"康老夫人在家吗？"没等张云珠回答，他已跌跌撞撞地进去了。

康有为的母亲劳连枝虽已六十多岁了，但耳聪眼明，她手里摇着一柄芭蕉扇，正坐在堂屋的竹椅上纳凉。她已听出来人是谁了，连忙说："原来是谦之啊，你怎么来了？你看你，都淋成什么样子了。随觉，快拿干汗巾来！云珠，你去泡茶。"

随觉就是梁随觉，她是康有为的二夫人。

区谦之接过梁随觉递给他的干汗巾，一边擦着头上、脸上的雨水，一边回答："伯母，我是来报信的。"

劳连枝一听，立刻紧张起来："是不是有为和广仁出事了？"

区谦之说："伯母，现在不是说话的时候，您和夫人、孩子们要马上离开这里！"

"去哪里？"

"澳门！"

"什么时候走？"

"今晚上，越快越好！"

张云珠一听，吓得哭起来了。劳连枝倒是十分镇静，她对张云珠说："哭什么！赶快去收拾一下！"

"还有一件事，要通知康氏族人和亲戚，尽快外出避难，"区谦之补充了一句，"以防受连累。"

劳连枝已从他的话中听出了事态的严重性，又追问："难道他们犯下了灭九族的大罪不成？"

区谦之连忙安慰她说："伯母，您放心好了，让族人外出避难是为了以防万一。"

梁随觉对劳连枝说："婆母，我去通知伯父他们！"说完，从门后墙上摘下一顶大斗笠，迅速走进了风雨交加的黑夜中。

康家人经过一番紧张的准备后，已是子夜时分，他们开始上路了，劳连枝和孩子们坐在一辆牛车上，张云珠坐在婆婆旁边，为她撑着一把油布伞。

梁随觉手里挽着一个小包袱，跟在牛车旁边。她本想向区谦之打听康有为和他弟弟在京城到底出了什么事？但由于劳连枝在车上，几次想开口，都欲言又止了。

梁随觉的名字叫婉络，号乐隐，是广东博罗县人。前年嫁到康家时，康有为四十岁，她只有十七岁。她虽是少妇，但身材窈窕，长相俊美，浑身上下无处不透着青春的活力。新婚不久，康有为就去了北京。看丈夫的来信，是她生活中的一件大事，除此之外，便是看书、读诗，或临摹她喜爱的古画。也许今夜送来的消息对她打击太大了，一路上，她总是偷偷地抹泪，好在风急雨大，光线很暗，周围人看不清她脸上的泪水和悲伤。

康氏的其他族人，也都在当夜离开了银塘乡，他们家的大门上，都挂着一把大锁。

风声、雨声、雷声，淹没了这些背井离乡夜行人的脚步声。

夜，黑得伸手不见五指，芭蕉林、椰子树在暴风雨中挣扎着、抗争着。

七

"顺风号"终于到了广州。

船上的旅客有的在船舷上观看珠江的风景，有的在收拾自己的行李。巫辛醒了，当他听说轮船已经抵达广州时，挣扎着从床上爬起来，急着要下船。

巫非叫巫仿去码头上雇一乘小轿，准备用轿将巫辛抬下去。巫辛听了，连忙摆手，他对巫非父子说道："此次来广州，不可惊动官方，以免走漏消息。

下船后，立即去南海县，按旨行事，拘捕康有为及其家属。"

巫仿十分敬佩伯父的魄力和忍耐力，也十分欣赏他的智谋。他想：康有为已是惊弓之鸟，不敢在一棵树上久藏，这次必会去南海县老家，带上家人远走高飞。现在去南海县，正是时候。至于不惊动官方，是因地制宜，广东一带，洋务盛行，清廷官员与洋人多有接触，背景复杂。再说，这里并非京津，山高皇帝远，搞不好，将坏了大事。所以，不可张扬。

下船时，巫仿将巫辛背起来，随着人群走下了跳板。巫辛点了点头，说道："好，好孩子！不愧是巫家的后代。"

巫辛的话，一半是安慰，一半是欺骗，他们的身上没有半点巫家的血缘。

巫氏父子风尘仆仆地到了南海县。

南海县城不大，人口也不算多，但街上店铺比邻，商贾云集，显得十分繁华。他们投宿在王记客栈里，准备雇车去银塘乡。巫辛的病情越来越重了，但他不肯留在客栈里歇息，坚持要立即去银塘乡抓捕康有力，抄他的老窝。

巫仿安顿下伯父和父亲之后，便出了客栈，想打听去银塘乡的路线。刚好有一个卖汤元的小贩走过来，巫仿便向他打听，谁知那个小贩听说他要去银塘乡，脸上露出了惊恐："去银塘乡，你们不要命啦？"

"怎么啦？"巫仿问道。

"银塘乡出了通天官司啦！"小贩朝四周看了看，又低声说道："银塘乡出了个康有为，在京城里当了大官。听说他用毒丸谋害皇上，逃出了北京。这不，广州道台带兵去银塘乡逮他时，他不在家。听说，朝廷正在悬赏捕他，他的头值五十万两银子呢！"

巫仿听了，心中一惊，他又问道："康家的族人呢？"

"听说也逃走了！族人事先得了密信。要不逃走，非灭九族不可！"

原来，在巫氏父子未到广州之前，广东道台谭仲麟奉命率领大批军警和衙役，来过银塘乡，但已是人去楼空。他们没抓到康有为和康氏族人，便将康家收藏的字画、善本书、家谱和康有为的文稿等物，抬到康家的庭院中，放了一把火，烧了个干干净净。又将康家所有的房产都贴上封条，才率领部下回了广州。在广州又查封了康有为讲学的"万木草堂"，将康有为的一万多卷图书和三百余口装书的木箱，全部烧成了灰烬！

巫仿听了，急忙赶回客栈，将听到的消息向伯父和父亲说了一遍。

巫辛恨恨地说道："我等又来迟了一步！"说完，他吐出了一口鲜血。巫非让他漱了漱口，把他扶在床上。

巫非怕时间长了会加重哥哥的病情，便同他商量："既然广州道台带兵已查抄了康有为的老窝，我们再去就没有什么作为了，最好先回广州，找几位著名医生先治好您的病，再慢慢打探康有为的消息吧。"

巫辛点了点头，巫非让巫仿去雇辆车来。不一会，一辆牛车便停在客栈门口了。

八

南海县的路，坎坷不平，又加上是老牛破车，速度很慢。随着牛车的颠簸，巫辛轻一声重一声地呻吟着。走到黄昏时，他不再呻吟了，脸色蜡黄，双眼紧闭。巫非吓了一跳，连忙用手试了试，他还有脉搏，便哭着说道："大哥，您可不能撇下我们呀！"

巫仿见状，心急如火，他恨不能背起伯父直奔广州！可是不能，伯父再也扶不起了。他猛地朝牛屁股打了一巴掌，那牛向前跑了几步之后，又慢慢悠悠地走着。倏地，巫辛睁开了眼，吃力地抬了抬手，示意让牛车停下来，又指了指路边，原来他想下车。

巫仿把他抱下车来，问他是不是想出恭？他摇了摇头，指了指前边的一个水塘，意思是要到塘边上。巫仿将他轻轻地放在塘边的青草地上，他点了点头。

伯父为什么要下车？他想做什么？巫仿毕竟年轻，经事不多，他以为巫辛在牛车上颠簸得不舒服，想在草地上歇一歇再上车赶路。巫非看到巫辛的这一反常举动后，忍不住放声哭起来。巫非一哭，巫仿和巫侃连忙扑到巫辛身边，紧紧地抱住巫辛不松手，生怕伯父会舍他们而去。

巫仿无论如何都难以相信，身材高大且武功超群的伯父，怎么会衰败到如此程度！记得有一天晚上，月色很好，他和巫侃正在后院里练转身甩刀，不小心将刀甩到房顶上去了，他们想用竹竿将刀挑下来。这时，伯父进来了，只见他把长衫向腰间掖了掖，纵身一跳，上了屋顶，屋瓦不响。拾起刀又轻轻跳下来，落地无声。伯父偶尔露出的轻功，令他和弟弟惊叹不已。

望着眼前的这个伯父，巫仿无法和那个飞身上屋和单手战刺客的伯父联系起来。他忽然想到，夜袭"仙客来"旅馆的那个刺客一定是在匕首上涂了毒药！

巫辛挣扎着跪起来，双手颤抖着，取出了懿旨和血书，面北而拜，还没拜完，便像一段朽树，"咕咚"一声栽倒了……

一抹如血的夕阳，照着南国的这片荒草地。几只归鸦，从一片坟地中飞起来，哀鸣着，朝远处的一座坍垮了的古庙飞去，古庙里有它们的巢窝。

巫非已经哭哑了嗓子，他像疯了一样，拼命在草地上磕头。巫仿将他抱起来时，他的前额已经成了一块血饼子！

夕阳已经下山，暮色渐渐变浓。父子三人嘶哑的哭声让人胆裂肠断。

他们将巫辛的遗体放在牛车上，然后跟车夫商量，要连夜运到广州。谁知车夫不肯，说是牛车运尸凶多，晚上赶路，就更不吉利了。雇车时，讲好脚力钱是五十元，巫非答应多付他八十元，车夫仍不答应。巫仿走过去，抽出短剑，猛地扎在车夫的座位旁边！那车夫吓得脸色煞白，冷汗淋漓，连忙点头应允。

当车到了广州郊区一条小溪旁时，巫非叫车停下将钱给了车夫，车夫高低不肯收，他怕巫氏父子是打家劫舍的歹徒。

巫仿对他说："我伯父病逝荒野，你赶车相送，为我们帮了大忙，这点钱，是我们的一点心意，你就收下吧，不过，今日之事，请你千万不可说给别人，否则，我伯父在九泉之下也难瞑目！"

车夫听了，连连点头，接过钱，慌忙赶着牛车回南海县了。

巫氏父子将巫辛临时葬在小溪旁的荒丘上。为了不引起别人的怀疑，他们没立墓碑，只是搬来了一块大石头，放在墓旁，充作记号。待刺杀了康有为之后，再将他的遗骨迁葬丁家镇。

当初，巫氏父子奉旨出京，何等威风！而今，逆未除，功未建，巫氏四人的掌门人却走了，好不悲哀。他们跪在巫辛的坟前发誓：不除康有为，就是不忠不孝之人！

临走时，巫非脱下褂子，捧了些坟头上的泥土，包好后，放在行李中，才领着两个凄凄惨惨的儿子离开了。

黄昏中，荒野上，独留一座无碑的孤冢。

第八章　东逃扶桑

　　康有为在日本如鱼得水，他寄情异邦风光，吟诗著述，壮心不已。……清廷又派出两名超级杀手跟踪追杀，康氏危机四伏。

一

　　康有为逃往香港之后，立即探望了从澳门过来的老母及家人。不久，香港总督勃来克得到了可靠情报：清廷派出的刺客已跟踪而至，要在香港刺杀康有为！死神的阴影一直笼罩着他。为了摆脱刺客的跟踪，康有为在香港朋友们的帮助下，先后更换了三处住宅。最后，勃来克将康有为安排在香港警察总署的二楼上居住，并专门抽调警员负责他的安全。这样一来，虽然安全绝对可靠了，但也断绝了他和外界的联系，这令他苦闷和焦急。他刚刚从一场噩梦中醒过来，心还在北京，虽然光绪帝未废，但已成了傀儡，大权在慈禧手中。六君子为变法已杀身成仁了，但拥护维新变法的人士还大有人在！如何才能将他们聚拢起来，在国内和海外发起一场"勤王"活动？这是他心中的唯一大事。

　　然而，在这弹丸之地的香港，在警卫森严的警署楼上，他无法施展手脚，更无用武之地！不，他不能久居香港，他要四处呼吁，要付诸行动。于是，他向日本驻华公使矢野文雄发了一封电报："上度国危，奉密诏求救，敬请旨贵国，若见容，望电覆并赐保护。"

　　矢野文雄接到电报之后，立即报告了日本政府。八天之后，日本内阁首相大隈重信致电日本驻香港领事上野季三郎，让他将日本方面的态度转告康有为：日本政府同意康有为去日本避难并加以保护。

康有为得到了日本政府的许诺之后，在日本友人宫崎滔天的陪同下，带着二夫人梁随觉和一部分弟子随行，搭乘日轮"河内丸"号，离开了香港。

二

"河内丸"号在茫茫的太平洋上航行着，四周水天一色，巨大的钢铁身躯在无穷的汪洋中显得十分渺小、孤单，康有为同样感到孤单。

第一次乘坐海轮的梁随觉站在甲板上，她显得有些紧张，也有些好奇。她对站在身边的康有为说："这海真大呀！"

康有为笑着说道："这才是太平洋的一角呢！还有印度洋、大西洋、北冰洋！"

这时，一些在甲板上悠然散步的乘客们纷纷拥到了左舷，凭栏远眺。远处，有一些隐约可见的岛屿，只是烟水迷蒙，看不真切！

康有为对梁随觉说道："那就是咱中国的琉球岛。当年，割让给了日本。"

梁随觉听了，默默无言。

"随觉，我有了一首诗，你帮我记住。"

梁随觉点了点头。

康有为手扶栏杆，望着若隐若现的琉球岛，低声吟道：

> 海水排山通日本，天风引月照琉球。
>
> 独运南溟指白日，鼋鼍吹浪到沧州。
>
> 黎洲乞师曾到此，勃胥痛苦至于今。
>
> 从来祸水堪流涕，不信神州竟陆沉。

康有为在诗中借用了两位古代义士求兵救国的故事，以古喻今。黎洲即黄宗羲。清军入关后，明朝朱氏皇族在南方建立南明政权，继续抗清。黄宗羲是南朝政权的左副都御史，曾到日本长崎请求援兵抗清，无果而返。勃胥即春秋时的楚国申包胥，吴国攻打楚国时，申包胥"哭秦廷"，感动了秦哀公，秦发兵救楚，使楚国得以保全。康有为以此典故，说明他到日本绝不只是为了避祸，而是身藏光绪帝的密诏，在异国从事"勤王"活动，以挽救维新事业。梁随觉有过人的记忆力，凡她读过的书，皆能背诵。康有为在家中写的一些古诗、楹联，她都能倒背如流。当康有为吟哦完了，她在心中也牢牢地记下了，只是有几处典故她不懂，康有为向她讲解了之后，她便理解了全诗的含义，回到舱室后，她用笔抄在了用毛边纸订成的册子上。

三

经过六天五夜的航行，"河内丸"号于 1898 年 10 月 24 日夜晚，抵达日本神户港。

康有为一踏上码头，徐勤、邝汝磐、冯镜如等在日本开办大同学校的华侨，和陈莫庵、陈荫农、汤觉顿等弟子们已等候在码头上了。

原来，十多年前，邝汝磐等人为了在日本培养教育华侨子弟，曾在横滨创办了一所学校，希望能从国内延聘新学士任教师。邝汝磐为此事曾专门找过孙中山先生，请求帮助。孙中山的兴中会也缺乏文士，便向他推荐了梁启超，并为他们代取了校名"中西学校"。邝汝磐拿着孙中山先生的介绍函到上海拜会了康有为。康有为觉得梁启超当时任《时务报》主笔，不能前往，遂推荐弟子徐勤任校长，又推荐了陈莫庵、陈荫农、汤觉顿等辅助徐勤在位任教。他认为校名有些不雅。便将"中西学校"更名为"大同学校"，并亲自为学校题写了门额。

大同学校是孙中山、康有为两派早期合作的产物。徐勤在主持校政期间，与孙中山和陈少白等革命派人士的往来颇多。维新派企求的是清政府能改弦更张，实行变法，参与政权；而革命派则是谋划推翻清王朝的统治，夺取政权。尽管他们对清政府所采取的立场不同，但最初时，孙中山为首的革命派对康有为还是采取积极的帮助态度。在百日维新的高潮时，孙中山对维新派救国救民的举动表示钦佩；在维新派遭到清廷迫害时，孙中山对他们真诚相救，还委派日本友人宫崎滔天、平山周等人到中国解救康有为和梁启超。康有为逃到日本后，孙中山后来还托宫崎滔天、平山周向康有为表示慰问。孙中山还通过日本友人犬养毅从中沟通，组织孙中山、陈少白、康有为、梁启超四人会谈，商讨合作办法。但康有为以自己奉有光绪帝的"密诏"，不便与革命党人往来为由，自己未到会，派梁启超作为自己的代表。所以，会谈没有结果。这所大同学校虽然是徐勤任校长，师资大多是康有为的门生，但他们与革命党人相处融洽，彼此支持，往来异常亲密。

康有为从舷梯上走下来时，徐勤等人连忙拥上去。为了避开清廷驻日本公使馆的密探，他们只低声问候了数语，便在夜色的掩护下，匆匆上了汽车，汽车迅速驶离了码头。

四

自从得到康有为乘坐英轮"琶瑞丽号"到香港的消息后，巫氏父子便一直紧追不舍，尤其是抵港后，更是处于激动和亢奋的状态。他想：这是一个千载难逢的大好机会，只要能在香港刺得康有为，不但能为太后除掉心病，还能安慰巫辛的在天之灵，巫氏一家的使命也就大功告成了。

巫非每天都领着儿子在香岛的海港码头、大街小巷打探，从报纸的字里行间寻找踪迹，但就是得不到任何有价值的消息。难道康有为到香港的消息是假的？

一天，他们终于从报纸上看到了康有为的消息。不过，是说他在港探视了母亲之后，又偕夫人乘日轮去了日本。

报上的这条消息好像一盆冷水劈头盖脸地泼在了巫氏父子的身上，将他们立功和报仇的欲火浇熄了。

他们在香岛的旅馆住了五天，巫侃就熬不住了，说道："父亲，既然康有为去了日本，一时半会是回不来的，我们不能待在这里死等！"

巫非说道："不死等怎么办？我们又不能去日本！"

"要不，我们先回北京，等康有为回国后，我们再行动。"巫侃说，"待在这里，快把人憋死了！"

巫非说："忍着点吧。康有为的家眷在香港、澳门一带，他要是在日本待不下去了，准会回到这里来，到那时候，我们就有用武之地了。"

"他要是十年不回来呢？"

巫非大声说道："我们就在这里等他十年！"

巫侃见父亲有些激动，便不敢再说什么了。他望了望巫仿，巫仿放下报纸，说道："弟弟，父亲说的对，咱们是奉懿旨出京除逆的，如今，康逆未除，伯父以身尽忠，咱们能空手而返吗？"巫侃低下了头。

巫仿将短剑从剑鞘中抽出来，以食指弹了弹剑锋，说道："兔子满山跑，早晚要回老窝！只要康有为一回香港，就碰到咱们的刀刃上了。"

他将短剑递给巫侃，巫侃也弹了几下，剑锋上发出一串铮铮声。

住在香岛旅馆对面东亚大饭店三楼上的阮少杰，正和随从们商量何时离开香港时，饭店的侍者敲了敲门，将一封电报递给了阮少杰，阮少杰连忙拆开了。

一个随从问道："电报上说的什么？"

阮少杰说道："是崇礼大人发来的，说是康有为去了日本，让我们留在这里，盯住巫氏父子。"那个随从叹道："唉！回京没戏啦！我们陪巫氏，谁来陪我们呢？"

"梦春阁的那位幺妹子不是经常陪你吗？"另一个随从答道。

五

在国内未能捕杀康有为，慈禧的心病难消。如今，康有为又去了日本，令这位铁腕太后耿耿于怀，日夜不宁。

就在她无计可施，只能望洋兴叹之际，荣禄给她通报了一个消息，说是有两名前清的官员，既会武功，又通洋务，他们请求自备盘缠，充当杀手，前往日本行刺康有为！

　　这两人都非等闲之辈。刺客之一叫刘学询，原是广东省的一名地方官员，却暗地里串通土匪，危害百姓，称霸一方，还与海盗勾结一起，贩卖鸦片，抢劫商船。由于他作恶多端，民愤极大，在戊戌维新时期，受到了维新派的指责和打击，广东巡抚在查复折中，曾作出"罚勒刘学询白银一百万两"的处罚。在查办他时，他畏罪潜逃。为此，他对维新人士有刻骨的仇恨。另一名刺客叫庆宽，是八旗子弟。他自小养尊处优，游手好闲，酒色无度，所以，一直未能考取功名。好在他的祖上给他留下了不菲的家产，花了八千两银子为他捐了个内务府的郎中。但他恶习难改，劣迹累累，在百日维新中被革了职，他把千仇万恨都集中在维新派的身上。

　　戊戌政变后，他们以为出头的机会到了，于是，刘学询从广东到了北京，和庆宽密谋了三天。他们知道慈禧的心病，便自告奋勇，以自备盘缠去日本行刺康有为为由，花重金打通了关节。不久，他们得到了直隶总督兼北洋水师衙门的通知：荣禄要召见他们！

　　刘学询和庆宽一大早就来到衙门的耳房里等候着。

　　荣禄正在阅读一份奏折，看完之后，身边的戈什哈低声对他说了一句，他放下奏折，说道："让他们进来吧！"

　　戈什哈走到门外，大声喊道："传刘学询、庆宽前厅问话！"

　　刘学询和庆宽听了，一溜小跑穿过天井，来到衙门的前客厅，进门后，连忙跪在地上，同声说道："罪臣叩拜大人。"

　　荣禄朝他们望了望，问道："谁给你们定的罪？都是什么罪？"

　　刘学询说："回大人的话：罪臣原在粤督衙门任职，五品。康有为变法伊始，有人诬陷罪臣勾结海匪并贩卖鸦片，被广东巡抚勒罚白银一百万两，还要拘捕罪臣，罪臣只好连夜逃出，才免牢狱之苦。"

　　刘学询刚刚说完，庆宽连忙说道："罪臣庆宽叩拜大人，罪臣原是内务府的郎中，因反对变法被革职。"

　　荣禄听了，有些生气，说道："什么罪臣罪臣的！你们请求自备盘缠，去海外为朝廷除逆，乃是识时务的俊杰！不过，你们须以官方身份才行。这样吧，你们的奏折由我转呈西太后，并保荐你们前往日本。回去后，你们再将奏折抄录两份，分别呈御史杨崇伊大人和总理衙门奕䜣大人。下去吧！”二人听了，谢恩后退出了门。

不知道是刘学询和庆宽的运气好，还是慈禧被这两人的精诚所感动，她恩准了。三天后，他们再度受到了荣禄的召见。

这天一大早，荣禄一改往日的严肃和死板，他身上穿了一套便服，脸上露出了平时少见的笑容。他在庭院中舞了一套太极剑之后，接过仆人递过来的绿茶，边喝茶边欣赏鹰架上梳理羽毛的老鹰，听说刘学询和庆宽正在前厅等候召见，便吩咐仆人：“让他们进来吧。”

刘学询和庆宽行过跪拜之礼后，荣禄以手示意，让他们站起来说话。

荣禄和颜悦色地说道：“皇太后口谕：‘在朝廷用人之际，刘、庆二人请准自资赴日本捕杀康逆，难能可贵。赏刘学询为候选道，赏庆宽为员外郎’！”

刘学询和庆宽听了，受宠若惊，连忙跪下叩头谢恩。

荣禄接着说道：“你们以考察商务为名，速去日本驻上海总领事馆，找小田切总领事办理护照。名为官方考察，实为访拿康逆。记住，切切不可辜负了太后的一片苦心。”

二人听了，感激涕零，连忙说道：“皇太后恩深如海。卑职定将康逆置死于异国，以报大人的知遇之恩。”

荣禄说：“这就好，这就好。你们去吧。”

二人谢恩告辞。

昨天的罪人，今天不但无罪，而且加官晋级！二人知恩图报，他们当天便去了上海，想尽快办好护照，早一日去日本大显身手。

不久，他们便搭乘日轮“康成丸”号，离开了上海。

六

横滨的秋天，天高气爽，几片淡淡的白云飘过远处的山坡，与树林中的红叶相互衬托着，像一幅淡雅的水墨画。

在市区的一条街道上，有一座两层的楼房，楼房门口，挂着一块中文木牌，上面写着"清议报馆"。一名日本青年正在往脚踏车上装报纸，他回头看见一位中年男子朝报馆走过来，连忙热情地问道："先生，您找谁？"

来人说道："我找梁先生。"

"梁先生不在这里。"

来人从口袋里摸出一封信来，交给了他。他展开一看，脸上立刻露出了笑容。他连忙上前握住来人的手说道："康先生，您好！我叫村下秀一，我们早就盼着先生来呢。"

"梁先生现在在这里吗？"

村下秀一点了点头："在、在。"他朝脚踏车看了看，见后座上堆着一大捆报纸，便朝楼上喊道："川子，你下来一下。"

楼上应了一声："来啦！"接着一个身穿和服的少女碎步跑下楼梯。她一抬头，望见一个陌生男子站在跟前，羞得满脸通红。她朝康有为深深鞠了一躬："不知道有客人在这里，失礼了，请您原谅。"

村下秀一忙将她拉到一边，向她低声说了一会。她用一双大眼睛望着康有为，眸子中既有好奇，又有敬慕，继而脸上绽出了纯真的笑容。

村下秀一向康有为介绍说："这是我的妹妹，叫双惠川子，她什么都好，就是太淘气了。"

双惠川子急了，连忙说道："哥哥，你不该当着客人的面说这话！"

村下秀一说道："好啦，我不说啦，我现在要去邮局送报，客人就交给你啦！"然后又向康有为说道，"康先生，我去一趟邮局，很快就会回来，梁先生就在后院。"说完，朝康有为招了招手，骑着脚踏车走了。

双惠川子低声对康有为说道："先生，我送你去后院。"说完，领着康有为穿过过道，进了报馆的后院。

报馆的后院是个很大的院子，院子四周有石砌的院墙。院子中有三个方形的花坛，靠楼房处有一排平房，平房旁边一片樱花树。梁启超正俯在房间的桌子上为报社撰写一篇重要文章，旁边的榻榻米上堆满了书籍文稿。这时，门外传来轻轻的敲门声，他一面书写，一面说道："请进。"

双惠川子拉开了房门，将康有为领进了房间。

梁启超抬起头来看了一眼，一下子惊呆了，手中的笔掉在了地上。他连忙站起来，一把抱住康有为，激动地说道："老师，您终于来了！"说完，竟激动地哭了起来。

康有为双手捧着梁启超的脸，仔细端详了一会，呜咽着说道："我还以为……"说到这里，再也说不下去了，任泪水从脸颊上滚落下来。

双惠川子开始十分惊奇，待看到两个中国男人动情地相互拥抱痛哭时，她也跟着流起了眼泪。不过，她怕自己失态，连忙退到门外，掏出手帕，偷偷地擦拭着。

康有为和梁启超的情绪渐渐平息下来了。梁启超说道："老师，您出京后的经历，我已经听说了，真可谓九死一生啊！"

康有为点了点头，说道："现在好了，慈禧和荣禄派出的刺客，在国内可以为所欲为，对于日本来说，他们只能望洋兴叹了！"

"日本政府给我们提供了不少方便，我们可以在这里出版报纸，联络华侨，全力'勤王'，我就不信'春风唤不回'。"梁启超说着，将这期的《清议报》递给了康有为。

康有为边看报纸边告诉梁启超："日本内阁首相大隈重信要在东京接见我们，我们要尽快去东京。另外，还要去箱根看看，那里有不少华侨，他们都是维新变法的拥护者。"

"太好了！我们明天就动身吧。"梁启超忽然想起了什么，问道："对了，是哪位师母陪老师来的？"

"二夫人。她可以帮我料理一些身边的杂事。"

"她人呢？"

"她去了大同学校。徐勤他们想邀请学生家长到学校讨论国事，先让她和学生家长们见见面。"这时，双惠川子端着茶盘走进来，将茶盘放在矮桌上，双膝跪下倒茶，又双手捧杯，分别放在康有为和梁启超的跟前。她放下杯子时，偷偷看了康有为一眼，当她看到康有为也在看她时，连忙低下了头。

梁启超笑着对康有为说道："双惠川子很崇拜老师，她总是缠着我讲变法的故事。"又转头对双惠川子说："现在好啦，你可以当面请教老师啦。"

"我会的，只要康先生不讨厌我就好。"双惠川子说完，连忙垂下了眼皮。

康有为说道："我还要向你学呢。学你们的语言，了解日本的风土人情。"

"我一定尽力而为。"双惠川子说完之后，弯腰退出去了。

见双惠川子走了，梁启超告诉康有为，双惠川子的父亲是位医生，他曾经多次去过中国，还拜过湖北的一位著名医生为师，学习中医；他还去圻州拜访过李时珍的家乡，到神农架、峨眉山采集过药材。他的师父不但医术高明，还精通诗词韵律。在采药的途中或闲暇时，常常教他读唐诗宋词，有时也讲一些妇孺皆知的传说和故事。他回到日本后，自己在东京开了一家诊所，经常向子女讲述中国文化。有一天夜里，诊所的药库失火，她父亲冲进火海搬药时被垮塌的房梁夺命。她母亲带着村下秀一和双惠川子回到了老家横滨。梁启超开办《清议报》时，缺少人手，见他们兄妹能说不很熟练的汉语，便把他们聘为报馆的职员。村下秀一负责发行，双惠川子负责收发工作。由于他们待人热忱，做事勤快，所以，报馆的人都十分喜欢他们，大家相处得像一家人一样。

康有为听了，点了点头。

他们一直谈到深夜。康有为发现双惠川子一直守候在走廊里。

七

一场秋雨刚过，"清议报馆"门口冷冷清清的。

刘学询和庆宽沿着大街走着，他们边走边张望街道两旁的招牌。

他们从清政府驻日本的公使馆得到了情报，知道梁启超在横滨办《清议报》。既然康有为到了日本，必然会和梁启超会面。于是，他们便以考察横滨的商业为名，悄悄来到了横滨。

走着走着，庆宽忽然站住了，他朝前边指了指。

刘学询顺着他的手指望去，见不远处的一座楼房门口，挂着"清议报馆"的木牌。他心中窃喜，没想到这么容易就找到了要找的目标！他向庆宽耳语了几句之后，便一前一后地向报馆走去。村下秀一早已注意到了这两位穿西装的陌生人。他佯装未见，抱着一大捆报纸走出来，他一边装车，一边不动声色地观察着陌生人的一举一动，眼神中流露出不易被人发现的警觉。刘学询走到报馆门口，朝村下秀一抱了抱拳，问道："请问，这就是"清议报馆"吗？"

村下秀一听了，摆了摆手，又指了指耳朵，告诉他们，他听不懂他们的话。

刘学询又是打手势，又是用手指，急得出了一身汗。无奈，对方就是不懂他的意思。

折腾了半天，村下秀一指了指台阶，意思是让他们坐下等一会，然后返身进了报馆。不一会，领着一位戴眼镜的中年男子走出来，原来，那位男子会说汉语。

刘学询问道："你会说中国话吗？"

中年男子点了点头。

"请问，这就是'清议报馆'吗？"

"是啊，你们有什么事吗？"

刘学询说："想打听一个人。"

"他叫什么名字？"

刘学询说："姓康，是刚从中国来的。"

村下秀一听了，心中一惊，但很快便镇静下来，仍然若无其事地在一旁包扎报纸。

"这里没有人姓康，也没有刚从中国来的人。"

刘学询一听，有些着急，又连忙问道："梁启超先生呢？"

中年人说道："梁先生是我们的主笔。"

"对对！梁先生在报馆吗？"

中年男子问道："你们是梁先生的朋友吗？"

庆宽抢着说道：“对，对，是他的好朋友。”

“你们在日本见过他吗？”

刘学询连忙说道：“我们都是中国人。不过，我们初来，尚未和梁先生谋面。”

村下秀一听了，心中已经有数了，他用日语对中年男子说了几句，便推着脚踏车离开了报馆。中年男子指着村下秀一的背影说道：“你们若是订报纸，就找他；若是找梁主笔，半个月以后再来吧。”

“为什么？”

中年男子告诉他们，昨天，梁启超和几位朋友去了鹿儿岛，大概半个月才能回来。

刘学询听了，没有再问下去。他朝中年男子道谢之后，便拉着庆宽离开了报馆。路上，他边走边说：“既然梁启超去了鹿儿岛，那么，康有为和他的门生们也一定在鹿儿岛。”

见他们走了，那位中年男子摘下眼镜，擦拭镜片，望着他们的背影，悄悄地笑了。

原来，他是大同学校的老师，因为报馆里人手不够，他来帮着校对样报。当村下秀一向他说了有两位陌生人来访时，他便和村下秀一临时商量了对付的办法。

八

在鹿儿岛，“中华菜馆”虽然规模不大，但名气却不小。来光顾的客人中，不但有华侨，也有慕名而来的日本人，甚至当地的政要人物也常常前来品尝这里的菜肴。

这家菜馆的老板姓肖，叫肖海，原是山东威海的一名渔夫。有一次在海上打鱼时，海面上突然刮起了大风，渔船像片树叶随着大风在海面上漂泊，好在顺风顺浪，渔船没被海浪吞没，只是因为漂泊的时间太长，船上的淡水和干粮早已用光了。船中也没有鱼可以充饥，他和两个侄儿已经虚脱了，在船上昏睡不醒，任凭风浪摆布。当他们被一阵暴雨淋醒之后，才发现渔船漂到一个岛屿上了。后来，他们便弃船登岸，辗转数日，来到了这里。先是在码头上扛大包，后来开了一家"中华面条馆"，渐渐站稳了脚。三年前又开了一家小菜馆，由于生意不错，菜馆扩大了门面，他又从老家叫来了十多位族人和亲戚，便开办了这家"中华菜馆"。

"中华菜馆"有几道叫得响的名菜：一是蒙古涮羊肉；二是兰州酱牛肉；三是北京牛杂碎；四是湖北粉蒸肉；五是济南春卷。"中华菜馆"的镇馆名菜是胶州白菜炖粉条。许多华侨来"中华菜馆"，为的是在这里听听乡音、叙叙乡情、尝尝乡菜。那些在异国漂泊的游子们，便对这里有了一份特殊的感情。加之这里饭菜盘大量足，价钱便宜，所以，从早到晚都座无虚席。

刘学询和庆宽走进"中华菜馆"时，见里边食客拥挤，人声嘈杂，庆宽皱了皱眉头，想换一家菜馆，因为他从小花钱如流水，从来没有进过这种大众式的菜馆，觉得不够档次。刘学询拉了他一下，低声说道："庆大人，这可不是在北京啊，忍着点吧，别忘了咱们是为何而来的。"庆宽听了，勉强同意了。

恰时，临窗一张桌子上的客人结账走了，他们连忙坐下。刘学询看了看菜谱，随意点了几道菜，又要了半斤烧酒，便等待上菜。

送菜跑堂的，是个十五六岁的少年，他将菜盘子、酒盅放下之后，用浓重的胶东口音说道："菜酒已齐，请二位先生慢用。"

刘学询望了望眼前这个稚气未退的少年，套着近乎问道："小兄弟，你的老家是哪里？"

"山东威海。"

"我们还是半个老乡呢，"刘学询笑着说："我的爷爷是在济南出生的。"

少年听了，笑了笑，端起盘子想走。

刘学询连忙拉住他的手，问道："小兄弟，向你打听个人，好吗？"

少年说道："是中国人，还是日本人？"

"是中国人。"

"凡是常来菜馆的客人，我都认识。他叫什么名字？"

刘学询压低了声音说道："康先生，康有为。"

少年听了，摇了摇头，端着盘子要走。

刘学询连忙从口袋里掏出几张日本纸币，悄悄塞在他的手里，说道："我们是他的好朋友，专程来找他的。"

少年连忙将纸币放在桌子上，说道："先生，我真的不认识康先生。"

"妈的，别敬酒不吃吃罚酒！"庆宽有点不耐烦了。

这时，肖老板笑眯眯地走过来，笑着说道："两位先生，小孩子不懂事，多有得罪了。有什么事，找我好啦，都是中国人嘛。"

"我们是……"刘学询朝四周看了看，小声对肖老板说："康先生的好朋友，有急事找他。"肖老板笑哈哈地说道："康先生，知道，知道，不就是领头闹变法的康有为吗？凡在日本的中国人，都知道他。"

"是啊，是啊，他在哪里？"刘学询喜出望外。

肖老板突然严肃地摇了摇头，不无遗憾地说道："说真的，我还想见识见识他呢！"

刘学询仍然不肯死心，他附在肖老板的耳朵上说了一会，肖老板朝墙上指了指，然后朝他们弯了弯腰，又忙着去招呼其他客人去了。

刘学询和庆宽朝墙上望了望，只见墙上写着"勿论国事"。

二人讨了个没趣，一肚子气在这里又不便发作，只好低着头喝闷酒。

这时，进来一个卖报的中国小男孩，挨桌问要不要报纸？当他走到他们跟前时，刘学询摆了摆手："去去去！"小男孩刚要离开，庆宽朝报纸上斜了一眼，目光忽然停留在一行标题上，他朝刘学询说道："看！"

标题上的文字是《康有为师生箱根观红叶》。

刘学询连忙掏钱买了一份，付了饭钱之后，拉着庆宽匆匆出了"中华菜馆"，他边走边恨恨地骂道："清议报馆的那个混蛋骗了我们！"

"下步怎么办？"庆宽问道。

"去箱根！"

九

箱根是日本著名的风景区，那里的雪山和热海令游人流连忘返。尤其值得称道的，是箱根的红叶，每到秋季，山上的红叶色彩绚丽，如霞如火，美不胜收，人们便成群结队地前往箱根观赏红叶。

康有为和梁启超到了东京之后，大隈重信内阁首相接见了他们。接着，受朋友之邀，他们一行又去了箱根。

这天，他们白天看了富士山巅的白雪奇观之后，回到了他们下榻的芦湖楼旅馆。康有为和梁启超、徐勤、梁少君等门生坐在旅馆的长廊里，透过长廊的玻璃，眺望着起伏的山峦和满山的红叶。再向远处望，依稀可见耸立在天边的富士山。这种异国情调引起了康有为的遐思，他触景生情，思绪又回到了遥远的中国。梁少君看到康有为半天无语，便笑着说道："老师，这里的热海十分著名，您和夫人也去洗一洗吧，水里的矿物质很多，能活血通络。"

康有为说道："你们去洗吧，我还要将这几天的观感整理一下。"他转身问梁随觉，"随觉，你也劳累了好几天了，去洗洗吧，可舒服呢！"

梁随觉朝外望了望，说道："我不去啦，在旅馆里洗洗就行了，抽空帮你抄录诗稿。"说完，朝众人莞尔一笑。

梁少君说："那也好，反正旅馆里也引进了热海的水。"说完，便带着一行人去热海了。

待他们走后，康有为回到自己的卧室，一连写了《芦湖楼望富士山》《浴伊豆热海登鱼见矶》《环翠楼浴后不寐夜步回廊》等诗。写完了，不禁吟哦了几遍，才放下了手中的毛笔。

突然，梁随觉在浴池中喊他："有为，快来看！"

康有为走进浴池，见梁随觉披了条浴巾，雪白的胴体半裸着站在窗子旁边，他问道："什么事？"梁随觉指了指窗外。

外边月光如水，山岭和林木沐浴着银辉。在远处的温泉中，有不少人在洗浴。有几个人从温泉中跑出来，赤裸着在石径和花坛边追逐、戏闹，他们的身影朦朦胧胧，好像有男有女。

梁随觉轻声问道："他们那是……"

康有为朝窗外瞄了一会，知道她问的是什么，说道："在日本，男女同浴是一种风俗，不足为怪。"

梁随觉转身看了康有为一眼，见他正盯着自己半露的胸脯发怔，她知道他在想什么，便连忙拉上了窗帘……

十

从箱根回来后，康有为又来到清议报馆。因为这里不同于东京，很少有人打扰，他想在这里完成他的《大同书》。

这天上午，康有为将撰写的文稿修改之后，交给坐在旁边的梁随觉抄录，不一会，门外传来了敲门声。

康有为说道："是川子小姐吗？请进来。"

双惠川子端着茶盘走进来，分别将茶杯放在二人跟前。

康有为朝她点了点头，又埋头疾书。过了一会，待他伸手去端茶杯时，发现双惠川子仍然跪在那里。

"怎么，有事吗？"康有为问道。

双惠川子说道："我想请康先生教我学唐诗。"

康有为听了，饶有兴趣地问道："怎么，你也喜欢唐诗？"

双惠川子点了点头道："小时候，父亲曾经教过我，他去世之后，哥哥答应教我，不过，我现在背的唐诗比他还多呢！再说，他只会念，不会讲。家中有一本唐诗，他却借给了他的朋友，至今未还回，真气人！"

梁随觉说道："我正好带了一本，就送给你吧。"说完，站起来去了自己的卧室。

双惠川子望着款款而去的梁随觉说道："先生，您的夫人真漂亮！她今年多大啦？"

"十九岁。"康有为答道。

"我要是十九岁，"双惠川子小声说道，"一定嫁给您。"说完，连忙低下了头。

康有为放下笔，吃惊地望着她。

这时，梁随觉手里拿着一册线装的唐诗走出来，笑着说道："川子，今后康先生教你唐诗，你就教我花道，好吗？"

"好的！"双惠川子说道，"花道是我母亲教我的，我母亲的插花，在这一带很有名气呢！"梁随觉对康有为说："这孩子真讨人喜欢！"

康有为随便应了一声，又埋头撰写起来。

双惠川子对梁随觉说："夫人，您有康先生，太幸福了！"

梁随觉说："是吗？你今后会更幸福的。"

双惠川子听了，抿嘴笑了。她的笑靥很甜。

晚上，康有为将唐人李德裕的一首《登崖州城作》抄在一张八行的宣纸笺上：

> 独上高楼望帝京，鸟飞犹是半年程。
>
> 青山似欲留人住，百匝千遭绕郡城。

康有为指着诗笺对双惠川子说道："李德裕是晚唐的一位宰相。他被贬到海南之后，非常思念京都，就写下了这首七言绝句。我先读一遍，你再跟着我念，要一直念到能牢牢记住。"

双惠川子点了点头，只念了两遍就背下来了。

第二天上午，双惠川子开始教梁随觉学插花。

双惠川子将梁随觉领到院子里。院子里阳光灿烂，天蓝云淡。梁随觉身着日本和服，跟在双惠川子后边，一丝不苟地模仿着她的动作。

双惠川子手里拿着三枝花材，她边插边说："花道以三支花材来构图。三支花材又分高、中、低三种位置，象征天、地、人构成的宇宙。因为三支花材的位置和作用不同，分真、行、草三种造型。"

"真，是取立姿形态，表示端庄娴静的美德；草，取潦草姿态，表示自由奔放的美德；行，是取真与草中间状态，表示宽舒快畅的美德。"梁随觉手里拿着三支花材，按照双惠川子刚才的示范动作开始插花。川子不时帮梁随觉纠正姿势。

康有为站在窗子前，兴趣盎然地观赏着她们的每一个动作，听取川子的讲解。他自言自语地说道："真没想到啊，日本的花道还糅进了中国的书法！令人大开眼界。"

教完了插花，双惠川子跪到康有为跟前，深深鞠了一躬，说道："我插的不好，讲的更不好，请康先生和夫人多多指教！"

梁随觉将她一把揽在自己怀里，说道："我要是有川子这样的妹妹就好了！"

康有为的脸上露出了笑容："那就让她做你的干妹子吧！"

"好哇！我有姐姐啦！"双惠川子高兴得跳了起来。

一抹斜阳钻过樱花树，照在插花上，瓶子里三枝花材在阳光的辉映下，各有千秋，相得益彰。

第九章　萍踪凶影

十六岁的花季少女，被刺死在康有为窗外的樱花树旁，成了他的替罪羊。……刘学询和庆宽三次行刺均未得手，只得遗憾地回国复命。

一

刘学询和庆宽在箱根扑了个空！当他们去芦湖楼打听过后才知道：康有为一行人已在数日前去了东京。于是，他们又马不停蹄地赶到东京。听说康有为又离开了东京，至于去了何处？始终打探不出来。

晚上，二人躺在旅馆的榻榻米上，各人想着心事。

庆宽说道："刘大人，咱们来日本已经一个多月了，至今连康有为的影子都没见到！看来，回国后不好交差啊。"

刘学询听了，没有理他。

"要不，咱们请公使馆给荣禄大人发一份电报，请他召咱们回国。"

刘学询仍没理他。

庆宽沉不住气了，他说："刘大人，你倒是说话啊！"

刘学询猛地从榻榻米上坐起来，大声说道："走，今晚就返回横滨！"

"什么？返回横滨？"庆宽一听说又要去横滨，大吃一惊，"咱们不是去过一次了吗？"

"正因为咱们去过一次，所以，要去第二次！"刘学询说道："上次报馆的那个坏蛋施了一个调虎离山计，把咱们调到了鹿儿岛，菜馆见到的那张旧报纸又把咱们调到了箱根和东京！看来，他十有八九又回到了横滨！"

庆宽觉得他的话有些道理，但又不想连夜离开东京，便试探着道："你说的也许对，那就明天一早动身，今夜我们去尝尝东瀛妹子的滋味吧！"

"不行，现在就走！"刘学询的口气不容商量。

庆宽心中虽然极不情愿，但也不敢违拗。因为他不光暗杀经验和武功不及刘学询，而且在交际和谋略上也不及刘学询，甚至在日本问路，也要靠刘学询。可以说离开了刘学询，庆宽就寸步难行！

他们结了房租之后，便匆匆离开了东京。

因为他们已经来过一次，所以，一到横滨，便在清议报馆斜对面找了一家叫桥下岛的旅馆，住下后，他们深居简出，连着三天透过窗子监视报馆的大门口。

第四天晚上，他们看到报馆人员纷纷走出了大门，但不见康有为出来。原来今天是周末，报馆放了假。待到夜色降临时，他们换上了短装，一先一后地出了旅馆，并迅速地消失在夜色之中。

二

大约晚十时，双惠川子一身和服，手里拿着那册唐诗，从报馆的楼上走下来。刚要去后院，遇上了村下秀一。村下秀一问她："你又要去打扰康先生吗？"

双惠川子说："我想向康先生请教杜甫的《兵车行》。"

"我要到大同学校去见徐勤先生，你在家中，可别忘了关好门窗啊！"

"记住啦！"双惠川子等村下秀一骑车走了之后，便关了报馆的大门，去了后院。

康有为的书房里亮着灯光。她看到康有为正在灯光下伏案疾书。她怕惊动了他，便蹑手蹑脚地走到平房的窗下，靠在一株樱花树上，默默地望着康有为。心想：现在不能去打扰他，待他搁笔后再过去向他求教。

两个蒙面人搭着人梯，翻过报馆后院的围墙，隐身在花丛的阴影中。见周围没有异常动静，便像两只夜猫子，悄无声息地潜到了樱花树旁边。

因天色太黑，他们并未发现靠在树身上的双惠川子。

此刻的双惠川子，正全神贯注地望着灯光下的康有为，她根本就不曾料到刺客离她仅有半步之遥！

她听到身后的树枝在轻轻地响动，以为是风吹的，并未在意。忽然，她听到背后传来脚步声，她猛地一转身，和一个蒙面人碰了面，她大声问道："你们是谁？"

蒙面人猛扑过去，一只大手捂住了她的嘴，一把锋利的匕首抵住了她的咽喉。

此刻的双惠川子并不害怕，她想从蒙面人的手里挣脱出来。于是，便不顾一切地朝捂在她嘴上的手咬了一口！蒙面人"啊——"地叫了一声，连忙抽回手来。她趁机大声喊道："康先生，有刺客！"

蒙面人慌了，猛地将匕首刺进了她的前胸。她挣扎着又喊了一声："康先生……"便倒在地上了。

霎时，窗口的灯光熄了，接着，一群人有的提着灯笼，有的拿着棍棒，喊着从旁边的平房里冲出来，将两个蒙面人围住了。

两个蒙面人不见康有为，不敢恋战，他们急忙向墙根退去，然后，翻过了院墙。

人们在樱花树下发现了双惠川子。

殷红的鲜血染红了她的和服，那本唐诗还紧紧握在她的手中。

康有为分开人群走过来，他一把抱起双惠川子，大声喊道："川子，川子，你醒醒，你醒醒啊！"双惠川子艰难地睁开了双眼。她望了望康有为，举了举手，手中的唐诗已被鲜血染红了，忽然，手臂垂了下去……

康有为哭了，梁随觉闻声赶来，她紧紧地抓住双惠川子的手，好像一松手她就会永远走了。他俩的哭声感染了周围的人，人们都跟着哭了起来……

三

刘学询和庆宽回到"桥下岛"旅馆之后，已是半夜时分了。刘学询在房间里踱步沉思，庆宽一面脱衣服，一面嘟哝着道："真倒霉！眼看到手了，却坏在一个日本娘们手上！"说完就钻进了被窝。

刘学询突然对他说道："快起来，收拾东西！"

"收拾东西干吗？"

"立即离开这里！"

"为什么？"

刘学询指着他的鼻子说道："你想想看，康有为得到了日本政府的保护才来避难的，今晚的事，他们一定会报警，一报警，警察来个全市大搜查，我们还走得了吗？"

庆宽有些犹豫，他说："好不容易找到他，我们还没得手就走？这样的机会多难得呀！"

"你真糊涂，受了惊的康有为还会等我们去行刺第二次？"

庆宽问道："那现在咱们去哪里？"

"东京！"

天还没亮，他们就匆匆离开了横滨。

在东京，他们住进了大清国驻日本国的公使馆。

不久，他们在公使馆得到一个十分重要的情报：康有为也到了东京，住在早稻田 42 番。

真是冤家路窄，猎物竟然自己送上门来了！

刘学询和庆宽化装成日本人，在早稻田 42 番附近侦察了数次，认为在这里行刺比横滨有利多了。一是这里离商业区不远，行刺后可迅速混进人群中逃离现场；若是来不及，可逃进公使馆；假若被日本警方捕获，公使馆也会很快知道，由他们出面交涉，引渡回国。只要到中国，凶手就成了功臣，自然会晋封受赏！

但是，经过进一步的观察，他们也发现有不利的条件：其一，早稻田 42 番有个很大的院子，不像清议报馆的后院那样有樱花树可以隐身，这里的院子是一片草坪，四周毫无遮挡，容易被人发现。其二，早稻田 42 番附近有日本警察巡逻，外国侨民接近时会受到盘问。其三，这里是维新派的一个大本营，康有为和他的门生、随行人员都聚集在早稻田 42 番和附近的房舍中。而进出 42 番的人，大都是日本的名流和政府要员，其他人很难接近。其四，也是最棘手的，是因康有为来日本之后刚刚经历了一次未遂的刺杀，已如惊弓之鸟。他和他的门生、随行人员十分警觉，有时外出还会化装。那些门生和随员手中不但有枪械，而且武功不凡，若真的当面动起手来，不但难以刺杀成功，恐怕他和庆宽的性命也难保！

"看来，在这里更不便下手！"庆宽听到刘学询分析的利害关系之后，有些胆怯了，他说，"弄不好还会画虎不成反类犬！我们还是回国吧，反正护照上的期限也快到了。"

刘学询听了，气得脖子上的青筋一跳一跳的。他圆睁着一对牛眼说道："回国？回国后如何向荣禄大人交代？如何向太后复旨？"

庆宽听了，黑着脸坐在一旁，一句话也不说。

"要回国你先回去吧！我是不到黄河心不死，不除掉康有为，我是无脸回去的！"刘学询说完不再理会庆宽，便倒头大睡起来。

四

为了争取日本各界人士对维新派的理解和支持，康有为与日本的社会名流及政界要人进行了广泛接触和交往，以推动在海外的"勤王"活动。

有一天，他去拜访日本名士桂湖村且。桂湖村且久仰康君大名，见康有为亲自登门造访，十分感动。他将康君领进他家的一间幽雅的茶室，让夫人亲手为他表演了日本茶道，以示欢迎。这使康有为大饱眼福：只见女主人身着和服，洗净双手，双膝跪地，将绿茶放入一把古色古香的壶内，注入沸水，并迅速将壶内的水倒入茶几上的几个小茶杯中，冲洗一遍。接着，她又向壶内加入沸水，冲泡片刻，再将茶水斟在杯中，将茶杯放入茶盘，她用左手托着茶盘，毕恭毕敬地跪送到康有为面前："先生，请用茶。"康有为按照桂湖村且的指点，双手接过茶杯，在额前举了一下，以示还礼，然后才饮。

桂湖村且告诉康有为，茶作为一种饮料，在公元 8 世纪时从中国传入日本。12 世纪，日本高僧荣西留学中国时带回了茶籽进行栽种，慢慢发展成了一种独特的文化——茶道。16 世纪时，居士千利休提出了"一盏茶"学说，确立了日本的茶道，把茶道精神概括为"和、敬、清、寂"四个字。"和"是人和，这是茶道的散文境界；"敬"是对人的尊敬，有爱人之心；"清"是清静、幽静、心气平静；"寂"是闲寂、去欲、冥思。他主张"君子之交淡如水"，不为钱财，不屈强权，完善自我。

康有为听了，感叹不已，他当即以茶道为题材，为主人书写了一幅四尺中堂。叙完茶道，品过佳茗，桂湖村且对康有为说，日本国民党领袖佐佐友房曾多次谈起过中国的维新变法，建议康有为一定要去拜访他。康有为十分愉快地接受了他的建议。

第二天，康有为和部分门生便去拜访佐佐友房。

佐佐友房家的"和室"十分宽敞，墙上挂着一幅临摹的《兰亭序》和一幅吴道子的赤脚观音拓片，显得十分幽雅。

康有为和佐佐友房尽管是初次见面，却如同至交，他们的谈话十分投机。

佐佐友房从书架上取下一只木匣，从里边抽出了一些文稿，其中有《上清帝书》等抄件，他指着抄件说道："康君的七次上皇帝书，我都设法拜读过，我十分敬佩康君的学识、文采、气魄和胆量。"

康有为连忙说道："您过奖了！"

"我有一件小礼物送给康君。"说完，朝门外拍了拍手。

一位身穿和服的女子双手捧着一个紫色的布包走了进来，将布包递给了主人。佐佐友房打开布包，里面是一册《战袍日记》。

康有为连忙用双手接住，并说："我一定悉心拜读。我也带来两本拙作，请您不吝赐教。"康有为说着，将他的《新学伪经考》和一册《毛诗伪证》回赠给佐佐友房，佐佐友房双手接过之后，连声道谢，并将书端端正正地放在书架上。

　　康有为向佐佐有房介绍了他来日本后的活动情况。他曾向日本首相大隈重信谈过他的观点：他认为，中国的安危系于改革，而改革又系于光绪帝的权位。光绪帝能否恢复权位，不但关系到中国的命运，而且也直接关系到日本的前途。他请求日本出面干预，劝慈禧还政于光绪帝，清廷每年可供应她五百万两白银任她享用，以养天年。但大隈首相慑于在野党的压力，当面未予表态。后来，他又亲自致函首相，在信中反复论说中日两国唇亡齿寒的利害关系，恳求他能伸出援救之手，以帮助光绪帝复位，还是未见具体答复。

　　当康有为将维新派在日本的活动陈述完了之后，佐佐友房沉默了一会，说道：“康君写给大隈重信的信，他已读过了。不过，上层的人事十分微妙，内阁更迭，山县有朋组阁，新内阁对维新派持消极态度，这是不争的事实。”

　　康有为听了，点了点头。

　　“不过，不少有识之士对康君和维新派的‘勤王’活动是同情的。”佐佐友房的语调里不乏安慰和鼓励。

　　临别的时候，天色已黑，康有为刚刚走出门，门生们便将停在院子里的汽车发动了。佐佐友房忽然拦住了他，说道：“康君，近来传言北京政府已派刺客前来日本行刺你，此事宁可信其有，不可信其无，请康君处处留心才是。为防不测，就用我的车送康君回寓所吧。”

　　“谢谢先生的关照，这次就不麻烦先生了。”康有为说。

　　“不不！康君不可大意啊。”佐佐友房转头对管家说，“你代我去送康君吧。记住，一定要保证康君的安全。”

　　管家听了，连忙去安排车辆。

五

　　东京的白天，车水马龙，热闹非凡，但到了晚上，就清静多了。尤其是一些远离闹市区的街道上，路灯昏暗，行人稀少，显得神秘、恐怖。

　　在一条幽静的街上，一阵歌声由远而近，接着，一辆装修华丽的轻便马车驶了过来，歌声就是从马车上传出来的。

刘学询和庆宽躲在一家已经打烊的杂货铺后边，目不转睛地望着渐行渐近的马车。他俩都穿了一身和服，不让人认出真实国籍。

他俩是在大清国驻日本公使馆里得知康有为今天要去拜访佐佐友房的。于是，从傍晚时就守候在这里了，因为这里是康有为一行的必经之路。

马车驶到旁边时，刘学询和庆宽闪了出来，从左右两旁跃到车夫身边，车夫看了他们一眼："驾！"并扬手打了个响鞭。

二人同时掀开了马车的帘子：车厢里有几个喝得半醉的日本青年，他们一边唱着，一边戏闹着。一个青年见有人掀帘子，问道："你们是……找花姑娘的吗？"

车厢里响起了一片嘻嘻哈哈的笑声。

刘学询和庆宽连忙跳下车来，庆宽骂了一句："娘的，一群东洋醉鬼！"

马车载着歌声，不紧不慢地走远了。

车夫徐勤转过头来，对车厢里的人说："你们唱的是什么日本歌？怎么我也听不懂？"

车厢里的人一齐大笑起来，康有为摘下帽子，撕下八字胡，也跟着笑了。

身后传来一阵喇叭声，徐勤对车厢里的人说道："坐好，我要加鞭了。"说完，扬了一下鞭子，马车疾奔而去。

一辆汽车刚刚驶到杂货铺旁边，庆宽突然跳到街道中央，装成喝醉了酒的样子，手舞足蹈地拦住了汽车，汽车被迫停下来。这时，刘学询突然从街旁跑向汽车，他一手握匕首，一手猛地拉开了车门，朝里边一看，一下子惊呆了：车上的四名警察怒视着他！

他飞身跳下汽车，朝庆宽喊了一声："快跑！"便没命地沿着一条小巷逃窜。庆宽跟在刘学询后边，只顾逃命，一脚踩进了一条阴沟里，"扑通"一声摔在地上，鼻子和额头碰在石板路上，顿时血流满面。

远处传来了警察的喝问声，刘学询回头拉起庆宽又没命地跑，一直跑进了大清国公使馆。

梁少君和佐佐友房的管家见他们的这副狼狈相，相视一笑，汽车又缓缓地开动了。

回到住地，他们不约而同地谈起了路上的遭遇，想到川子之死，不禁对佐佐友房的安排深表敬佩。

<h1 style="text-align:center">六</h1>

也许是惊吓过度，庆宽逃回公使馆之后，便像丢了魂一样，不是呆呆地坐着，就是独自喝闷酒，喝醉了，便蒙头大睡。他打算只等时间一到，就打道回府！

护照上的期限越来越紧迫了，刘学询对庆宽这位八旗子弟是又恨又气，悔不该与他结盟上书，请求自费出国刺杀康有为！如今算是豆腐掉在灰堆里，吹不得，也拍不得！

他不想无功而退，他在琢磨，既然中国人不能靠近早稻田42番，那么日本人呢？能不能重金收买一个日本人前往行刺？一想到这里，他兴奋不已。他托人四处联系，终于找到了一个名叫石沟大郎的日本浪人，并约定今天中午在东洋酒馆见面。

他想带上庆宽，谁知找了半天，也没看到他的影子，于是，他独自去了。

原来，在北京过惯了浪荡生活的庆宽，自来到日本后，便觉得浑身都不自在，憋得难受。昨天晚上，他一夜未归，刘学询估计他在妓院里。由于他既抽大烟又好女色，所以身子骨都快抽干了。他若是换上一身和服，往田里一站，与吓唬雀子的稻草人无异。

刘学询分析得不错，昨晚他搂着一个东洋姐销了三次魂。虽然语言不通，但那淫妇装出的浪声嗲气够他刺激。他从妓院出来之后，又在一家大烟馆里消磨了一上午。中午，便钻进了东洋酒馆的一间雅室，在两个日本女子的殷勤侍候下，喝得酩酊大醉。

刘学询和石沟大郎见面后，很快就谈妥了"生意"：由石沟大郎负责进入早稻田42番行刺康有为。动手前，刘学询先付三千元，待行刺成功后，再付三千元，然后各走各的路。

当他们谈到行刺的时间时，忽然看到一个黑熊般的男子，将一名喝醉了的客人从雅室中拖出了酒馆门外。那醉汉躺在地上竟然有板有眼地唱起了京戏"女起解"，引得行人们纷纷驻足围观。

刘学询觉得声音有些耳熟，心想：该不会是庆宽吧？走过去一看，地上的醉汉果然是庆宽！只见他身上沾满了污物，虽然躺在地上，还在用胳膊甩着水袖！

刘学询不愿意在大街上丢人现眼，他回到座位上对石沟大郎说了一会。石沟大郎走到庆宽面前，狠狠地抽了他两个耳光，又将杯子中的茶水喷在他的脸上。说来也怪，刚才还大闹的醉汉一下子就醒过来了。他坐起来，愣愣地望着石沟大郎和刘学询。石沟大郎二话没说，像抓小鸡一样将他抓起来，朝肩上一甩，便大步流星地跟着刘学询离开了东洋酒馆。

他们来到了刘学询事先预定的一家旅馆里。

刘学询怕暴露自己的身份和雇石沟大郎行刺的背景，他选择了一处新旅馆。他告诉石沟大郎说：自己和庆宽都是中国商人，刺杀的对象是个十恶不赦的大恶人，他和他有血海深仇，他挖了他家的祖坟，烧了他家的财物，杀了他的父母妻儿，逃到了日本，他是来报仇雪恨的。说着，从行李中取出了三千元现金递给了石沟大郎，他还将一张康有为的相片交给了他。

石沟大郎一句话都不说，也不问，只是默默地听着、看着。因为对他来说，刺杀对象是谁并不重要；为什么要刺杀他也不重要，重要的是酬金。我夺命，你付款，天经地义。他们约定在后天晚上八时实施行刺计划！

刘学询指了指躺在床上的庆宽，问道："要不要他望风？"

石沟大郎头摇得像拨浪鼓。

刘学询知道石沟大郎瞧不起庆宽。是的，若让庆宽跟在身边，不但于事无补，而且还会成事不足败事有余，于是他决定不让庆宽参与刺杀行动。

此事定下来之后，刘学询长长地舒了口气，他觉得用重金雇佣日本浪人，行刺成功的把握性大多了。他还想象着回国之后，荣禄大人会如何接见他们？

太后将授予他何种官职？他甚至体会到仕途通达、光宗耀祖的滋味了。想到这里，他觉得这次来日本，虽然受了不少惊吓，但不虚此行。他对石沟大郎说："石沟先生，走，我们出去痛痛快快再喝上一杯，预祝你马到成功！"

"不，"石沟大郎冷峻的脸上毫无表情，他说，"我在动手之前，绝不喝酒！"

刘学询听了十分敬佩。为了表示他对石沟大郎的信任和尊重，他将随身携带的一只绿玉鼻烟壶送给了石沟大郎。石沟大郎喜不自禁，在手中玩了一会，说了一声"谢谢！"便放进了贴身口袋里。

七

第三天下午，庆宽早早地离开了旅馆，刘学询以为他不是去逛妓院，就是去酒馆。他走了也好，免得晚上行动时碍手碍脚的。

日本对火枪的管制颇严，石沟大郎行刺使用的武器，是一把半尺多长的腰刀，腰刀呈半月形，锋利无比。刘学询用的是一对插在牛皮袋中的窄锋匕首，猛一看，像一根旱烟管，拆开再看，才知道是合在一起的两把匕首。晚饭后，他们借着暮色出了旅馆，像散步的市民，从早稻田42番门口悠闲地走过。

早稻田42番的前门开着，有几个人在门口长椅上闲聊，一看就知道是值班人员。刘学询和石沟大郎又转到了42番的后院，院里很安静，也没见到有人走动。他们透过后院的花格墙，可以看到院中有一栋二层楼房，楼上都亮着灯光。楼下只有一间房子里，有人正在灯下看书。刘学询向石沟大郎睃了一眼，石沟大郎点了点头，从身上掏出一只单筒望远镜。他看了一会，又将望远镜交给了刘学询，刘学询接过去一看，脸上立刻露出了惊喜，坐在灯下看书的人，虽然背对着院子看不清面孔，但凭着他背上拖着的大辫子和他颀长的身材，就能断定他是康有为！

石沟大郎对刘学询说："半小时后，我再进去，你在墙外接应。"刘学询点了点头。

二人正欲离去时，忽见庆宽赶来，哭丧着脸说道："怎么？你想撇开我？

吃独食？"

刘学询怕他的声音大而引起周围的注意，便连忙制止，并拉着他走到附近的一条巷子里对他说道："我怎么会撇下你呢？"

"那你为什么不告诉我你的行动计划？"

"庆大人，实话对你说了吧，我是为了你呀！你看你的脸和鼻子伤还没好，一旦被警察认出来，怎么脱身？"刘学询说的虽不是心里话，但也颇有道理。

庆宽不再争辩了。

原来，庆宽近几天虽然醉生梦死地混日子，但他也没有忘记自己来日本的使命，他在暗地里观察着刘学询和石沟大郎的一举一动，知道了他们的行动计划。不过，让他单独去刺杀康有为，他既没有胆量也没有本事，但又不情愿刺杀康有为的功劳被刘学询一人抢去。所以，他便悄悄地跟在他们后边。

"我给你们望风吧！"庆宽说。

"行，行！只要你不碍事就行！"刘学询连忙安抚他，"要是今晚行刺成功，就有你的一半功劳，我们同舟共济，你放心好了。"

庆宽听了便不再说什么。

石沟大郎不屑地望了庆宽一眼，低声对刘学询嘟哝了一句："这是颗丧门星！"

晚八时快到了，他们沿着街道又转回到42番的后院。石沟大郎见四周无人，向刘学询打了个手势，纵身跃过了花格墙，然后像一阵风溜到了楼房跟前。

窗子未关，康有为一手持书，一手握笔，看得那么入神，浑然不知刺客已经伏在窗子外边。这一切，都被刘学询用望远镜看了个一清二楚。他没料到这一情报如此准确！更没料到这么容易就接近了康有为！他知道：再等一会，待石沟大郎看清了灯下的人确实是康有为之后，他便会翻窗而入，以迅雷不及掩耳之势夺了康有为的性命！他的心中极其激动，连"咚咚"的心跳声都能清清楚楚地听到。他想亲自看到康有为被刺的经过，好向荣禄大人讲述现场实况。于是，他将望远镜交给了庆宽，他让庆宽在墙外望风，若有意外，就向院中扔一块石头。然后，他也纵身翻过了围墙，悄悄溜到了窗子外边。

石沟大郎朝他示意：让他伏在窗下莫动，自己敏捷地跃上了窗台，跳进了房间。

就在这时，忽然听见康有为用日语大声说道："欢迎阁下光临！"

这突如其来的声音令石沟大郎惊骇不已，就在他犹豫的瞬间，房中四周亮起了十多盏手电筒光，将石沟大郎照得睁不开眼睛。接着，书柜和屏风后边走出了七八名汉子，既有中式的武术行头，也有日式的武士打扮。

康有为站了起来转过身子，刘学询看到这是一位年轻汉子！汉子的手中握着的笔变成了一柄寒光闪闪的长剑！

刘学询知道中了埋伏，他已顾不上石沟大郎了，转身便朝墙边跑去。奇怪的是，里边的人并没有出来追赶他！他翻过花格墙之后，到处找不到庆宽的影子，他知道庆宽一定是看情势不妙，溜之大吉了！

几名持枪的警察朝早稻田 42 番跑来，刘学询连忙躲进一家虚掩的大门里。待警察们跑远了之后，他探出头来，朝四周环顾了一下，便消失在夜色中了。不一会，从早稻田 42 番的方向传来了几声枪声，他心中一紧：石沟大郎该不会出事吧？不过转念一想：宁肯石沟大郎被警察打死，也不能受伤被捕。若被捕，一旦供出他来，后果将不堪设想！

当他回到旅馆时，见庆宽脸如死灰，浑身哆嗦着正在收拾行李。因为时间紧迫，他也来不及责备他，只好领着他匆匆躲进了公使馆。

八

三次行刺均告失败，刘学询和庆宽再也不敢轻举妄动了，他们成天躲在公使馆里，不敢公开露面。

按照石沟大郎的计划，那天晚上的行刺本来是无懈可击的。但他们太自信了，又太低估了他们的对手。

康有为到东京后，虽然住在早稻田 42 番，并在那里接待过日本和中国朋友，但夜间大部分却宿在另一栋楼房里。刘学询和石沟大郎行刺之前，由于他们频频在附近出现，早已引起了警卫人员的注意。于是，梁少君等人就周密地设计了那晚引狼入室的戏。

那天晚上，康有为根本就不在早稻田42番，他应一些爱国华侨的邀请作演讲去了。等他回来之后，刘学询和庆宽已经逃走了。石沟大郎持刀拒捕，已被警察当场击毙。

康有为对发生的事一无所知，他的门生和随行人员怕影响他的"勤王"活动，也没有告诉他。在第二天东京的一家报纸上只登出了一条短讯：有歹徒夜袭巡警，被击毙于街头。

虽然刘学询和庆宽行刺未能成功，但却探听到了康有为等维新派在日本"勤王"活动的情报。他们通过公使馆向荣禄发了密报，荣禄立即奏报了慈禧。清政府根据慈禧的旨意，连续多次向日本政府交涉，要求将康有为等人引渡回国。

当护照上的期限还剩下三天时，刘学询和庆宽终于被迫离开了日本。

虽然是无功而返，但慈禧和荣禄却对他们大加赞赏，慈禧当即颁旨："刘学询、庆宽现由日本差竣回沪，着刘坤一传知该二员即行回京复命，先赴总理各国事务衙门报到。"

从上海回北京后，刘学询、庆宽立即去了总理衙门，向奕訢报告了他们的日本之行，并呈递了《问答节略》及《商务日记》等文书。

不久，刘学询和庆宽又一次得到了慈禧的重用：将庆宽交湖广总督张之洞"差遣委用"；将刘学询交给了两广总督李鸿章，让他专司捕杀维新派人士。刘学询到广州上任后，除了对维新派进行大肆捕杀之外，还对他们的眷属和同情维新变法的各界人士进行疯狂迫害。

刘学询的倒行逆施，不但使国内的维新派人士人心惶惶，而且影响到康有为等人在海外的"勤王"活动。梁启超曾经有过反谋杀的策划，苦于身居海外，无法实施。他在给《新知报》的同人书中说："刘豚为肥贼军师，竭全力以谋我，暗算我辈……肥贼刘豚在粤颇增我辈之阻力，宜设法图之。"他所说的刘豚，即刘学询；肥贼，即合肥人李鸿章。

刘学询这只慈禧的鹰犬、荣禄的走卒，已成了维新派的心腹之患。

九

是年冬天，似乎比往年来得早些，一阵阵呼啸的溯风像一条条无形的鞭子抽在树枝上，枝上的叶子便被抽光了；抽在行人的身上，人们感到阵阵刺骨。

这天一大早，天上飘起了碎雪，气温骤然下降，街上似乎断绝了行人，但在早稻田42番的"明夷阁"里，却显得热气腾腾。

房里生着一盆木炭火，炭火熊熊。铁支架的水壶嘴上冒着浓浓的热气。康有为的门生、随行人员围坐在火盆旁边，正在听先生说话。

康有为说："最近，日本文部省大臣犬养毅，根据日本上层的变化，建议我离开日本。我也觉得再留在日本难以成大事，倒不如远渡重洋，去考察一下西方诸国的国情，顺便在西洋开展'勤王'活动。今天把大家召集在一起，是想听听你们的意见，希望大家都说说个人的看法。"梁启超第一个发言："我认为先生的决定是正确的，日本现在对您也不安全，只是刚刚在一起团聚，又要天各一方，心中实在不舍。"

徐勤问道："老师，你准备何时动身？打算先去哪里？"

康有为说："过了春节吧，第一站先去加拿大。"

这时，老朋友王照推门进来，将一大包小菜和几瓶白酒放在桌上，他拍打着掉在肩头上的雪花说道："不用说了，有为兄的决定是对的。今日是冬至，大家痛痛快快地喝几杯老酒，权当为有为兄道别吧！"

康有为听了，十分兴奋。他说道："饮酒不可无诗，我先吟一首，抛砖引玉。"他稍作沉思，吟道："海沉浮未可知，人天去往亦无期。明夷阁上群贤聚，留取风流作后思。"

他吟哦完了，望了望大家，大家都默默无语，只见徐勤和梁少君的眼中已溢出了泪花。

王照心中也感到酸酸的，不过，他仍然笑着，端起了酒杯，朗声说道："来，大家干了这一杯！"气氛虽然缓和了一些，但大家总觉得有一种难言的惆怅萦绕在心头，排解不开。

十

　　光绪二十五年二月二十三日（1899年4月3日），日本横滨码头上异常热闹。在"和泉丸"号轮船旁边，聚集着一大群人，他们中有华侨，也有日本人。一些华侨学校的学生们手里拿着鲜花，站在船舷旁边。

　　康有为及夫人梁随觉等一行，在梁启超和犬养毅、中西金太郎等日本友人的陪同下，来到了码头上，向欢送他的人群一一握手。

　　一辆汽车开到了人群外边。佐佐友房从车上走下来，将康有为叫到一边，说道："康君，新内阁执政以来，先是拒绝了康君的'勤王'要求，继而不再与中国维新派进行接触，最后又取消了庇护的承诺，这皆同大清政府所施加的压力有关。他们想使康君无路可走，必然返回香港，尔后便在香港对康君加以谋害。日本政府也处于十分尴尬的地步：若对大清政府的外交压力不予理会，必会影响日本政府的既得利益；若同意将康君引渡回国，不但会受到日本各界人士的抗议，还会受到欧美诸国的谴责。在权衡利弊之后，内阁才提出为康君提供赴西洋考察经费，并派中西金太郎护送康君离开日本。我等未能为康君的事业有所作为，心中深感内疚和不安，请康君能予以谅解。"

　　"不，先生对我等的关爱和支持，已经足够了，我等始终铭刻心中。"康有为望着这位正直的异国老人，一时不知该说什么才好，他紧紧握着佐佐友房的手，说道，"请先生多多保重。"

　　佐佐友房嘱咐道："康君到了异域之后，盼望常寄信来，以免挂念。"

　　桂湖村且也匆匆赶来了，他走到康有为跟前，说道："康君送我的墨宝，我已装裱悬挂在茶室里了，以便朝夕相处。今日与君相别，关山万里，我无他物，愿案头的这两件小礼物能陪康君远渡重洋。"说着，从仆人手中接过一只锦盒，里边装着一册《张非文集》和一把日本宝刀。康有为接过之后，向他深深地鞠了一躬。

　　梁少君送来了四杯清酒，康有为和佐佐友房、犬养毅、桂湖村且每人端起一杯，各自喝了一小口，然后，将酒倾倒进海里了。

徐勤匆匆分开人群走过来，将一份电报递给康有为，说道："老师，加拿大方面已来了电报，维多利亚的华侨代表将在码头上迎接老师；欢迎大会定在中华会馆举行。将有各埠侨胞数千人集会温哥华，聆听老师的演讲。"

康有为听了，激动地点了点头。

登上甲板后，康有为扶着栏杆，不断向码头上的人群挥手致意，学生们不停地挥动着手中的鲜花。

"和泉丸"号渐渐驶出了港口，岸上的人群和建筑物越来越远了，最后便消失在视线之外。只有一群从码头追随而去的海鸥，在轮船后边不停地飞舞着……

第十章　神秘刺客

在广东，一些恶贯满盈的贪官和杀人恶魔陆续莫名被杀，大快人心。广东总督府派往香港行刺康母的凶手也被杀，扑朔迷离的案情不知何人所为。

一

1899年（光绪二十五年），山东引发了义和团运动。开始时，一城一乡兴起了"红拳会""义和拳会"。不久，这些"红拳会"和"义和拳会"便成了一家，更名"义和团"。义和团像秋天荒原上的野火，迅速在寿张、聊城、临清、荏平、高塘、清平等县蔓延开来，他们既反官府，又提出"反清""灭洋"的口号。

自从甲午海战之后，山东的沿海一带遭受了日本侵略军的欺凌，接着，日本人又强占了胶东半岛。他们强行修建铁路，掠夺铁路沿线的矿产。同时，外国人办的教堂星罗棋布，一些传教士勾结当地流氓无赖为非作歹，欺压民众，惹起了民众的不满和仇恨。有一次，平原县的义和团反对教会操纵的奸商控制粮价，囤积居奇，结果被官府捉去六名义和团成员。为了营救他们，荏平县的义和团首领朱红灯和本明和尚一声令下，立即拉起了一支三百余人的队伍开赴平原县，和配备有洋枪的官兵死打硬拼，此事引起清政府的惊慌，朝野议论纷纷。

已是掌灯时分，"吱呀"一声，阴森森的直隶总督兼北洋水师衙门的大门开了半扇，刘学询和庆宽，跨进了门槛，他们是奉荣禄之命来天津的。荣禄告诉他们，太后对天下局势十分不安，山东的"拳匪"固然来势迅猛，人数众多，但不足为惧，那是些头上顶着高粱花的庄稼汉，成不了大气候，只要派出精锐官兵前往会剿，就可平息。可怕的是那些戊戌变法的漏网者，他们不但都有学问，又善蛊惑人心，而且和外国政府多有联系，他们一旦像义和团那样闹起来，就难以扑熄了，这才是心腹之患。他命庆宽速去长沙。因为前年长沙建立的南学会，是谭嗣同、唐才常发起筹办的，也是康有为在长沙的落脚点，该学会成员至今还在活动，务必除之，以绝后患。命刘学询速去广东。那里康有为的关系甚多，康梁逃往国外后，其余党仍在广东一带潜伏，与康有为在海外的"勤王"活动遥相呼应，要千方百计除掉他们。

已逃到海外的，不可放过其家眷，可以官府名义出面拘押，也可暗地访拿，就地刺杀，不留活口。他特别告诫刘学询：若康有为在香港出现，官员不可去香港介入此事，以免引起英国抗议，可挑选有暗杀经验的刺客秘密潜往香港，见机行事。一旦得手或失败就立即离开，不能让香港警方抓住把柄。荣禄在大厅里踱了一会儿，接着说："你们上次自费去日本，虽未成功缉杀康逆，但忠义可嘉，太后已下诏授封了。这次受命赴任，希望你们将功补过，莫负厚望。朝廷已向两地总督李鸿章、张之洞发了密电，你们今晚就出发吧。"

刘学询和庆宽连忙站起来道："谢大人栽培。"

"别谢我，要谢就谢太后吧！"

"我等决不辜负太后的恩典。"

荣禄点了点头，目送他们出了衙门。

他们没敢在天津逗留，当夜就出发了。

二

广东隆丰的七月，白天骄阳如火，到了晚上才有些凉意。今天是七月初七，又叫七夕，是民间的"乞巧节"。按当地的风俗，在七夕的晚上，女子若向织女乞求智巧，就会变得聪明手巧。晚饭后，女子们便穿上新衣结伴成群地来到长辈家的庭院里，摆香案，供果品，拜双星，表示她们的心意。她们在对天祈祷时，先烧三炷香，望着天际间的织女星，然后默念着自己的心事。未嫁的女子祈求嫁个如意郎君；新婚的少妇祈求早得贵子和公婆的宠爱；年龄大的妇女则祈求家中老少无病无灾。然后，有的女子则聚在一起，穿针引线，搭彩接缕。她们从老人手里接过一枚针、一根线，坐在月下，同时穿引，穿引快的就算乞到了灵巧和智慧。这种民间的习俗已延续了几千年，虽然不一定能如愿，但她们年年都要准时举行乞巧仪式。在她们心中，织女星也决不失约，会准时出现在天空，与普天下的女子们遥遥相望，赐福于她们，并享受她们奉献的瓜果糕点和缕缕香烟。

丁一章坐在自家院子里的躺椅上，他一边欣赏女人们的乞巧活动，一面在寻思着好友柯如海。自从恩师康有为去北京后，自己因病回隆丰休养，柯如海随恩师去北京参加了维新派创办的强学会和变法运动。他因在慈禧发动政变前夕离开北京回到了广东，故未受到牵连。听说万木草堂被广东道台谭仲麟查封了，所藏书籍也被烧光，他俩痛心疾首。他们在万木草堂读过书，上个月，他俩约好七夕前同往广州，去看看万木草堂，可柯如海至今还没有到。他知道，柯如海是个书生，也是个一诺千金的侠骨汉子，若无其他变故，他是绝对不会失约的。丁一章想到这里，心中有些忐忑不安：听说广州、汕头、潮州、新会一带，一些参加过维新运动的志士，有的被官府拘捕了，有的正在受到通缉，连他们的家人也常常不明不白的死于非命。报官以后，官府或置之不理，或借故拖延审理，难道柯如海会遭到什么不测……

正想到此，只见一个额头上布满血迹的少年，踉跄地来到丁家院子门口，哭着说道："我找丁伯伯，我是柯……"还没等说完，便昏倒在地。他是柯如海的长子柯明理。

丁一章连忙将他抱起来，安顿他躺在自己的躺椅上，让女儿珍珍给他喂了一杯糖水。过了一会儿，他才苏醒，他一面流泪，一面诉说起来：

原来，五天前，父亲正准备动身来隆丰，却被一群县里的衙役押走了。负责此案的古朋既不升堂也不审案，又不押送省城，当即关进了大牢。他去探监时，给狱卒塞了三十元钱，狱卒才偷偷让他们父子见了一面。原来，古朋是奉刘学询之命，专门审理康梁余党的案子，并许诺说，只要写出了参加过变法的维新志士名单，就可放人。父亲虽遭受了酷刑，但未吐一个字。前天，家里被通知去探监时，父亲已暴死在狱中了。他和母亲在收殓遗体时，从父亲的衣袖中看到了一行小字：速告吾友，除古而绝祸。昨天夜里，全家人守在父亲灵前，半夜时，忽然闯进两个头戴黑布罩的歹徒，开始时以为他们是劫财偷物的贼，母亲便向他们哭诉家中的不幸，谁知两个歹徒根本不听，问明母子与死者的身份后，举刀就刺，由于母亲倒地时打翻了灵前的蜡烛，他才趁着黑夜逃了出来……

丁一章一听就明白了，柯如海要家人转告他，要他们设法除掉古朋，根除祸害。他给柯明理包扎好伤口，又安顿他睡下之后，便连夜给朋友们写了几封信，让他们设法提防古朋的暗害，在给区谦之的信中，叮嘱他务必将此事告知海外的康有为和梁启超。

其实，在加拿大"勤王"的康有为和在日本的梁启超，都已从不同渠道知道了刘学询等清廷鹰犬迫害维新派人士和家属的情况，他们正在设法进行反谋杀活动。只是由谁负责反谋杀？怎么反谋杀？丁一章不知道罢了。

丁一章将珍珍叫到一旁，把几封信交给她，让她藏好，又低声嘱咐了一番。

珍珍是个聪明的闺女，今年刚刚十六岁，母亲去世后，家里缝缝补补，烧菜做饭等杂事全靠她了。但她仍能抽出时间跟着父亲学书习文，能背诵唐诗宋词二百多首，还特别喜欢听父亲讲述康梁变法的故事。她知道藏在身上的这几封信的分量，当天夜里，她脱下"乞巧"时刚穿上的新衣服，换了一身平时穿的旧衣，借着"七夕"的星光连夜出发了。

该送的信都送出去了，路过惠东时，她在姨妈家里住了几天。当她再回到隆丰时，她好像进了一场噩梦：自己的家被一场突如其来的大火烧光了，父亲和柯明理被烧得认不出面目，但他们的后背上都有深深的伤口……乡亲们等她回来。

是谁导演了这一幕人间惨剧？

三

古朋原是广宁的知县，在一次大水灾之后，他趁难民背井离乡外出逃生之际，伙同其弟强买地约，霸占庙产。他平时与东印度公司的水手勾结，贩卖鸦片，最多时一次贩卖二十多箱。

老百姓曾多次联名告他贪赃枉法，要求知府对他严惩。但有钱能使鬼推磨，知府收受了他的贿赂早已被他买通，反而将带头告状的十余人以"刁民聚众，图谋不轨"为名打入了大牢！当朝廷《明定国是诏》颁布之后，知府便被维新派撤职查办了。根据民众的多封联名状子，新知府正准备对古朋进行严惩，谁知拘捕他的衙役还没有到达广宁县城，他已闻风而逃了。戊戌政变后，维新派遭到了清廷的残酷镇压，在刘学询的保荐下，他又复出。因尚未授以新职，他暂留在刘学询手下，负责搜捕审理参加过变法的人士。

这天刚天黑不久，古朋正与新娶的小妾在床上颠鸾倒凤，忽然听见院外传来一阵急促的马蹄声，他连忙吹熄了蜡烛，让小妾去前院看看动静，自己则将被单往赤裸的身上一裹，利索地滚到床底下，只见地面的木板一翻，他便滑了进去，木板又恢复了原样。原来，他房间的床地下有一暗道，直通后花园的假山。他知道自己的仇家多，便日夜提防着遭人暗算。

他躲在假山后边，看见房间里的灯又亮了起来，知道是虚惊一场，便披着被单回到了卧室。小妾告诉他说，刘大人派人接他去府衙商谈要事，要他立即前往。

古朋不知道刘学询要他连夜赶去商谈什么要事，但知道此事关系重大。他不敢怠慢，穿了衣服之后，在十余名全副武装的士兵护卫下，乘着夜色出发了。

一路上，他都提心吊胆，虽然，他骑在马背上，士兵们有的携带着腰刀，有的还扛着快枪，但他连眼皮都不敢眨一下，生怕从路边的树影里或房舍的窗口中跃出几条黑影来，冷不防地将刀尖扎进他的前胸。他甚至怀疑走在身边的士兵中，会不会有康梁余党的同伙？

古朋见到刘学询时，已是子夜了。刘学询坐在书房的靠背椅上，脸色阴沉，一言不发地听古朋的禀报。

"自开年以来，下官遵照大人密令，已捕杀康梁余党六十三人、余党之家属一百余人，尚有一百余人在逃，下官已开列出了他们的名册。"说完，双手呈上名册。

刘学询接过名册看了看，又将名册还给了他。

古朋连忙说道："大人，有些康梁余党已逃匿他省，还有的已逃匿于香港和澳门，下官有些鞭长莫及、力不从心。"

"你看，我正是为这事，才让你连夜来的。"说着刘学询将书案上的一封信递给了古朋。古朋展开一看，原来是一封无落款的香港来信，信中说：康有为之母劳连枝病重，康有为是有名的孝子，估计会从海外归来探视母亲，只是不知道回香港的准确日期。

古朋明白了：刘学询是想派自己去香港刺杀康有为。

果然不出所料，刘学询对他说："古大人，你全力捕杀康梁余党及眷属，有功于朝廷，不过，捕获十名余党的家人，抵不过一个康梁余党；刺杀百名康梁余党，不及刺杀康有为一人。"

"是是是。"古朋听了，连连点头。

刘学询接着说："康有为若回香港探母，是你立功受赏的天赐良机，若能成功，别说总督李大人会重用你，恐怕太后都会重用你的。"

"谢大人的提携之恩。"古朋没想到红运会降到自己的头上，他连忙跪下，说道："下官请缨赴港，不成功，便成仁。"

刘学询以手示意，让他站起来，说道："香港是英国人的地界，连大清国的圣旨都不买账。再说，英国人又一直庇护着康有为，你就这样大摇大摆地去捉拿康有为？恐怕你还没动手，就被人家捉拿去了。"

古朋连忙说道："下官莽撞，愿悉听大人指教。"

刘学询朝门外拍了拍手掌，立刻走进一高一矮两名中年汉子。"我给你派两个助手，"刘学询指着高个子说道，"他是王冬炎，又叫王一刀，是跟随我多年的护卫"，又指着矮个子说，"他叫夏三，当过十多年的捕头，力大过人。

你们秘密潜港，刺杀成功后，立即回来；若被英方拘捕也不必多虑，粤督会设法营救的，回来后，即可封官受赏。"

其实，他所说的一半是真话，一半是假话。若刺杀成功，回来可封官受赏不错，若真的被港方拘捕了，连朝廷的圣旨都没有用，粤督就更无能为力了。

当晚，在刘学询的书房中，古朋和两名刺客借着烛光，制定了行动方案。

正当他们制定行刺方案的时候，北京的崇礼也得到了康有为将回港探母的消息，住在香港的阮少杰已接到了他的密电。还有，巫氏父子一直没有离开过香港，他们不见棺材不落泪，即使在香港杀不了康有为，也不甘心空手而归。

各路"好汉"都在等着康有为返港，好一显身手。

四

南国的秋夜，凉爽而静谧。

在天后庙旁边的一栋二层小楼的楼上，窗口向外泄着橘黄色的灯光，月光洒在院子里的草坪和花圃上，好似镀了一层银，蟋蟀在草丛间不停地唱着，几株椰子树的叶子在微微的海风中轻轻摇曳，小楼周围，弥漫着一片祥和的气氛。

在楼上的起居室里，张云珠正在帮婆婆劳连枝穿衣服，准备去尹氏诊所看病。

由于受了惊吓，又加上逃难途中过于劳累，劳连枝到了澳门之后，东躲西藏，饮食无律，夜夜失眠，故而落下了病根。来到香港之后，虽然生活环境好些，但日夜思念被害的康广仁，又牵挂着康有为，还得时刻提防刺客。她白天很少出户，更没来得及看医生，所以，近来常感头晕目眩，四肢发麻，不思饮食，身体每况愈下。五天前，田兰和伞郎将尹氏诊所的尹大夫接到小楼，为她详细诊断过一次，又开了尹氏家传的方子。她抓药服过之后，觉得症状减轻了不少，每餐能吃半小碗米饭，心中十分高兴。尹大夫原说三天后再来复诊，可至今未来。

她想：是因病人太多抽不出时间来，还是忘了复诊的日子？劳连枝不好意思再让他来小楼出诊，便决定在晚上去尹氏诊所求医。

楼下，田兰和伞郎正在争论。伞郎说："康老夫人不能出去！"

田兰说："她不去别处，只去尹氏诊所，又是在夜间，不会有事的。"

"不行，夜间也不能出去！"

"为什么？"

"你想想，刘学询从日本回来后，他依仗着李鸿章的势力在广东为非作歹；巫氏父子还住在香港，最危险的是那阮少杰，他久留香港，必有所图。"伞郎说到这里，有些激动，声音也大了起来，"你们出去，万一被他们碰上怎么办？"

田兰说："康老夫人坐在马车里，放下帘子，没有人能够看到。再说，有我和沈萍保驾，不会有事的。"

"就凭你和她？"伞郎望望沈萍，笑着摇了摇头。这时，张云珠扶着劳连枝走下了楼梯，她笑吟吟地说："田兰姑娘，咱们走吧。"

田兰和沈萍连忙走过去扶她。

伞郎一看，此事木已成舟，自己不便再阻拦了，他瞪了田兰一眼，不再说话。这时，车夫来催，说马车已经备好了。

伞郎忽然说道："我也去！"

田兰说："车厢里已经没有座位了，你坐哪里？"

"我帮着赶马车！"说着，和车夫走了出去。

田兰和沈萍相视一笑。

不一会，一辆轻便马车便驶出了院子，沿着海滨的一条干道，朝尹氏诊所驶去。

五

尹氏诊所是南海籍的老中医尹达贤开办的，由于他是中医世家出身，又有精湛的临床经验，医德又好，所以，在当地颇有口碑。白天，病人盈门，他埋头看病，开药方。晚上，他或在库房指导伙计们切药、制药，或坐在灯下整理病历，他正在撰写一部"尹氏医札"。

当劳连枝的马车停在尹氏诊所的门口时，田兰觉得有些不太对劲：大门紧闭，窗口也没有灯光，四周都静悄悄的，静得有些反常。她和沈萍跳下车来，扶着康老夫人下了车，伞郎则让车夫将马车赶到诊所的后门等候。

尹氏诊所坐落在一条老街的尽头，门前有一口水井，井旁有几张木制长椅，大约是为候诊的病人准备的。田兰走到诊所门前，轻轻一推，大门开了，她借着月光走进大门，穿过前厅，见里边一片狼藉，满地散落着一些中草药，药柜已经歪倒了，原挂在墙上的几块病人送的匾额被扔在地上。

田兰忽然听见药库里传来叹息声，她们走过去一看，原来是给她抓过药的那名老药师。药师一见到劳连枝就哭着说道："夫人，您来晚了……"

劳连枝连忙问："怎么回事，你慢慢讲。"

老药师被伞郎从床上扶起来，断断续续地说出了尹大夫和诊所的遭遇——

三天前的一个晚上，店里的伙计都回去睡觉了，我正在库房切药材。尹大夫在他房中看书，忽然听到有敲门声，尹大夫以为是有急诊病人，便去开了门。进来的是三个陌生的汉子，一个又高又瘦的汉子用刀抵住尹大夫的脖子，一个四十多岁的秃顶汉子像是他们的首领，他问尹大夫："你是南海人，应当知道康有为的家眷和族人的消息吧。说出一个，奉送一百元。要是不说，就难过今夜了。"尹大夫说："我的籍贯虽然是南海县，但已在香港行医三十多年了，并不认识康家的人。"只见那个秃顶的汉子从身上取出一个册子，说道："你仔细看看，这上边的人，你认识哪几个？"尹大夫看过之后，摇了摇头。秃顶汉子朝持刀的汉子努了努嘴，持刀汉子猛地将刀捅进了尹大夫的前胸。看到尹大夫被害了，我知道这三个汉子并非是为钱财而来的窃贼，便连忙躲进了几捆草药之中……

劳连枝听了，以手掩面，眼里涌出了泪水，她问道："你打算今后去哪里？"

"去南洋，"药师说，"我的姑父在南洋开了一家中药房，我想去投奔他。"

劳连枝点了点头，默默地流着泪走开了。

六

劳连枝一行人刚返回前厅，忽听门外传来一阵笑声："哈哈，这叫来得早不如来得巧！"

他们抬头一看，三个陌生人已经堵在大门口了，从他们的身材和相貌特征判断，可以断定杀害尹大夫的凶手就是这三个人，只是不知道他们是属于哪一路的刺客？

伞郎低声对田兰说："你和沈萍护老夫人从后门出去，上车后立即离开，这里由我来对付。"田兰朝沈萍使了个眼色，二人转身扶着康老夫人离开了前厅。

伞郎从背后取下雨伞，摆好阵势，将三个刺客堵在了过道里。

秃顶汉子就是古朋，瘦个子是王一刀，另一个手持匕首的矮胖子，就是夏三。他们一到港就把尹氏诊所作为监视的重点，知道劳连枝定会找尹大夫看病的，他们先除掉了尹，一来是让劳连枝的病难医，二来便于守株待兔，今夜果不其然。他们敢于不戴面具亮出真相，说明他们不打算留下活口。刚才看到两个女子扶着个老太太站在前厅里，一个年轻后生背着一把雨伞站在旁边，就想，要杀他们简直易如反掌，谁知这个后生不自量力，竟拿着一把雨伞来挡他们的道。古朋朝夏三喊了一句："过去宰了他。"

夏三走到伞郎跟前，挥舞着匕首，朝他逼去，伞郎不慌不忙以雨伞相迎。他有意且战且退，当退到大厅后的走道中间时，突然"啪"的一声，夏三右手的匕首被伞郎打在地上，还没等他回过神来，伞郎忽然挥伞出击，夏三来不及躲闪，被雨伞击出了一丈多远，撞在南墙上。这不能怪他武艺不高，因为他太轻敌，才吃了大亏。他又气又悔，想夺回面子，便连忙从地上翻起来，从腰间抽出另一把匕首，正要扑向伞郎，却被古朋拉住了，他朝王一刀一努嘴，让王一刀去对付伞郎。

因为夏三刚才没有斗赢这个后生，所以王一刀不敢大意，他挥动着一把三尺多长的大刀，刀刃闪烁着寒光，一步一步逼过来。伞郎从伞柄中抽出一把窄窄的青锋剑，左手持伞右手持剑，伞挥剑舞，密不透风，将王一刀挡在了过道之中，三人都无法施展手脚，双方处在对峙状态。这时，田兰和沈萍已将康老夫人扶上了马车，车夫挥鞭，马车急忙离开了诊所的后门，奔驰而去。

也许是马蹄声惊动了古朋，他急忙喊道："快，追马车。"

三人知道上当了，连忙从过道退到大门口，转身朝马车追去。

伞郎紧随其后，也离开了尹氏诊所。

这一切都被阮少杰看了个一清二楚。

原来，他带着两名随从正在对面的茶楼里喝茶，待伞郎等人离开尹氏诊所后，他们也离开了茶馆。

刺客们终于在海边的路上追上了飞奔的马车。

王一刀跑在最前头，他伸手抓住了车厢，脚尖一点，纵身跃上了马车，还没站稳，就被田兰隔着帘子一脚踹了下来，摔在了路边。

夏三紧随着王一刀之后也追上了马车，他从另一个角度跳上车之后，去夺车夫的缰绳。车夫死死不肯松手，他举起匕首捅了过去，车夫顿时歪倒在座位上。然后，他转过身来，掀开了车厢的竹帘子。还没来得及看清车厢里的人，猛觉得肚子一麻，匕首落在了车厢中，他的身子像个大冬瓜，从飞奔的马车上滚落下来。原来，沈萍在车厢里护着老夫人，田兰则全力做好了应战的准备，当夏三掀开竹帘子的那一刹那，田兰的铜箫正刺进了夏三的腹部。

由于车夫受伤，马车失去了控制，受了惊吓的枣红马一会儿拖着马车打转，一会儿狂奔，这为跑在最后边的古朋提供了方便，他奋力追了上来，双手拼命地抓住了车厢，想爬上车去，但车速太快，颠簸厉害，试了几次都没爬上去。忽然，他的双脚被人紧紧拖住了，想甩甩不掉，想动动不了。低头一看，只见一个满脸是血的人，双脚拖在地上，两手抓住他的脚不放，原来是那个受伤的车夫。他刚替出一只手准备去掏枪时，由于两个人的重量集中在他的一只胳膊上，他和车夫都掉下车来。他掏出枪，对准车夫的前胸连开了三枪。

王一刀从车上被踢下来以后，又迅速爬起来，在马车后边紧追不舍，眼看又要追上了，不想被赶上来的伞郎拦住了。他又气又恼，挥刀朝伞郎砍去，伞郎用雨伞一挡，三根钢质伞骨"唰"的一声弹了出去，一根扎在他的喉头，另两根扎进了他的前胸，他倒在地上，双眼惊恐地圆睁着，他到死都不明白这雨伞里到底装着什么机关。

古朋见两名随从都殒命了，转身落荒而逃。

伞郎本来想去追他，又怕康老夫人有什么闪失，于是，他收取伞骨，将青锋剑插进伞柄，又把雨伞背在身后，大步追赶失去控制的马车。

当古朋仓皇地从大路上跑过来时，隐身在柳枝林里的阮少杰只是冷冷地看着，一名随从欲上前截杀，被阮少杰拉住了："留着他，也许会有用处。"随从点了点头。

海边上又恢复了原有的平静，月光如水，秋虫啾啾，树叶婆娑。刚才发生的事好像是一阵过眼烟云。

七

下午六点钟，澳门《知新报》的同人们早已下班，报馆里冷冷清清的，但陈子侃仍坐在编辑室里，目光盯在一封信上。

这不是稿件，也不是普通的信函，这是一封从日本寄来的急信。

这封信是梁启超写来的，信中说："刘豚对我阻力极大，必须图之！"

陈子侃也知道，刘学询是维新派的心腹之患。他自恃得到朝廷器重，到广东上任后，他重用贪官，派刺客暗杀维新派人士和家人，制造了一次又一次的血案。若不及时将这条疯狗除掉，会影响康有为在海外的"勤王"活动，他已成为维新人士最危险的敌人。派谁去除掉刘学询和他的同僚呢？怎样才能制止住刺客的暗杀活动呢？

最让他不放心的，是康有为的家眷，自从她们离开澳门到香港之后，香港的朋友已安排了秘密住处，又听说田氏兄妹和她们住在一起，还算安全。他在想，如何以其人之道还治其人之身达到反迫害的目的。如组织几个高手去刺杀刘学询，即使杀不了刘学询，也可除掉几个专门和维新派作对的贪官和刺客，以打击刘学询的嚣张气焰。他准备明天去广州找区谦之商量。在广州的公善堂，区谦之看过梁启超的信，知道陈子侃的来意之后，悄声说道："子侃兄，前些日子，我也正为此事着急呢，刘学询依仗慈禧和李鸿章的势力，双手沾满了维新志士的鲜血，必须除掉。不过，广东最近接连发生了几件怪事，令我莫明其妙。"

"什么怪事？"陈子侃问。

区谦之说："在变法时，有几个最黑的贪官污吏被罢了官，刘学询来了之后，又重新起用了他们。他们一复职，便关押了四十多名维新人士，深得刘学询和李鸿章的赏识。谁知前不久，一名刚复出的贪官在家中被人刺杀，至今凶手未捉到；还有一名复出的贪官竟吊死在衙门的厅堂里。验尸时发现，他们的背上都有一布条，上面写着：'多行不义必自毙'，看来不是自杀的。"

陈子侃听了，惊异道："岂有这等怪事？好事也！"

区谦之说："还有更怪的呢。"

接着，他向陈子侃讲述了这些日子发生的桩桩怪事：

原来，刘学询曾网罗了一帮地痞流氓当密探和杀手，专门跟踪和迫害维新人士和他们的家人。其中阳江的韦番是个杀人不眨眼的恶魔，他亲自抓了十几人。为此，刘学询会见了他，褒奖了一番，还打算把他调到广州。有天一大早，他的老婆刚刚打开大门，看到门口有一口棺材，命人揭开一看，里边躺着的正是韦番。茂名有一名叫金明岩的刺客，捕获了一位躲在亲戚家中的变法人士。这位变法人士被杀害后，首级被挂在城头上示众了两天，到第三天早上，人们看到城头上悬挂的竟变成了金明岩的人头！自此之后，那些专门与维新派作对的贪官们日夜提心吊胆，一些心中有愧的密探和刺客也惶惶不可终日。

"这些事是谁干的呢？此人艺高胆大，乃真豪杰。"陈子侃说道："若能见到这位身手不凡的英雄真该好好谢谢他。"

区谦之说："我也有此心愿，只是可望而不可即。"

"谦之兄，这么说来，康先生和梁先生可以放心了？"

区谦之说："不，刘学询不会甘心的，他手下还有一帮刺客，尤其是一个叫古朋的人，是一个十分狡猾的军师和杀手，此人十分危险。"

陈子侃听了，连连点头。

八

古朋回到香岛饭店已是半夜了。

他跌跌撞撞地打开了房门，也许是过度紧张和疲劳，一进门，就抓起桌子上的水壶，一仰头，"咕咚咕咚"喝下了大半壶凉开水。然后，他打开灯，想在沙发上歇一歇。就在灯光一亮时，他惊呆了：一位穿西装的青年男子正坐在沙发上，他就是阮少杰。

知道来者不善的古朋欲转身逃跑，谁知被人又猛地推了回来，门"咚"的一声被关上了！

他下意识地想去掏枪，突然感到一件硬邦邦的东西正抵住了自己的后脑，容不得他动手。

阮少杰冷峻地说道："你从大陆来香港，有护照吗？"

"你是警察？"

阮少杰只是淡淡地笑了笑，没有答话。

"你到底是谁？"

"我是谁你管不了。我要问你是什么人？来香港有何贵干？"

古朋说："我是奉刘学询大人之命，来香港缉拿康有为及其眷属的。"

"文书何在？"

古朋判断肯定是栽在了香港警察的手上，大不了关上几天然后遣送回去。于是，他从身上掏出一张照片和一本小册子，扬扬得意地说道："长官你看，这是康有为全家的照片，这是我亲自搜集的康梁余党在粤的花名册。"

阮少杰冷笑了一声："难道那位尹大夫是康梁余党？那个马车夫也是康梁余党？"

古朋听了，知道刚才发生的事他全知道，不觉浑身哆嗦起来："你们到底是谁？"

　　阮少杰说："是来找你算账的！"说着，手里的枪死死地抵着他的脑袋。

　　古朋一下子跪下了，拖着哭腔说："这位大爷，我们昨天无仇，今日无冤，你就放我一条生路吧，要多少钱都行。"

　　"你就留着那些臭钱去阴间路上买通小鬼吧！"阮少杰说着，用枪柄在古朋的后脑穴上一击，古朋连哼都没哼一声，就倒在地毯上了。

　　阮少杰拾起他的名册和相片，关好了房门，带着随从悄悄离开了房间。

第十一章　香港斗法

皇上驾崩，太后西归，康有为的海外"勤王"活动也因此告终。他带着年轻貌美的姨太回到香港。……巫氏父子仍以刺杀康逆为今生最大夙愿；刘学询也要洗雪在日本屡刺不中的耻辱；护康使者也在行动。暗杀与反暗杀剑拔弩张、斗智斗勇。

一

光绪三十四年十月二十一日（1908 年 11 月 14 日），被慈禧囚禁了整整十个年头的光绪皇帝，还是未能等来在海外"勤王"的康有为，当太阳刚刚落下西山时，三十八岁的影子皇帝爱新觉罗·载湉终于油尽灯灭，静静地躺在瀛台涵元殿内。殁时，除了监视他的几个太监之外，他的身边没有皇后嫔妃，没有皇亲国戚，也没有朝中大臣，只有孤独和悲愤。在瀛台落日的余晖中，这位大清国的万岁爷孤寂地死去了。

皇上"驾崩"的消息传出紫禁城后，北京城里一片哗然。人们纷纷猜测他是怎么死的？还没等人们猜出个眉目，又一条消息从后宫传了出来：在光绪帝去世的第二天下午未刻，统治中国达半个世纪的铁腕太后，也在中南海西苑的仪鸾殿里撒手西归了！

两天连续发生的重大事件立即轰动了京城和朝野。消息传到海外后，康有为如雷轰顶，他知道自己多年的"勤王"活动已付诸流水了。他既为光绪帝的驾崩悲哀和痛心，又为慈禧的暴死感到痛快。若这个歹毒的女人早死十年，维新变法在中国将成为气候，自己和变法的志士们也不至于被迫逃亡异国他乡。

他虽然身在海外，但目光一刻也未离开清廷的统治中心——北京。他在海外已听说有关这一帝一后母子二人死因的种种传说：有说光绪帝因生前推行变法，许多人都站在光绪这一边，慈禧知道自己已年迈病重，将不久于人世，故在临死之前先害死光绪皇帝，再将三岁的溥仪接入宫内，让他的父亲载沣为摄政王，以继承她的衣钵。有说是总管太监李莲英害死了光绪帝，李莲英是慈禧的心腹，他平时依仗慈禧的势力，经常欺负和中伤光绪帝，还参与了害死珍妃、囚禁光绪等伤天害理的阴谋。他怕慈禧死后，光绪帝亲政，不会放过他，所以，他要在慈禧临死之前害死光绪帝。还有人说光绪帝之死与袁世凯所送的药品中掺入了毒药有关。有一天，袁世凯进贡了一盒稀世药品给皇上，说是能医百病，可补心血，经慈禧答应后送往瀛台，光绪帝服用后，中毒身亡。

康有为相信光绪帝是袁世凯毒死的说法。于是，他在海外发起了一场讨袁运动，先后颁布了《光绪帝上宾请讨贼哀启》和《讨袁檄文》。在这些文告中，他历数了自戊戌变法以来袁世凯的种种罪状，提出"查大行皇帝之丧，实由贼臣袁世凯买医毒弑所致"。他号召海内外知名人士签名上书，"请杀袁贼以报先帝之仇而谢天下"。他还直接上书摄政王载沣，认为戊戌年间的冤案都是因为袁世凯的挑拨离间，造谣生事造成的。他要求摄政王"为复先帝之仇，为国民除大害"，认为袁贼不除，必有后患。

一度任军机大臣的袁世凯，在当时权倾朝野，渐露野心，对摄政王载沣的统治已造成了威胁，加之海内外对袁世凯的怀疑和不满，袁世凯终于接到了一道谕旨："袁世凯现患足疾，步履维艰，难能职任，即开缺回籍养病。"

1909 年，袁世凯革职被逐出了朝廷之后，康有为很是高兴。但又觉得这一害群之马若不除掉，必有后患。于是，他又鼓动朝廷重臣上书皇上杀掉袁世凯，但终未能如愿，以致他后来东山又起，当起了内阁总理大臣，再次祸国殃民，这是后话。

二

一艘挂着挪威国旗的轮船，在茫茫的太平洋上航行着。

宣统三年（1911年）秋初，康有为游历了加拿大、埃及、耶路撒冷、美、英、法、瑞士和印度之后，从槟榔屿乘船回香港。

今天，是个难得的好天气，空中晴朗无云，轮船航行平稳。下午，旅客们三三两两地从船舱里走出来，有的在甲板上散步，有的扶着栏杆远眺。有一位留着披发的西方男子，将留声机搬到了甲板上，留声机里传出了莫扎特《魔笛》的悠扬旋律，这旋律与轻轻拍击船头的波浪声汇为一体，驱赶了航行途中的单调和寂寞。

五十三岁的康有为在两位随行夫人的陪同下，一面说笑着，一面向前甲板走去。

在他的左边是梁随觉，她虽然三十二岁了，但身材依然苗条，肌肤依然白嫩，宛如一位少女，举止和谈笑之间，又透出少妇的成熟之美。她仍是穿着一袭高开衩的浅红色旗袍，在海风吹拂下，一双玉腿时隐时现，显得更加楚楚动人，撩得甲板上的乘客不时回头。在他的右边，是他的三夫人何旃理，她今年二十岁，穿了一身白色的西装套裙，戴着一顶白色的巴拿马草帽，连脚上的皮鞋也是白色的。虽然她和康有为结婚已经三年了，但看上去仍像一个大学生，浑身洋溢着青春的活力。

何旃理出生在美国西部的华侨家庭。父亲何胜芳早年移居美国，在当地种植果园而致富。他对子女教育颇严，何旃理不但通晓数国文字，对中国经史和诗词也有一定的根基。康有为流亡美国时，曾向当地华侨发表演讲，当时，只有十七岁的何旃理被康有为渊博的学识和风采所吸引，演讲过后，她主动找康有为请教。康有为要视察西洋各国，正需要一位通晓英、法等多种语言的翻译，何旃理被选中。后来，两人志同道合，建立了感情，结为秦晋之好。她一直伴随在康有为身边，不但担任康有为的翻译，还帮他处理信函和文件，是不可缺少的得力助手。"有为，我虽然是中国人，但这是我第一次回国，我不懂国内的风俗习惯，"何旃理挽着康有为的右臂说道，"比方说，我见到婆母，是下跪还是鞠躬呢？"

康有为说："这好办，就让随觉当你的老师吧，怎么样？随觉。"

梁随觉笑着点了点头。

何旖理又说："还有一件事，我不会烧中国菜，怎么办？"

康有为笑了，他指着梁随觉说："这也好办，你教她英语，她教你烧中国菜，相辅相成，皆大欢喜嘛！"

何旖理快乐得像个大孩子，她说："随觉姐真好，我想起了一首唐诗：'洗手持作羹，三日下厨房，不谙姑母性，先遣小姑尝。'随觉姐，你就当一回小姑吧！"说完，一把扯过梁随觉，在甲板上跳起舞来。

这时，一对老年夫妇走了过来，老太太极有礼貌地朝康有为点了点头："先生，您的两位千金真可爱，又活泼、又漂亮！"

何旖理听了，连忙解释："不，不，他是我的先生，也就是爱人、丈夫。"说完，走到康有为的身边，当着众人的面，嘴里娇嗔着"亲爱的"，两手挽着康有为的脖颈，大方而又热烈地亲吻康有为。

康有为有些不好意思，低声说："旖理，别淘气。"

"怕什么，难道不是事实吗？"她又转身对梁随觉说："随觉姐，你敢不敢？"

梁随觉听了，羞得满脸通红，连忙用一把阳伞遮住了自己的窘态。

三

十多年的风雨，已经将巫氏宅第的朱漆大门留下了剥落的痕迹。门楼和院墙似乎矮了很多，当年的气派也日渐式微。院子里的一株老槐树枝上的叶子已开始变黄，零落了。巫非手里抱着一壶茶来到院子里，看着巫侃从院墙上不断地跳下来，又跃上去，他在练功。由于不慎，碰到槐树枝上，槐花纷纷落在巫非的头上和双肩上。巫非老了许多，乌黑的辫子已经变成了花白色，额头的细纹又深又密。他仰头望了望纷纷飘落的槐花，叹了口气，自言自语地说道："又是一年秋天到。"他在院中一条石凳上坐下，一边饮茶，一边想着心事：自从康有为逃到海外之后，他是鞭长莫及，只能望洋兴叹。他总是忘不了巫辛领着他们发的誓言：生是大清人，死是大清鬼。对慈禧感恩戴德，对清廷忠贞不二，成了巫氏父子生命的全部内容。由于刺杀康有为屡屡失败，巫辛又饮恨死在刺杀的路上，所以，他将千仇万恨都集中在康有为的身上了。他们一直在香港守株待兔，密切关注康有为在海外的行踪，相信他总有一天会回到香港探母的。直到太后圆寂他们才赶回北京奔丧，并在陵前发誓，一定要取康有为的首级，来拜祭老佛爷的在天之灵。可惜直到现在还一事无成。

虽然慈禧当年赏给巫家的三十万两银子在钱庄里利上生利，如今慈禧已入葬东陵了，但他们仍然坚持不动用那笔存款的一厘一毫，巫辛身前留下的家财支付他们的日常开销已绰绰有余。巫非想在刺杀成功之后，将巫辛的遗骸从穗郊迁回来，请最好的风水先生在北京昌瑞山附近，选一块风水宝地；请最好的工匠造一座像样的大墓，来供奉巫辛，让巫辛日日夜夜都遥遥守望着东陵的慈禧，以表示奴才对主子的忠诚。他现在最大的心愿就是想知道康有为几时回国，一旦有消息，他会立马带着两个儿子去"迎接"，只要能杀了康有为，就是搭上老命也在所不惜……

就在巫非遐想的时候，一直坐在门口看报纸的巫仿突然站了起来，显得十分激动："父亲，您看。"

巫非问道："看什么？"

巫仿指了指报纸："报上说，康有为将从海外回港。"

巫非像一个奄奄一息的大烟客猛地吸了一口烟泡似的，立刻有了精神。他一把抢过报纸，凑在眼前仔细看了起来，眼中涌出了泪水。他大声说道："苍天有眼啊！我巫氏一家报答太后恩典的时刻到了！"

当天晚上，巫非准备好了香烛，将慈禧的懿旨用黄缎子包好，摆在条案的中间。两边摆着石榴、红枣、梨子、果脯之类的供品。他亲自点燃了香烛，领着两个儿子拜祭了之后，对巫仿和巫侃说："康逆在西洋，咱们无能为力；只要他敢回香港，不是他死就是我亡！"

巫仿问："何时动身？"

巫非激动地说："事不宜迟，就在今晚。"

四

刘学询刚刚从长沙回到广州，就得到康有为再度回香港探母的消息。他连夜将早已选好的两名刺客——沙仔和胖头召到自己家中的密室里。

沙仔曾经在英国人的烟草公司当过差，头脑灵活，善于思考，一直跟在刘学询的身边当军师。胖头曾是一家镖局的拳师，后来被刘学询收到门下，接替"王一刀"给他当保镖。他枪法准，武功好，又忠于主子，是暗杀的高手。刘学询对他们说："康有为已经回到了香港，据说巫氏父子也已离开京城。还有一个神秘的人物，就是崇礼派出的，杀手是谁？至今不得而知，不知是否也到了香港？他们的目的，都是想在香港杀了康有为，以抢头功。不过，香港一直是咱广东的地盘，咱们近水楼台先得月，不能让别人把月亮抢去。"

胖头说："大人，你发话吧。什么时候动身？"

刘学询说："不，你们不能直接从广州去香港，以免引起香港警方的怀疑。这次要以南洋的观光客身份，先去澳门，再去香港，记住了吗？"

二人同时答道："记住了！"

"这次去香港，要加倍小心。因为康有为身边除有维新派的高手不离左右外，还有难对付的香港警方，他们会调配警员日夜保护康有为的。"说到这里，刘学询特别嘱咐他们："你们此去，切不可张扬。上次古朋他们就是太不谨慎，才丢了性命。是谁杀了他们至今还是个谜。"二人受命后，刚要离开，刘学询对胖头说："去香港之后，不可莽撞，一切行动要听沙仔的，记住了吗？"

胖头说道："大人，您放心吧，我们不会空手回来的。"

刘学询挥了挥手："你们去吧。"

二人当晚就乘船到了澳门。

五

岭南的秋雨，一连下了三天。池塘里水满，河沟里水急，田间小路上泥泞难行。

巫氏父子到了广州之后，就匆匆去了与南海县的交界处。巫非的想法是，先去祭拜巫辛，再去香港复仇。他们走到当年安葬巫辛的小河边，虽然斗转星移，但河边的稻田依旧，附近的甘蔗林和香蕉林依旧，即使哗哗流淌的小河也依旧，可就是找不到巫辛的那座土坟了，他们焦急地朝四下张望着。

巫仿看到远处有位老农正在香蕉园里挖水沟，便走过去询问。老农告诉他：这几年，遇上了好几场大雨，雨后，小河里的水就漫上了两岸，由于浪大水急，连附近的蕉林都冲垮了，紧傍河边的土坟怕是早就被水冲走了。

他听了，低着头走到巫非身边，呜咽着："父亲，伯父，他……他老人家，恐怕是被洪水冲走了！"

"什么？被洪水冲走了？"

巫仿将老农的话告诉他，没等他说完，巫非连忙拦住了他，拖着哭腔说道："不，大哥没走，他还留在这里，等我们来看望他呢！"说着，"扑通"一声跪在地上。他一面用双手抓扯着地上的荒草，一面大声地哭泣："大哥！我和仿儿、侃儿来看你了。"

巫仿和巫侃也连忙跪下，将带来的祭品摆在地上，点燃了香烛，又将一沓沓黄表纸点着。火光映照着巫非眼中的泪水，泪水"啪嗒、啪嗒"地滴着。

那个挖沟的老农站在蕉林里，好奇地望着这三个人。

当第三炷香快烧尽的时候，巫非朝空荡荡的旷野说道："大哥，我等这次去香港，一定要为你报仇，望您在天之灵，保佑我们父子三人此次除逆成功。"说完，他拨开荒草，抓了一把湿漉漉的泥土，小心翼翼地包好，又恭恭敬敬地揣进怀里，才领着两个儿子默默地离开了小河边。荒草中的黄表纸已经焚烧尽了，一阵秋风吹过，纸屑纷纷扬扬，随风而去。

六

也许年纪大了，劳连枝近日总是睡不好觉，有时刚刚睡着了，又常常被噩梦惊醒。至于她梦见了什么？醒来后，就记不全了，张云珠就常常为她解梦，一是安慰她，二是消磨时间。

今天一大早，她就醒了，对张云珠说："我又做了一个梦，见有为儿在天井里作诗，还吟给我听呢，一睁眼，他又不见了。"

张云珠笑着说道："婆母，您这是想儿子想的！"

"有为怎么还没到呢？"自从有人告诉她康有为将在近日回港后，她就一直念叨着。

张云珠说："也许正在回来的路上呢，您先睡会儿吧，等他回来，我再叫醒您。"

劳连枝长长地叹了口气："见不到有为，我睡不着啊！"

张云珠看了看壁上的钟，说道："婆母，我给您煨药去。"说完，下楼去了，当她走到楼梯角一面镜子前时，站了一会，对着镜子理了理自己的刘海，脸上露出了少有的笑容。

煨好药后，她将药滤在一只碗中，双手捧着走到楼上，用嘴将药汤吹凉了，用汤匙喂给劳连枝。就在这时，李唐兴冲冲地跑上楼来，说道："老夫人，老爷他们回来了！"

"回来了？有为回来了？"

张云珠听了，放下药碗，连忙为劳连枝披上外衣。

这时，听见楼梯"咚咚"响起来，接着，康有为、梁随觉、何旃理便走了进来。康有为连忙跪在劳连枝的床前，说道："母亲，不孝顺的儿子回来看您老人家了。"

劳连枝连忙坐起来："回来就好！回来就好！"

梁随觉和何旃理也跟着跪在康有为的身边，齐声说道："婆母，您老人家好。"

劳连枝望着膝下的梁随觉，笑着说道："好，好。随觉一点也没变，这位是……"

康有为连忙说道："也是您的儿媳妇，叫何旃理。"

劳连枝说："好，好，你叔父从美国回来时已向我说了。来，都起来，让我仔细看看。"

梁随觉和何旃理连忙起身走到床前，劳连枝一手拉住一个儿媳妇的手，说道："你们跟着有为，受了不少累呀，也真难为你们了。"

梁随觉说："婆母，我们不能在您的身边侍候您，未尽晚辈之孝，心里有愧。"又转头对张云珠说，"云珠大姐和您相依为命，她受的累更多，我和有为、旃理，都应该好好谢谢云珠大姐。"说完，她向何旃理使了个眼色，二人连忙朝张云珠施礼。张云珠有些手足无措，连忙拉住她们，说道："都是一家人，说这些就见外了。"说着，眼圈竟红了。

劳连枝问何旃理："旃理，你生在美国，回来后能不能习惯？"

何旃理说："婆母，我父亲的祖籍是广东，他在美国三藩市经营果园，我虽在学校念的是英文，但回到家里就说国语，学中文。父亲还特意请了教师教我《诗经》《楚辞》和唐宋诗词，这几年有为又教我书法、丹青和古文，我能过得惯。"

劳连枝说："这就好，按照家乡的风俗，婆婆头一次看到儿媳妇要有见面礼，我别无贵重的东西，就把它送给你作个纪念吧。"说着，从腕上取下了一只翡翠手镯，又亲自戴在了何旃理的手腕上。

梁随觉打开带来的一口皮箱，从里面取出一幅幅衣料，说道："这是给婆母做夹衣的，这是给云珠大姐做春装的，这是给几个侄儿的。"

李唐匆匆上楼来，对康有为说："老爷，徐勤老师在楼下客厅等您。他说有急事。"

康有为望了望母亲，劳连枝说："你去忙吧，我们娘儿四个在这里说说话。"

康有为笑了笑，跟着李唐下楼去了。

徐勤坐在楼下客厅里，见康有为下楼了，连忙迎上去，说道："康老师，香港警方通知，近日有不少可疑的人进入了香港。警方已派出了警员侦查，为了您的安全，警方要求我们尽快搬家。"

康有为说道："消息好快呀，我刚刚到香港，他们就跟来了。"

　　徐勤又说："广州的朋友也来电说，刘学询坐镇广州，已派出杀手来港，要我们倍加防范。""我想在这里伺候家母一夜，明天再搬家，行吗？"

　　站在窗口旁的李唐转身说道："老爷，您看！"

　　窗外有一条林间小道，有两个人在小路上走走停停，还不时地朝小楼窥视。看到有两名警察巡逻过来，才匆匆离去。

　　徐勤心里有些矛盾：康有为远渡重洋回来探视病母，母子俩有多少话要说啊！可是，见面还不到半个时辰却又不得不暂时离开，于心何忍？

　　一名邮差骑着脚踏车来到小楼门口，将几份报纸投进了报箱，然后转身离去了。

　　李唐去取报纸时，从报纸中掉出一张纸条，他连忙从地上拾起来，交给了徐勤。徐勤展开一看，纸条上写着："旧友三位，自京来港，寻门探拜，勿忘接待。"

　　他将纸条交给了康有为，康有为看后，心中疑惑起来：从此信的内容来看，似乎说有三名刺客到了香港，要他们不可大意，要设法对付。此信又不落款，是谁写的呢？写信人是好心，还是在要什么阴谋？

　　徐勤说："您是不是先上楼和老夫人说会儿话，搬家的事我来安排一下。"康有为点了点头。

七

　　天色刚黑，一辆汽车驶进了院子，在小楼门口停下来。

　　沙仔和胖头从树丛中探出头来，朝汽车望了望，相视一笑。因为楼上的窗口里亮起了灯光，说明楼上的人要乘车外出。

　　又过了一会，一位身穿黑色西装的男子走出门口，紧接着两位女子也走了出来。他们上了汽车后，汽车驶出院子，朝海边疾驰而去。

　　沙仔和胖头连忙穿过稀疏的树林，走捷径绕到了海边公路上，找到了刚才跟踪的那辆车。

汽车停在一座观音寺前，估计车上的人是来敬香的。沙仔和胖头也随着香客走进去了。

大殿里供奉着慈眉善眼的观世音菩萨，两厢有五百罗汉，供桌前烛光通亮，香烟缭绕。几个善男信女正跪在蒲团上虔诚地叩拜。沙仔和胖头很快就认出了他们跟踪的人：一个不到三十岁的男子和两个年轻的女子！

沙仔拉了拉胖头的袖子，二人悄悄退出了大殿。沙仔说："我们上当了！"

胖头说："那个男人是谁呢？"

沙仔说道："他是谁并不重要，重要的是他不是康有为！"

二人又悻悻地沿着原路往回走，等他们走到小楼的门口时，康有为和他的家人早已人去楼空了。

田兰烧香时，总觉得有种目光在盯着她。她朝四周扫了一眼，那人转身离去了。她偶然看到阮少杰正在饶有兴趣地欣赏着五百罗汉，似乎没有看到自己。

伞郎也发现了阮少杰。他来干什么？是那两个跟踪者的同伙，还是另有所图？

伞郎悄声对田兰说："估计康先生已经搬走了，咱们回去吧。"

田兰笑着说："你的这一招倒是一箭双雕，既引开了刺客，又让我们看到了刺客的真面目。"

伞郎得意地说："那当然喽！"

田兰说："要是没有沈萍为你化妆，你就得露馅！还不谢谢她？"

伞郎只是一手摸着额间的那颗假痣，"嘿嘿"地笑了笑。

沈萍连忙低下了头，说道："不用谢，我在上海演文明戏时学过化妆。"

他们没有上车，离开观音寺，步行到了海滩上。伞郎望着远处的灯光说道："现在康先生已经搬到了安全地方，香港当局还派了警察日夜守卫，咱们可以放心了，我陪着你们在香港好好逛逛。"

田兰说："不，沈老师病了，我和沈萍要回上海。"

伞郎听了，半天无语。

田兰望了望伞郎，忽然说道："对了，我还要替沈老师去烧炷香，求观世音保佑她早日康复。"说完，朝沈萍扮了个鬼脸，便独自进了观音寺。

田兰重回观音寺的目的，一是给伞郎和沈萍创造一个交流的机会，二是想看看阮少杰，可惜找遍整个观音寺，却不见他的踪影。

伞郎和沈萍站在沙滩上，谁也不先开口。他们默默站了一会之后，伞郎终于鼓起勇气说话了："我教给你一手青锋剑好吗？"没等沈萍应声，他从伞柄中将剑抽了出来，把着沈萍的手，在海滩上飞舞着、跳跃着，剑刃在月光下闪闪发光、"呼呼"生风。

一轮明月照耀着大海、沙滩和远处的观音寺。伞郎教完剑术，借机累了，拥着沈萍躺在沙滩上，沈萍将娇柔的身躯慢慢贴了上去，二人的身影在月色中好像融为一体……

八

石头楼是座临街的欧式建筑。康有为一家住在三楼上，门生们住在二楼，一楼是客厅、餐厅，客厅里摆满了沙发。这里可以接待客人，又可休息和娱乐。

今天是徐勤和李唐值班，他们坐在一楼临街的一间值班房里，边下棋，边观察窗外的动静。有几个警察在门外值勤。

沙仔和胖头从远处走过好几趟了，他们对这座石头楼上住的人物产生了兴趣。他们知道，从英国来的贵宾，会在总督府下榻，从中国内陆来的重要人物，大都住在豪华酒店。这座不太起眼的石头楼平时极少有人光顾，即便光顾，也用不着派出警察前来守卫啊！既然派出了警察，就说明里边住着重要人物，这位重要人物，会不会是康有为呢？

他们走累了，坐在离石头楼不远处的花坛上想歇息一会。这时，两名在附近巡逻的警察朝他们挥了挥手，大声喊道："走开，走开！"

沙仔和胖头站起来，懒洋洋地离开了。胖头说："康有为很可能住在这里，但这里很难下手。"沙仔说："我有办法！"

"什么办法？"

"找个替死鬼，去引开警察，咱们趁乱下手！"

"到哪里去找？"

沙仔在胖头耳边说了一会，胖头会意地笑了。

康有为的确住在这座石头楼里，此刻，他正在大厅里向门生们讲述他在西洋诸国的所见所闻：他共游历了四十多个国家，考察了这些国家的政治、经济、军事、历史、地理、文化和民情。他说他要仿效神农遍尝百草的精神，来开一副救治中国痼疾之药方。若要救中国，有三副"神方大药"：一是物质救中国，走工业发展的道路。为此，他还写了《物质救中国论》的理论著作。二是理财救中国。在海外时他还撰写了《理财救国论》。三是主张在政治上推行"君主立宪"制度。他还说他在巴黎参观博物馆时，看到了许多中国内府珍宝，仅玉玺就有太上皇归政玉玺、乾隆白玉方玺、保合太和碧玉玺等多方。咸丰庚申年，英法联军攻进北京后，在全世界独一无二的圆明园里大肆抢劫和野蛮破坏之后，又放火焚园，使无数国宝流落异乡。因为国家落后，才受人欺侮。他的话，令门生们激奋，也令他们感慨。

但康有为和门生们都不曾想到，这座戒备森严且异常坚固的石头楼，正在变成危楼。

九

巫氏父子到了香港之后，住在莲花宫旁的三泰旅馆里。每天早饭后，父子三人分头穿行在香港的大街小巷中，或在酒馆饭店里打探消息，有时，也到九龙的旺角和油麻地一带活动。

今天，他们来到圣约翰大教堂附近时，已到了中午，巫非看到有一家炒粉店正在营业，就领着两个儿子走进去了。

他们三人刚刚落座，一位花枝招展的半老徐娘就送来茶水，并客气地问道："请问三位，要几碗炒粉？"

"三碗。"巫仿答了一句。

妖娆的老板娘应声而去，丢给他们一个媚眼。

这时，一名商人打扮的男子走过来，坐在巫氏父子的身后，对来送茶的老板娘说道："来一碗炒粉。"说完，端起杯子，边喝茶边环顾四周。

过了一会，一位算命先生擎着一方布旗一摇一摆地走进来。布旗上写着"不准不算，不算不准"八个让人猜测不透的毛笔字。他瘦长的脸上戴着一副玳瑁眼镜，镜片后边是一双又细又长的眼睛，脸面白净，长髯飘逸，显得与卜卦算命、测字看相的身份别无二致。

算命先生突然对坐在巫氏父子身后的那位商人说道："啊呀呀！这位先生，您刚刚经历了一场大灾，我说的对不？"

商人一边吃着刚端上来的炒粉，一边不耐烦地说道："去去去，你找别人算去，我不信这一套！"算命先生听了，并不恼。他盯着商人又看了一会，说道："我再说一遍，先生刚刚经历了一场大灾，我若是说得不对，您扇我的耳光，撕我的招牌！"

商人仍头也不抬地吃着炒粉。

"我还想说一句，您的这场灾难并没完全过去。"算命先生接着说道。

只见商人心中似有所动，他抬起头来，用怀疑的目光打量了一下算命先生，调侃地说道："这样吧，你要是说出我经历了什么大灾，我就让你算，行不行？"

"好！"算命先生站起来说道，"诸位都听见了吧，就请大家为我作个证，看我说的准不准。若是我说得不准，大家的炒粉钱，全由我付！"

食客们来了兴趣，纷纷端着碗围拢来，就连那位风骚的老板娘也凑过来看热闹。

算命先生指着商人说道："先生，您的右眉之中，藏有一颗小痣，主内不洁；您的印堂发暗，有杀身之祸。我可以放肆地奉劝先生：大祸即将临头，请您好自为之。"算命先生说完，意欲离去。

商人听了，大惊失色，慌忙跪在地上，拦住了算命先生："先生真是神仙，说的一点不差。我在外边经商，堂客一人在家，与一货郎有染。被我抓到现行后，先是一阵暴打，然后我叫族人帮我将他们推下了山崖。谁知奸夫命大未死，他跑到官府报了案，衙役去拘捕我时，我逃到了广州。前几天，衙役又来到广州拘捕我，这才逃到香港来躲避，实在是出于无奈。"

算命先生听了，没有吭声，也向老板娘要了一碗炒粉不紧不慢地吃起来。

商人急了："先生，我有眼不识泰山，刚才得罪您了。我……"

算命先生说道："您是怕我要算命钱，是吧？我一个铜钱都不收，您放心好了。"

"先生，我是说，我如何才能躲过这场大祸？请先生务必指点。"商人跪在地上不肯起来，脸上流着晶莹的泪珠。

算命先生叹了一口气，放下手中的碗，说道："也许我在前世欠了你的！好吧，让我看看有没有化解的办法。"说着仔细看了商人的双耳、鼻梁、右眉里的暗痣和头顶上的旋涡，微微点了点头。

商人恳求他说："先生，您是活神仙，求神仙救救我吧，只要能逃过这场劫难，我下辈子愿变牛变马伺候您。"

算命先生终于开口了："我看你是个讲义气的人，就帮你化解了这场灾难吧！记住这十二个字：'朝北走，马变狗；遇村庄，看垂柳'。只要你能做到，就能逢凶化吉。"

商人又问："活神仙，您说的这十二个字，我不懂，能不能……"

"我已经说了，就不再说第二遍了，这就靠你自己去'领悟'了。"

商人连忙取下身上的蓝布包袱，说道："多谢活神仙点化，因为我仓促出逃，身边并无别物，只带了这尊金佛，就权当我的香资吧。"说着，从包袱里摸出一尊拳头大的金佛，双手捧给算命先生。

算命先生摇了摇头，说道："不，我不能乘人之危收取钱财。请收起这尊金佛，您可将它捐给寺院。另外，我这里有点闲钱，你拿去做盘缠用吧。"说完，他从衣袋里掏出一百多元钱，硬塞到商人手中。

商人异常激动，眼角有了泪水。一边在地上叩头，一边哭着说道："活神仙的大恩大德，在下永铭心中，这钱，我不能要。"

"拿着吧。"算命先生将钱又塞进了他的口袋，对众人笑着说道："钱财是身外之物，没有是穷，多了是祸。"

商人又叩了几个头，这才千恩万谢地走了。

算命先生转过头来时，手中的卦不小心掉到了地上，他朝卦看了一眼，迅速收取卦，抬头时看见了巫氏父子坐在桌上用餐。他打量了一会，笑着说道："这三位先生的鞋底沾有'千里土'，不知我说的对不对？"

"千里土"？巫氏父子听了，似乎没有明白。不过，他们谁也没搭腔。

"就是说，三位来自千里之外！"

"嗯！"巫非哼了哼。

算命先生接着说道："我还知道，三位先生是来寻找一件稀世之物的！"

巫非不语。

"其实，我说的稀世之物，到底是什么？我也说不清楚。我只是从卦理上推出来的。"他边说边站起来，"也许是稀世之宝，稀世之书，稀世之人。不论是什么，对三位来说，重于身家性命。"

巫非听了，心中一惊。

"想不想算一卦？两块钱的卦资。"

巫非摇了摇头。

"大概是怕我算得不准，对吧？"

巫非仍然摇头。

算命先生也不生气，边往外走边说道："找康圣人去啰！"

巫非忙拉住他："请问先生，哪位康圣人？"

"就是当年太后用三十万两银子买他人头的康有为！我们是朋友，前天我对他说他大难不死必有洪福。不过，在五十三岁时有血光之灾！他说他今年正是五十三岁，他要我为他化解。我只说了'不可出土'四个字，他对我感激不尽，还送我五百卦资。"说着，他朝巫非抱了抱拳，"先生，告辞了。"便匆匆走出了炒粉店。

巫非朝两个儿子使了个眼色，三人急忙结账，跟了出来。不一会，就在路边追上了算命先生，巫非连忙上前问道："先生，向您请教一下，您刚才说的

'不可出土'是什么意思？"

"这是我卦上谶语，与你何干？"

"先生，不瞒您说，昨天我请人算了一卦，那位大师对我也说了'不可出土'四个字，我百思不得其解，望高人指点，卦资我照付。"巫非向他撒了个谎。

算命先生笑着说道："好吧，我告诉你，我说的'不可出土'是因为康圣人现在住在'石头楼'里，金木水火土，石头属土，只要不出石头楼，就可躲过血光之灾！至于你的'不可出土'，你就去问你的那位大师了。"

巫非点了点头，又问："先生，那我再请您算一卦要多少钱？"

算命先生说："我算卦的卦资因人而异，有的给我很多钱我都不算，有的给我一个铜板，我愿为他全家算上一卦。"他一边说着，一边打量着巫氏父子的脸，当他看到巫仿的右耳垂时，半闭着眼想了一会，对巫非说："三位先生的卦，我不敢算，在下多有得罪了。"

巫非急了，连忙道："先生，请留步。"

算命先生故弄玄虚："天机不可泄露，请不要难为我。"

巫非望着他的布旗消失在大街的转弯处，喃喃说道："真是个怪人。"

巫侃冷冷地说道："父亲，别听他装神弄鬼的瞎话！"

巫非说道："起初，我也不信。不过，越琢磨他的话中之话，就越觉得他说的有点像。咱们赶快跟上他，只要香港真有一座石头楼，他说的就对了一半。要是康有为真的住在石头楼里，就全说对了！"

巫侃和巫仿听了，觉得很有道理。再说，这毕竟为寻找康有为提供了一个线索。过去，三个人在香港、九龙一带日夜奔波，像是大海捞针，今天不是来了个带路人吗？

巫氏父子暗中跟踪算命先生，果然来到了一座戒备森严的石头楼前，他们仔细观察起来。待回头时，算命先生早已不见踪影。

此刻，刚才在炒粉店里被算过命的"商人"，正躺在豆蔻书院里吸鸦片。吸完后，他伸了个懒腰，对正在镜子前用酒精擦嘴唇的沙仔说："你快来吸啊！磨蹭什么？"

　　也许是沾胡子的胶水涂得太多，"算命先生"的唇和下巴已被酒精擦红了，还有些胶水没擦掉，他只好用指甲轻轻地往下刮。他边刮胶水，边对胖头说："他们已经上钩了。等着看吧，他们这几天就会动手。"

　　胖头问："他们一旦得手，咱们怎么办？"

　　"刘大人不是说了吗？他们一旦得手，咱们就不留活口。就是得不了手，咱们也不空手回广州。"

　　胖头笑着说道："沙仔，你高，实在是高！"

第十二章 地道惊魂

一条秘密地道已挖至石头楼下，炸药也安放好了，只差五分钟就可以点火……一个小男孩将一张纸条给了警察，康有为再一次化险为夷，巫非却死在了同党的手下。……神秘刺客又显身广州。

一

"豆蔻书院"空有其名，其实，它是一名广州来的老板开的妓院。砖木结构，上下两层，墙上漆画着半睡半醒的妖冶裸女，窗子上挂着各种颜色的窗帘，显得粗俗不堪。晚上，客人颇多，嫖客们进进出出，酒气熏天，妓女们嗲声嗲气，迎来送往，还不时能听到丝竹之音和划拳猜令之声。到了白天，就冷清多了，不过，也有人前来光顾。有的在这里打牌赌钱，有的在这里吸食大烟，有的在这里洽谈生意，还有些身份不明的人在这里交换情报，人贩子在这里转卖妇女。因老板是沙仔的表弟，所以，他每次来香港，都在这里落脚，一来是为节省盘缠，二来晚上也不寂寞。

在"豆蔻书院"的对面，是家东北人开的关东酒馆。关东酒馆也是二层楼，由于酒馆里的"关东三鞭酒"颇负盛名，所以，生意挺红火。

巫氏父子坐在二楼的包房里，只等油房二郎一到就开席。

油房二郎是个混血种的日本浪人，安装炸弹是他拿手绝活，巫氏父子花重金雇用他，就是想请他来炸"石头楼"。

巫氏父子已侦察到康有为的确住在"石头楼"里，这令他们大喜过望。同时，他们也发现，"石头楼"的里边和大门口有固定和流动的岗哨，行人还没走到楼的大门，就会被警察挡着。若硬向里闯，无疑是鸡蛋往石头上砸。经再三侦察，他们发现"石头楼"旁边有一家已经歇了业的酱菜作坊。便决定以制作虾米为名，租下作坊，准备从作坊的后院里挖一地道，通往"石头楼"。再在地道里面安装炸药，若炸毁了"石头楼"，康有为必死无疑。

油房二郎的父亲是日本水手，母亲是个高丽人，叫清枝。他们结婚后定居烟台，油房二郎就是在烟台出生的。他三岁那年，父亲出海去了，清枝和他在家里。他父亲的一个日本朋友在烟台开了一家药店，父亲曾带他到家做过客。有一天下午，这个朋友去他家拜访，清枝为了款待这位朋友，将家中的好酒找出来，又专门买了海参和对虾，还炒了几样好菜。谁知他喝过酒之后，竟提出留宿，清枝坚决不同意。他仗着酒劲，瞪着一双色眯眯的眼睛追到卧室里去搂抱清枝并强行接吻，清枝从床头上抄起一把剪刀，二人在卧室中厮打着。油房二郎当时被吓蒙了，待客人走后，他才大哭起来。一位邻居老太太听见哭声跑进来，一把将他抱起，再往卧室一看，见清枝的衣服被扒光仰身躺在床上，脖子上被掐成青紫色，胸前还插着一把剪刀，凶手已逃。当人们报官后，因没有证人，油房二郎又小，说不清楚，所以，没查到凶手是谁。

油房二郎在邻居家抚养了半年。有一天，他父亲出海回来了，他听了邻居们的叙述之后，一句话都不说，背着油房二郎到了清枝的坟前，烧了香纸，磕过头之后，便带着油房二郎离开了烟台。油房二郎八岁那年，父亲将他送回日本去读书，但每年清枝的忌日，已成了浪人的父亲都要带他到烟台给母亲上坟，父子二人有时会在坟前坐上整整一天。

他十七岁那年，进了日本兵工厂，这年的母亲忌日，父亲带他来到中国。他俩上过坟之后，便回到了旅馆，半夜，油房二郎溜了出去。当天夜里，父亲朋友开的那家大药店发生了猛烈的爆炸，据说，药店的老板被炸得五马分尸！自此，油房二郎便和父亲一样，浪迹天涯，也成了一个浪人。

巫仿是在北京认识油房二郎的。前几天，巫仿无意中在香港又遇到了他，他告诉巫仿说，自己住在平安旅馆里。巫非决定用炸弹去炸"石头楼"，正当他为不懂炸药技术犯愁时，忽然想起了巫仿对他提起过的油房二郎。今天，巫非在这家关东酒馆定下包房，要在这里商定用炸弹行刺的具体计划。

油房二郎按约定时间来到了关东酒馆。

彼此寒暄之后，巫非拿出一张银票："这是一万，请您先收下，事成之后，再奉上一万。"

油房二郎将银票还给巫非，说道："雇我办事，用不着先付定金。何况巫仿是我的朋友。"

巫非说道："先生真讲义气！这次，我算是找对人了！"

油房二郎身材不高，也很瘦弱，他戴着一副金边眼镜，像一个文弱书生。他对巫非说道："巫先生，炸药、雷管、导火索，由我来准备。不过，挖地道时，要请人帮忙。"

巫非听了，指了指巫仿和巫侃说道："他们可以吗？"

"完全可以。不过，这活太累了。"

巫非说道："不怕，只是要快一些动手，以防康有为再次搬家。"

油房二郎摘下眼镜擦了擦，说道："好吧，今天晚上开始测量。"

"好，痛快！"巫非端起酒杯，对油房二郎说道，"我先敬你一杯！"

油房二郎站起来说道："谢谢！"说完，一仰脖子，一饮而尽。

巫非翘着拇指说道："好！痛快！"

当天下午，他们一色的劳工打扮，来到酱菜作坊的后院里，扎货架、拉铁丝、铺芦席、起土坑、钉木桩，像准备开业的样子。油房二郎则悄悄测量了地形，绘制了地道的走向。

晚上，油房二郎又送来了日本工兵用的短柄十字镐、铁锹和马灯。夜深后，他们在芦席的遮掩下，便从一蔸丛竹旁边的枯井壁上开始挖起，巫非在临街的酱园铺子里望风，他们三个人换班挖土。他们将最初的泥土填进枯井中，待泥土填到地道口时，则将泥土倒在晒虾米的芦席底下。到天亮时，地道已经挖了五米多远。不过，三个人也实在累得伸不起腰了。

二

一辆人力三轮车沿着皇后大道西段，来到了皇后大街东段的马场。车夫停下脚步，转身说道："先生，马场到了。"

阮少杰懒懒地说道："你顺着几条热闹的街道拉吧，车钱，不会少给你的。"

车夫听了，又蹬起来朝前跑，阮少杰说道："不要太快，慢慢走吧。"

车夫有些奇怪，边蹬车边问道："先生，您是……"

"我是来观光的，想看看香港到底有多么繁华！"

车夫说道："我明白了，一定包您高兴！"

三轮车夫慢悠悠地蹬着车，一条街一条街地走着。阮少杰的头靠在后背上，半闭着眼睛懒洋洋地望着两边的店铺和熙熙攘攘的行人。直到傍晚时，才让车夫蹬到英吉利饭店门口。

他付了车钱之后，对车夫说道："明天，我还要逛一天。"

车夫求之不得，连忙说道："先生放心好了，我一大早就在门口等您。"

也许是一种姿势在车上坐久了的原因，阮少杰回到自己的房间后，感到浑身不舒服。他有些好笑，蹬车的不累，坐车的倒觉得很累！

阮少杰好像是巫氏父子的影子，他和巫氏父子同一天离开北京，又是同一天到达香港的。他到香港之后，巫氏父子一直在他的视线之内，可是从前天开始，巫氏父子忽然不见了！他曾到三十多家旅馆打听过，连一点线索都没有找到。但他心中明白，只要康有为不走，巫氏父子就不会离开香港。所以，他才想出了坐三轮车观光的主意，说不定什么时候，他坐在三轮上，能蓦然间看到这三位"老朋友"。

第二天一早，车夫果然在饭店大门口等着他。上车后，车夫问他想到哪里去逛？他顺口答道："到维多利亚港一带吧！"

功夫不负有心人，他终于找到了一些蛛丝马迹。

当三轮车蹬到西营盘附近时，"豆蔻书院"引起了他的好奇。他并不相信巫氏父子会来到这种地方，不过，在这种地方可能会搜集到自己需要的消息。他让车夫在门口的茶房里喝茶、休息，自己迈步进了"豆蔻书院"。老鸨见来了一位穿西装的英俊少爷，连忙迎上来，问道："先生，您是头一遭来吧？请坐。"

阮少杰坐下之后,老鸨指着墙上的一排相片说道:"先生,姑娘们都在这里,不知道您看中了谁?"

阮少杰摇了摇头。

"让姑娘陪您喝杯茶?"

阮少杰还是摇了摇头。

"要不,就听她们唱上几曲?"

阮少杰说:"我想找个人陪我下棋。"

老鸨听了,笑着说道:"您怎么不早说呢?我这里有一位才貌双全的姑娘,叫棋奴儿,至今还没遇到过对手呢!"

阮少杰说道:"那就太好了,让我领教领教。"

老鸨连忙朝楼上喊道:"棋奴儿,你的客人来了!快出来迎接!"接着又问阮少杰,"先生,棋盘是送到她的房中还是在大厅里?"

"就在大厅里吧。"阮少杰答道。

一个伙计刚刚将棋盘摆好,棋奴儿就款款下楼来了,她斜眼打量了阮少杰一眼,心里一震:"哇!好帅。"接着就满面春风地在他对面坐下了。

阮少杰从来没进过这种地方,心里有些紧张,再加上棋奴儿的眼神不断地在他身上扫描,使他浑身都不自在。此刻,他后悔走进这家"豆蔻书院"了。

他下了几粒棋子之后,才抬头正眼望了望棋奴儿,发现棋奴儿不过是个十八九岁的女子。又浓又黑的头发上,插着一朵玉兰花,脸上施了淡淡的粉脂,一件薄如蝉翼的粉红连衣裙把她的身体曲线暴露无遗,尤其是那一对高耸的乳房,几乎有一半是裸露在外面的,那条深深的乳沟撩得人心猿意马。伙计送来了瓜子点心和茶水,他不吃也不喝,双眼赶紧回到棋盘。阮少杰鼓着勇气问她:"姑娘,你的老家是哪里?"

棋奴儿怯怯地说道:"湖北天门。"

"怎么到香港来了?"

棋奴儿没有立即回答,过了一会,才低声说道:"被卖到这里的。"

阮少杰一听,心里明白了,他连忙岔开了话题:"来这里下棋的人多吗?"

"很少。"

阮少杰抬头望了望二楼的走廊："那些人来干什么？"

棋奴儿说："有的是来吸大烟的，有的是来会相好的。"

这时，有一瘦一胖两名男子走了进来，老鸨笑着说道："沙爷和胖爷回来啦？"

二人听了，点了点头，径直上楼去了。

"他们是谁？"阮少杰问。

棋奴儿说："他们俩是老板的亲戚，一个叫沙仔，一个叫胖头，是从广州来的，一直住在我的隔壁。"

"这里有他们相好的吗？"

棋奴儿说："没有固定的，只吃'零食'，听说他们在等从北京来的三个客人。"

"三个什么客人？"

棋奴儿摇了摇头。

不知是心不在焉还是棋艺欠佳，第一盘棋阮少杰输了。他对她说："在这儿下棋不安静。"

"要不，就到我房间里去？"棋奴儿说道。

阮少杰朝走廊看了看，说道："好吧。"

棋奴儿朝伙计招了招手。

伙计连忙跑过来，将棋具送到二楼棋奴儿的房间。

阮少杰在经过棋奴儿隔壁房间时，从门缝朝里瞅了一眼，二人正在烟榻上腾云驾雾。

三

在"豆蔻书院"门口，车夫喝完茶，回到车座上睡了一觉之后，仍不见阮少杰出来，心中偷着乐起来：今天的运气真好，遇上了一个有钱的阔少爷，用不着费力气蹬车，还能安安稳稳地睡上一觉，又不少给一分钱的车钱，这种好事，打着灯笼也找不到！于是，他靠在车上，眯起眼，欣赏起站在书院门口的艳女来。

正当他做着美梦时，那位少爷出来了。他连忙站起来，问道："先生，您还想到哪里去？"

阮少杰上车之后，说道："回英吉利酒店，快一些。"

车夫将车蹬得飞快，到了酒店门口之后，阮少杰给了他二十块钱，便跳下车往酒店走去。

"先生，明天我还在门口等您？"车夫大声问道。

阮少杰摇了摇手，头也不回地进了大门。

当天晚上，换了一身长衫的阮少杰暗中跟踪胖头来到了西营盘，坐在酱菜作坊斜对面的一家茶馆里喝茶。只见胖头坐在东窗的桌子旁，要了茶之后，点了一支烟，悠然地望着窗外。又过了一会，一位精瘦的算命先生擎着一面布旗进来了，布旗上写着"不准不算，不算不准"八个毛笔字。他一进来就开始招揽生意了："诸位，本人无名氏，为世人算命看相，不靠'麻衣相法'，不用六十四卦，不须主人开口，可点化世人的祸福吉凶，资费随意，可多可少，可有可无，不知哪位先生先算？"

他的话音刚落，便有几个茶客围拢过去，抢着让他先算。

尽管他面部化了装，阮少杰还是一眼就认出来了，这正是在"豆蔻书院"看到的瘦子沙仔。他听了棋奴儿的介绍之后，就对他们的身份和来香港的目的产生了兴趣。今晚果然证实了他的怀疑：他们是冲着巫氏父子来的，只要跟紧了这两个神秘人物，就不愁找不到巫氏父子。可是，巫氏父子跑到西营盘来干什么？他们和巫氏父子是什么关系？

过了半个多小时，胖头独自一人出去了。阮少杰透过窗子上的纱绸，看到他在酱菜作坊的门口转了一圈，然后，朝四周望了望，便翻进了围墙，进了作坊的后院。大约过了十多分钟，他又翻墙出来了。他没回茶馆，而是顺着一条马路，朝繁华的市区走去了。

沙仔为好几个人算过后，阮少杰已经注意到他在为人算命时，眼神始终在留意窗外。这时，他突然站起来说道："诸位，天已不早，我该走了。明天晚上，我准时来此，请诸位赏脸。"说完，举起布旗，笑吟吟地走出了茶馆。

阮少杰从他们身上找到了答案：巫氏父子就躲在酱菜作坊里。不过，他们躲在那里干什么呢？他要去探个究竟。

他付了茶钱之后，出了茶馆，看了看四周无人，便沿着胖头进出作坊后院的路线，悄悄翻进了作坊的后院。

后院里空无一人，只有两排尚未完工的棚子，地上铺了数十张芦席，他掀开芦席一看，下面是一堆新土！他顺着被鞋底踏出的痕迹，来到了一口枯井旁边，井口也盖着一张芦席。他揭开一看，离井口一米处有一个地道口。他再抬头顺着地道口的方向望了望相距不远的"石头楼"，顿时悟出了其中的奥秘。

海上起风了，后院里漆黑一片，他借着浓浓夜雾，悄悄离开了酱菜作坊。

四

酱菜作坊的账房里，点着一盏玻璃罩子灯，窗子上蒙着一层厚厚的牛皮纸。油房二郎坐在床上，借着灯光，向一只铁洋桶里安装炸药。旁边，摆放着雷管、导火索和钳子。巫非小心翼翼地在一旁给他当下手。油房二郎掏出怀表看了看，对巫非说："按预定时间，再有两个小时就可安放炸弹了，不知他们挖到什么地方了？"

"我去看看。"巫非说着，就要往外走。

"不，"油房二郎连忙拦住了他，"不论挖到了什么地方，两个小时后准时安放。这颗炸弹炸药多、威力大，即使相差几公尺，也不影响爆炸效果，预计整座'石头楼'会全部炸毁的！"巫非听了，点了点头。他走到窗前，在牛皮纸上戳了一个小洞，向外看了看，看到巫侃从枯井中拖出一筐土，倒在一张芦席下边，又钻进了枯井。

地道里，巫仿跪在地上，用十字镐吃力地往前挖着，马灯的灯光照着他的脸，脸上不断往下淌着汗水。

巫侃说道："哥哥，我替你挖一会。"

巫仿抹了一把脸上的汗水，说道："再往前挖二尺，就挖到石头楼底下了。"说完，又拼命地举镐挖土。巫侃连忙将挖下来的沙土装进筐子里。

这时，巫非爬进了地道，他为两个儿子送来了茶水，又将雷管、导火索、钳子等工具放在地上，对巫仿说道："仿儿，喝口水吧，过会儿，油房二郎先生就会把炸弹送进来。导火索和雷管安好之后，由他亲自点火，咱们出地道后，从后院翻墙离开这里。等咱们走出三里路后，地道的炸弹才会爆炸。"

油房二郎抱着铁桶来到了井口。因为地道里又矮又窄，仅能容一人爬着进出，巫仿父子不出来，油房二郎就无法进到前沿处。他坐在地道口向里面鼓了鼓掌。待三人出来后，油房二郎抱着炸弹在前，又领着三人钻进了地道。

油房二郎借着马灯的灯光看了看表：离凌晨三时还差五分钟。

刺杀康有为的计划即将成功！巫氏父子心中都异常兴奋。由于激动，巫仿拿着雷管和导火索的手有些抖动起来。

五

一名十几岁的小男孩，手里拿着一封信来到了香港警署的门口，将信交给了值勤的警察。警察撕开一看，上面写着一行字："有人在'石头楼'下挖地道、装炸弹！"那个警察吓了一跳，再转身找那个小男孩时，小男孩早已走了。他连忙将信送进了警署，当班的警察开始以为是恐吓信，后来又以为是有人开玩笑。不过，恐吓也好，开玩笑也好，他决定带人前去看看，因为这可不是件小事！万一是真的呢？那将要负渎职罪，脖子上的"九斤半"就要搬家了。

康有为在楼上伏案写作，梁随觉和何旃理在一张四尺宣纸上作画，画的是一幅《文姬归汉图》。何旃理勾勒完后，梁随觉在画上着色。三人直工作到凌晨才去休息的。

今晚是李唐和梁少君值班，深夜两点多，李唐忽然觉得脚下有异样的震动。开始时，他并不在意，过了一会，震动的感觉更明显了，连桌子上茶杯里的茶水也震起了轻轻的涟漪，他立刻警觉起来，连忙拍了拍正在看书的梁少君。梁少君将头俯在地板上听了听，果然听到了下面有"嘭嘭"的响声，他赶紧去叫醒了徐勤。

徐勤对梁少君说道："你快出去报警！"又对李唐说道，"你赶快上楼，领着康先生一家从后门出去。"

二人应声去了之后，徐勤喊醒了楼房里的人，又打开了一楼所有的电灯。一时间，人们不知道发生了什么，纷纷披衣下床，都聚集在客厅里。

这时，警哨声由远及近传来，一队香港警察迅速包围了"石头楼"。一名队长跟着梁少君走进客厅，警察队长接到那张报警条子后，就决定亲自率人过来看看，途中又碰到梁少君，于是，便跑步赶到。他走进客厅，将头贴在地板上听了一会，连忙站起来，对门外的警察说道："有人正在楼底下挖洞！你们立即在附近搜查！"

警察们接到命令后，在石头楼附近进行了搜查，但并未发现任何异常情况。既然耳朵贴着地板能听到下面的响声，那么，客厅下面便是检查的重点。几个警察拿来了洋镐和铁锹，他们拖开了沙发和茶几，撬开了客厅中间的地板。还有几个警察持枪警戒，如临大敌。

地板下面没发现什么。警长不死心，又命令继续往下边挖。

其实，这位警长也不知道地板下面为什么会有"嘭嘭"声，更不知道从地板下面往下挖，到底会挖出什么？他只是觉得楼底下有点不对劲。他的这道命令虽然有些盲目，但却挽救了这座石头楼，也避免了一场大灾难！

六

油房二郎已将炸弹安放好了，正准备安装雷管、导火索。忽然，他听见头顶有撬地板和挖土的声音。他低声说道："不好，有人发现了，快跑！"说完，他吹熄了马灯，拧开了手电筒。四人马上向后转，准备出来看看情况。他们匆匆爬出了地道，从枯井中钻出来，见周围没啥动静，便悄悄向院墙跑去。

"谁？站住！"两个在附近搜查的警察发现了他们。

他们躲在墙边，并不搭腔。

两个警察持枪向他们走去。

巫非说道："你们两个快保护油房二郎先生离开这里！"

巫仿说："你呢？"

"我在这里对付他们。"

巫仿蹲下，双肩托着油房二郎上了院墙，巫侃也跳上去了。巫非则沿着墙壁向前跑去，想引开警察。

巫非刚跑出不远，两名警察已经追过来了。巫仿正准备跑过去接应，巫非厉声说道："别管我，你快离开这里！"

巫仿犹豫着。

"你要气死我吗？快走！"巫非说着，抽出了短剑，躲到一只大水缸的后边。

巫仿再不敢违抗父亲的话，只好纵身上了院墙，追赶油房二郎和巫侃去了。

两个警察分明看到院墙旁边有人活动，可走近时，什么也没看见。他们刚搜索到水缸旁边，巫非突然跃身而起，用短剑刺中了一名警察的前胸。也许事情发生得过于突然，另一名警察手里端着枪，竟木头般地呆在那里不动了。巫非一脚将他踢倒，他倒地时，扣动了扳机，枪响了。巫非在他脖子上抹了一剑，便朝院墙跑去。

枪声惊动了正在附近搜查的其他警察，有几个警察闻声跑进了后院，发现了巫非，便在他身后穷追不舍。当他刚刚跃上墙头时，身后连续响了几枪，巫非觉得左腿好像被什么虫子狠狠地蜇了一下，并不觉得很痛，只是有些沉重。情况危急，他已顾不上这些了，便匆匆向墙外跳下，谁知左腿已经麻木，身体失去了平衡，重重地摔在地上了。

墙后传来警察们的脚步声，巫非知道他们很快就会翻过院墙来追的。他刚一站起来，又摔倒了，左腿已不听使唤了。就在这时，从远处闪出两条蒙面的黑影，他们跑到巫非跟前，一人背起他就跑，一人持短枪在后边掩护。

巫非不记得跑了多长时间了，也不知跑到了哪里，等他从迷糊状态中醒来时，发现自己躺在一座废弃了的船坞里。他想，既然是船坞，大约是在海边了。借着远处的灯光，他望了望两个蒙面人，感激地说道："谢谢两位恩人搭救。"

一蒙面人说道："区区小事，无须说谢。"

"二位为什么要救我？"

"因为您奉懿旨刺康。"

"你们到底是谁？"巫非有些愕然。

另一个蒙面人说道："同是天涯客，相逢是知己。你们挖地道进'石头楼'炸康有为，不知道得手没有？"

巫非见对方一语道破，知道遇到同路人了，也不想隐瞒什么，他叹了口气说道："唉，地道是挖通了，炸弹也快安装好了，康有为也在楼内，眼看就要大功告成，谁知被警察……"

两个蒙面人听后，大吃了一惊，"这么说，你们没有点火就跑出来了？"

"是啊，就只差那么五分钟。"巫非又说，"二位搭救之恩，我巫非定当报答。不知我们过去见过面没有？能否让我……"

"想看看，是吧？"说完，二人将面罩撕了下来。

巫非一看，原来是那天在炒粉店遇到的算命先生和那个吃炒粉的商人："原来是你们呀！"

沙仔说道："对，是我们。我们是奉命来保护你的！"说完，朝胖头斜了一眼。

胖头说："伤口很痛吧？来，我来帮你止痛！"说完，抽出一把匕首，猛地扎进了他的心窝！巫非的身子颤抖了一会，便渐渐软了，一双失神的眼睛惊恐地望着天空……

巫仿和巫侃将油房二郎送回旅馆后，不见父亲回来，于是沿着原路去找。

他们在酱菜作坊的院墙外边找到了血迹，沿着血迹找到了船坞。已是五更时候，船坞附近死一般的寂静，只听到远处海浪冲击沙滩的轻微响声。二人朝船坞四周看了看，便一前一后地进去了。

船坞里边比外边还黑，他们只好摸索着朝前走。忽然，看见一只破舢板上好像躺着一个人，身上还蒙了一块破帆布。二人蹑手蹑脚地走过去，巫仿用剑尖挑开帆布，巫侃划着了火柴，他们一下子认出来了！二人扑上前去，抱着巫非的遗体痛哭起来。巫仿边哭边说："父亲，是谁对你下的毒手啊？不报此仇，我誓不为人！"

巫侃拉了拉破帆布，见破帆布上写着"保皇使者"四个血字。

巫仿咬着牙说道："是康有为的余党干的！只要我不死，我就会讨回这笔血债！"说完，从父亲身上取下那柄短剑，又从他的内襟中取出了懿旨。兄弟二人正准备将巫非的遗体背走，忽然听到远处传来急促的脚步声，是警察赶来了。二人还没来得及向父亲的遗体叩头，便趁着夜色又慌忙离开了船坞。

大约过了两个多钟头，天已大亮，他们像游客一样，沿着船坞旁边的沙滩走了一会，又绕进船坞。那只破舢板仍然躺在那里，但却不见了巫非的遗体！

兄弟二人欲哭不能，欲问不敢，只好将这杀父之仇算在了康有为的身上！

康有为事发当晚就搬出了"石头楼"。

当晚，香港警察已在酱菜作坊的后院里，发现了一堆堆盖在芦席下边的新土，掀开枯井口上的芦席，终于找到了地道口。他们在地道里取出了短柄十字镐和铁锹、马灯等挖地道的工具，又将没来得及安装雷管和导火索的弹药搬出了地道。

当香港警署检查了那只装满烈性炸药的洋铁桶之后，惊愕不已。他们无论如何都不曾想到，刺客竟会用这种手段来谋杀康有为！当即下令在全港搜查疑犯，又迅速将康有为一家转移到了警署的楼上保护起来了！

七

宣统二年冬天，少有的寒潮袭击了香港。虽然香港没有雪花，也不结冰，但北风呼号，寒气刺骨。一向热闹的大街上竟冷清了许多，尤其靠海滨的沙滩和堤岸上，在夜晚几乎看不见人影了。

也许过惯了北方的冬季，田兰和阮少杰觉得香港最冷的天气，大约和北京的秋天差不多。在香港，看不到穿着厚厚大棉袄的人，这时，要是有人穿上关东的翻羊皮大衣，肯定会引起人们的好奇。

他俩挨坐在防浪堤上，一边欣赏维多利亚港湾的夜景，一边低声说话。田兰告诉他："康先生已经离开了香港，我打算不久去上海。"

"然后呢？"阮少杰问道。

"然后，就回崂山。"

"再然后呢？"

田兰望了他一眼："你还有完没有？告诉你，然后我就出家当道姑！崂山是道家仙境、海上仙山，没有缘分，还当不成道姑呢！"

阮少杰听了这番话，反而乐了："你要是去当道姑，我就去当和尚，我这个和尚可不是吃素的哦！"

"我要你这只馋猫连腥味都闻不着。"田兰用手指指着阮少杰的额头笑着说，"喂！你问了我半天，我都如实招来。现在，该我问你了，你打算去哪里？"

阮少杰回答说："既然康有为已经离开了这里，我准备先去广州办点小事，然后回京复命。""那然后呢？"田兰也学着他追问道。

阮少杰叹了口气："然后我也不知道，听天由命吧……"

田兰听了，有些生气："你呀你，真是个死心眼、糊涂虫！你听过康先生的演讲，读过他的文章，他立志救国，慈禧才一直暗杀他。而你也很佩服康先生，为什么要跟着崇礼，追杀康先生呢？"

阮少杰觉得委屈，想解释，但没有说出来。

田兰满眼泪花，继续说："刘学询在日本没有刺杀成康先生，到广东后，起用了几个反对变法而被革职的顽固派，收罗了一批流氓打手，专门迫害维新派及他们的家眷。他们的罪行，罄竹难书，只要有良心的中国人，真恨不得抽他们的筋，剥他们的皮呀！"

阮少杰低声说："这些，我都知道。"

"知道？既然知道，那你还跑到香港来干什么？"田兰不依不饶，数落着阮少杰："七尺男儿，一身武艺，什么事不能干，为什么偏要跟着那个八旗子弟走？"

"田兰，你听我说，我不是你说的那种人，以后……"

没等他说完，田兰又连珠炮似的打断了他的话："以后，咱们就各走各的路吧。命中注定我们只有做朋友的缘分……"说着，泪水夺眶而出。

阮少杰掏出一条手绢，想为她擦拭眼泪。她摇了摇头，又点了点头。阮少杰似乎接到了命令，温柔地在她脸上抚摸起来，二人又很快进入到忘情的卿卿我我之中……

几只海鸥鸣叫着，掠过他俩的头顶，向海面飞去，它们在浪花上嬉戏着、翻飞着。

还是田兰从陶醉中先醒了过来，她从自己的胸前推开了阮少杰的头，关切地说："海边风大，早点回去休息吧！你明天还要去广州。"

一对恩爱冤家搂腰搭背地离开了海边。

八

在广州白云山下，有一户新搬来的人家，夫妻二人带着一个十几岁叫苹苹的女儿。男主人叫闻世达，在一所小学里教书。妻子李氏，在路边的凉亭里卖茶水。过路的行人走路走累了，在凉亭的石凳上歇一歇，喝上一碗茶，解渴又解乏。

这一天，李氏正在凉亭里洗碗，一个男孩跑来告诉她说："师娘，闻老师被几个衙役捕去了！衙役很凶，都带着枪。"

李氏一听，来不及收拾茶水摊上的东西，领着苹苹匆匆离开了凉亭。她们前脚刚走，衙役们就来到茶摊，但扑了个空！

原来，闻世达在湖南参加了戊戌变法，还参加过强学会，又在长沙加入了毕永年发起的公法学会。戊戌政变后，他携妻带女逃来广州，是为了投奔他的一位从西洋留学回来的表哥。谁知到了广州才知道，一直支持和同情维新派的表哥被人暗算了。他的表嫂去官府报了案，晚上，表嫂又不明不白地死在了珠江边上，据说是"不慎落水溺死"。闻世达只好找了一份教书的职业，想暂时隐居在白云山下，谁知还是逃脱不了清廷的迫害！

带人去拘捕闻世达的，是刘学询亲自派去的标统罗连。白天，他以标统身份出现，到处搜捕维新派人士和他们的家人。晚上，又成了无恶不作的杀手，绑架和暗杀是他惯用的伎俩。虽然广州的维新派人士恨他恨到了骨子里。但他身后有刘学询和官府的势力，谁也奈何不了他。他从白云山回来之后，心里格外兴奋。一是因为他亲自带人捕回了闻世达，在刘学询大人面前又立下了一功；二是闻世达是湖南的人犯，要将他押回长沙交给庆宽处置。湖南的庆宽曾和刘学询大人一起去过日本刺杀康有为，曾得到太后赏识。今天捕到了闻世达，虽然没抓到他的妻女，但她们无法逃出广州，用不了几天就会抓到。到时候，一并将人犯交给庆宽，赏钱自然是不会少的！这叫一箭双雕。

晚上，老婆去邻居家打牌去了，罗连躺在床上吸鸦片，忽然听见房门被推开的声音。开始，他以为是老婆回来了，所以连眼皮都没抬，正在云雾仙境里过瘾。过了一会，好像老婆在脱衣上床，他头也不抬地说道："去去去！滚到一边去，老子今晚没兴趣，别搅了我的好事。"刚说完，忽然觉得有什么东西顶住了脑门，知道寻仇的人来了。他连忙放下烟枪，伸手去摸枕头下的短枪，但已经迟了……

清晨，打了一夜牌的老婆洗漱完后，身着睡衣，懒洋洋地来到了卧室，一掀开被单，罗连血淋淋的头上，一对大眼正一动不动地盯着她，她吓得尖叫起来了。众人闻声进来一看：罗连已毙命，那杆银质烟枪下压着一张纸条：作恶者之下场！

罗连死后第二天，广州的报纸上又登出了一条新闻：《家贼难防杜府被抄》。广州城的巡阶杜少富，是近年官场上的暴发户。

戊戌年间，他从县丞任上被罢了官，闲居家中。因声名狼藉，戊戌政变后也未复职。刘学询到任后，杜少富用曾在任上受贿的两根金条和该县的维新派名册做敲门砖，敲开了刘学询的大门。先被官复原职，不久又授了知府候补。由于缉拿康梁余党"有建树"，刘学询保荐他当了巡阶，位居刘学询手下"九吏"中的第二，颇得刘学询的器重。

正当他青云直上之时，不知道为什么突然一头栽了下来，成了阶下之囚。

这天早上，刘学询刚刚起床，就被召到了粤督谭仲麟的衙门。谭仲麟将一封密电冷冷地扔在他面前："你看看，这都是你的心腹干的好事。"刘学询拿起电报一看，原来是荣禄发来的。密电上称：京师提督九门统领已密获广州杜少富与康梁之密信三封，杜搜刮民财，私购洋枪，资助康梁余党滋事，已转军机处查办。

刘学询看了，脸色早已吓黄了，他说："大人，杜少富平时捕杀康梁余党不遗余力，这中间会不会有人故意……"

谭仲麟听了，大声呵斥道："无须再为你的属下开脱了！这种人唯利是图，是养不了家的野狗！"正说着，师爷进来报告："大人，军机处已派人来了广州，要求当日拘押人犯回京！"

刘学询还想再说什么，谭仲麟把桌子一拍："好啦！要是再出了这种事，恐怕连你都难脱干系了！"

刘学询一头雾水，唯唯诺诺地离开了粤督衙门。

因为杜少富的家离粤督衙门不远，不一会，前往拘捕他的官兵便将他的家包围了。

杜少富听见仆人禀报说，有一队官兵来到了大门。他以为是刘学询派人来接他一起去外地巡视的，急忙整理了一下花翎和官服。刚刚走到客厅，就被士兵们五花大绑地捆起来了。一名军官对他说道："奉粤督谭大人之命，查广州巡阶杜少富，以缉捕康梁余党之名，行资助不法叛逆之实，购买洋枪，串通里外，大逆不道，着即押送法部，其家产悉数充公！"

杜少富听了，大声喊道："冤枉啊，冤枉！我忠心耿耿，恪尽职守……"

军官说道："你冤枉不冤枉，到法部去说吧。我是奉命行事，带走！"

押走杜少富之后，留下的士兵开始进行搜查。不一会，在他的书房里搜到了两封既无抬头又无落款的密信，还在米仓里搜出了十余斤鸦片膏和一大包金银首饰！临走时，大门上贴上了粤督衙门的封条。

阮少杰坐在一辆三轮车上，经过杜府门口，看到门上的封条，他对自己的"杰作"颇为得意。

第十三章　井冈鹤子

康有为带着三姨太再次来到日本，他十分欣赏雇请来的佣人——十六岁的井冈鹤子。……巫氏兄弟接过父辈的衣钵，他们把下手的机会选在了山东曲阜。……鹤子小姐应邀来上海，做了康氏的四姨太。

一

1911 年初夏，日本神户须磨的樱花陆续绽放了。在私人庭院里，在路旁空地上，在山坡、河边、桥头，樱花开得灿烂缤纷，远远望去，似一团团云霞，令人赏心悦目。不少人或与好友相约，或与家人同行，带上米酒、糕饼，在郊外樱花树下铺上垫子，饮酒放歌，翩翩起舞，乐而不疲。

一大早，康有为就起床了。他信步走出"天风海涛楼"，在院子里一边散步，一边欣赏几株复瓣樱花。这种樱花的枝头不见叶子，唯有一簇簇的花朵堆积在树枝上。白色的，如雪一般洁白；红色的，像火一般耀眼；还有一株开的是粉色的，像一团团彩云。

康有为这次赴日，只带何旃理一位夫人，他们住在神户的须磨。今天有几位日本朋友将前来拜访，她不想让客人待在客厅里叙谈。这大好的春光，这晴朗的天气，在院子的草坪上品茗、说话该有多么惬意！

何旃理正在擦拭摆放在院子中间的小桌和长木椅，这几天把旃理累坏了，托邻居介绍的保姆要今天才能报到。

康有为见何旃理一边在忙碌，一边不时地欣赏院内争奇斗艳的樱花，便笑着说："旃理，这日本的樱花可是别具一格呀，你喜欢吗？"

何旃理说道："日本的樱花很美，我很喜欢，但我总觉得日本人赏樱花，有点宗教的味道。"

"是吗？说说看。"康有为听了颇感兴趣。

"我也说不清楚，只是有这种感觉。"何旃理来日本之后，在自学日文的同时，对日本的风土人情也颇有研究，她接着说道，"中国也有不少著名的花树，如梅花、白兰、芙蓉、紫薇等。中国人喜欢用花来比喻女子的美，而日本人就不用樱花来形容。"

康有为听了，连忙附和道："对呀，你若不说，我还真的没想起来呢。"

早饭后，客人们陆续来了。康有为和客人们围坐在小桌旁边，桌子上既有清酒，也有茶水，大家都没有喝清酒，而是一边品茶，一边无拘无束地交谈着。

何旃理牵着刚刚两岁的儿子康同凝，在草坪上蹒跚学步。儿子看见一只蝴蝶落在一片草叶上，正要伸手去捉，蝴蝶飞了，他刚追出两步，便摔倒了。逗得康有为和客人们一齐笑起来。

这时，邻居进来说道："康先生，您和夫人雇的女佣，已经来了。"说完，以手击掌。

一位少女从门口走进来。她身着鲜艳的和服，阳光照在她的脸上，显得妩媚动人。在邻居的介绍下，她款款地走到康有为和何旃理身边，深深鞠了一躬，说道："请先生、夫人多多关照。"

康有为望着眼前的这位少女，忽然想起了双惠川子，耳边似响起了她诵读唐诗的声音和月季花般的笑貌。她们的音容为什么会这么相似呢？他沉浸在回忆之中，眼睛怔怔地望着她。

"有为，怎么样？"何旃理低声问他。

他也发现自己有些走神，连忙说道："好好，你叫什么名字？"

"井冈鹤子。"少女羞涩地答道。

康有为又问："今年多大了？"

鹤子说道："十六岁。"

"你会做些什么？"何旃理插问。

"做饭、洗衣、打扫房间、看护小主人。"

康有为听了，点了点头。忽然，他又问了一句："会插花吗？"

鹤子说道："会一点。"

何旃理听了，高兴地说道："真的吗？那可太好了，我正想找人学花道呢！"说完，走过去拉着她的手，朝草坪的另一端追康同凝去了。

不一会，鹤子就成了小少爷的好朋友了。他们在草坪上追逐着，嬉闹着，鹤子拾了一大把樱花瓣，撒在他的头上，他笑着伸出小手去抓。几次都抓不着。

康有为一边陪客人聊天，一边朝她们投来羡慕的目光。

晚上，康有为正在书房里伏案整理《戊戌奏稿》，上海的广智书局急等此书发行。

他朝窗外望了一眼，见月光如水，林木朦胧，草坪上撒满了银辉。鹤子仍然穿着一身和服，正在月光下插花。

何旃理也穿着一身和服，随着鹤子的手势学习插花。也许草坪上有露水的缘故，她脚下的木屐一滑，差一点摔倒。她索性脱下木屐，赤着双脚。

鹤子见了，摇了摇头，要她一定穿上才能插花。何旃理只好又穿上木屐，一招一式地认真学着。

康有为看着看着，鹤子在他的视线前渐渐幻成了双惠川子的身影，他耳边响起了双惠川子的声音："请康先生教我学唐诗""您的夫人真漂亮""我要是十九岁，一定会嫁给您"……

康有为用手揉了揉眼，看见鹤子正在辅导何旃理插花。

不知道为什么，康有为一看到井冈鹤子，就会想到双惠川子。是啊，她那么年轻、漂亮又聪慧，地心善良，虚心好学，可惜，却早早离开了人世，也是自己带给她的灾难。对了，若再路过横滨，一定去墓地看看她，为她烧点纸钱。

学完插花，鹤子睡去了。何旃理洗浴之后，换上了一套西服，来到书房，站在一张画案旁边，继续临摹五代时期画家董源的《潇湘图》。此画她已临摹了一个多月，共临摹出三幅。她将三幅并排在画案上，仔细欣赏着，猛回头，发现康有为也站在她的身后观画。

"这三幅当中,我觉得这一幅最好。"何旃理用手指了指中间的一幅,问道,"你觉得怎么样?"

康有为点了点头,表示赞同,他提起笔来,在画面上题了两句古诗:

洞庭涨落池　潇湘帝子游

何旃理兴奋地说道:"经你这么一题,这幅画增色不少。"

"也不尽然,"康有为指着画面说道,"你临摹的这一幅,好在不求形似,而重神似,追求一种意境。要是形、神兼得就更趋完美。"

何旃理边听边点头。

二

这年的 10 月 10 日,武昌新军的士兵们发动了武装起义,辛亥革命爆发。随后各省先后起义,并宣布脱离清政府而独立,革命浪潮席卷中华大地。不久,南京政府宣告成立,孙中山被选为临时大总统。

辛亥革命爆发时,康有为住在日本。他对清政府不能及时扑灭革命烈火深为叹息。他给在国内的弟子徐勤写了一封信,其中有这样一段文字:

武昌军初变,不能长驱北陷,以为政府海陆立凑,不日可扑,岂知政府疑新军无一敢调,又乏军械(并无兵饷)。故十余日不能出师,汽车又不能载炮,遂令各地响应,全国沸变……日传消息,皆是沦陷响应,若是此,则可不期月而国亡。

他是在为清政府的命运担忧。

他不甘心革命党人夺取政权,他要使中国的前途按照他的设计轨道运行。他要徐勤趁此机会改革清政府,"即以资政院改国会,并合十八省咨议员为议员"，实行君主立宪。并嘱咐徐勤多筹款项，作为活动经费，又派门生们纷纷四处活动。辛亥革命一个月后，梁启超奉师命回国，身上带着康有为的《改资政院为议员诏》，准备促成君主立宪政体的实现。他们的计划是，利用北方军吴禄贞、张绍曾发动滦州起义，推翻皇族内阁，举载涛为总理，组成由康、梁立宪派掌权的内阁，然后以国会令全国，迫使革命党人出师无名，屈服受抚，清王朝即可免遭覆灭的厄运。此计划也有防范袁世凯阴谋窃取清廷的成分，因为他们没有忘记戊戌之恨。然而，当梁启超到达奉天（今沈阳）后，袁世凯已提前动手了。滦州起义被镇压下去，吴禄贞被暗杀，张绍曾被解除了兵权。康有为的计划落空了，梁启超只好又返回日本。

1912 年 2 月 12 日，清帝宣统宣布退位，统治中国二百六十七年的清王朝宣告结束！康有为领导的以君主立宪为宗旨的帝国宪政会也成了无根之花。

康有为住在日本的海湾别墅里，连续撰写了《救亡论》《共和政体论》《中华救国论》，他认为共和民主制不适合中国，再次提出"虚君共和"和"君主立宪"主张，强调不可实行民主共和。1913 年，他又让门生麦素华创办了《不忍》杂志，让陈焕章创编《孔教会杂志》，继续宣传"虚君共和"。

就在这一年的 11 月，他正式结束了海外的流亡生涯，再次回到香港。作为孔教的权威，他一回国，就被推选为孔教总会的会长。

三

天渐渐黑了，几只乌鸦"呱呱"哀叫着，从房顶上飞过去了。巫氏老宅院子里的那棵老枣树，不知什么原因，竟然死了。光秃秃的枝丫扭曲着伸向天空，像是干枯的手指。

巫仿坐在院子的石凳上，木然地望着那些在风中瑟瑟发抖的树枝。自从宣统皇帝宣布退位以来，他就像中了邪一样，很少说话，有时几天不说一句话。其实，有话向谁说呢？他没有亲戚，更没有朋友，就连左右邻居姓甚名谁，是干什么的？他也一概不知。唯一能对他说话的，是弟弟巫侃。不过，巫侃也很少在家，每天一大早他就出门了，一直到天傍黑才回来。巫侃不是在外边游手好闲，而是为了打听康有为的消息，才在偌大的北京城里四处奔波。若巫侃不在家时，他就独自坐在石凳上发呆。他不愿意回到屋子里去，因为一跨进门槛，就能看到条案上的祖宗牌位，那上边供奉着用黄缎子包着的懿旨。在条案底下，是一坨用白布包着的泥土，那是从伯父的葬身之地带回来的。等刺杀了康有为，报了对太后的大恩，也雪了巫家的深仇大恨之后，他就去找父亲的遗骨，再选阴宅，造墓穴，风风光光地安葬他们。可是，自武昌首义爆发，到处都是反清起义的消息。萍浏醴大起义、潮惠钦起义、皖浙起义、广州新军起义、黄花岗起义，一起接着一起。报纸上看到的和酒肆茶馆中听到的消息，尽是这些新闻。

越是打听不到康有为的消息，巫仿就越觉得心里发闷，自己好像掉进了一口枯井里，除了头顶上的那方灰蒙蒙的天，四周都堵得严严实实的，手脚无法动弹！

天已黑透了，巫侃怎么还不回来呢？

大门"吱哟"一声被推开了，巫侃一边返身关门，一边急促地说道："哥哥，有消息了！"

巫仿连忙站起来，问道："什么消息？"

巫侃说道："如今孔教风行，上海成立了孔教总会，康有为被推举为会长！"

巫仿将他拉进房里，点亮了罩子灯。巫侃从口袋里掏出一张折叠起来的报纸，在桌子上摊开，指着一则消息说："孔教会的总干事是陈焕章，姚文栋、麦素华是干事！"

巫仿接过报纸看了一会，半天无语，他在沉思。

"哥，你怎么啦？"

"你再看看下边这条新闻。"巫仿指着报纸右下角的一则短讯说道。

这则只有一百多字的消息，是说全国各地的孔教会、孔道会、孔社、尊孔会、尊孔文社等近日都将去曲阜祭孔拜孔。

"作为会长的康有为能不去吗？我们也要去曲阜！"巫仿说。

巫侃明白了巫仿的意图，他兴奋地说道："我怎么没想到呢？"

当晚，兄弟二人祭过懿旨和巫辛的那包泥土之后，便早早睡下了。次日大清早，一把大锁又挂在了巫氏老宅的大门上。

四

曲阜的孔府、孔庙、孔林闻名天下，但巫氏兄弟都是第一次来。当他们赶到曲阜城时，已是傍晚了。他们像外地来的游客一样，天黑先投店。

二人连续找了几家旅馆，门口都挂着"客满"的牌子。既然是游客身份，就不能住下等人住的客栈，他们找了半天，找到一家叫"阙里人家"的豪华旅馆。

旅馆门前停着不少轻便马车、轿子和几辆汽车。大厅里灯火辉煌，侍者们进进出出地忙碌着。

巫仿和巫侃穿过来来往往的车辆，径直朝"阙里人家"走去。

一名侍者连忙上前拦住他们，客气地对他们说道："先生，十分对不起，本店已被外地的客人包了，请二位到别家看看吧！"

巫侃听了，觉得有些不顺耳，他说："不就是要钱吗？我们也包一间！说吧，多少钱？"

说完，就要往里闯。

侍者慌了，连忙赔礼："两位大爷，千万不要误会，本店的房间是北京、上海、河南、山西等地客人五天前包下的，还要住上几天才会离店。"

"真的？"

"我们不敢说半句瞎话。"

"他们都是来祭孔的？"

"不为了祭孔，谁会到这里来呀！"侍者为了说明客人的身份，有些炫耀地说道："这不，北京的会长今天刚去瞻仰了孔庙，河南的会长明天要去参观孔府。后天，上海的会长要去祭拜孔林。他们的来头都大着呢，有的带着保镖，还有的跟着警察呢！他们住在这里，不许闲杂人等进去，就连我们这些侍者，都不许在他们的房外停留！"

巫侃问道："为什么？"

"为了安全呗！"侍者压低声音说道，"越是来头大的客人，就越防得严！"

"防什么？"巫侃又问了一句。

"防刺客呀，"侍者哭丧着脸说道，"请二位大爷高抬贵手，别难为我们了！"

巫仿听了，说道："好吧，我们走。"说完，拍了拍巫侃的肩膀，二人转身离开了"阙里人家"。

当晚，他们住进了离孔林不远的"仁义"客栈。

他们在客栈旁边的一家小饭馆里吃过饭之后，便沿着去孔林的大道逛了起来，直到街上的行人稀少了，才回到客栈。

五

第二天，巫氏兄弟随着游客在孔林中参观了一整天。

孔林在曲阜城北郊，是孔子和孔氏家族的专用墓地，面积有三千多顷，比曲阜城还大。他们虽然看过北京郊外的一些皇帝、皇后的陵墓，但与孔林一比，就差得远了。这里之所以叫孔林而不叫孔陵，因为有十万多株古树，还有十万多座坟墓。孔林中的石碑大小不一，高矮不等，像一片望不到边的碑林，还有数不清的石雕和奇木异树。

孔林门前有一条神道，道旁是两排古柏，茂密葱郁，如蛟似龙，显得十分肃穆。神道上有一座文津厅和一座万古长青坊，两边各有一座碑亭。神道是由曲阜通往孔林的必经之路，巫氏兄弟看中了这条神道。

第三天一早，巫仿和巫侃分头而行。巫仿像个悠闲的游客，沿着神道来到了西碑亭，站在碑前，看似在品读上边的文字，其实心里在焦急地等待着康有为的到来。

这时，三辆马车一前一后地自城中驶出来，直奔孔林大门而去。

第一辆马车过去之后，第二辆马车刚刚驶到文津桥头时，忽然从路边窜出一辆装着柴草的马车，一下子撞在了第二辆马车上，两辆马车同时翻倒了。前面第一辆马车见状连忙停住了，从车上跳下四名彪悍的男子，迅速跑过去搀扶倒在地上的人。原来第二辆车上坐的全是女眷。总算幸运，虽然翻了车，但并没有人受伤，甚至连蹭破皮的都没有。四名男子扶起车后，来到柴草车旁，指着倒在地上呻吟的车夫用上海腔问道："你是怎么赶车的？长没长眼？"

车夫一边按着腰，一边说道："对不起，是马受了惊，拉不住缰绳。"

巫仿朝桥头看了看，见第三辆车驶来了，他转身走出碑亭，径直朝第三辆马车走去。

第三辆马车停在第二辆马车后边，车上的人没有下车，只是掀开车帘子问了一句："怎么回事呀，有人伤着没有？"

车夫告诉他说："是拉柴草车的马受了惊，撞了车，没有人受伤。"

"那就走吧。"说完，车帘子放下了。

三辆马车鱼贯过了神道，进了孔林的大门。

巫仿望着走远了的马车，才松开紧握着短剑柄的手，手心里已是汗津津的。

他并非因旁边有四名壮汉而不敢行刺，而是拿不准康有为是否在第三辆马车里，所以才未贸然动手。

他俩昨晚分析，若上海的孔教会长去祭孔林，坐第二辆车的大约就是会长了。只要巫侃的马车撞翻了第二辆车，车上的人就会摔下来，巫仿就趁机走过去，认出康有为之后，迅速抽剑刺杀！

他俩不曾想到有三辆马车出城，更没想到第二辆车上全是女眷，第三辆马车上没有人露面，所以，这一次精心设计的桥头刺杀失败了。

不过，后面还有一次机会。

孔子墓是孔林的中心。要去孔子墓，还要过一座桥，再穿一道小门，才能进入孔子墓地。虽然孔林中古树纵横交织，古墓古碑古亭遍地都是，但巫氏兄弟因昨天已来仔细观察过了，选好了路线，所以，不会迷路。

他俩丢掉了马车，穿过幽暗树林的时候，远远看到一大群人向孔子墓走去，仔细一看，正是刚才那三辆马车上的乘客。他俩尾随在后，以石碑和树木作掩护，慢慢向前潜行。

孔子墓像一个隆起的马背，周围有红墙围着，墓前有一块大石碑，上边刻着"大成至圣文宣王墓"八个大字。碑中"王"字的一竖特别长，下边的一横又被石案挡住，站在碑前是看不出"王"字的。据说，皇帝来祭拜时，只拜师不拜王。通过这一巧妙安排，因看不出"王"字，自然就要下跪叩拜。

前边的人开始祭拜了，几名仆人在石案上摆上了祭品，点燃了香、纸，一缕缕青烟从石头香炉里袅袅飘出。女子、仆人及四名保镖远远地站在一边，一排男人恭恭敬敬地跪在墓前。

一穿灰色长袍的人跪在中间，显然，他就是这些人中权威最大的会长。但由于距离太远，看不清他的面目，巫仿便让巫侃留在古墓后边，自己悄悄潜过去，躲在一只石兽后边，拨开树枝，终于看清楚了，那位穿灰色长袍的，竟是一位八十多岁的白须老者！原来，今天来孔墓祭拜的，虽然也是会长，但不是孔教总会的康会长，而是尊孔会的王会长。

此时的康有为正在上海新闸路的辛家花园里，等待一位从远道而来的客人。

六

上海新闸路16号的辛家，是一栋带花园的庞大住宅，它原是犹太人辛家所有，所以叫辛家花园。后来，成了清廷遗老、交通大臣盛宣怀的私产。康有为的所有房产，在戊戌政变时被清廷查抄。他到上海后，便从盛家租来了这座花园住宅，每年租金一千多元。花园里花木成林，曲径通幽。园中有几株高大的玉兰树，树旁有一水池，一座七曲木桥点缀池上。池中养着海狗、大龟；假山旁还养着袋鼠。在紫藤的掩映下，"游存楼"和"补读楼"相向而立，环境十分幽静。

这时，跟随康有为多年的仆人李唐，匆匆地从大门口朝"补读楼"跑去，他边跑边大声喊道："老爷，来啦，她来啦！"

康有为听了，连忙问道："在哪里？"

李唐指了指门外，说道："已经到了大门口啦！"

康有为放下手中的毛笔，跟在李唐的后边朝大门跑去。

一辆汽车停在大门口，一名女佣将一口小皮箱从车上提了下来。司机打开车门，井冈鹤子走下车来，她是第一次踏上中国的土地。她用惊奇的目光望了望四周：一切都是陌生的，所有的人也都是陌生的。她有些好奇，也有些紧张。忽然，她看到康有为匆匆走来了，便连忙迎上去，深深鞠了一躬，说道："我接到先生邀我来做客的信后，十分高兴，第三天就离开了神户。"

康有为显得有些激动，说话也期期艾艾："好、好，欢迎鹤子小姐，前来……做客。"

鹤子笑着说道："给您添麻烦了，真叫人不好意思。"

"没什么，没什么，快，进来吧！"

鹤子温顺地跟在康有为身后，走进了辛家花园。

晚上，康有为一家围坐在客厅的一张大餐桌旁边，桌子上摆满了鸡鸭鱼肉和海鲜，还有时令蔬菜，小柜上摆着几瓶女儿红。

康有为朝周围扫了一眼，忽然问道："鹤子呢？"

何旃理站起来，说道："大概是在卧室里换衣服，我去看看。"

正在这时，鹤子和女佣端着盘子走进了餐厅，梁随觉连忙接过盘子，说道："鹤子小姐，你是我们的客人，怎么能让你去端菜呢？"说完，将她拉到自己身边坐下。

鹤子有点腼腆，连忙低下了头。

何旃理端着一只小酒杯，站起来说："今天，我要向康家的客人，也是我的花道老师鹤子小姐敬一杯酒。"

鹤子连忙端着酒杯站起来，二人碰了碰杯子，何旃理一口喝干了，鹤子只抿了一小口。"鹤子小姐，这不公平，我喝光了，你也要喝光呀！"何旃理站着，不肯落座。

鹤子朝康有为看了看，康有为有些不置可否。鹤子只好将杯子中的酒一口喝光了。不知是害羞还是酒精的作用，她那娇嫩白皙的脸颊立刻潮红起来。

梁随觉连忙站起来，她先为鹤子倒上酒，自己也斟满了杯子，说道："鹤子小姐，你同我妹妹碰了杯，也得跟我碰一杯呀！"

鹤子站起来，和梁随觉碰过杯之后，蹙着眉头又喝完了。她的脸颊更红了，眸子里闪动着光泽。

这时，康同凝端着一杯汽水，跑到鹤子的座位旁边，说道："鹤子阿姨，我也送一杯！"

何旃理连忙纠正他："不是送一杯，是碰一杯！"

康同凝来敬酒，显然是何旃理在后边教唆的。鹤子对小家伙是有感情的，她毫不推辞就喝下去了。

何旃理对康有为说："有为，你也来凑个份子呀。"

康有为端起杯子，对鹤子说道："鹤子小姐，在神户时，多亏你照料了孩子，今天，你又不远千里，漂洋过海来做客，我今日也敬你一杯，既是代表全家表示感谢，也是为你接风洗尘。"说完，便一口喝下。

鹤子喝下这杯酒后，觉得身子有点燥热起来。

梁随觉说："鹤子小姐，现在你想喝就喝，不想喝就千万别勉强，这女儿红后劲可大哩。"

康有为十分赞同她的意见，说道："对，对，不想喝了，就不必勉强。"

鹤子看了他一眼，目光中充满了感激之情。

梁随觉为康有为斟上酒，说道："有为，我们一家人难得有这样的团聚，来，我敬你一杯。"说完，一饮而尽。

何旃理不甘示弱，端起杯子，说道："我也敬你一杯。"

康有为的杯子又空了。

鹤子站起来，怯怯说道："康先生，我也敬您一杯。"

康有为一直喝的是高度汾酒，连续几杯酒下肚，已有些醉意了，不过，他还是喝干了这杯酒。他朝鹤子望去，他眼里又出现了双惠川子的笑脸，耳边又响起了她银铃般的声音……

何旃理看到康有为的眼神有些迟钝，便轻声说道："有为，是不是喝多了？

我扶你去书房歇一会吧？"

康有为说："我没醉，只是觉得今天的酒比往常的酒劲大了，让我陪鹤子小姐坐一会。"鹤子站了起来："旃理姐说的对，你还是到房间里去躺一会吧！我又不会走的。"说着，便伸手去扶康有为。

康有为顺从地站了起来，手搭着鹤子的肩头离开了客厅。

梁随觉和何旃理看在眼里，偷偷地笑了。

不久，井冈鹤子便成了康有为的第四位夫人。

第十四章　复辟闹剧

康有为正为去世的三夫人悲伤落泪时，接到"武圣"张勋的邀请函，请他赴京筹划复辟大业，他异常兴奋。可惜好景不长，他再次受到当局通缉。

—

1917 年的夏天，一位身着军装，身材修长的中年男子来到了上海修道院的门口。他向门房的一位嬷嬷问道："请问，你们这里的修女有叫沈萍的吗？"

嬷嬷朝他打量了一眼，问道："请问您贵姓？"

男子说："我姓阮，叫阮少杰。"

"您认识沈萍修女吗？"

"不认识。她是我朋友的朋友，我只向她打听一下我那位失散多年的朋友，请您行个方便。"

嬷嬷说道："阮先生，对不起。沈萍修女交代过了，她不会见修道院外边的人。"

阮少杰急了，连忙说道："嬷嬷，我是从四川远道而来的，请您一定通报一声。"

嬷嬷并不为他的恳求所动，她摇了摇手。

阮少杰还想再求求她，但她却关上了门房的窗子。

阮少杰离开了修道院的门口，在修道院门前的林荫道上不断徘徊着。他想，既然千里迢迢地来了，就一定要达到目的，决不善罢甘休。他时而望着被爬墙虎围满了的修道院大门；时而聆听着什么，听到的却是修道院里梧桐树上的鸟鸣声。阮少杰对上海并不陌生，但对这座修道院却一无所知。

嬷嬷透过玻璃，看到他在来回踱步的时候，左腿虽然有点跛，但神色仍透出一股刚毅之气，看样子不会是个坏人，且有不达目的不罢休的架势。她便转身进去向沈萍通报。

辛亥革命爆发后，阮少杰投奔了云南都督蔡锷，参加了护国军。他骁勇善战，身先士卒。在进军四川攻打庐州时，他带领的部队与袁世凯的北洋军队激战一天一夜。在这次战斗中，他的左腿负了伤。伤愈后，他留在了成都。他曾接到过田兰的一封信，信中顺便提到沈老师去世后，沈萍当了修女。后来，因战乱不断，他的行止不定，所以，和田兰一直联系不上。他想起了沈萍当修女的事，便从成都到重庆，乘船沿江而下到了上海，在上海打听了好几家修道院，终于在这里打听到了沈萍。

阮少杰虽是田兰的初恋情人，但他和沈萍并没有接触。这不，好不容易找到了修道院，却碰了壁！不过，他并不气馁，因为修道院有修道院的规矩。他已下了决心，既然不允许我进院找她，那么我就在院门口等她！一天等不到，就等两天、三天……总会等到的。

到了中午，忽然从修道院里走出一位修女。她向门房打了个招呼后，就径直来到了阮少杰的跟前，行过礼之后，问道："先生，是您要找我吗？"

阮少杰连忙说道："您是……"

"我是沈萍修女，您找我有什么事吗？"

阮少杰说："我叫阮少杰。我知道您是田兰的好朋友，我也是她的好朋友，我们多年前就失去了联系，想向您打听田兰的近况，不知您是否清楚。"

沈萍朝他上下审视了一遍，说道："她回青岛去了。"

"请问，在青岛的什么地方？"

"崂山。"

"那，伞郎呢？"

沈萍听了，震撼了一下，接着，摇了摇头："不知道。"

阮少杰端详了一会她穿的修女长袍，问道："你在这里过得惯吗？"

沈萍淡淡一笑："我已经习惯了。"

阮少杰说："谢谢您来见我，我要走了，再见吧。"

"您要去哪里？"

"青岛。"阮少杰说完，转身离开了。走出几步，忽又站住，他想起田兰曾对他说过哥哥与沈萍的关系，对她说道："我要是能遇上伞郎，就让他来看您。"

沈萍听了，既没点头，也没摇头，只是对他挥了挥手："祝您一路平安。"

待阮少杰走远了，她才让溢满眼眶的泪水流了出来。

二

这几天，有不少客人来访辛家花园，电报信件也比往常多起来了。

一位邮差骑着脚踏车来到了辛家花园门口，他伸手按了按门铃，李唐闻声出来开门。

邮差说："电报，请签收。"

李唐签过字之后，接过电报，返身进了大门。

康有为坐在书房里，他的目光呆呆地望着墙上的相框，相框里镶着何旃理的遗照。遗照下面，挂着她生前临摹的那幅《潇湘图》。他的眼角渐渐有了晶莹的泪花，脑海里幻化出她的倩影……

相框中的何旃理款款向他走来。她手里拿着一包信件，嘴角上挂着笑容，脸上因发烧而面部发红。她对康有为说："有为，这是给温哥华、渥太华、三藩市、伦敦、波士顿、开罗、费城诸位朋友的信，另外，李提摩太写来了一封长信，我已译成了中文，你可看一下。"康有为伸手接信时，发现她的手很烫。他以手背试了她的面颊，连忙说道："旃理，你正在发高烧，快去看医生！"

何旃理说："不碍事，我已服过药了，过几天就会好的。"说完，朝康有为笑了笑，笑得有些勉强……

几天后，何旃理躺在病床上，已昏迷不醒。

大夫将康有为拉到门口，低声说道："夫人患的是猩红热，恐怕……"

康有为连忙制止了他继续往下说，两行热泪流淌下来。

他不相信这是真的，害怕她会悄然而去，他推开病房的门，站在她的床前，喃喃地说道："旃理，你醒醒。"

何旃理似乎醒了。她艰难地举了举左手，接着又颓然垂下了。那只翡翠手镯从手腕上滑下来，掉在地上摔碎了……

康有为猛地扑过去，大声哭着喊道："旃理！……"

康同琰、康同凝听到哭声，连忙跑进书房。他们抱着康有为的腿说道："爸爸，你又在想妈妈了。"

康有为从悲痛的回忆中醒过来，将他们搂在怀里，眼泪滴在了他们的小脸上。

康同琰指着墙上的遗像说道："爸爸，妈妈对我们说过，她要带我们去美国，看望外公，妈妈不在了，谁带我们去呀？"

康有为呜咽着说道："是啊，你们的外公来信说，他爱你们的妈妈，也想见见你们两个。"

说完，已泣不成声了。

康同琰仰着头对他说："爸爸，你不要哭，我们也不哭了。"说完，掏出手绢为他擦着眼泪。

康有为将她的脸贴在自己的脸上，又把康同凝抱在自己的膝盖上。两代人的眼泪流在了一起。

康有为忽然想起了什么，连忙站起来，将那幅《潇湘图》从墙上取下来，铺在桌子上，默默地沉思了一会，然后提起笔来，在画面的空白处题写了两首七绝：

> 浓艳凝香带叶研，
>
> 粉痕墨晕态犹鲜。
>
> 而今落尽残红后，

读画题诗更惘然。

一枝浓艳发遗香，

剩粉残笺空断肠。

色相华严常示现，

殿将画谱拾群芳。

写完了，叹了一口气，又看了一遍，才轻轻地放下了笔。

三

李唐轻轻推开了门："老爷，您的加急电报。"他小心翼翼地将电报放在桌子上。

康有为接过电报，看过之后，立刻喜形于色，连忙以手拍案，大声说道："好！"这与他刚才颓唐的表情判若两人。

站在一旁的李唐问道："老爷，什么事叫您这么高兴？"

"我要去北京！今晚就去。"康有为既是答复，也是交代。

李唐有些奇怪，过去接到电报，老爷看过之后，总是一声不吭地放在一边，有的电报看了之后，还大发脾气呢。他印象最深的是袁世凯发来的三次催他进京的电报，惹得他发了三次脾气。

1912 年 3 月，袁世凯窃取了中华民国大总统的职务之后，为了装点门面，粉饰他的独裁统治，通过中国驻东京大使馆转给康有为一封电报，邀请他回国入京，主持名教（即孔教），为他的专制统治披上大儒的外衣。康有为看了之后，十分生气，他以近日身体不适，不宜长途跋涉为由加以拒绝。他回到香港不久，袁世凯又通过广东都督转来第二封电报，他又以母亲刚刚病故，孝期未满，不便行动为由拒绝入京。

袁世凯并不死心，又向上海第三次发出了邀请电报，康有为立即发了《复总统电三》的电报，断然拒绝了他的邀请。康有为知道，袁世凯邀请他入京，不单单是为了装点门面，而是看中了他"虚君共和"和"君主立宪"的主张，这对他以后复辟帝制极为有利。这是一个圈套。康有为和维新派人士无不痛恨这个出尔反尔的"大头"（袁）。康有为一是耿于戊戌旧恨，二是袁世凯窃国后卖国求荣，复行专制，康有为耻于与他为伍。

今天接到的加急电报，是张勋发来的，他邀请康有为迅速赴京，共商大计。

原来，袁世凯病死之后，康有为曾给拥有重兵的张勋去过一信，信上说："今袁氏殂逝，正中国存亡之秋而清室绝续之关也。总统共和之制既五年三乱，后此乱尚无穷。携旧臣即以安中国，将军其有意乎？将军坐拥重兵，镇扼鲁徐，举足为天下轻重。"

张勋当时被人称为"武圣"，康有为被称为"文圣"。张勋是当时唯一留长辫子的高级将领，又有军队和地盘，所以，又被人称为"辫帅"。就在上个月，他们在徐州开了一个十三省区督军秘密会议，大家都支持张勋复辟，其步骤是：一、解散国会；二、迫使黎元洪退位；三、复辟清帝。在这之前，张勋为使各督军赴约，让大家在一块黄绫上签了名。康有为曾在张勋的司令部里住了大半年，也在上面签了名。6月7日，张勋亲自率领五千辫子兵乘车进了北京。因复辟大业在即，诸事颇多，便立即给康有为发了份急电。

听说康有为要去北京，梁随觉和鹤子匆匆走来。梁随觉一进门就急着问道："有为，何事这么急？"

康有为激动地说道："张勋已带兵进了北京。他请我速去京城，共图复辟大业！时不我待，今晚就走！"

"谁随你去？"

康有为回答："这次谁也不带，以防不测。待复辟成功之后，再来接你们进京。"

"老爷，车票已购好了，是今晚十时半的火车。"李唐在门口说道。

梁随觉说道："我去给你准备行李。"说完，转身去了卧室。

鹤子倚在门框上，久久地望着康有为，欲言又止，目光里充满了依恋之情。

康有为走到她的身边，轻轻拍了拍她："鹤子，回房休息去吧，我们很快会在北京相会的。"

鹤子顺从地点了点头。当她走到长廊时，又回头望了望康有为，才低着头进了自己的房间。复辟，是康有为心目中的神圣事业，唯此为大。

四

1917年6月27日，北京正阳门火车站附近人来车往，十分嘈杂。一名报童手里扬着一张当日的报纸大声喊着："看报啦，看报啦！黎大总统退位，国会解散啦！'武圣'张勋带兵调解'府院之争'，'文圣'康有为即将来京。看报啦，看报啦！"

一男子买了一份报纸，站在路边正看着，一过路的商人向他问道："'文圣'康有为什么时候来北京？"

男子的目光未离开报纸，只是摇着头："报上没说。"

这时，一列火车进站了，车站附近的人力车夫、卖香烟的小贩和来站接客的人群，纷纷向出站口涌去。

康有为已化了装。他一改穿长袍的习惯，穿了一身短装，头上戴着一顶大草帽，手里挽着一个小包袱，像一个地道的农夫，随着人流从车站里走出来。

车站外边停了一辆汽车，车旁有两名身佩短枪的军官，他们的背后都留着一条长长的辫子。"干什么？去去去！"一名军官朝他直摆手。

"是张帅派你们来接人吧！我是康有为。"说完，笑着站在那里。

康有为出了站之后，朝那辆汽车看了一眼，就径直走过去。

两名军官挺身向他敬了个军礼之后，连忙拉开车门，将他让进车去。汽车离开车站，朝南海沿驶去。

张勋的私邸就坐落在南海沿上。康有为住进了张勋的私邸。当天晚上，"文圣"和"武圣"在私邸的密室里谈到半夜。"丁巳复辟"的丑剧便拉开了帷幕。

五

北京的夏季，酷热难耐。热风裹着黄沙，迷漫着紫禁城。

康有为的精神头却从来没有这么好过，他日夜都在草拟复辟的重要文件。有时一天只睡两三个小时，有时竟通宵达旦。他非但不觉得劳累，反而觉得自己年轻了许多，每天都处在兴奋之中。

昨天晚上，又是一夜未睡。桌子上的《拟复辟登极诏》的墨迹尚未干透。他站在旁边又从头到尾看了一遍，感到无懈可击了，才去洗了洗脸。

他先后草拟了《拟开国民大会以议宪法诏》《拟召集国会诏》《保护各教诏》《拟定中华帝国名诏》《拟免跪拜诏》《拟免避讳诏》、《亲贵不干预政事诏》等。他在《拟复辟登极诏》中说："督军及百官等以民主政体只能攘乱，不能为治，不适于中国。请朕复正大统，今复即位。"这些诏书，都是复辟清王朝的重要文书，张勋及参加复辟的清廷遗老遗少们都极力称赞他的才华和笔力，是名副其实的"文圣"。为了保护"文圣"的绝对安全，张勋的私邸本来已经警卫森严了，他又为康有为调派了全副武装的士兵，日夜在他的书房周围站岗，以防刺客潜入行刺。

出人意料之外的是，刺客还是探听到了他的踪迹。

有一天，已是深夜一点钟了，康有为放下手中的笔，站起来活动了一下有些僵硬的身子，又去洗了把脸，准备让头脑清醒之后再继续草拟一份新的诏书。

忽然，他听见头顶上有响动之声，待再听时，又没有了，他刚提起笔来，屋顶上又响动起来。他经历过多次行刺，警惕已成为他的习惯和本能，凭直觉，他判断是屋瓦被踩动的声响，至于是人还是猫踩动的？他一时还拿不定。

在外边站岗的士兵似乎也听到了屋顶上的声音，大声喝问："谁？"

只见两只黑影从屋脊上一闪而过，像两只夜猫子，纵身跃到了旁边的屋顶。

"站住！"士兵一边喊着，一边拉开了枪栓，"啪"地开了一枪。

两条黑影迅速消失在夜色之中。

康有为走到门口，问道："出了什么事？"

一名卫兵朝他立正敬礼："报告大人，屋上有两个毛贼，已经跑了。"

康有为听了，点了点头，又回房里写诏书去了。

毛贼就是巫氏兄弟。

巫仿扶着巫侃回到巫氏老宅时，天还没亮。

巫侃的左腿中了一枪，鲜血染红了裤腿，痛得咬牙切齿。巫仿将他扶在炕上，点亮了罩子灯，先用云南白药为他止了血，又撕了块白布包扎了伤口，对他说道："明早，我送你去医院吧。"

巫侃摇了摇头。说道："医院一看是枪伤，能不怀疑？还是老办法，在家里治。"

巫仿觉得他说的有道理，又给他服了止痛药，安顿他睡下以后，天已亮了。他悄悄出了巫氏老宅，去购置药品去了。

自从复辟的消息传开以后，北京城的人都知道"文圣"康有为要进京拜相，但报上又从未披露过康有为何时进京的消息。此事却瞒不过巫氏兄弟，他们知道，康有为肯定会步张勋之后到达北京，只是不知道他住在何处而已。他们跑遍了北京城里有名的饭店、旅馆，均没有康有为的影子，他们就把注意力集中到了南海沿的张勋私邸。

晚上，二人换上了夜行衣，绕开张邸大门的卫兵，也不从后门进入，因为后院住着张勋的私人卫队。他们先潜到张邸旁边的一个四合院，然后，悄悄攀着一棵梧桐树，进了张邸。张邸中的房舍颇多，他们不知道康有为到底住在哪间房里。找了一会，见一房中的窗口有一缕灯光，便想下去看看，当他们在屋脊上行走时，踩到了松动的屋瓦，惊动了在门口站岗的士兵。二人在逃离屋顶时，士兵开枪打伤了巫侃！

巫仿带着药品回来后，一面用毛巾为巫侃擦额头的汗珠，一边问道："能挺得住吗？"

巫侃点了点头，愤愤地说道："康有为又欠了我们一笔债！"

巫仿说："我就不信康有为能躲过一辈子！你歇着吧，我到大街上去看看。"说完，他又出了巫氏老宅。

六

北京的劝业坊一带，平时就是繁华的商业街，自从闹复辟以来，这里就更热闹了。不少店铺的门口又挂上了龙旗。清廷的遗老遗少们穿着前清的袍褂，脑后拖着一根长长的辫子，洋洋得意地相互祝贺，招摇过市。

7月1日，张勋和康有为等复辟大员们，把十二岁的清廷末代皇帝溥仪抬出，宣布复辟，将1917年改为宣统九年。又通电全国，改挂龙旗。一时间，散住各地的清王公贵族们都纷纷涌向北京，弹冠相庆，把北京城闹得光怪陆离，乌烟瘴气。

据说，即位典礼时，那位儿皇帝一心想着要去和小伙伴们玩斗鸡，坐在龙殿上左顾右盼，很不耐烦。他不时地问站在旁边的父亲载沣："完了没有？"父亲说："回皇上，快完了，快完了！"溥仪的师傅在旁边纠正道："嗯！此话不妥，刚开始登基，怎么说'快完了'呢？"

在复辟的当天，宣统就发布了事先由康有为、张勋拟好的九道上谕。其中有：即位诏；黎元洪归还国政；授张勋首席议政大臣兼直隶总督和北洋大臣；授各部尚书；授徐世昌、康有为为弼德院正副院长等等。

那几天，北京城热闹非凡。

在大栅栏旁边，一个小贩手里拿着十几条用马尾做的假发辫，大声吆喝："卖辫子啦，谁要辫子？皇上登基啦，又要留辫子啦！"

几家卖龙旗和清朝袍褂的店铺门庭若市，供不应求。

一家药铺的墙上贴着一张告示，一群人在那里围着观看，有人从人群中挤出来对同伴说道："'武圣'张勋封了首席议政大臣、直隶总督兼北洋大臣，大概是当年荣禄那个角色。'文圣'康有为只封了个弼德院的副院长，划不来！"

旁边有人问道："弼德院是个啥玩意？"

一位学究模样的人答道："就是辅弼君德，皇上的顾问机构呗！"

又有人问道："皇上和总统有什么不同？"

那人想了想，说道："大概差不多吧！"

这时，一群青年学生走了过来。一个戴眼镜的高个子说："嗨，北京城的这出复辟丑剧还挺热闹呢！"

旁边的同学说道："凡是逆历史而动的人，都没有好结果。"

另一个学生调侃地说道："我看这是兔子的尾巴，长不了。"

他的话，逗得大家哈哈大笑起来。

七

辛家花园是个世外桃源。不过，住在里边的人，还是要食人间烟火的。

梁随觉站在水池边上，用切碎了的白菜叶子和搓碎了的面包屑喂鱼，池中的红尾鲤鱼纷纷聚拢过来抢食。康同凝和康同琰围在花圃旁边，用一只纱网捕蝴蝶。捕了半天，网中还是空的，二人扔了纱网，在草地上扯了几把嫩草叶，伸着手去喂海龟。海龟对青草叶不感兴趣，趴在地上懒得动弹。

鹤子提着一只竹篮，走到一蓬月季花旁边，用剪刀剪下了几支含苞欲放的花枝，准备下午插花用。紫红色的月季花散发着幽幽的香味，鹤子情不自禁地俯下头，嗅着一朵盛开的花朵，脸上绽着笑容。她抬头望了望身边的广玉兰，广玉兰正遇花事，一朵朵又大又娇的淡绿色花蕾，在青翠欲滴的叶片间亭立着。因为树大枝高，她无法采摘，不能以广玉兰做插花的材料，心里有些惋惜。

李唐手里拿着一份当天的报纸，匆匆走向水池，将报纸递给了梁随觉。

梁随觉已从李唐的神情中看到了不祥，她连忙展开报纸，报纸上有一个大标题：

段祺瑞拥护共和，反对复辟——讨伐军由天津进攻北京！

梁随觉只看了题目，头就开始发晕了，她连忙扶住了水池边的栏杆。

鹤子急忙跑过来，问道："姐，你怎么啦？"

梁随觉将报纸递给了鹤子。鹤子只看了一眼，就吓得捂着脸哭起来了。

李唐一直站在梁随觉身边，他问道："夫人，你有什么吩咐吗？"

梁随觉让他出去打听消息，密切注视着局势的变化。

李唐走后，梁随觉又对鹤子说道："走，我们去烧炷香，求菩萨保佑有为早日回来。"

鹤子跟在梁随觉身后，离开了水池。

其实，从溥仪二次登基的第一天起，这位娃娃皇帝就算骑在老虎的脊梁上了。

康有为以弼德院副院长的资格，为这个复辟政权提出了一系列政治方案，主张"用虚君共和制，定中华帝国之名，开国民大会，议宪法、除满汉、合新书、去拜跪、免忌讳，各省疆吏概不更动。"但张勋等军阀却坚持实行封建君主制，他自己仍对溥仪行跪拜之礼。康有为住在张勋的私邸里，虽相待礼貌极优，而正事概不与商。康有为看到自己的政治主张与张勋的政见不一，难以长久共事，便决定辞去弼德院副院长职务，仍回南方。

由于时局变化太快，他还没来得及辞职，段祺瑞便打着"拥护共和、反对复辟"的大旗，率领着在天津组织起来的"讨逆军"，气势汹汹地向北京城杀来。

7月12日，"讨逆军"攻进了北京，张勋逃进了荷兰公使馆，他的辫子兵们失去了主帅，便纷纷剪掉辫子，四处逃命去了。溥仪再次宣布退位，仅仅上演了十二天的"丁巳复辟"闹剧，便草草收场了。

康有为比张勋提前离开了张邸。那天，他又换上了来北京时的那身短衫，头上戴着那顶大草帽，悄悄从张邸后门溜出来，用草帽遮住了大半边脸，急匆匆地混进到人流之中。幸好正值三伏，骄阳如火，行人大都戴着草帽，所以，没人注意他。

大街上的店铺都关了门，路上的行人个个神色慌张，脚步匆匆，不时有全副武装的士兵从大街上走过，人们纷纷避让。康有为边走边想，自己化装出京的决定，太英明了！尤其头上的那顶大草帽，简直就是自己的护身符。在成千上万戴草帽的行人当中，又有谁会在意一个老农夫呢。

当然，他非常感谢鹤子。当初他离开辛家花园时，已是晚上，鹤子跑到种花的仆人那里拿来了这顶草帽让他带上，说是出门在外，让它为他遮阳挡雨，这是康有为平生第一次戴草帽。

当他路过前门大街时，看到一位客商正在敲一家旅馆的大门。店员将门开了一道缝，说道："天津来的讨逆军，已经开到火车站了，本店已歇业。"说完，将大门重重关上，任凭那位客商拼命再敲，大门就是不开。

康有为走到东交民巷时，看到前头聚着不少人，走近一看，原来是几名士兵正在盘查过往的行人。他悄悄站在人群外边。

有一名士兵大声问道："你们谁认识复辟首犯张勋？"

人群中无人应声。

"谁认识'文圣'康有为？"

人群中有个胆大的人说道："'武圣''文圣'能在这儿扎堆？恐怕他们坐着汽车，搂着太太，带着卫兵，早就远走高飞了！"

这时，一辆载着全副武装士兵的汽车驶过来，一名军官从车窗里探出头来，对正在盘查行人的士兵说道："快上车！张勋已经逃进了荷兰公使馆。我们现在去他家里搜捕康有为！"

康有为听了，浑身一抖，他悄悄将帽檐向下拉了拉，不敢动弹，也不敢抬头。

盘查的士兵上了汽车之后，行人像一群放出栏的羊，拥挤着向前跑去。

康有为虽然年纪大了，但他跑得挺快，他夹在人流中，一口气跑了半个多时。当他看到美国公使馆的牌子时，双腿几乎站立不住了。

巫仿刚刚离开南海沿，去张勋私邸搜捕康有为的士兵就到了那里。

原来，复辟清廷，不得人心，讨伐复辟之声沸沸扬扬。巫氏兄弟窃喜，只要复辟失败，康有为就成了丧家之犬。在北京刺杀康有为，有天时地利人和的氛围。他们已做好了准备，当段祺瑞的"讨逆军"打进北京之后，巫仿知道下手的机会到了。他看到巫侃的枪伤尚未痊愈，便身藏短剑，独自一人去了张邸。只见张邸门口的卫兵已经撤了，大门半开着，他闯进去以后，直奔康有为写诏书的书房。书房中无人，他又冲进了他的卧室，又是人去室空。他气得抽出短剑，朝床上的枕头猛刺了数剑，这才走出邸。

八

夏季的青岛，是避暑的胜地。从海上吹来的季风，清凉、洁净，气温比北京要低十多度。青岛的崂山，拔地而起，又三面环海，山上林木苍翠，山泉清澈；鸟儿鸣啭，使人顿生"鸟鸣山更幽"之感。

崂山有座上清宫，因山路难行，又隐藏在群山之中，所以，外地游人不多。离上清宫不远处，散住着几户人家。他们以砍柴为生，还在山坡、涧边开出一些锅盖大的荒地，种些荞麦、玉米、地瓜之类的庄稼。虽然日子过得苦些，但这里没有欺诈，没有凶杀，也没有兵火之乱，与世无争，倒也怡然自得。

田兰就住在这里一个不大的四合院中。三间石砌的平房，一间厢房。院中有两棵老杏树，一条小溪从院子门前的山沟里淙淙流过。

她离开上海后，就到这里住下来了。她虽然未出家当道姑，但常到上清宫去参加道场活动。有时候，也下山云游，一去就是数月。平时，她登山攀峰，去采集药材，晒干后分门别类存好，待集到一定数量时，就托邻居们挑到集市上去卖。她还潜心研读《黄庭经》，读困了，就坐在杏树下，双手握箫，吹一曲《苏武牧羊》或《松入风》，箫声悠悠，在院子里回荡，又飘向天空，与附近的阵阵松涛应和着。

今天，听说从成都青羊宫来了一位掌坛师，要在上清宫讲经。天不亮她就起来了，先在院后的青石板上舞了一会铜箫之后，简单吃了一点早饭，就往上清宫走去。

她从龙潭瀑布旁边拾级而上，过了圣水河和迎仙桥，到了上清宫的门口，因为时间尚早，宫门未开，她便耐心等候着。

上清宫门前有两棵千年以上的银杏树。东面的一株老干开裂，古拙苍劲，围径约有两丈，当地人称它为"仙树"。"仙树"的东侧横出一枝，上边垂着三个大小不同的树瘤。据说，这种树瘤一千年才生一个！田兰仰头望了望头上的乱枝密叶，又以双手抚摸着树身，心想：天下许多有名的道观门口，都种有银杏树。银杏树数十年才能结果，所以又名公孙树，意思是祖父种树，孙子获果。为什么道士爱种银杏树？为什么银杏树能活千年而不衰？

不一会，陆续来了不少人，既有崂山各道观的道人，又有从青岛市来的游客。这些游客中有男有女，有老有少，有的还带着照相机，他们对讲经不感兴趣。有的在院子里的银杏树旁照相，有的去附近寻找著名道士邱处机的衣冠冢，还有几个人以墨汁和宣纸在一块圆丘形的巨石碑上拓古诗。人群熙熙攘攘，很是热闹。

宫门开了，田兰向宫门走去，她见山径边有一张包过东西的报纸，在绿草中十分惹眼。她开始并未在意，当她走过报纸时，一行大字一下子映入了她的眼帘：复辟失败，康有为躲进美国公使馆避难。

她连忙弯腰捡起了报纸，仔细看了一遍，顺手夹在《黄庭经》中。这时，她已无心去听讲经，回头匆匆离开了上清宫。

九

转眼已经到了冬天，北风呼啸，大雪如席。再次失败的康有为心情更加阴郁、更加孤独。他已经没有维新失败后的那种激愤之情和勇气了。他已经感觉到自己似乎是一个被抛出时代大潮的人，他所追求的理想、追随的人，都远离他而去了。这一切是为什么呢？

康有为在美国公使馆美森院里已经住了五个多月。在这里，虽然衣食无忧，生命无虑，但总是提心吊胆地过日子，因为复辟失败后，冯国璋以代理大总统的名义，向全国发出了通缉令，通缉张勋、康有为等六名复辟的重要人物。

康有为非常气恼，他认为冯国璋是个出尔反尔的人。为此，他在8月3日发了一份通电，指责冯国璋实为复辟的主谋，并将其中的内幕大白于天下。他在通电中说："吾自主持复辟者，开《国是报》于上海，公（冯国璋）助吾五千元，并语民主共和，诚不适于中国，今非行虚君共和不可，并促吾速出山，谓吾出山，公即相从云。"还揭露段祺瑞的"讨逆"不过是妒功夺权而已。他虽然不敢离开美公使馆半步，但也没有闲着。他闭门著书，把已经休刊四年的《不忍》杂志九、十两期合刊，撰写了《共和评论》，继续鼓动君主立宪和虚君共和之利，念念不忘他的君主制。入冬以后，他成天坐在壁炉旁边，又专心致志地修改他的《万木草堂藏画录》。他列出了中国画目 388 件，均是唐代以后各朝代的名画。他在这本书中，用不少篇幅对名画进行了评论，提出了一些独到的见解。

今天一大早，纷纷扬扬下了一场雪，气温骤然下降。他伏案写了一会，便放下笔在火炉旁烘了烘手，手烘暖了又继续写。一名高个子译员走进来，用流利的华语说道："康先生，你的大作完成了吗？"

康有为连忙站起来让座，说道："已经改过三稿，可以定稿了。"

译员说："我要向您祝贺，希望您的大作能够早日问世。"

"我在贵国公使馆中避难数月，足不出户，才有余暇完成了这部拙作。请您向公使先生转达我的真诚谢意。"

译员说道："我正是奉公使先生的指示来通知您的，我们已经准备好汽车，今晚公使馆派员护送您去天津，然后，从天津去上海，和您的家人团聚。"

康有为激动地说道："太好了！不过，我暂不回上海，想去青岛。"

译员说："我一定将您的要求向公使先生报告。"康有为听了，长长地舒了一口气。

复辟十二天，避难五个月。这寄人篱下的五个月，似乎比五年还要漫长！

第十五章　金坛失手

康有为在青岛与一帮前清遗老交游甚欢。……清明将至，巫氏兄弟料定康氏要到金坛祭祖，提前设伏。……巫侃刺康被捉，当得知此康非彼康时，遂断舌自绝。

一

在青岛海滨的会前街（即今青岛莱阳路）上，有一座十分神秘的"恭邸"。

这是一座典型的欧式别墅。因为它的位置较高，所以，站在窗前即可眺望江泉海湾、琴岛和栈桥。环境极其优雅、静谧。

别墅的主人，是前清显赫一时的人物，曾有两次差点当了皇帝的恭亲王溥伟。

溥伟的祖父奕訢，是道光皇帝的第六子，被封为恭亲王，是咸、同、光三朝重臣，几次入军机为首辅。因他儿子先他而死，所以，便由孙子溥伟继承了恭亲王王位。恭亲王在北京的恭王府，据考就是曹雪芹笔下"大观园"的原型。

溥伟曾任过禁烟大臣，是少壮派的领袖。辛亥革命之后，隆裕太后同幼帝溥仪准备答应条件让出帝位时，少壮派策划拥戴溥伟为皇帝继续抵抗下去。但由于当时的形势急转直下，宣统帝终于逊位，溥伟只好到德国统治下的青岛，在这里建了这座恭王府。外人只知道这座别墅叫"恭邸"，至于别墅里住着谁，极少有人知道。

溥伟在这里住了十年，中国政府收回青岛后，他去了日本统治下的旅顺。"九一八"事变后，日本占领了东三省，拟抬出溥伟当皇帝，建伪"明光帝国"。

溥仪闻讯后匆匆由天津去了大连，日本人后来遂改由溥仪建伪满洲帝国，他又没当成皇帝，这是后话。

因为今天是康有为到达青岛的日子。所以，前清的遗老、京师大学堂总监、学部大臣、尊孔文社社长劳乃宣，国子监祭酒、内阁学士兼法部侍郎、朝考大臣王序等人，都坐在别墅的客厅中等候。

"恭邸"的客厅大而明亮，虽然建筑结构是西式的，但厅中却是典型的中式豪门摆设。正面墙上挂着一幅郎世宁的《郊原牧马图》，另外几面墙上挂着董其昌的《月赋》、米芾的《苕溪诗卷》等名家的作品。厅中的桌、椅、案、几、屏风等，均是紫檀或印度红木所制，有的还镶有象牙和金线，都是十分名贵的宫廷之物。

溥伟身穿长袍，留着长辫，站在窗前。昨天下了一场雪，雪虽不大，但至今未晴。海面上看不到船，路上行人稀少，只有几株没有叶子的槐树在朔风中颤抖着。他似乎心事很重，转头说道："该不会在路上出事吧？"

劳乃宣说："按理说是不会出事的，那头有美国公使馆派人专车护送，这头有青岛当局的人去接，该是万无一失啊，不过……"

王序愤而说道："是啊，冯国璋、段祺瑞这些人面兽心的伪君子，什么事都能干出来，明明他们是复辟的主谋，谁知当了代理大总统就翻脸不认账，过河就拆桥！还下毒手通缉康先生，真是岂有此理！"

溥伟说："他们通缉康先生是在明处，还有刺客在暗处，真是防不胜防啊！"

他们说对了。康有为住在美国公使馆的消息传开之后，巫氏兄弟经常在东交民巷一带转悠，他们知道康有为躲在公使馆的美森院里。但这里不比南海沿的张邸，不但无法潜入，而且连大门都不能靠近。有一次，巫仿扮成卖芹菜的想混进公使馆的伙房，结果被挡在了门外，菜由伙房的采买看过后送进伙房，又将菜金送出来。当他们得知康有为悄悄去了天津，便判断他乘船回到了上海，会与别离了半年的家人团聚。所以，他们从陆路直接追到了上海。

立柜上的自鸣钟敲了十下，大家都目不转睛地回头望着那只西洋进贡来的产品，心里渐渐生出了不安。

管家溥秋来到客厅的门口，对溥伟说道："王爷，康先生到了！"

溥伟说道："快，去迎接！"说完，走出客厅，客人们也都站起来，跟在他的后边，来到了前院。

康有为已进了前院，他看到溥伟迎面走来，连忙上前施礼，说道："大人，在下康有为，专程前来拜访……"也许是长途奔波，又受了点风寒，康有为的声音有些沙哑。

溥伟没等他说完，一把拉住了他，激动地说道："康先生，真难为您了。"

劳乃宣和王序连忙凑过去寒暄、问候。这几个前清遗老，在被赶出北京之后，首次在这里见面，彼此都感慨万千，没说上几句话，便抱头痛哭起来。空中又飘起了小雪，雪片落在了他们花白的头发上。溥伟连忙说道："快进屋，快进屋。"

一行人陆续迈进客厅，客厅的壁上虽有暖气，但这里仍保持着北京恭王府的习惯，地上放着一盆木炭火，火苗蓝蓝的，炭火正旺。

康有为感到暖和多了，他的情绪已经平静下来了。他讲述了复辟的经过之后，又谈到段祺瑞率领"讨逆军"攻进北京城，以及自己在美国公使馆避难的经过。溥伟等人边听边点头。当说到段、冯之流投机取巧，从中渔利时，几个人不约而同地咒骂了几句。

康有为接着说："大人，您是皇室正宗，世人皆知辛亥之后，隆裕太后答应幼帝让位时，朝中的有识之士都拥戴大人继位，以承大清血脉，后因幼帝逊位而变。此次丁巳复辟，若大人出山，则名正言顺，一呼而天下应，不至于有今日的结局。"

众人听了，频频点头赞同。至此，他们还不明白复辟失败的原因是逆历史而动。

溥伟说："您先在我这里住下来，歇息几天。青岛虽然偏隅东海，但辛亥之后，朝中重臣纷纷迁来，已有三位军机大臣、七位总督、十三位大臣住在青岛。他们皆是忠心耿耿的朝廷中坚，也都想见见您。再说，青岛山清水秀，世人谓之东方日内瓦；崂山又是海上仙山，可去散散心。"

康有为说："大人所言，正合我意。我打算来青岛定居，好早晚听大人的教诲。"

溥伟听了，十分高兴，说道："好啊，人在天涯海角，又多了一位知己故人！对了，这些家什，都是从北京运来的，就留给您吧。"他指着客厅里的家具陈设说道，"虽说是旧物，但毕竟可睹物念昔，每日相伴，亦可聊以自慰。"

康有为连忙说道："多谢大人关照。"

王序说："康先生，我已在青岛购屋，在这里打发余生。您要是能举家迁来，我们可作邻居，朝夕相处，彼此唱和。我这里有拙诗一首，请康先生赐教。"

溥伟连忙喊道："备笔墨！"

溥秋和两名仆人在书案上铺上了毡子、宣纸，摆好笔墨等物，退了出去。

虽然康有为的书法造诣颇深，名气也很大，但他很看重王序的书法作品。王序是山东莱阳人，其父王兰生、他本人和其兄王塾都是进士，"父子三进士"成为当地的佳话。在北京，流传着"有匾皆王书，无腔不学谭"这两句话。谭是京剧艺术大师谭鑫培，他常被召到宫中为慈禧演唱，凡老生演员及票友大多学谭派；王书指的就是这位王序。在当时，京城的大店大铺，无不慕其名请他题写牌匾。

不一会，王序就写完了一首七绝：

> 梦想二崂知几秋，
> 今朝却喜及重游。
> 登高拟借天为笠，
> 狂饮欲将海作瓯。

他放下笔后，站在一旁。

康有为对王序的诗书赞叹不已。他挽起袖子，提起笔来，也即兴写了一首七言：

海水冥冥望石矶，

怒涛高拍入云飞。

飞帆渺渺和云水，

岛屿青青日落辉。

写完了，他取出一方自制的印章，加盖在宣纸上，印章上的文字是：维新百日，出亡十六年，三周大地，游遍四洲，经三十一国，行六十万里。

众人仔细看了印章上的文字后，皆拍案称绝。

康有为对溥伟说："大人，拙作权当为您补壁。"

溥伟双手接过。

管家溥秋走进来说："王爷，酒菜已经备好了。"

溥伟放下宣纸，对大家说："今天是冬至，按宫中旧俗，要吃馄饨。咱们今日也吃馄饨，以志怀念。"

众人听了，脸上皆露出悲凄之色，都一声不响地随着溥伟进了膳厅，就好像去赴"最后的晚餐"。

二

巫氏兄弟到了上海之后，才发现康有为没有回上海，但他到底去了什么地方？一时打听不出来，就又回到了北京。

他们在北京并没闲着，而是四处打探康有为的去向和研究他的行踪。

康有为迷信风水，自命是个善观风水的勘测家。上海的北京路上有一座一贯道的道馆，叫"集云轩"。他曾同一些被赶下历史舞台的清朝遗老们来这里扶乩复辟能否成功。有一次，康有为卜得"可成"的乩语，他深信不疑，于是策划并参与了复辟活动，但他失败了。

巫氏兄弟在京城还打听到康有为曾在茅山买地造墓的消息：

有一次，他去江苏茅山旅游时，看到了一块风水宝地，就买下来，为他母亲劳连枝和三夫人何旃理及弟弟康广仁修造了墓地,并将他们的遗骨迁去下葬。

茅山位于苏南,在南京、常州、镇江之间,主峰大茅峰在金坛和句容两县之间。康有为看到那里的地形、土质、交通和自然条件很好,就在那里购置了六百多亩土地,办了一座农场。取他祖父和父亲之号各一个字,命名叫"述农公司",以示不忘先祖之恩。农场的场部设在油叉头的小土岗上,门前挂了一块"述农茅庐"的横匾,横匾左侧题有数行小字:庚申既营劳太夫人及幼博弟坟于茅山,辛酉建此庐,以先祖先考之字名之,示子孙永不忘,有为。由此即可看出康有为的孝悌思想之深。

巫氏兄弟知道康有为是出了名的大孝子。当年,他的母亲劳连枝在香港患病,他竟冒着危险从海外回来探望。现在,他既然已经将老母等故人迁葬茅山了,清明将至,他一定会去扫墓祭祖的。他们决定前往茅山,先在当地潜伏下来,再寻找下手的机会。

一天下午,巫侃光着膀子,在一块磨刀石上磨匕首。磨了一会,以手试了试刀锋,又蘸着水磨起来,磨得十分认真。

巫仿走过来,接过匕首看了看,说道:"好刀不如枪,好枪不如药。"

巫侃不解地望着他。

巫仿又说:"用药,神不知,鬼不晓,干净,利索。"

巫侃听了,点了点头,他已经领悟了。

巫仿指着匕首说:"只有在万不得已的时候,才用它。"

巫侃问道:"哥哥,我们什么时候去茅山?"

巫仿说:"就在今年清明节前动身吧!"

三

这是1919年初春,巫氏兄弟来到了金坛县县城。

县城不大,但颇繁华,街上店铺林立,车水马龙。尤其是各种地方小吃的叫卖声,叫得巫氏兄弟心里直发痒。他俩走进了一家鸡汤馆,店主是个四十多岁的男子，热情地迎上去说道："欢迎二位贵客，请里边坐，本店的鸡汤是茅山锦鸡煨的，肉嫩、味鲜、通气、温补，来两碗？"

巫仿点了点头，找了两个座位坐下来，问道："是不是正宗的茅山锦鸡煨的？"

店主连忙说道："客官说到哪里去了？茅山锦鸡汤是本店的绝活，祖传秘方，远近闻名，连当今康圣人都专程光顾过本店呢！"

巫仿说："真的？"

"那还有假？康圣人在山上办了个述农公司，可大着呢！"他朝四周看了看，低声说道，"康圣人会看风水，他看中了茅山上的一块风水宝地，便将他的老娘、弟弟和一位太太的遗骨，从外地迁到了茅山。"

巫仿又问："风水宝地是个啥样子？"

店主有些得意，他端来一壶热茶，坐在巫氏兄弟对面的凳子上，开始神侃起来："凡是风水宝地呀，都有'气土'。'气土'是一个西瓜大的硬土，也叫'土瓜'。找到了'土瓜'，也就找到了正穴。正穴是最好的风水宝地，父母葬在正穴里，后代就兴旺，能出大官，发大财。"

"康圣人找到'土瓜'了吗？"巫仿显得很感兴趣。

"找是找到了，但不是真的。据说，当年他雇了不少人在茅山上挖坑找'土瓜'，连续挖了好多天都没挖到。他有点坚持不了，便请来一个'地仙'代他监管，叫人继续挖。说是若挖出了'土瓜'，除工钱外，还有赏钱。于是，那个'地仙'就同几个人偷偷商量了一下，便用硬土做了一个'土瓜'，埋在了青龙山的南坡上。第二天，果然挖出了'土瓜'，'地仙'把圣人领到现场察看，并神乎其神地编造了发现经过。圣人可高兴了，就在那里修了墓室，安葬了他的老娘。"

巫仿说："这也真难为康圣人了。"

"是啊，这位康圣人是个孝子，快过清明节了，他一定会来扫墓祭祖的。"

两碗锦鸡汤上来了，巫氏兄弟低着头喝了起来。

喝完鸡汤，巫氏兄弟就去了茅山。

山坡上的野草已经返青，远处的山峦像抹上了一层绿彩。一条山溪从山坡上流下来，汇入了一条小河，河水清澈见底，许多寸许长的小鱼，在河中游来游去。

巫仿走到小河边，蹲下身子，从口袋里掏出一只鼻烟壶，他拔下塞子，将壶中的灰黄色粉末倒了一些在水中，河水并未变色，依然淙淙流淌着。

巫仿站起身来，沿着小河向下游慢慢走去。小河的转弯处有一个小水湾，只见有许多小鱼翻着肚皮，在回流中漂浮着。

巫仿和巫侃见了，相视一笑，离开了小河。

四

清明节到了。

到茅山扫墓祭祖的人络绎不绝，还有些从城里专程来踏青的男女老幼，在山坡上嬉闹着。巫氏兄弟提着香纸蜡烛等祭品，在山路上边走边看热闹，渐渐走到了述农公司附近。

述农公司并无围墙，只是在农场周围竖了一些立界石桩，每根石桩上都刻有"康界"二字。当他们走近一排房子时，发现房中无人，二人正要推门进去，忽然听见背后有人问道："请问你们找谁？"

巫仿吓了一跳，回头一看，见一名年轻男子坐在一棵大树的树丫上，手里握着一把大砍刀，警惕地望着他们。巫仿连忙说："对不起，我们走累了，想讨点水喝。"

年轻男子随手从树上摘下一片叶子，含在口中吹了一声响亮而又悠婉的口哨，看来他是训练有素。这时，只见两个雇工闻声从旁边的仓房里走了出来，树上的男子对他们说："这两位先生口渴，带他们去喝水。"

巫氏兄弟只好跟着他们去了仓房。

仓房很大，里边堆放着一些农具、箩筐等物。有几个雇工正在选谷种，靠墙处有一个用砖头搭起来的灶，灶上的大锅里热气升腾，雇工给他们各舀了一碗开水。二人喝完后，连声道："谢谢你们。"

一个雇工说道："不必客气。"

巫仿问："你们都是述农公司的雇工？"

雇工们点了点头。

"康圣人怎么没来祭祖？"他俩在山下蹲了三天，一直不见康有为，才决定上山一探究竟。

一名雇工告诉他们："清明节前后三天都可祭祖，康老爷子每次来茅山，都是金坛县的官员和士绅们宴请他。也许，他今晚就宿在金坛，明天一大早就会上山。"

巫仿和巫侃听了再没说话，道谢之后，离开了仓房。

中午，巫氏兄弟刚刚回到金坛县城，就遇上了一阵滂沱大雨。他们避让不及，淋成了落汤鸡。

下午，他们沿着最繁华的大街走着，暗中打探着康有为到底住在哪家旅馆里。当他们走到红运大旅馆门口时，发现旅馆门口停着几辆马车和汽车，楼下大堂里人来客往，一派繁忙景象。

雨太大了，二人便跑到红运大旅馆对门的一家杂货店里避雨。

这时，巫侃悄悄拉了拉巫仿的袖子。原来，远处驶来了一辆汽车，汽车在旅馆门口停下后，先下来两名警察，后下来一名穿西装的男子和一名年轻的女子，二人进了旅馆的大堂。因雨太大，他们看不清西装男子的面目。巫仿问杂货店的老板："刚下汽车的是什么人？"

"是金坛县的警察局长，"老板压低声音说，"那个女的，是金坛的交际花，长得可漂亮呢！"巫仿听了，点了点头。

巫仿装着找人，冒着大雨跑到旅馆门口，问一个正在帮客人提行李的侍者："请问，康有为先生住这里吗？"

侍者摇了摇头，说道："去年清明，他是在这里住的，今年清明，他还没来。"

"他今天还会来吗？"巫仿又问。

侍者望了望瓢泼一般的大雨和不时出现的闪电，说道："现在没来恐怕不一定来了，这鬼天气！"

巫仿跑回杂货店，对巫侃说："这么晚了，还不见他的人影，也许他直接去了茅山，也许明天才到。"

"那我们怎么办？"巫侃有些焦急。

巫仿说："我现在赶去茅山守候，康有为祭祖扫墓，不会带护卫，山路狭窄，又不通车，容易得手，也容易脱身。你今晚就在这旁边客栈住一晚，如康有为来了，就上山通知我，如没有情况就明天一早上山。"

"好吧！"巫侃点头答应。

巫仿有些不放心，又嘱咐说："不管遇到了什么情况，切切不可鲁莽！记住了吗？"

"哥哥，你去吧，我都记住了。"

巫仿这才放下心，转身消失在雨帘之中。

五

小餐馆要关门打烊了，巫侃也酒足饭饱，这时，雨也停了，他正准备去隔壁的客栈投宿。他走出餐馆，远处传来一串清脆的铃声，他循声一看，两辆马车驶了过来，车上挂着一盏灯笼，他忽然看清了灯笼上的"康"字。

他的心突然狂跳不已。

马车停在红运大旅馆的门口，车上的人陆续下了车。两名女子扶着一位老者，先进了旅馆的大堂，其他女眷、仆人才陆续进去。车夫将两辆马车赶到了旅馆的后院。

这是巫侃做梦都不曾想到的。

但他又有些不放心，来的真是康有为吗？怎么这么巧呢？他想起了巫仿临走时对他说的话。对，不能鲁莽，再设法证实一下。

于是，他悄悄溜到旅馆的后院。那盏灯笼还亮着，车夫正在给马匹添料。

他凑上前去，摸了摸马头，连声说道："是匹骏马，喂的什么好料？"

"唉，哪有什么好料！因为套车太急，没带上炒豆，如今，只好委屈它了。"

"你们家主人真阔，请问老爷贵姓？"

"我家老爷姓康。"

巫侃听了，由于过于激动，说话也有些颠三倒四。他说："我去给你弄点炒豆，好吗？""好好好！路还长着呢，多弄几升，我家老爷大方得很，少不了你的钱！"车夫以为他是旅馆的伙计。

巫侃熟悉附近的店铺。他敲开了一家杂粮铺的门，买了三升黄豆，又拿到酒馆的灶上炒熟了，装在一只竹筐里。他想放下炒豆后，连夜上茅山找哥哥。当他将炒豆送到旅馆后院时，看到后院里又多了好几只灯笼，一些人正在张罗着出发前的准备工作。巫侃找到了那个车夫，将炒豆交给了他，问道："你们这是……"

"我家老爷刚刚吩咐过，如今兵荒马乱的，不可在此久留，要连夜上路。"

"去哪里？"

"句容。"

"你们不是刚到的吗？"

"是呀，我们的事办完了刚回的。"

"什么？！"巫侃心中大吃一惊。偏偏他们今天下午在金坛城内，难道他们下午去了茅山？巫侃心里十分着急。看来，去茅山报信已来不及，不能让到嘴的鸭子飞了！他决定自己动手！

"哎呀，天这么晚了，你家老爷真辛苦！"巫侃强作镇静地答道。

"我家老爷还在算账呢，你看。亮着灯的那间房子，就是我家老爷住的。"说完，要他等一等，说他去找管家付他的炒豆钱。

巫侃趁着混乱和夜色，悄悄溜到墙根下。他抬头望了望二楼亮着灯光的窗户，便攀着一楼的窗台，像壁虎一般爬上了二楼的窗台。由于天热，窗子未关，窗上只有一层纱网，以防蚊蝇飞进。他隔着纱网，将里边的康有为看了个清清楚楚。只见他坐在窗前的桌子旁，正埋头看什么书，蜡烛的火焰在"突突"地跳动着。也许是他太专心了，不曾听见窗外细微的响动声，也根本就没有发现窗外有人！

巫侃摸出了匕首，眼里充满仇恨。他想起了伯父临死时的模样，想起了父亲身上的"保皇使者"四个血字。心里说道："伯父、父亲，我们巫家两代人的心愿就要付诸实现了。你们的在天之灵保佑我今晚行刺成功！哥哥，我已经来不及给你报信了，不要怪我鲁莽，我不能错过这个天赐的良机！"

楼梯上传来了脚步声，接着，一个穿旗袍的年轻女子推门走进房来，大约是请康有为下楼的。再不能迟疑了，一旦康有为下了楼，随从人员跟在他的身边，就不好下手了。于是，他大喝一声，猛地撞破纱窗，冲进房中，将桌子撞翻了，账本和蜡烛掉到了地上，屋子里一片漆黑。那个女子大声尖叫起来。

巫侃掏出了匕首，对准康有为的前胸连捅了数下。由于天热，对方只穿了一件白绸褂子，所以，刀锋毫无阻碍。巫侃只觉得握匕首的右手上热乎乎的，他断定，那是从刀口涌出来的鲜血。只见康有为像一堵墙，"扑通"一声倒在地上了，巫侃长长地出了一口恶气。

行刺之后，巫侃本想再从窗子上溜下去的，谁知从窗口往下一看，下面有四五个男人，手里提着灯笼，正在往楼上看。于是，他便向门口跑去，在黑暗中和门口的那个惊呆了的女子撞了个满怀。他判断她一定是康有为的夫人，索性一不做，二不休，顺手朝她下腹捅了一刀，那女子还没来得及哼一声，就顺着墙倒下了。这时，各个房间都亮起了灯，旅馆里的人闻声也纷纷向楼上冲来。

巫侃想夺路下楼已来不及了。他只好又退回房间，跃上窗台，一纵身，朝楼下跳去。本来，他自小就常练上房跳屋，估计从二楼跳下，不会摔伤的。谁知他往下跳时，一时性急，被窗台上的纱网绊住了左脚，失去平衡，落下来时，上身先着地，昏过去了。等他醒过来时，双手双脚已被捆住了，动弹不得，周围围满了人。

他听见院子里传来一片恸哭声，知道康有为已经被他杀死，心中十分坦然，他狂笑着喊道："哈哈！我终于杀了康有为！"

"康有为？谁是康有为？"身边有人问他。

"我刚才杀的康老爷，难道不是康有为？"

"什么康有为？你他妈的瞎了眼！我家康老爷是姑苏绸庄的康大山老爷，这次出来签合同，碍你什么事！"

一个警察走过来，狠狠地踢了他一脚："你是什么人？妈的，害得老子们今晚又没去成赌场！"因是晚上，没有进行审讯，警察把他关在死囚牢里便出去了。此刻，他心中懊悔莫及，他知道自己必死无疑。他并不懊悔滥杀了两条无辜的性命，他是怕审讯时露出破绽，或受不了酷刑而无意泄露行刺计划，祸及自己的哥哥。于是，他一口咬断了自己的舌头。这时，一阵阵钻心的疼痛使他无法忍受，索性将双脚举过头顶，用铁镣缠住脖子，双手猛力搬脚，直至气绝。

犯人死了，案子也就了了。

六

其实，巫氏兄弟这次整个计划失算了。清明节那天，六十二岁的康有为住在杭州，正准备迎娶二十岁的六夫人张光。今年，他根本就没有打算到茅山去祭祖。

清明节后的第三天，因为时间尚早，鸡汤馆里没有客人，老板手里拿着一张报纸，一边看，一边对伙计们说道："苏州的这位康老爷，算是倒霉透了，本来是出来签合同，顺便到句容老家去扫墓的。这下可好，还没祭上祖先，却叫后人祭他了。"

他一抬头，看见巫仿走进店里，便连忙站起来，说道："先生，您又来了？请坐。来一碗鸡汤？"

巫仿坐下后，伸出两个指头："来两碗。"

"好哩！"老板应声而去，到炊房里安排以后，又回到饭桌旁，指着报纸说："您看过昨天的报纸了吗？"

巫仿紧闭着双眼，摇了摇头。

"先生，您病了吗？"

巫仿说："没病，只是有些困。"

老板指着报纸上的一段消息说道："这是什么世道，前晚，一个歹徒，潜到旅馆里，杀了姑苏绸庄的康老板，凶手被当场捕获，谁知还没来得及审问，他先是咬断了舌头，后又用脚镣自尽了。至今还不知道犯人的姓名、身份和籍贯，也没有家属认领尸首。这不成了野鬼啦？"

巫仿只是默默地听着，一句话都不说。这消息还未见报，他就调查得一清二楚了。他端起一碗刚端上来的鸡汤慢慢喝下去了，再看着桌子上剩下的一碗发呆。老板问道："这一碗是喝是退了？"

巫仿说："不，先放在桌子上。"

老板觉得有些奇怪，问道："上次同您一块来的那位先生呢？"

巫仿站起来，对他答非所问："我想请您帮个忙。"

"什么事？说吧。"

巫仿说："收尸安葬。"说完，指了指报纸。

老板听了，大吃一惊道："您说什么？"

巫仿将一个布包塞在他的手里，说道："此忙帮不帮？全凭您了。"

老板打开布包，里边是三百块大洋和一把匕首！

老板的脸色已被吓白了，他朝四周看了看，连忙将布包塞进柜台里。

巫仿临走时，指着桌子上的那碗鸡汤说道："别忘了带上这碗汤。"说完，转身出了鸡汤店，在他转身的时候，两串泪珠潸然而下。

第十六章　崂山遗恨

康有为带着六姨太和爱女，流连在崂山山水之间。……阮少杰找到了因情所困、遁入空门的恋人田兰。……巫仿觅得了康有为的行踪，正欲动手，被阮少杰、田兰联手阻截。为救田兰，阮少杰魂断崂山。

一

自从周游世界回国之后，康有为的爱好也发生了变化，他对中国的古都、名城和山水，颇有兴趣，西安、开封、南京、洛阳、曲阜、苏州、无锡、广州、镇江、保定、青岛、大连、武汉、长沙、秦皇岛等都留下了他的足迹。他还登泰山，攀嵩山，爬太行，上华山，游庐山，乐而不疲。

他游泰山时，为了看东海日出，夜宿玉皇顶。登上泰山之巅时，才明白人们为何尊泰山为五岳之首了。他被泰山的壮美所感染，并写下了一首长诗。在游苏州寒山寺时，发现寺中的古钟已被东邻"倭寇"掠走了。寒山寺重修时，曾向日本交涉归还古钟，然而，还回来的，是一个小钟，钟上还刻有伊藤博文写的铭文，为其掠夺行为辩护。康有为十分生气，他当即赋诗谴责：

钟声已渡海云东，

冷尽寒山古寺枫。

勿使丰干又饶舌，

化人再到不空空。

1919 年夏天，他来到杭州。

杭州的夏天，"映日荷花别样红"，景致美到了极致。康有为不但爱杭州，还对历代吟咏杭州的二百余首诗词，能一字不遗地背诵出来，记忆力之好令人称奇。不过，近期，他的情绪十分低落，终日里少言寡语。这与他的原配夫人张云珠病逝有关。

为了使他忘却悲痛，刘海粟等一些在身边的门生想了一个办法：为他租了一只小船，船上准备了一些酒、菜和瓜果之类的食品，刘海粟还特地去请了一位叫张光的船娘，带着康有为在西子湖里泛舟，让他散心。开始，康有为没有兴趣，只想一个人坐在房里翻看旧书旧稿和旧照片消磨时间。后来，经不住门生们的多次劝慰，便依了他们的安排，每天清晨，他便手握一卷书，坐在船头上，任凭张光在湖光山色中引领穿梭，划到哪里算哪里。

这天，湖面无风，水平如镜，倒映着蓝天、白云、荷花和人影。小船在湖面上缓缓滑行着，湖面上留下了一道长长的水纹，水纹渐渐向外扩散而去，湖面又归于平静。康有为倒了一杯陈年花雕（上等的绍兴黄酒），他向湖中倒了半杯之后，才自斟自饮起来。他探头朝湖水中看了一眼，忽然看到水中有一张端庄、秀丽的面影在看着他，这分明是年轻时的张云珠，她怎么来了？他回头望了望划船的船娘，一下子明白了。

张光年方二十，是西湖边长大的渔家女儿。她大眼长眉，一头乌黑的靓发绾在头顶。虽然穿着渔家的粗蓝布衣裙，还背着一顶大草帽，但仍然洋溢着少女的青春气息和渔家姑娘的纯朴美，康有为记起这样的构图好像在海粟的素描画里见过。

康有为没戴草帽，太阳照在他的脸上，热辣辣的。他将手伸进水里，想捧点水洗洗脸，但由于船舷较高，他的手触不到湖水；若向船边移身子，又怕小船失去平衡。正在这时，小船停了，张光将一条毛巾在水中洗了洗，拧干了，递给了他。他接过毛巾擦了擦脸，顿觉凉爽多了。

张光又取下草帽，让他戴上。康有为有些不好意思，不过，还是戴在头上了。他想，这姑娘还挺善解人意的。

小船又继续朝前滑行。康有为又看到了水波中的倒影。当小船划到三潭印月附近时，一对鸳鸯受了惊，"扑棱"一声飞出了荷叶丛，朝另一片荷叶丛飞去了……

刘海粟虽然比别的康氏门生年纪小些，但康有为十分器重他。他今天特别高兴，他和徐勤、李微尘、刘湘、杜长铗等人坐在湖心岛的亭子里品茗，一边望着湖面上的小船，一面议论着。刘海粟说："自大师母谢世后，恩师心悲，变得消沉了。他常常一人独自徘徊、叹息，这样下去，准会想出病来，我们让恩师在湖上散散心，说不定一举两得。你们看，恩师今天多高兴啊！"

李微尘说："看这个船娘还挺尊重恩师，照料得极周到，人又长得天生丽质，要是能经常照料恩师就好了！"

刘湘说："你不是在作弄恩师吧？恩师今年已经六十有二了，船娘才刚刚二十岁，亏你想得出来！"

刘海粟说："嗨！你们这话提醒了我，这位船娘我熟悉，她虽出身低微，但读过几年私塾，知书达理，对恩师十分崇拜，她若有意，我们何乐而不为？"

杜长铗说："好，我赞成！不过，谁去向恩师说呢？"

刘海粟说："女方家里，我去说；恩师那里，"他指了指徐勤说道，"就得靠您啦！"

"我去试试看吧。"徐勤似乎信心不足。

刘湘指着湖面，大声喊道："你们看，有戏！"

原来小船划进了荷花丛中。康有为伸手摘了一枝初放的莲花，朝张光笑了笑。张光低下了头，康有为给她插在了发髻上。

坐在湖心亭的康氏门生们，都偷偷地乐了……

二

暮色四合，华灯初上，夜幕降临的西子湖，返照着天上的星星和岸上的灯火，显得更加绚丽，更加诱人。

平时寂静的丁家山上，今晚热闹非凡。从"一天园"里，传出了唢呐之声，乐声在西子湖畔久久回荡着。房子的大门口，左右各挂着一盏斗大的大红灯笼，灯笼上贴着一个"喜"字。大厅里，彩带缤纷，喜气洋洋。

康有为和张光的婚礼正在这里举行。

婚礼是按中国传统仪式安排的。新郎和新娘站在大厅中央，几个门生在人群中鼓动着："请新郎新娘同喝交杯酒！"

刘湘连忙拉了拉杜长铗的胳膊，低声制止他："你们都是恩师的门生，怎么能这样胡闹？"

杜长铗笑着说："新婚三日无大小嘛，待会儿，我们还要去闹洞房呢！"

婚礼司仪大声说道："请诸位来宾入席，喜宴开始！"

宾客们一面说笑着，一面围着桌子坐下来。

自辛亥革命之后，康有为在许多场合多次宣称要"冒万死以保旧俗"。其旧俗之一就是纳妾已做过五次新郎的康有为，过了花甲之年，又在西子湖畔演绎了这个浪漫的故事。不过，这个故事不是一段婚姻佳话，反而让人啼笑皆非。也许他觉得合旧俗而不合时宜，所以，事先不曾张扬，所请的宾客也都是身边的亲朋和门生。

康有为在看中西湖船娘张光之前，他还看中了丁家山这个地方。丁家山并不高，但突出湖面，三面临水，水天一碧，赏心悦目。他在这里购地三十亩，历时四年，建起了一座花园别墅。别墅分内外两园，内园为主体建筑，以翠竹为篱；外园建亭阁馆廊，植奇花异草，使其成为西子湖上的一处江南名园，他取名叫"一天园"。

北伐时期，浙江省省长张静江以康有为是"保皇余孽，占据公产"为名，封闭了"一天园"。抗日战争后，杭州沦陷，"一天园"逐渐湮没。这是后话。

新园迎新人，康有为也变得年轻起来，他与新娘一道挨桌为客人敬酒，表现得兴致勃勃。

简单的婚礼仪式之后，司仪宣布："新郎新娘入洞房！"

大厅里顿时响起了一阵热烈的掌声。不过，门生们没有人去闹洞房，他们不想让恩师难堪或过于劳累。大家一个个尽兴把盏，直到微醉。

散席时，客人们鱼贯而出，放眼西子湖面，湖水里倒映着两只红灯笼。碧空中一轮明月在水波中的倒影忽缺忽圆……

三

阮少杰去了青岛。

他曾从沈萍处打听到田兰住在崂山，但崂山纵横数百公里，山峰林立，沟涧无数，谁知道她住在哪里呢？崂山自古以来被世人称为海上仙山，《齐记》上说："泰山虽云高，不及东海崂。"历代帝王如秦始皇、汉武帝、唐玄宗等都派人到崂山炼过仙丹，以求长生不老。秦始皇亲临崂山寻仙求药时，还在下清宫旁的一块岩石上，刻下"海波参天"四个巨字，旁边还依稀可见一行小字："始皇帝二十八年游此山"。据传是宰相李斯的手笔。

因为是仙山，所以成了道教圣地。山上名气大的道观，就有九宫八观七十二名庵；至于名气小的，就难以数清了。

阮少杰知道，田兰早已有了归隐道观的念头，但不知道在哪座庙宇出的家？要想找到她，不但要有耐心和时间，而且还要有缘分。他曾经沿着崂山南路找过一次，去过浮山、徐福岛、太清宫，但没有一点线索。后来，他又沿着北路，去过簸箕山、塘子观、鹤山等地，仍然一无所获。接着，他花了八天时间，从崂山东路进山，去过太平宫、白云洞、明道观，又转到崂山中路，到过外九水、内九水、蔚竹庵等，还爬上了崂山之巅的巨峰顶。他已记不清进出过多少道观的大门，数不清问过多少人了。田兰好像化成了崂山的一块岩石或一棵山松，让他有处找，却无法认！但他并不死心，因为他确信田兰就在崂山！

苍天不负有心人。阮少杰终于找到了她。

有一天，阮少杰随着游客，第二次到了太清宫，他没进去，而是沿着宫外的一条小径朝前走着。因为他听说在前边有一块叫钓鱼台的巨石，上面刻着一首有名的古诗，他想先去看看。他已在崂山奔波了半个多月，身子不但很累，心里也觉得很累，就当散心罢了，对这次能否找到田兰期望还是不大。

当他走到离钓鱼台不远的青石板上时，远远看到前面一人身穿长袍，手握经卷，面对南海，临风而立。

他心中一喜：难道那会是田兰？他的心狂跳起来，他不敢相信这是真实的，他揉了揉眼睛，再仔细看时，愈看愈像田兰了。

他不敢贸然开口喊她，只好像游客一样，慢慢走近了钓鱼台旁。因她站在钓鱼台上，背对着他，看不清脸。但凭直觉已经知道：这位穿长袍的女子，就是田兰！

钓鱼台十分平整，古诗一览无余，阮少杰故意大声念道："一蓑一笠一髯叟，一丈长竿一寸钩，一山一水一明月，一人独钓一海秋。"长袍女子闻声回头。

"田兰！"阮少杰大声叫了出来。

田兰朝他看了一眼，眼睛一亮，但瞬间又恢复了常态，说道："先生，您认错人了。"说完，又转过头去。

阮少杰急了，连忙说道："田兰，我是少杰啊！难道你认不出来吗？"

田兰站在那里，半天无语。

阮少杰说："我知道你恨我，难道你不愿听我解释吗？难道你连句话都不肯和我说吗？"

田兰仍然不答。

"你再不说话，我就跳海！"

田兰叹了口气，慢慢转过身来，脸上泪水涟涟，她说："先生，我叫云中子。"

阮少杰说："我不管你叫什么子，我只知道你是田兰！"说完，双脚一跃，跳到了钓鱼台上，因为没有站稳，身子摇了摇，便本能地伸出双手抱住了田兰。

田兰有些生气，厉声说道："休要无礼，我已是出家之人了！"说完，猛地将他推开。

阮少杰站立不住，一脚踩空，身子向台下的波涛倒去。田兰连忙伸手去拉他，手中的那卷经书却掉进海里了，经书的封面上写着《黄庭经》三个隶字。

阮少杰见了，想跳下去捞上来，田兰连忙制止："算了，此经我已抄过一遍了，就让它随波涛去了也好。东海博大，道经深邃，天人合一，乃是世界。"说完，和阮少杰并坐在钓鱼台上，诉说着别后各自的经历。

阮少杰说："你知道吗？我离开北京之后，就投奔了蔡锷，参加讨伐袁世凯的护国军，在四川作战时挂了彩。"说完，他以手指弹了弹左腿，腿上发出"嘭嘭"的响声。

田兰大惊，拉起他的裤腿一看，原来是只假腿！难怪他刚才几次都站不稳。她的手抖了一下，又轻轻替他放下裤腿，生怕碰痛了那只假腿。两颗又大又圆的泪珠，滴落下来。她紧紧地把阮少杰抱在怀里，生怕他再跑了似的。

阮少杰接着说道："我到处找你，你就像一片云彩，飘得无踪无影了。后来，我去上海找到了沈萍才知道你已回到了青岛。"

田兰说："我就是一片云彩嘛，要不，怎么叫云中子呢？"

"看你，又来了。"阮少杰突然想起了在上海修道院门口对沈萍的许诺，问道，"伞郎呢？"

田兰说："伞郎到上海后去找沈萍，听说她当了修女，康先生去东洋后，他便离开上海去了武昌，据说又去了广州。"

田兰停顿了一下又接着说：

"前几年，他从广州回来后对我说过：与维新派为敌的九个贪官，有一个病死了，两个被上头查办了，有六个被人刺杀身亡，不知道是何人所为？我当时心里猜想，肯定是你，你说我猜对了吗？"

阮少杰笑了笑。答非所问：

"你知道吗？康先生已经到了青岛。"

田兰听了大吃一惊："真的吗？那可太好了！我怎么连一点消息都不知道呢？"

"你与世隔绝，不食人间烟火，怎么会知道人世间的事？"

田兰笑了，她说："你来了，我这不就又回到人世间了吗？"

阮少杰深情地望了望她，从她的笑貌里，他又看到了当年的田兰。他从口袋里摸出三颗小子弹，说道："我给你带来了一样小礼物，你的'小八音'呢？"

田兰笑着说道："清朝亡了，慈禧死了，如今已是民国了，康先生也无须提防刺客了，手枪也就派不上多大用场了，我把它藏在经书箱子了。"

阮少杰说："好一个'百了歌'，还是提防点好。果真太平了，那就留下做个纪念吧！"说着，将子弹放在田兰的手心里。

田兰望着手心中磨得锃亮的三颗子弹，娇嗔道："我们有多少年没见面了？"

阮少杰想了想，说道："有十二年了。"

田兰长长地叹了口气。

阮少杰抬起头来，抚摸着田兰的脸："我心里有句话早就想对你说，当年来不及说，现在再不说我都快憋死了！"

田兰忙用手捂住他的嘴："既然当年没说，现在就无须再说了。"

"不，你不知道我要说什么。"

"什么话也不要说了，我都明白。走，我也不回去了，我们现在就去找康先生！"说完，拉着阮少杰就往岸边跳，阮少杰落地时有些不稳，她才想起了阮少杰只有一只腿，连忙去扶他，问道："没摔着吧？"

阮少杰摇了摇头，二人携手离开了钓鱼台。

涨潮了，海浪撞击着礁石，溅起了一簇簇雪白的浪花。

四

1923 年夏天，康有为带着鹤子和张光等人到青岛避暑。总督赵琪安排他们住在汇泉湾旁边的旧提督楼里。

下午，康有为正在书房里看书，九姑娘康同令跑进来，她抚摩着客厅中的家具说道："爸爸，我从来没有见过这么漂亮的家具，件件都是艺术品。"

康有为对她说道："这都是恭亲王溥伟送给我的。"

"他也在青岛？"

康有为说："不，他已去了旅顺。不过，莱阳路上还有他的一座别墅，叫'恭邸'，比我们这座旧提督楼好得多了。"

"既然有旧提督楼，就一定有新提督楼吧？"

"你说的对，新提督楼在信号山上，原是为德国提督修建的住宅，像一座德国的宫殿。有空暇时，我带你去看看。"

"太好了！"女儿高兴地跳了起来。

鹤子和张光静静地坐在一隅，并不说话，只是微笑地看着他们父女。

康有为喝过午茶后，便领着康同令，出了旧提督楼，出去散步。

在旧提督楼东边，是一个极大的广场，面积近40万平方米。最初，这里是德国操练军队的练兵场，后来改成了跑马场，每年春秋两季各举办一次赛马大会。每次赛马，这里热闹异常，不但有各国领事馆的官员、洋行里的高级职员和他们的夫人、子女们，也有当地的官吏和绅士。天津、上海等地的赌徒们，也会成帮结队而来。康有为曾在香港、英国、德国、加拿大等地观看过赛马活动。他欣赏那种群马奔腾的场面，但讨厌以此赌博。走过广场，他们便来到了在国内外颇有些名气的青岛第一公园。

他领着女儿走进了林木葱茏、鸟语花香的公园。

他一边走着，一边想，当年，甲午战争之后，日本割去台湾，还索赔白银二亿两。英、美、俄等趁机向清廷索要利益。《马关条约》签订后，他命弟子梁启超串联广东举人上书抗议，还亲笔写出了一万四千字的"公车上书"，而这次上书的缘由，更是与德国有关。于是，他和女儿坐在草坪边的长木椅上，向她讲述了这座第一公园的来历。说是讲公园的来历，其实是讲戊戌变法的背景，是追述他的过去。因为其他子女都已成人，且都知道那段历史。只是她还年幼，不谙世事，让她早一点明白中国的近代史也好。他怕小女儿听不懂，便尽量讲得通俗、明白一些……

他说，德国原本是一个封建割据的国家，在19世纪末才实现了统一，成了强国。但德国是后起的强国，与英、法等老牌强国相比，德国在海外的殖民地太少了，所以，他要拼命向外扩张，便把眼光盯住了中国这个东方古国，尤其是中国的山东半岛。于是，德皇一方面派人对山东半岛进行海上和陆上的考察，一方面同俄、英进行接触，希望得到沙俄和英国的默契支持。

1897 年 8 月，德皇威廉二世与沙皇尼古拉二世进行了一次秘密会谈，德国同意沙俄在中国东北选择一个海港，沙俄则支持德国侵占胶州湾，两个列强就这样达成了见不得人的协议。

德国出兵胶州湾，需要找个借口才行，刚好山东发生了曹州教案。当时，有些德国传教士和"教友"在巨野挟持官府，敲诈勒索，强奸妇女，拐卖人口，横行霸道，无恶不作，民众对他们忍无可忍。当地的农民大刀会杀死了两个为非作歹的传教士，此事，成了德国进兵胶州湾的借口。德皇威廉二世给外交部写了一封信，其中信上有这样一句露骨的话："中国人终于把我们渴望已久的理由和'意外事件'提供给我们了……成百的德国商人将欢呼德意志帝国终于在亚洲获得巩固的立足点。"

同年 11 月 7 日，德皇正式电令停泊在上海的巡洋舰司令，要他立即率领全部舰队开往胶州湾。陆战队则以操演为名强行登陆。李鸿章按照慈禧的旨意，命令清军撤到烟台。青岛被德国军队占领。接着，德国的亨利亲王率领远东第二舰队又开进了中国。他提出了租借胶州湾为德国军港的《租地照会五条》，强迫清政府签字。并威胁说：如不同意，德国不但不会退兵，还将尽德国兵力所至而任意侵占，并索赔白银数百万两。

清政府实在是太腐败无能了，又派李鸿章、翁同龢与德国公使签订了丧权辱国的《中德胶州租借条约》，条约共有四条，其中一条是"德国租借胶州湾为军港，租期 99 年"。到了戊戌年，清廷开始变法。变法失败后，自己受到迫害，四处逃亡……

康同令正听得入神，康有为讲完了。她侧着脸望着康有为，问道："爸爸，当时光绪帝为什么不和您一块逃走呢？"

康有为听了，苦笑了一下。他知道，这个问题讲了她也听不明白。

康同令又问道："听说光绪帝有个珍妃，她漂亮吗？"

"漂亮，很漂亮。"

"您见过吗？"

"见过。"他怕女儿穷追不舍地问这些幼稚的问题，便岔开话题，"你知道这第一公园的来历吗？"

康同令摇了摇头。

康有为告诉她，最初，这里不是公园，而是一个村庄，叫会前村。村里有360多户人家，以打鱼为生。德国人强占了胶州湾，逼着朝廷把青岛租给他们之后，又分两次将全村的全部土地强买下来了。接着，他们便废村拆房，在这里建起了一座植物实验场。实验场有林木一百多万平方米，果园四万多平方米，又从世界各地移来各种花木一百七十多种，共有二十三万多株，德国人叫它"森林公园"。1914年日德战争以后，日本取代了德国，又在里边栽种了两万多株日本的樱花树，改名为"汇泉公园"。公园因系洋人所建，规模又大，故民国以后，改为"第一公园"。

康同令好像似懂非懂，眼里充满了好奇和疑问。

五

夕阳西沉，公园里的游人渐渐离去，路上变得寂静起来。康有为透过樱花树的枝丫，望着西天如火的晚霞，心中涌起一种前所未有的平静感，又带有一种苦涩的失落感。他多么希望夕阳不落，暮色迟来呀。他忽然诵起了唐人的诗句：夕阳无限好，只是近黄昏。

暮色苍茫，四周如黛，身边的树丛里惊飞起几只不知名的鸟儿，惊叫着，向远处飞去。

"爸爸，"康同令悄声对他说，"我怕。"

"怕什么？"

"你看，那里有个半个耳朵的人。"康同令指着从樱花树林走出来的一个穿着长衫的中年男人。

那个人边走边朝四周打量着，见周围没人注意，将右手插进怀里，大步流星地朝他们父女走来。

康有为的视力不好，看不清渐渐走近的人影。他想，也许又是一个他的崇拜者。因为他常常遇到这样的情景：他坐船、坐车或在讲演之后，往往会有虔诚的崇拜者请他签字、题诗，或向他请教；也许是刺客。为了维新，为了复辟，他曾两度受到朝廷的通缉，虽然事过境迁，但由于侵犯了一些人的利益，他仍是黑白两道关注的人物，不可不防。

"康公，你让我找得好苦哇！"声到人到，一位身着警服的大个子，不知从何处突然出现在他的跟前，"没忘了我吧？哈哈哈……"

康有为抬头一看，原来是曾经拜访过他的警察厅长成维靖。

"是维靖先生啊，快坐，快坐。"

"我已经将您的墨宝装裱起来了，太感谢您了。"这位青岛市的警察首脑，是位爽快人。他趋前一步，接着说道，"我是东道主，而您老是青岛的贵宾。我若不先尽地主之谊，恐怕会折阳寿的。"说完，深深作揖，"今天我在醉仙楼备了薄酒，是特意来请您老光临的。"

康有为站起来，说道："不必客气，"他不便辜负他的一番心意，便笑着点了点头，"劳维靖先生破费了，令我心中不安。"说完，顺手牵起了椅子上的康同令。

成维靖连忙朝公园门口打了个手势。不一会，两辆警察厅的小轿车便驶到了他们的身边。康有为和女儿在一辆车里，另一辆车里坐着成维靖和两名警察。

汽车开动之后，康同令忽然指着窗外说道："爸爸，你看，那个半个耳朵的人！"

康有为转头看了看，仍然没看清楚。

那个穿长衫的男子迅速隐进了一片樱花树林中。

六

蜗居在巫氏老宅的巫仿得知康有为到青岛的消息后，几乎一夜未眠。

自从他被巫辛从保定府丁家镇接出来以后，便住进这座阴森森的巫氏老宅，伯父和父亲平日向他灌输的，是"生是大清人，死是大清鬼"。皇恩浩荡的老佛爷又召见了巫氏一家，还下懿旨，赏巨银。他的心里，已经将自己的命运和慈禧的懿旨融为一体了。再加上巫辛性格对他的影响，所以，他的人性已被扭曲了，变态了。他心中唯一的使命就是刺杀康有为！可是，追杀了这么多年，康有为仍然活得有滋有味，居然还再次当起了新郎，而伯父、父亲和弟弟都先后死在了追杀他的途中，至今连尸首都找不到！为了太后的那道懿旨，也为了替巫家三口报仇，不杀康有为，他死不瞑目！哪怕赔上自己的性命，也绝不会含糊。

第二天一大早，他就离开了北京，奔赴青岛。

一次极好的行刺机会，被突然出现的警察给搅和了！

不过，巫仿虽然没能得手，也庆幸自己的运气。假若再向前走几步，抽出短剑行刺时，不是刚好和这位警察相遇了吗？那后果就不堪设想了。也许这是一种天意。

巫仿回到了兴达客栈。

自从巫侃死后，巫仿像变了一个人似的，他不抽大烟，不进妓院，不下赌场。偶尔去茶馆里坐一坐，也是为了打探信息。他对世上的任何事情都不感兴趣，唯独忘不了就是康有为。康有为要到青岛定居的消息，就是在茶馆里听来的。有一天，他在北京的一家茶馆里，遇上了曾和他伯父同在宫中当太监的何三爷。二人喝了一杯茶之后，何三爷的话匣子就关不住了。他告诉巫仿，民国以后，宫中乱了套。自己在出宫之前，多了个心眼，别人偷金银器具，他只弄了些别人看不上眼的旧书和文案。谁知出宫后，被江南的一位富商兼收藏家的人看中了，那富商给的银子，够他这一辈子用的了！他又从宫里说到宫外。他说，前不久，他去天津为溥仪祝寿时，遇见了康有为。听康有为说，他想去青岛定居。真没想到，戊戌年间，老佛爷杀了那么多朝廷命官，就连宫中的太监，都"气毙"（以七层白绵纸沾水后，封住人犯的口鼻，然后再用杖刑打死）了三十多个，却唯独让带头闹变法的康有为逃出去了。这倒好，老佛爷早已升天，康有为却越活越潇洒！说者无心，听者有意。巫仿便悄悄潜到了青岛，住进了兴达客栈。

兴达客栈属下等客栈，来住宿的客人不是小商小贩，就是跑江湖的手艺人。一到晚上，大家便在昏暗的灯光下掷骰子、推牌九或聊天。汗味、酒气和粗野的说笑声混合在一起，让人难以入睡。不过，巫仿喜欢这里，因为在这里能听到不少消息：有官方的，也有民间的，还有驴唇不对马嘴的逸闻野事。他就是从这些所见所闻中筛选真假，捕捉信息的。

他刚刚洗了脚，准备上床睡觉，忽然听见一个鱼贩子问一个变戏法的："你知道康圣人有几房太太？"

那个变戏法的摇了摇头，周围的人也都来了兴趣，纷纷央求鱼贩子说给大家听听。鱼贩子说，"他的太太有中国的，也有外国的，有官宦人家的千金，也有普通人家的女儿，据说，最近还娶了一位和他孙女同庚的小女子，而且，个个都长得如花似玉，要多漂亮有多漂亮。"他说得有鼻子有眼，像他亲自见到的一般。

其实，康有为有几位夫人，每位夫人叫什么？多大年纪？娘家在哪里？生有几儿几女？巫仿都清楚。鱼贩子的话，不足为奇。不过，他说的另一个消息，却引起了巫仿的兴趣。那鱼贩子说道："你们知道吗？康圣人还会勘天勘地勘风勘水勘阴阳，测古测今测东测西测五行。可灵呢！"他还讲了几个例子以证实他的话可信，"康圣人为广东的一个穷秀才看了一个阴宅，说是一块风水宝地，秀才死后葬在那个地穴处。结果，他的大儿子当了县太爷，二儿子当了巡抚，小儿子是一所洋学堂的校长！就连光绪皇帝老师的墓地，也是康有为选的呢！"

"既然如此，他为啥不为自己选个好阴宅，让他的后代当省长、当将军、当总统？"

"怎么没选？康圣人就在崂山脚下的枣儿山上为自己选好了一块风水宝地，以便百年之后在那里安葬。"鱼贩子振振有词。

此话一出，立刻引来了一片附和之声。有个经常到李村集市上收购山货的老头说道："此话我信，我听当地人说过，康有为常去枣儿山上溜达。"

"我去过枣儿山，枣儿山既不高，也不险，山上无庙无奇无风景，尽长些荒草野枣，有什么风水宝地的呀。"

"'山不在高，有仙则灵，水不在深，有龙则灵。'看来，这枣儿山上大有文章。"

"这还用说！那里肯定有块风水宝地。要不，康圣人为什么爱去逛枣儿山呢？"大家你一句我一句地又议论了一些有关风水先生看地脉的闲话。

巫仿从小客栈听到的闲话，又在别处得到了印证。不过，自巫侃死后，他办事更加心细如针，不肯轻信于人，他想亲自去看看。

第二天，他从警察厅的一个车夫那里打听到，康有为要带着家眷去游崂山。他决定提前进山。

就像一个猎人悄悄接近了自己的猎物，他觉得自己终于走近了康有为。

七

从成维靖的宴席上回来之后，已是晚上七时了。康有为刚刚坐下，就听见门口传来了汽车声。

老仆人李唐敲了敲门，进来说："老爷，胶州商埠督办赵大人来访。"

康有为连忙说："快请！"

康同令悄悄问他："他是个几品官呀？"

康有为想了想，笑着说道："大概相当于青岛市长吧。"

这时，赵琪已经走到了客厅门口，康有为连忙将他迎进客房。

寒暄过后，赵琪对垂手站在一旁的鹤子说道："欢迎夫人再次光临青岛。"

鹤子连忙鞠躬，柔声说道："谢谢您的关照。"

去年，康有为来青岛市，赵琪宴请他们时，已见过鹤子了。

赵琪望了望张光，问道："这位是……"

其实，他已猜出这就是六夫人张光了，但他未曾见过面，所以才这么问的。

没等康有为回答，站在一旁的康同令说："这是我的六妈。"

赵琪连忙点头："噢，噢，欢迎六夫人光临青岛。"

张光有些紧张，红着脸点了点头："谢谢！"

赵琪又问："二夫人和五夫人怎么没来？"

康有为说："她们一个留在上海，一个留在杭州，处理一些家务琐事，脱不开身。待这里的房子准备妥了，我即举家迁来青岛，以后，还得靠你这父母官关照呢。"

赵琪连忙说道："不敢当，不敢当。康老您能来青岛颐养天年，是赵某的大幸，也是青岛的大幸。这不，您刚到青岛，不少社会名流都想求见，更多的是想得到您的墨宝。对不起，我一概挡驾了。因为社会不稳，人心不古，让人放心不下呀。"

康有为说："我想不明白，慈禧已经西归多年，民国已代替了清廷，为什么还有人抓住我不放？"

"康老不可大意，当年您策划倒袁，袁世凯已含恨而死，他的亲信对您恨之入骨，会不寻仇吗？冯国璋、段祺瑞又发过通缉令通缉您，您的政敌也不会善罢甘休的。再说，近来社会治安不好，盗贼和散兵游勇到处都是。前不久，一西药店的老板被杀于家中，一家银楼的二公子被人绑了票，至今都未破案。我已让成维靖亲自安排您在青岛的护卫事项。"

康有为颇受感动，他说："谢谢赵督办，您想得太周到了。"

他们在客厅里喝了一会茶，康有为忽然问道："赵督办，内人和孩子们都没去过崂山，我想趁此机会带他们前往一游，不知妥否？"

赵琪说："好啊，我让成维靖全程陪同。为了及时联络，我让电报局派出技师同行，回来后，我在亨利王子饭店为您和两位夫人洗尘。"

康有为说道："哎呀呀，这太麻烦您了，有为心中深感不安。"

赵琪站起来，说道："康老，您千万别推辞，我是尽地主之谊，咱们一言为定，今天顺路而来，还有事，不打搅了。"

康有为将他送到大门口，待他的汽车开走了才转身。

八

康有为游崂山，声势不亚于皇帝出巡。

他们全家和门生分乘四辆小汽车，青岛市的政要人物分乘两辆小汽车，前面和后面，是警察厅的卡车，车上坐着 30 多名警察，浩浩荡荡向崂山进发。车队出了市区之后，经过李村到了沙子口。因前边的山路不通汽车，他们在沙子口下了车，又登上了早已停靠在码头旁等候的"金星号"轮船。轮船拉响了汽笛，离开码头，从海上直驶崂山的太清宫。

太清宫在崂山的东南角上，紧靠海滨，是崂山众多道观中规模最大的一座，它面对一片大海，背倚七座山峰，气候温和，花木繁茂，故有小江南之称。宫中有三宫殿、三清殿、三皇殿及翰林院、经神祠等 140 多间建筑。

巫仿早已在太清宫附近等着康有为了。

船在海上航行时，康同令指着远处的一座海岛问道："爸爸，那是什么地方？"

康有为抚摩着她的头，说道："那就是徐福岛。"

康同令有些好奇，她说："秦始皇派徐福带了童男童女三千人，乘船去东海求长生不老药，这是真的吗？"

康有为笑了。望着茫茫的大海，说道："史书上是这么说的。不过，徐福去了以后，再也没有回来。他经高丽去了日本，日本至今各地与徐福姓名联系在一起的墓、祠、碑、宫、庙、神、庄等遗址有 50 多处，传说故事三十余个。鹤子，你知道吗？"

鹤子点了点头，她说："徐福的故事，我从小就听大人说过。徐福的墓，我还去拜祭过呢，在和歌山，当地人将他的墓保护得非常好。在日本民间，徐福被尊称为农神、蚕桑神、医药神。"

"你知道得还不少。"康有为点头称赞道。

不知不觉间，船到了太清宫码头。

船停靠好了之后，一部分警察先下了船，在前边疏散游人，进太清宫警戒。其余人鱼贯下了船，朝太清宫拾级而上。

巫仿看到警察来了，知道康有为随后就会进宫。他在宫门口买了些香纸，随着人群进了太清宫。他来到真武大帝的塑像前边，一边烧香，一边观察着周围的动静。他之所以选择在真武大帝塑像前面，因为这里只有一道门，是进院子的必经之处。康有为进来时，随行人员必定跟在后边，只待他一进门，便对他下手，得手后立即翻上旁边的大殿，再跃到西配殿，而后出宫，隐进密林之中，量警察也无计可施。

这时，忽然听见有人喊道："上峰有令，现在闭宫，游人一律出去！"

这是巫仿不曾料到的。他看到各院落里的游人纷纷向大门走去，便闪身进了三清殿，隐身在大殿两侧的幔帐后边。

康有为进了太清宫以后，在警察和随行人员的簇拥下，走进了三宫殿的院子，他指着一棵耐冬树对鹤子和张光说道："你们看，这就是《聊斋志异》中的'绛雪'。"

树下的一块石碑上刻着"绛雪"二字。

陪同在一旁的道长指着耐冬树说："这两棵耐冬树，一棵开红花，一棵开白花，十分少见，相传是张三丰从海岛上挖来的。蒲松龄当年住在太清宫里写《香玉》，写了白牡丹与书生的恋爱故事，就把它们写成了花仙。"

成维靖在旁边说道："康老，让记者为您和两位夫人在此拍张照片吧？"

康有为朝鹤子和张光看了看："你们说呢？"

鹤子和张光有些害羞，不过，还是点了点头。

康有为身穿府绸长衫，站在中间。左边是穿白色和服的鹤子，右边是穿蓝色旗袍的张光。镁光灯一闪，众人一齐欢呼起来。

康同琰、康同令说："爸爸，我们也要照一张！"

"好吧，你们姐妹俩一块照一张吧。"

康同琰拉着康同令的手，连忙跑到了石碑旁边。成维靖又让记者为她们拍了一张。

　　躲在幔帐后边的巫仿，被香案上的烟雾呛得眼泪直流，但他一动也不敢动，因为他听见了警察在院子里的说话声。他知道，自己与警察一旦遭遇了，不但会被审查，而且也失去了行刺的机会。他不知道康有为会不会进三清殿烧香？假若他进三清殿，就要下跪、叩首，这又是一次天赐良机。

　　不一会，传来一阵脚步声，他用手指轻轻将幔帐挑开了一条缝，看到一队警察进了大殿。警察分成两列，每列八人，像木桩子一般站在香案两侧！

　　他恨死了这些警察！

　　他屏住呼吸，额头上沁出了汗珠。他庆幸自己的运气，警察没有搜查大殿，否则不堪设想！从男男女女的说话声中，他知道康有为已经进了大殿。他甚至看到了康有为烧香、叩头，接着是他的两位夫人上前烧香、叩头，再接着，是他的两个女儿，后边的，是陪同康有为来的政要人物，最后才是成维靖。但他无机可乘、无计可施。

　　康有为等人离开三清殿之后，巫仿以为警察也跟着走了，自己可以松口气了。谁知那些担任警卫的警察们好像都没有来过似的，也纷纷上前烧香、叩头，还有几个在抽签、算卦。抽到上上签的都十分高兴，抽到下下签的，又嚷着要重抽。他们一直闹腾了半个多小时，才嘻嘻哈哈地出了三清殿。警察虽然走了，但巫仿仍不敢走出幔帐，因为在闭宫期间是不允许有闲杂人员留在宫里的。他只好老老实实地躲在幔帐后边，一直等到游人和香客陆续进来了，他才神不知鬼不觉地从幔帐后边溜出来。这时的康有为，早已离开了太清宫。

　　太清宫外的海滩上，被潮水冲来了许多海螺和贝壳，康同琰和康同令脱下鞋子，跑到沙滩上去捡。康同令大声喊道："四妈、六妈，快来看呀，我捡到了一个大海螺！"

　　鹤子和张光坐在一块石头上，摆弄着她们拾来的海螺、贝壳。负责警卫的警察坐在树荫下吸烟、聊天。康有为和几位政要们坐在一把大太阳伞下喝茶、吃西瓜。康有为说："唐代的李白说过，'我昔东海上，崂山餐紫霞，亲见安期生，食枣大如瓜。'宋代的苏轼说过，'崂山多隐君子，可望而不可即。'看来，我等凡人是遇不到安期生了，更吃不到比瓜还大的枣了。听说秦始皇东巡崂山时，在岩石上留下了'海波参天'四个大字，就在附近，我想去找找看。"

成维靖说："我派几个人随您去？"

"不用了，"康有为笑着说道，"我去转转就回来。"说完，朝一片古松林走去了。

九

康有为找到了那块岩石，正在欣赏上面的文字。他不知道，死神的阴影已渐渐向他走来。一蒙面人尾随在他的后边，从古松林中悄悄朝他潜行……

田兰和阮少杰听说康有为去了太清宫，连忙去找。道长告诉他们说，康先生刚刚离开了太清宫。二人便沿着小路向前跑着，边跑边喊："康先生！"

蒙面人听到喊声以后，以为自己被发觉，他再不能犹豫，便从一棵古松后边闪出，抽出了短剑。

阮少杰对田兰说："你去保护康先生，快走！"

田兰有些犹豫。

阮少杰大声说道："快去呀！这里有我！"说完，赤手空拳地同蒙面人厮打起来。

蒙面人想绕过阮少杰去追赶田兰，但被阮少杰死死地缠住了。他急于想摆脱，便纵身跃上了一棵古松。阮少杰因左腿是假肢，无法跳上大树，正在犹豫时，蒙面人从树上跳下来，一脚将他踢倒，又拼命去追赶田兰。

阮少杰从地上捡起一块拳头大的石头，"嗖"的一声甩过去，击在蒙面人的腿肚上，趁蒙面人一个趔趄的机会，他迅速挡在了蒙面人的前头，使蒙面人无法脱身去追赶田兰。

田兰将康有为送到安全处之后，又转身返回。她抽出铜箫，和阮少杰联手，左右夹击蒙面人。蒙面人不顾阮少杰的攻击，持剑向田兰刺去。田兰躲闪不及，正在危急之际，阮少杰猛扑过去，挡住了田兰。蒙面人的短剑正好刺中了他的后背，他慢慢地倒了下去。

"少杰！"田兰大喊着，一边挥舞铜箫，一边弯腰去拉他。蒙面人趁机持剑朝她扑过来，她被扑倒了，她分明看到蒙面人的右耳垂缺了一截！待蒙面人持剑朝她刺来时，她飞起一脚，正好踢中了蒙面人的裆部，他在地上打滚。

这时，一队警察吹着警哨向古松林跑来。蒙面人连忙从地上爬起，窜进了一片密林。警察们一面吆喝着，一面在密林中搜查。

田兰连忙抱起阮少杰。阮少杰的脸色苍白，身子软软的。田兰大声喊着："少杰、少杰，你看着我！"

阮少杰吃力地睁开双眼，望着田兰的脸。田兰连忙撕下一块长袍，要为他包扎伤口。阮少杰摇了摇头，指了指自己的前胸。

田兰伸手摸去，摸出了一只皮夹。她打开皮夹，抽出一封信来，信封磨损得很厉害，她抽出信笺，上面有一行毛笔字："替我护康，壮飞拜托。"

田兰看了，多年的谜底终于揭开了！她紧紧抱着阮少杰的头，贴着他的脸，哭泣着："你怎么不早说啊！"

阮少杰吃力地说道："我这次……来，就是要告诉……你的………"

田兰用手抚摩着他的脸，泪流满面地说道："我明白了，明白了！少杰，你看着我，看着我啊！"

阮少杰的脸上露出了笑容，他紧紧抓住田兰的手，断断续续说出了他最后的心愿："你一定将我……葬在崂……山，让我……伴随你。"

田兰的泪水滴在了他的脸上。她大声哭喊着："不不，你不要走，我们要在一起，永不分开！"

她摇了摇阮少杰，阮少杰不再应声。也许他太累了，躺在田兰的怀里已经安详地睡熟了，脸上露出一丝笑容。

田兰俯下头，将脸紧紧贴在他的脸上，一任泪水如泄。

第十七章　酒馆疑案

巫氏的唯一传人巫仿，总结多年刺康不成的教训，拟由武力偷袭改为毒药智取。他精心设下的计谋，被不知情的洋人误中，引起了一场国际无头官司。

一

1927 年 2 月 18 日，康有为举家从上海迁往青岛。

一艘英国轮船驶出吴淞口后，渐渐加快了航速。

康有为站在前甲板上，凝望着被船首劈开的波浪，波浪又变化成白色的浪花，逶迤着从两舷朝着船尾奔去。他回头朝船尾看了看，见一群海鸥在船尾附近追逐着，翻飞着。有几个西洋旅客，正倚着栏杆向海中投放面包屑。每当他们投下一把，那些海鸥便"呼"地俯冲下去，在翻滚的浪花中寻觅着、争夺着。水天之间，有一条黑纱般的带子，那是从轮船粗壮的烟囱中吐出来的浓烟，一直飘向远处。远处，就是西方冒险家们的乐园——上海。望着水天相接的大海，康有为的心中有一种慰藉感，他在想：当年，他逃出京城之后，就是从这条航道上逃到上海，又由上海转道香港，再逃亡日本的。在这条航道上，他经历了九死一生，梁启超说他经历了十一死一生。如今，他又沿着这条航道回来了。此次航行的终点港，是他亲自选定的，这就是绿树红瓦、碧海蓝天的东方日内瓦——青岛。

他要在青岛颐养天年。

自从戊戌变法失败以来，为了摆脱清廷派出的刺客暗杀，更重要的是去考察西方诸国的国情，他曾四渡太平洋、九渡大西洋、八经印度洋、一次航渡北冰洋。先后去过四十二个国家和地区，其中，四游加拿大、八访英吉利、十过比利时、十一次进出德意志。他比较了东西各国和中国各地之后，终于选定东海之滨的青岛，作为他的最终居住地。

青岛的旧提督楼，他先租赁了一年，次年便出资买下。此楼筑在向阳的山坡上，冬暖夏凉，风景宜人。站在院中，可看碧波荡漾，白帆点点，海阔天空，赏心悦目。他还亲自题写了"天游园"三个大字，刻好后悬于门楣之上。这"天游园"名称来自末帝溥仪。原来溥仪与婉容结婚时，康有为在杭州"坐阙行礼"，并作诗一首，派弟子送进宫里祝贺。溥仪回赠御书"天游园"匾额，故而他将此宅命名为"天游园"。

想到这里，他心中亦如这东海的海面，掀起了一阵阵的浪涛：我康有为变法、保皇、立宪、虚君共和、成立孔教会等，乃前无古人之举，国人和西方谁不敬仰？而你慈禧虽然工于心计，又独揽皇权，到头来却成为千古罪人，为天下所不齿！……

轮船过了连云港，风浪渐渐大起来了，原先十分平静的海面上，绽开了一朵朵白色的浪花，船身有些摇晃。

一位长着络腮胡子的大副走到康有为身边，用半生不熟的汉语说道："阁下，您喜欢我们大英帝国的轮船吗？"

康有为望着这个比自己高出一个头的大胡子英国人，笑着说道："喜欢。贵国的造船技术令天下瞩目，我曾考察过贵国。"

"我听我的朋友说过，当年，朝廷和皇太后曾下令逮捕阁下，是我们大英帝国的轮船'琶瑞丽号'将阁下送到香港的，对吗？"

康有为点了点头，表示认账。

"我还听说，阁下当时十分悲观，打算投海自杀，被我的同胞卜兰德先生抱住了，这是真的吗？"这位大副穷追不舍。

他不愿意再提起当年的旧事，连忙转了话题，指着满海的浪花问道："大副先生，请问，这是几级风浪？"

大胡子朝海面看了一会，说道："按照海洋气象学的标准，现在海面上风力是四级，而海浪是三级。"

"我曾在大西洋上见过十级大风，"康有为说，"所有乘客和水手们都呕吐不止，可怕极了。""那有什么可怕的？"大胡子十分健谈，他用手比画着说，"我在大西洋上航行时，遇上了台风，风力超过十二级！海面上的渔船像树叶子一样被扔上天去，又摔进浪谷中，海浪有六层楼高！我们都在腰部拴上绳子，以防被风浪卷到海中。不过，没有人呕吐，因为我们英国人的体质，比你们更，更……"他一时找不到合适的用语。

康有为听了，没有反驳他。其实，在恐惧和紧张之中，水手是顾不上晕船的。他没有接他的话茬，又问："阁下知道孔子吗？"

"哦，孔子，和您一样，是位教师。"见康有为没有回答，他接着问道："是你们中国的耶稣，对吗？"

康有为知道，同他说不清楚，说不清楚就不能再说，若再说下去，必然会玷污孔学。

"人们都称阁下是'康圣人'，您同意吗？"

"不，我只是孔圣人的忠实信徒。"

这时，鹤子从船舱中走出来，来到康有为的身边，柔声说道："南海君，海上风大，请回舱里去吧。"

康有为连忙点头，他对大胡子说："中午，我在餐厅置备薄酒，请大副先生移驾小酌。"

"小猪？"大胡子听不清广东官话，把"小酌"听成"小猪"。

康有为连忙作端杯饮酒状，大胡子恍然明白，连声说："OK，我十分乐意接受康圣人的邀请！"然后笑着向驾驶室走去。

康有为正在船舱中看书，仆人张琪寿敲门进来禀报说，午餐已经安排在第三餐厅了，家人和随行的门生都已到齐，等他前去进餐，并送上了当餐的菜谱。康有为略微看了一眼，便示意他带路，一块去了餐厅。

第三餐厅是康家包下的大餐厅，厅中摆放了四张圆桌，因为随行的有二十余人。见康有为进了餐厅，大家都站了起来，他在首席上坐好之后，大家才坐下。

他在家中享有绝对权威。

侍应生走过去，问他是否可以上茶？

"不，我要与贵轮大副先生共进午餐。"康有为一面说着，一面调整各桌的座位。他让四太太鹤子、五太太廖定征陪他坐首席桌，还特意安排八女康同琰坐在自己身边，以充作译员。大副先生还没来。西人十分讲究时间观念，说是中午，就是十二点整，极少提前，也绝不会迟到。

"老爷，用什么酒？"张琪寿躬腰问道。

"去抱几罐'女儿红'来。"

大钟刚刚响了几声，大副先生便踏着钟声走进来了。

康有为连忙站起来，趋步上前，将他引入首席桌，同他面对而坐。随后，他以手相示，侍应生开始倒酒，上菜。

几杯黄酒下肚之后，康有为来了兴趣。平时与门生或友人饮酒时，他总是以话代酒，天南地北，古今中外，如数家珍，侃侃而谈。谈到高兴时，便绕桌而行，边行边说，如闸门放开，一泻而不可收。如今面对一位英国大副，他十之八九是听不懂的。但此时的康有为谈兴大发，也不管这位英国人是否听得明白，便把话题引到了刚过的七十大寿的寿诞上。他一面说，康同琰一面在旁边翻译——

1927年2月5日，是康有为的七十寿诞，他是在上海辛家花园寓所里庆贺的。

生日前夕，蜗居在天津的末代皇帝溥仪，派徐良送来了贺礼：匾额一幅，上有御笔"岳峙渊清"四个大字及玉如意一块。

康有为受宠若惊。他当即于前厅设了香案，面北叩拜，以谢圣恩。事后，还写了一篇《谢恩折》，表示要把溥仪所赐"付子孙传后世，永戴高天厚地之恩；以心肝奉至，愿效坠露轻尘之报。"还让门生杜长铗将《谢恩折》用小楷清缮，石印一千份，分赠给曾来祝寿的宾客和外地的亲友。当时，他的弟子们从海内外赶来为他祝寿，梁启超是从北京赶到上海的，他特意撰写一副寿联：

述先圣之玄意，整百年之不齐，入此岁来已七十矣；

奉觞豆于国叟，致饮忻于春酒，亲受业者盖三千焉。

为了纪念那次寿诞，康有为特意穿上了当年上朝时的朝服，还把大家拉在一起，在院子中照了一张合影。

说到这里，他手舞足蹈，得意得有些忘形，似未尽意，又打发鹤子去他的舱室取来照片，指着上面的人逐一向大副介绍。

这位大副根本就没弄明白皇帝溥仪御书和梁氏寿联的含义，但又不好拂这位名噪一时的康圣人的面子，便举起酒杯，用一种听来十分滑稽的汉语说道："祝康圣人生日快乐。"他似乎觉得不妥，因为生日已经过了十多天了，于是连忙改口，"祝康圣人明年的生日，像今年的生日一样快乐！"说完，用杯子挨个碰了碰大家的杯子，一仰脖子，将杯中的"女儿红"一饮而尽。

"对不起，"他指了指挂钟说道，"我接班去了，谢谢！"说完，学着中国人的方式，双手抱拳，深深作了一揖，回驾驶室操作他的轮船去了。

这位英国大副的良好祝愿，能否实现还是个问号，轮船还没到达青岛，巫仿无意中竟在码头上等到了康有为。

二

自崂山行刺失手之后，巫仿在树林中躲了三天，第四天晚上才潜回青岛市区的旅店。一打听，康有为又回上海了。巫仿想：既然康有为已决定定居青岛，并且已选好了墓地，那么他早晚会举家迁来的。他决定留在青岛守株待兔，为便于侦察，他还为自己选择了一个拉东洋车的职业。

他的预见是对的，他终于等到了这一天。

1927 年 2 月 21 日，轮船抵达青岛。

轮船到港后，早已守候在二码头上的人便拥到舷梯旁去迎接。在这些人中，既有当地的社会名流，也有康有为的追随者，最多的还是清代的遗老遗少们。一帮记者更是无孔不入，他们为了抢镜头，都挤在最前边。

这些人大都带着自己的汽车和仆人，车夫和仆人站在码头上看热闹。

巫仿身着蓝布短袄，坐在一只空木箱上，身边是一辆东洋车，他几乎天天都要到码头上接客。他的面色稍黑，浓眉下有一双又黑又亮的大眼，眼神冷漠，直鼻薄唇，棱角如刻，令人生畏。只是他的右耳是半截，没有耳垂。他觉得今天码头上的气氛有点异常，便目不转睛地望着迎接和被迎接的人，然后从怀里掏出旱烟袋，衔在嘴里，又伸手去摸怀中的洋火，摸了半天也没摸到，眼睛还一直望着人群，他看热闹走了神。

"忘了带火吧？给。"

巫仿抬起头，原来是个搬运工。搬运工知道他是个车夫，便将自己的洋火丢在他的怀中。

"算啦，这几天咳嗽，不吸了。"说完，他笑了笑，将火柴还给了搬运工。

康家的管家和仆人已事先安排好了车辆。康有为和夫人、子女们在众人的簇拥下上了岸，并分乘两辆汽车离开了码头。船上的水手和康家的仆人正在往下搬运随船带来的物品。这些物品都装了箱子，有六十多口，除行李外，大部分是康有为收藏的各种古籍、西方国家的图书和他的文稿。不过，这仅仅是他诸多藏书和文稿的一部分，大部分仍然留在上海愚园路住宅中，他打算将来还是要到上海暂住的。箱子整整装了两辆敞篷马车，马车上堆得像两座小山一般。

巫仿在码头上的人群渐渐散去之后站了起来，望了望渐渐远去的汽车，对走在旁边的一个年轻记者说："先生，坐车吗？"

那记者问道："去福山路多少钱？"

"您是来迎接康先生的，我分文不收。不过，只求能帮忙见上这位当今圣人一面。"

"想见康先生，好说，我帮你引荐。"

巫仿二话没说，拉起洋车便一溜小跑起来。从二码头到福山路，要经过拥挤的繁华市区，再经前海沿到汇泉，足有十多里路。青岛是"路无三尺平，坡多车难行"，一口气跑完这十多里路，再健壮的车夫也要歇上几次的。可是，记者发现这个车夫的体质特好，虽然上坡时速度稍慢了一些，但仍不喘粗气。于是，便同他闲谈了起来。

"你叫什么名字？"

"石头。"

"哪里人氏？"

"山西太原府。"

"家里有几口人？"

"光棍一条。"

"干拉车这营生，一天能挣多少钱？"

"说不上挣钱，混口饭吃罢了。"

"混得还可以吗？"

"托这位圣人的洪福，吃穿不愁。"

巫仿说的是句实话，他的确是托了康有为的福，才有了巨额的家资。巫辛去世后，将北京巫氏老宅的产业和那三十万两银子留给了巫非，巫非死后，把这笔遗产和慈禧太后的懿旨传给了他和弟弟，如今弟弟又死了，他成了这笔遗产的唯一继承人。这些年来，他天南地北地跟踪、追杀康有为所花的费用，仅仅是这笔遗产息银的一小部分。

福山路到了。

记者下车之后，叫巫仿在一旁等他，他自己进了旧提督楼。他将自己的名片递给门房。门房接过一看，摇了摇头，告诉他说："管家已有吩咐，康先生很累，暂不会客。对不起！"那记者磨了半天，门房只好禀报管家。管家亲自来到门口，向他解释。他只好悻悻地回到了东洋车旁边。

"怎么样，能见到康圣人吗？"巫仿见他来了，连忙站起来。

"哼，骆驼的骨头架子大！"

记者都被拒之门外了，一个车夫就更没门了。

巫仿有些失望，他拉起洋车缓缓地朝汇泉海边走去。他的双手紧紧握住车把，脖子上的青筋一跳一跳的。那车把是镂空的，里边藏着那柄短剑！

这是他实施下步计划的一个组成部分，是为了探听虚实，主动拉记者到康府，是为了找到康有为的确切住所。今日，这个目的达到了。

三

初来乍到，有许多事情要做。康有为站在大厅里，一会指挥佣人悬挂名人字画，一会又亲自去书斋清点书籍。他发现，这座德国人修建的别墅虽然设计独特，楼内装饰不同凡响，但也有不足之处，即楼中房间不多，很难容下家人和随从。他看到院中有一排平房，这原是德国总督的马厩。于是，他吩咐管家尽快找人在马厩上再加盖一层，连同马厩一道粉刷油漆一遍。楼下供仆佣、厨师等人居住，二楼可安排随来的门生居住，另外再留出两间作客室，以备外地门生前来求教或投靠时居住。正在吩咐时，康同琰走进了大厅。

"爸爸，你看，刚到青岛，就有人送来这么多请柬，怎么应酬？"康同琰说完，将手中的一大沓请柬放在一张梨木茶几上。

康有为拿起请柬，一张一张地阅着，斟酌，最后他挑选出了五张。第一张是青岛市长赵琪的，第二张是警察厅长成维靖的，第三张是王序的，第四张是德国人卫礼贤的。卫礼贤是个德国传教士，他到中国以后，被中国博大精深的传统文化所折服，他刻苦学习中文，研究中国文化，还取了个中国姓名，自称姓卫，名礼贤，字希圣，笃信儒教，自命为"山东人"。

第五张请柬的落款是"恭邸老仆"。

在随后的五天之中，五家的接风宴，康有为一一赴请，有的是携妻带子，有的是单独前往。俗语说，来而不往非礼也。一定要回请青岛的贤达名流和外国友人。他在心中默默地计算了一下，大约有五六十位吧。他让康同琰叫来她的哥哥康同凝，让他亲自筹办酒宴，还特别交代不宜张扬，注意安全。

回请诸事交代完了之后，他觉得尚未尽兴。忽然，听见女儿康同琰、康同令在院子里叫他。他隔着玻璃一看，原是邻家的一个小男孩放风筝，风筝缠在了自家院中一株梧桐的树枝上了。他连忙来到院子里，用竹竿将风筝挑下来，交给那个小男孩。

"爸爸，你看。"康同琰指着铁栅门说。

一个穿长衫戴墨镜的男子，立在门外。他左手挽着一只竹篮，右手握着一根手杖，大约是个乞讨的盲人。门房让他走开他不肯，康有为便让管家给了他一点零钱。那盲人接过钱之后，才沿着围墙高一脚低一脚地走了。

"爸爸，他的耳朵，"康同琰附在康有为耳朵旁悄声说道，"怎么少了一截？"

又是半边耳朵！康有为转身朝远处看了看，那人已经消失在视线之外了。

四

巫仿是个令人捉摸不透的人。

他是巫非和巫辛用忠君尽孝捏成的泥胎，又在中性人变态心理的窑火中烧制成型。他的一些行为在常人看来很难理解，就拿花钱来说吧，在北京，原先存在钱庄里的巨额银票，早已换成了大洋，虽然不能说他富可敌国，但起码可称得上是富甲一方。但在他身上，绝无阔少爷那般派头。平时，他省吃俭用，不肯乱花一个铜板。不过他今天却遇上了一个无法回避的难题。

他不知从哪里打听到康有为将在亨利王子饭店宴请客人，只是时间未定而已。他不能放过这个机会，他想进去看看，饭店里供应什么饭菜？里面的客厅、厨房、餐厅、后门是怎样的布局？酒具放在何处？席间谁上菜谁斟酒？杂役人员有多少？他要调查个一清二楚。

午饭后，他去澡堂子洗了个澡，又理了发，换上一套新买来的咖啡色西装，对着镜子照了照，他看到的是一个西装革履的阔大爷。然后，他雇了一辆东洋车，来到亨利王子饭店门口。还没下车，两个头戴高礼帽、身穿红制服、手戴白手套的门童已经拉开了大门："欢迎光临。"一进大门，一个洋婆子挺着一对丰乳迎上来，将他的礼帽和大衣接过去，挂在衣帽钩上。接着，将他领到靠窗子的一张铺着雪白洋布的餐桌前。他坐下之后，朝大厅里看了看，在这里吃饭的，大多是碧目金发的西洋人，也有些同他模样差不多的人，不知道是不是东洋人？

一名侍者弯腰递上菜谱，然后恭恭敬敬地立在一边。巫仿一看，上面全是洋文。他朝着邻桌一看，见每人面前雪亮的刀子、叉子摆了好几把，但盘子里只有一块煎成半熟的牛肉排骨，还有一杯飘着冰块的白开水，再就是几个放调料的小玻璃瓶子了。西洋人开的饭店，就是跟中国的酒楼不同，让人觉得别扭。中国酒楼的菜肴讲究色、香、味、形；客人朝椅子上一坐，跑堂的首先要送上一壶茶，然后才点菜要酒。正当他不知所措时，从门口又进来一位穿西装的女子。那女子朝大厅里看了一眼，见别的餐桌上都坐满了人，便径直来到他的桌前。

他抬头看了看，发现这位女子十分年轻漂亮，脸上略施脂粉，手上戴了一枚镶着蓝宝石的戒指，气质典雅高贵，又落落大方。她朝巫仿微微一笑，轻声地问："先生，我可以坐这里吗？"

巫仿没有回答，只是点了点头。

那女子坐下以后，将一只珐琅质手提包放在桌上。然后脱下白纱手套，顺手接过侍者手上的菜谱，正待点菜，忽又抬起头来，"先生，您还没点菜吧？"

巫仿点了点头，木讷地说道："我，我不识洋文。"

"没关系，我来帮您点。"那女子十分热情，"您说吧，喜欢什么菜？"

巫仿平生第一次进洋餐馆，也是第一次吃洋菜，他根本就不知道洋菜的菜名。大约那女子看出了他的窘迫，便将侍者召到身边，用一口流利的洋语向侍者说了一会，那个侍者便唯唯诺诺地应声而去。然后，她朝巫仿嫣然一笑，说道："我点了两份。"

"多少钱一份？"巫仿本能地问了这么一句，这是他长期养成的习惯。不论是吃饭还是住店，他总是先问价钱，贵的，他不干，只要能填饱肚子有睡铺就行。

"不贵，由我付账。"

巫仿一听，脸上"刷"的一下红了。他知道自己在这种场合问这种话，太失这套西服的身份了，马上改口道："不不，我自己来付……你的，也由我来付。"窘迫中，他的话不很连贯，但话意是明白的，他想挽回一点面子。

那女子也不争辩，只是微微一笑。

菜还没上，侍者用托盘送来了两杯咖啡。他看到那女子一小口一小口的喝得挺香，于是，他也端起杯子呷了一口，原来咖啡又苦又涩。在一个年轻女子面前，他不便吐出来，只好直着脖子硬咽下去了，心里骂道："你这娘们想药死我？"

"先生是第一次来青岛吧？"那女子一边喝咖啡，一边问他，"贵乡何处？"

巫仿说他是来青岛收购海产品的，他的老家在北京西郊。

此时，夜幕低垂，透过餐厅落地玻璃窗，能看到栈桥上的灯光，栈桥旁边，船桅林立，渔火点点。在王子饭店的对面，有一座小岛，好像一只海螺从深海爬上来，和青岛的万家灯火对望着。岛上有一座灯塔，塔上的灯光开始闪烁，时亮时灭，正在召唤远航归来的船舶。

那女子饶有兴趣地向他介绍起对面的小岛……

听着这女子的介绍，巫仿心中疑惑起来：一个独身年轻女子，且又这么时髦俊俏，为何能常常进出王子饭店？他曾听人说过，在京津沪一带有一种很有身份的"鸡"，常常周旋于十里洋场之中。她们读过书，有知识，能说会道，不同凡响。她们专门交往政要人物，接待巨贾富商。面前的这位女子，是否这等人？想到这里，他胆子大了起来，便向她打听康有为在这里宴请客人的消息。不过，为了谨慎，他还是绕了个圈子："请教小姐，这座亨利王子饭店可真是德国的王子开的？"

"不不，"那女子一边笑一边摇头，"西方的习俗和中国完全不同，比方说，英国女王伊丽莎白，在大不列颠威望很高，但一些轮船就可以取名叫'伊丽莎白号'，一些花木和一些产品，甚至牧场也可以用'伊丽莎白'这个名字命名，这在中国就行不通了，比方说，谁敢把轮船命名为'慈禧'号？把酒楼命名为'慈禧'酒楼？这在西洋，是一种荣誉，而在中国，是要砍头的啊！"

一提到慈禧，巫仿心中便有一种莫名的威严和神圣。他已把这位老佛爷和神明连在一起了，而眼前的这个女子却说得如此轻松，又如此轻蔑，这使他心中很不舒服，但又不能表示出来。"这家饭店是因纪念亨利亲王才取了这么个店名的。无非是招徕客人，借助名人罢了。"她接着介绍了这座饭店的历史，"这座饭店原名叫青岛大饭店，因德国的亨利王子两次来青岛都下榻在这家饭店，所以才叫亨利王子饭店。辛亥革命后，孙中山大总统就住在三楼正中的房间里，当时的德国总督还亲自来这里拜会过孙先生呢！"

他们边吃边聊。

"中国人能不能在这里包席？"巫仿把话题一转，又回到自己的使命上。

"当然可以，但要提前几天预订。"

"酒呢？供应不供应中国的酒？比方说，绍兴黄酒。"

"这里不会有绍兴黄酒，不过，您可以事先通知饭店，他们会安排的。"那女子说到这里，抬头望了望巫仿，无意中，看到他左边的耳朵少了半截，心中一惊。她马上镇静下来，问道，"不知能否问一下，您准备在这里宴请客人吗？"

"我想宴请一位老朋友，不知行不行？"

"当然可以啦，只要先交预订金就行。"

"我请的这位客人可是大有来头的，他刚从上海来青岛。"巫仿有些得意起来，他想在这个年轻、漂亮又有身份的女人面前炫耀几句，以证明自己并非那种附庸风雅的土财主。他说，"他可是中外有名的圣人！"

也许是他的几句话把那女人镇住了，只见她放下手中的叉子，抬起头来，用一双疑惑的大眼睛看着他。看了一会，她放下手中的餐具，用餐巾擦了擦手，问道："您认识他？"

巫仿摇摇头，说道："我只是想慕名请他。"

这时，马路上传来了汽车喇叭的响声。

女子朝侍者招了招手，侍者手中托着一只铜质托盘走过来。女子从托盘上拿起账单看了看，然后从珐琅质手提包里取出几张花花绿绿的钞票，放在托盘上，说了一句洋话，那侍者便满面笑容地躬身而去。

"对不起先生，"她很有礼貌地站起来向巫仿告别，"我有个约会，先告退了，拜拜！"说完，朝大门走去。

巫仿透过玻璃窗，看到那女子走出王子饭店之后，径直向路边的一辆小轿车走去，原来，那小轿车是来接她的！

他学着那女子的样子，将右手举起来，朝侍者招示。侍者连忙走过来，巫仿从口袋中摸出五块银圆，放在托盘里。侍者连连摇头，用半通不通的中国话说道："不行，先生，刚才的那位女士，已经为您付了账。"说完，将托盘中的银圆又放回巫仿的跟前。

"真是个活傻瓜！"巫仿心里嘲笑，"你自己揣进腰包不就得啦，银圆能咬手？"

走出饭店之后，巫仿断定这个女子肯定是名"交际花"。他想，待我使命完成后，一定找她"开开荤"。

巫仿大错特错了。

刚才同他相坐的女子，正是康有为宠爱的八姑娘康同琰！

康同琰是个聪明透顶的女子，她的匆匆离去，或许是从巫仿的言谈举止中发现了什么异常。

五

巫仿走到德国人修建的青岛火车站。这里店铺林立，来往行人如潮。在火车站东侧，有一家日本人开的酒馆，酒馆名叫东洋太白馆。来酒馆的顾客，大都是日本人，也有些在日本公司里谋事的高丽人。所以，供应的主要是日本清酒，当然，酒柜中也摆放着几瓶中国茅台，那是为偶尔光顾酒馆且是有钱的中国人准备的。

下午的生意十分清淡，日本老板娘正坐在柜台后边打盹。忽然进来一位身穿青布长袍，头戴瓜皮帽的顾客。老板娘连忙站起来打招呼："先生，要饮酒吗？请里边坐。"

"不，我是来卖酒的。"巫仿说着，便将手中提着的一只陶罐放在柜台上，"这是绍兴产的陈年花雕，贵馆是否感兴趣？"说完，已将陶罐的封口打开了，一股浓浓的酒香从罐中飘溢而出。

老板娘一闻就知道是地道的陈年黄酒，正是她酒馆中缺少的品种。她心中很想进这种酒，但嘴上却说："敝馆本钱不大，这种黄酒还不知道好不好卖？我看……"

巫仿已经听出了她的话外之音，便顺手从柜台上拿过一只碗，又端起罐子，倒了大半碗，递给老板娘，说道："你先品尝品尝再说。"

老板娘也不客气，她端起碗来喝了一口，又在嘴中咂巴了一会，说道："这花雕倒是好，只是敝店本小利薄，那定金……"

还没等她说完，巫仿便截住了她的话，说道："定金好说，这样吧。若贵馆想进货，我明天就送十罐子来。卖了再付款！"

老板娘听了，脸上笑成了一朵花，连忙说道："那好！不知一罐的进价是多少？"

"就按两元一罐吧。"

其实，这种黄酒从货栈里批发出来，每罐就要四元，零售六元，大饭店里供应给顾客，每罐收八元。老板娘一听价钱，当然喜不自言了。她又端椅子又沏茶，显得格外热情。

进货的事商定好了之后，巫仿离开酒馆时，又特意加了一句："近几天有人要在王子饭店包席请客，若他们要黄酒，就从你这里进货。你认识亨利王子饭店的人吗？"

"我认识饭店里的买办。明天，我就去找他。"老板娘说。

其实，巫仿从她的言行中早看出来了，这个身穿和服的日本老板娘，是个冒牌货，大概是嫁给了一个青岛洋行里的日本人，自己也就成了东洋婆了。在一些人眼里，不管是西洋的还是东洋的，都比中国的牌子响。

第二天，巫仿将十罐花雕送到了东洋太白馆。

虽然忙碌了一天，但巫仿的心情很好，他换了一家较高档的旅馆，并早早地洗脚上床，想好好休息一下，但怎么也睡不着。他不知道事情会不会按他设想的那样进行下去，他心里没底。他又想起了昨天在王子饭店里的奇遇，一个才貌双全的女子，居然与我共进晚餐，热情交谈，还代我付账，莫不是把我当成了她猎取的对象。都是性情中人，我又何曾不想。待我大完成后，定叫美梦成真。想到此，他不知不觉睡着了。

"嘭、嘭、嘭！"清晨，巫仿被一阵猛烈的敲门声吵醒了。刚开了门，一下子闯进三个警察。店家连忙对他说："真对不起，这几位爷们是奉命查店的，请您见谅。"

"叫什么名字？家住何处？来青岛干什么？"警察是例行公事。

巫仿早已做了准备，他说："我姓尤，叫三元，家住北京，来青岛贩咸巴鱼。"

问完了，警察又去敲隔壁房门。

他穿好衣服，上街吃早点时，忽听卖报的小贩大声喊道："看报啦，看报啦！三个英国人在日本人的酒馆里，喝了毒酒，回家就死了。日本老板和老板娘畏罪自杀。看报啦！看报啦！"

他听了，吃了一惊，连忙买了一份。那张报纸上除了文字以外，还有一张酒馆的照片，他一看照片，才知道自己惹了大祸，原来那家酒馆，就是东洋太白馆！

他十分镇静，走到一个卖刀削面的小摊前，要了一碗面，边吃面边看报纸。报上说，昨天晚上，三个大英烟草公司的高级职员，在东洋太白馆喝了一罐黄酒之后，刚回寓所，就腹痛如绞，在地上打滚，还没送到医院，就断气了。英国人报案之后，一队警察连夜包围了酒馆。警察敲门多时，里边没有动静。于是，警察只好撞开大门，进去搜查，发现老板和老板娘也死了。再察看酒柜时，看到有十一罐黄酒，每罐黄酒都已开封。经检验，酒中有剧毒药物。警察怀疑这家日本人与烟草公司平时有积怨，便在酒中投毒，以报私仇。日本老板和老板娘知道死罪难逃，便畏罪自杀。不过，疑点甚多，此案尚在进一步侦查之中。

巫仿看完了，心里嘀咕起来。他只送去十罐黄酒，报上为什么说有十一罐？再说，为什么所有酒罐都打开了封口？他猜想是老板和老板娘夫妇太贪心了，他们将十罐黄酒都开封之后，从每一罐子中倒出一点，又凑了一罐子。他们看到客人很喜欢这种陈年黄酒，待客人走后，他们受不了酒香的引诱，于是，来了个"夫妻对拜"，才落了这么个下场！

日、英两家的官司一时闹得沸沸扬扬。这起官司，是巫仿一手导演出来的。本来是为康有为准备的，谁知道英国人和日本人却抢先了一步！

按巫仿的设想，当康家去亨利王子饭店预订包席时，东洋太白馆向饭店提供绍兴黄酒。西洋人喝洋酒，康有为是肯定喝黄酒的。若他喝得少，则席散回到家中发作；若饮用多了，则会当场毙命。不论他在家中死还是在王子饭店死，反正日本人的嫌疑最大。当警察追查到东洋太白馆，酒馆的老板再供出黄酒的来源时，自己早就远走高飞了。那么，英国人就会向日本人提抗议，日本人则向青岛警察当局施加压力，一池水就搅浑了。这个计划可谓"万无一失，一石三鸟"。

出他意料之外的是，事情发展得这么快，当晚就出事了。而康家根本就没有去王子饭店订包席的计划。

现在，英国人和日本人打起了无头案官司，他心中感到一阵安慰。他特别痛恨英国人，其次就是日本人。因为老佛爷下旨捕捉康有为时，是英国人救了他。后来，就在康有为走投无路的时候，日本人同意让他去了东京，把他庇护起来了。假若没有英国人和日本人从中帮忙，也许康有为早就押赴北京，在菜市口问斩了呢！

三个英国人和两个日本人的死，似乎让他出了一口恶气。不过，这件事也破坏了他精心设下的陷阱。

第十八章　不速之客

巫仿凭着三寸不烂之舌，骗得康有为的至交、清廷遗老溥秋的信任，想用他作敲门砖，试图接近康有为。……可怜画店老板冤死在巫仿刀下。

一

早饭过后，康有为问康同琰："我想去拜访恭邸，你想不想去？"从何旃理去世以后，康有为特别疼爱康同琰，不论去哪里，他都喜欢带着她。康同琰继承了她母亲的优点，不但人长得美丽动人，而且聪慧、活泼。虽然只有十八岁，但她像她的母亲一样，做事认真、果断。她不但中文根基厚实，又懂英、日、法三种文字，康有为的外文信件都是由她来处理的。家中一些家务诸事，她也能大胆地做主。她从亨利王子饭店回来后，没将在那里遇到陌生人的情况告诉父亲，只是说那里的外国人太多，不方便，而且大多数中国客人不习惯吃西餐。她建议在自己家中举办一次家庭鱼脍酒宴，更能表达东道主的真挚诚意。康有为认为她的建议很好，只是过去都是由何旃理亲自动手制作的，如今她不在了，怕别人不会做。康同琰告诉他说，当年，妈妈曾经教过她。她还将用料和做法抄在了日记本上，她说她一定要亲自操持这次酒宴。康有为答应了爱女的建议，他今天要带康同琰去恭邸，也是想让她多见些世面。

一位前有白须后拖白辫的老人，已早早在客厅中等候着他们了。这位老人，就是"恭邸老仆"溥秋。

溥秋是溥氏家族中的一个远房侄儿，因自小便跟随在溥伟身边，很得溥伟的信赖。溥伟逃出北京后，就让溥秋做了恭邸的总管。溥伟的一些重要事宜，都是委托他去办理的。因为溥伟是清朝遗臣在青岛的核心人物，所以，溥秋在人们的心目中也颇有分量。

"老先生，您可好哇？"康有为走上前去，双手作揖。他之所以如此称呼，因为溥秋从未任官职，但又十分受人敬重，所以，只好这样称呼他了。

"使不得，使不得呀！康公如此，溥某折寿呀！快请上坐。"他说完，连忙吩咐用人上茶。二人寒暄了一会，又回顾起恭亲王溥伟为了大清社稷，不惜倾家荡财，不惜身家性命的一些往事。谈到动情处，两位老人的喉咙都有些呜咽起来，客厅的空气有些沉闷。

康同琰为了打破这种沉闷，便指着墙上的一幅条幅问道：

"爸爸，这幅是谁的墨宝？"

康有为凑上前去，仔细看了看落款处篆体印章，说道："这是'望石山樵'先生的手迹。"

"望石山樵"就是王序。他的字挺峻峭拔，苍劲飘逸，自成一派，不可多得。他看了王序的作品之后，心有所动，遂向溥秋要来笔墨宣纸，也要书写一幅。

溥秋知道康有为诗书性起，简直是求之不得，十分高兴。康有为不但是中外皆知的变法领袖、当今圣人，而且是位书法大家，所到之处，许多有权有钱的高官巨贾往往以重金求购他的作品。

文房四宝准备好了，康有为挽了挽衣袖，在端砚上蘸了蘸墨，稍微思忖了一会，便运笔若行云流水，挥臂如天马行空，一气呵成了一首七绝，记述他去崂山太清宫时的情景：

> 青山碧海海波平，汗漫重游到太清。
> 白果耐冬多阅劫，崂山花闹紫微明。

诗书一体，不可多得。溥秋双手接过墨迹未干的宣纸，笑着说道："康大人的才气、志向不减当年啊！可敬可佩！"

"不行啰，不服老不行啦。我已经在李村枣儿山上买了阴宅，以待阎王召唤也。”

“康公临危而不惧，大难而不死，是大福大贵的大寿之人。”溥秋恭维他说，“我等还想陪康公再游崂山呢。”

“好好好，待樱花会散了之后，就去崂山的北九水游个痛快。”他们在客厅寒暄了一会，喝完茶，便告别恭邸，在保镖的护卫之下上了汽车，沿着海滨大道，回到了“天游园”。

二

就在康有为写诗时，巫仿正坐在恭邸后院的客房里。

自到青岛之后，巫仿一直在苦苦地思索着：这多年的行刺，为什么总不能得手？过去，一直想以剑、枪和炸药进行刺杀，都未奏效。究其原因，除了有人保护康有为和康有为防范严密之外，还因为没做到“知己知彼”。要掌握他的活动，就要靠上去，要靠上去，就得用一块跳板来搭桥。当他打听清楚了康有为和溥秋的关系之后，他就把溥秋当成了跳板。

巫仿是以荣禄家仆人之子的身份来拜访恭邸的。他知道康有为一到青岛，肯定要去拜访恭邸。

巫仿是昨天下午前往恭邸的。

他向溥秋谎称：他叫瑞温，父亲一直在荣禄府中当差。辛亥以后，荣禄对他父亲说，今后恐有不测，要他出府谋生，还送了些银票给他。让他去乡下置办一些田产。临行前，又特意将一柄短剑赐给了他父亲，说是主仆多年，难舍难分，赠送短剑，聊作纪念。他父亲在乡下买了田地，盖了宅子，日子过得不错，常思念旧主大恩。他出京时，父亲反复叮咛：溥伟大人当年提携过他，应知恩图报，父亲叫他一定要来拜望溥伟大人。这次，他从北京到上海收账，路过青岛，随身带了一些京城的烤鸭、京果等土特产。有用栗子粉做的小窝窝头，这原是清廷宫中御膳上的点心，皇上出宫之后，御厨们流落民间，也做起了这种宫廷食品。北海王记饭庄的这种窝窝头最佳，他特意带了八个来，以表旧仆心意。

千里送鹅毛，礼轻情意重。更何况这些京城的土特产勾起了他诸多的往昔回忆，再加上那柄刻有荣禄别号镶红宝石的短剑，所以，他深信不疑，热情接待。他怕瑞温住旅馆不安全，便安排他在恭邸客房中歇息。

巫仿听送茶水的仆人说，前厅来了位贵客，和"恭邸"是至交，人们都叫他康圣人，身边还跟了两个保镖。巫仿听了，浑身热血沸腾，但他并未打算在这里动手，怕万一再次失手，反误了他的锦囊妙计，他要设想一个万全之策。

仆人走后，巫仿暗暗笑了。他躺在床上，睡不着，想起了那个鱼贩子说的话。他想去枣儿山，看看他康有为的风水宝地到底是个啥样子？

三

李村，坐落在崂山西麓，是一座人口密集、商贸繁荣的重镇。一条崂山河从村中流入胶州湾将李村一分为二。河南岸称河南村，河北岸叫河北村。每逢农历的二、七日，便是李村大集。集市设在宽阔的河滩上，远近数十里的人都来赶集，青岛市区的商号也到集上收购货源或销售商品。说书的、相面的、唱大鼓的、变戏法的、耍武术的，以及三教九流，窃贼密探，也常常混迹其中。

下午，巫仿上了枣儿山，在山坡上，他向一位放羊的老人打听："老人家，这座山叫什么山？"

老人非常幽默，顺手从身边酸枣树上摘了个枣儿扔给他："就叫这个山。不过，也有的人叫它凤凰山、象耳山，我们都叫它枣儿山。"

"凤凰山？象耳山？"巫仿说，"这名字倒是挺中听的。"

老人慈祥地说道："你看，这山，从正南看去，中间山峰高，两边各有几个起伏的小山岗，就像凤凰展翅一般，所以叫凤凰山。从西南方向看，又像一只大象的耳朵耷拉着，所以也叫象耳山。"

巫仿听了，点了点头，又问："老人家，这枣儿山是谁的产农？"

"是河南村的。"

"我的一位朋友病情垂危，将不久人世，他托我为他在这一带买块坟地，可以吗？"

"应该可以，听说外地有位先生，来枣儿山好几趟了，他在山上买了块地皮，也准备造墓。""这位先生叫什么？"

"叫什么我不知道，只听跟他一起来的有人叫他老爷，有人叫他长素先生。"

长素，是康有为的号。

"能带我去看看吗？"

"可以。"

他们沿着一条山路，约莫走了半个多小时，便来到一处由东向西倾斜的山坡上。

"就是这里。"老人走到一块龟形的坡地，指着脚下说道。

只见这地相周边是山清水碧，峰峦秀丽，紫色如盖，苍烟若浮，云蒸霭霭，四时弥留，皮无崩蚀，色泽油油，草木茂盛，流泉甘洌，土香而腻，石润而明。左右被龙虎夹紧，前后有罗城护卫。稍懂风水的人一看，就知道这里龙脉踊跃，是最理想的阴宅选址。

巫仿不懂风水，他看了看脚下的山坡，又朝四周望了望，觉得这里并没有什么特别之处。"谢谢您了，老人家。"巫仿对这里的风水不感兴趣。他感兴趣的是选风水的人。

四

康有为从上海带来了一些古籍和历代名人字画。他视这些文物为至珍至宝。他怕这些文物在船上受了潮气，到青岛之后，便让弟子李微尘帮他在朝阳又通风的客厅里翻晒，以防发霉。他还给留在上海的梁随觉去了封信，信上列了一个清单，让她按单子上开列的字画和古籍，寄到青岛的天游园来。

康有为爱古籍文物和名人字画，已经到了痴迷的地步。凡是他看中了的，总要想方设法得到，有时，甚至不惜花费巨金。

康有为问李微尘：“近日前来求字的人有多少？”

李微尘说：“已经收到求字信函二十五件，口头请求的已抄录下来，也有二十多人，请先生得空时应酬此事。”

康有为听了，点了点头。此刻，他在心中算计着，写完这些书法作品之后，能有多少润笔费？

他自海外归国之后，家中妻妾成群，子女众多，加上常在他家居住的弟子、门生，不下数十人；且他的交往又广，来访的朋友、学者络绎不绝。仅吃大米，每四日就要购进一担；青菜和鱼肉等食品，需用三轮车运输。还有购置纸笔墨砚和书籍印刷等费用，开支很大，而他自己又无薪俸。其经济来源，除靠宪政党提供一部分之外，主要是靠出卖字画的收入来维持。当年保皇会在海外募得基金一百多万美元，拿出了十万美金交给他，作为游历和考察西方各国之差旅费。他用这笔钱，购买了一些外国古董回来，准备在国内开一个博物馆。比方说，西班牙产的可围在腰上的金银软剑、庞贝的软石、锡兰的贝经、耶稣和圣玛丽的大理石雕像，以及拿破仑的帽子、路易十四的酒具等等，他都十分认真地珍藏着。晚年，他的书法艺术造诣很深，却对湖北的张裕钊佩服得五体投地，几乎是天天临摹张裕钊的书体，深得真谛。因他的名声很响，向他求字也成了一种时髦。

为了多方接近康有为，巫仿还悄悄打听过有关康有为是怎样写字、卖字的？这次，他准备亲自前往旧提督楼求字。

康有为卖字的润格，先经门生初拟出一个应收的钱数之后，再交康有为过目，他同意后，则按润格收费。又因纸幅大小，字数多寡，分成楹联、条幅、横额、中堂、斗方、榜书和碑志规格和体例，其收费标准不一。如写一幅八尺楹联，润格为大洋二十元，每减一尺减大洋一元；条幅四尺者二十元，每加一尺加二元。磨墨费加一成。若兴趣高了，又写起来顺手，半天便可写数十幅之多。就是这样，仍然供不应求。

这天下午，康有为兴致勃勃，因为昨天，他的两位得意门生刘海粟和肖娴专程从上海来青岛看望他，使他感到无比骄傲和欣慰。此刻，他正在向女弟子肖娴讲解宋代黄庭坚对书法的独特见解。他说："黄山谷写了一首关于书法的诗，'俗书喜作兰亭面，欲换凡胎无金丹。谁知洛阳杨疯子，下笔便到乌丝兰。'这位杨疯子，就是五代时期的大书法家杨凝式。他曾任过太子少保，人称杨少保；又因处于乱世，他佯装疯癫，以避祸乱，又被人称为杨疯子。"

……

肖娴听得十分认真。待恩师讲完后，她看了看李微尘手中的信函，对旁边的刘海粟说："海粟，你还记得广东肇庆一带发大水时，我们赈灾的趣事吗？"

刘海粟说："记得。当年恩师在《申报》和《新闻报》上登出广告，写字义卖救灾，每日来求字者数十人。因时间紧迫，恩师便让我每天临摹十余副对联，恩师选定后，由潘其旋加盖恩师的图章，由您交货收款，竟无一人提出异议。卖字的款项，全部交给了上海的肇庆公所。"

康有为听了，笑着说道："今天，你们再代我临摹几幅，我来从中挑选，看谁选中的多。鹤子，磨墨！"康有为对交情不深的人，是不轻易赐字的，这也是他留世真迹不多的原因。

鹤子连忙端着磨墨机走进来。

康有为的性格怪僻，他写字的习惯也颇怪僻，他所需的墨，是当场用磨墨机磨出来的。磨墨机是铁制的，有一个秋千形的架子，从架子上伸下一个钳子，夹着墨锭，砚台就在墨锭下边，磨墨机边上有轮子，装上一个把柄，手握把柄转起来，磨墨既快又省力，且墨汁浓淡适度。他用的纸，多是日本制的卷成圆形的纸张，属于生宣纸一类，不大吸墨。写字时如挥笔稍快，就有飞白的效果，并非是用枯笔在纸上硬拉过去才形成的飞白。他虽是名气很大的书法家，但所用的砚台却很随便。他最喜爱的，是一方用古砖精雕细琢的砚台，砚底下还刻了四行铭文："固是汉魏物，得诸漳河滨。勿谓瓦砾类，还与端溪论。染翰且和顺，胜墨细亦醇。既遗君子爱，允称玉堂珍。"

当师徒们正在龙飞凤舞之时，巫仿以外地商人的名义，带着大洋，来到了天游园。他向门房说明了来意，门房见是外地生客，便说："老爷吩咐了，近日整理历代名画，暂不作书，对不起。"其实，康有为此时正在里面作书不休。

巫仿碰了个软钉子。不过，这个软钉子把他碰醒了，他知道康有为酷爱古人字画，何不变通一下方式，用名人字画去敲开他的大门呢？

五

巫仿一大早就起了床，他告诉溥秋说，自己想去逛逛商店，给家眷们买点衣物和首饰。溥秋告诉他，近来流民涌入青岛市区，治安不好，让他早去早回。他点了点头，出了恭邸后，沿着太平路去了大窑沟。

从大窑沟至栈桥，是一条繁华的大街，街道两旁店铺林立，其中有一家专门出售古玩和名人字画的店铺——文轩斋。

巫仿在文轩斋看了一阵子，未能找到合适的名字画。因为一般字画或临摹名人的作品，都逃不过康有为的眼睛，他一定要买一幅能令康有为喜爱的字画。于是，他又去了李村集的破烂市，他听人说过，破烂市是个包罗万象的大市场。大的如西洋的脚踏车、中国的棺材，牛、马、汽车；小的如挖耳勺、裹脚布、绣花针；还有宫中的花盆、监狱里的锁链、船上的铁锚、和尚的木鱼、尼姑的帽子、妓院的枕头……应有尽有，只要有耐心，什么东西都可能买到。不过，都是旧的，甚至是破损不堪的。其他货物旧的当然不好，而古代字画，越旧就越值钱。

巫仿在一地摊前站住了。一张麻袋布上，放着一大卷已经发黄的纸张和丝绢。打开一看，尽是一些年代久远的字画，他非常振奋，他想在这一卷破旧字画当中，一定会有他要买的东西。他问摊主："这些旧玩意，卖吗？"

"卖。"那摊主朝他看了看，问道："是买单张？还是一锅端？"

"单张多少钱？全买多少钱？"

"单张买，一块钱一张，随你自己选；要是一锅端，便宜给你！"

巫仿对字画不内行，若是单张挑选，他也不知哪一张好，哪一张孬。倒不如全买下来，而后送到文轩斋，看他们收购哪一幅？他对摊主说道："一锅端，多少钱？"

"三十块大洋，怎么样？"摊主听说巫仿要全买下，便漫天要了一个价钱。

巫仿听了，不知道这些破烂玩意到底能值多少钱？便来了个就地还钱，说道："十块钱。"

摊主不肯，说这都是名画，因为家中缺钱，才拿出来卖的，要巫仿再加一点。巫仿最后以二十块大洋全部买了下来。

那摊主一边在耳边听着银圆的响声，辨别银圆的真假，一边咕哝着说："舍不得呀，真舍不得。这可是祖宗传下来的宝贝，不是穷得揭不开锅，谁舍得卖哟。"

其实，他是在韩哥庄的一个寡妇家收购来的。那寡妇的丈夫曾经在陕西做过几年县丞，这些字画是他从任上带回来的。前时丈夫去世了，她打扫卫生便将这些劳什子卖给了在村头收购破烂的小贩，卖了一块二毛钱。

巫仿没听他唠叨，用包袱将那卷旧字画包起来，便直奔文轩斋而去。

文轩斋的掌柜先生一边接过那些字画，一边漫不经心地问道："是买的？还是家藏的？""是祖上传下来的，请你看看，能值多少钱？"

掌柜先生对每张字画看得十分仔细，又用放大镜看了上边的图章，而后放在一边，说道："都是些无名之作，不值多少钱。不知你是全出手，还是单幅卖？"

"全卖，多少钱。"

"八十块大洋。"

"单张卖呢？"

"单张卖，敝店只收这一幅，七十元。"他指了指旁边的一幅。

巫仿看了看，是一幅八大山人的花鸟。画上有一翠鸟，站在一枝残荷上。上面题字："墨点不及泪点多。"

他知道掌柜先生早已看中了这些旧字画，而且特别看中了八大山人的这一幅。

他心中有谱了。他一面将画卷起来，一面对掌柜先生说道："我今天不卖了，改日再来吧。"

掌柜先生急了，连忙说道："这样吧，我再加二十元，凑个整数，怎么样？"

巫仿头也不回地出了文轩斋。

他对字画一窍不通，但稍微用计，便借得文轩斋掌柜先生之眼，选出了这件珍品。其余字画派不上用场，他本打算白送或贱卖给文轩斋的，但怕引起他的怀疑，便将其余字画一并卷起，随后，将它们丢进了路边的污水沟中，它们便在人世间永远消失了。那些字画的作者和收藏过的人要是九泉有知，该是多大的悲哀啊！

六

次日上午，一个穿着长袍，戴着一副水晶眼镜的中年男子来到了"天游园"门口。他对门房说，他想见康先生。

门房告诉他说，康先生上午不会客，若要求见，需事先约定才行。

巫仿说："我叫洪仁，教书的，是专程从天津来求见康先生的，请您务必通报一下。"

"您有什么事？"

"我想用一幅画来换康先生的一幅墨宝。"

"什么画？"

"一幅古画，八大山人的！"

门房一听，口气变了，他问道："真是八大山人的？"

"我还会哄您吗？"巫仿说着，从怀中拿出画卷，小心翼翼地舒展开来，只让他看了一半，又连忙卷起来了，显得十分珍爱的样子。

近朱者赤。这位门房由于经常接触来访的书画界人士，也听说过八大山人这个名字，所以，连忙让巫仿坐下，又给他倒了一杯茶，让他等着，自己进去通报。

康有为正在书房中看书，门房进去说天津有人专程造访，想以画换字，而且是八大山人的画。康有为觉得这倒是新鲜事，他叫门房先将画送进来看看，并好生招待来客。

门房应声而去。

不一会，门房喜颠颠地将画送到了书房。一些门生听说恩师得了幅名画，也纷纷来到书房欣赏。康有为也十分激动，因为不但八大山人的作品造诣极深，且留世的很少。他双手接过画轴，让康同琰牵着上轴，自己牵着下轴，缓缓地打开了画卷。开始时，他由于激动而聚精会神，双眼熠熠有光，一脸的笑容。随着画卷渐渐展开，他脸上的笑容消失了，眼中的光泽变成了失望。还没有将画卷全部展开，他便将手一松，愤愤地说道："不看了，假的！"

大家见他正在气头上，不便问他假在哪里？如何鉴别？便把画轴重新卷起来，让门房退还回去。

门房回到门口之后，将画卷重重地朝巫仿身上一塞，把手一挥，意思是让他离开！

巫仿有些奇怪，他想问清楚，到底是怎么回事？门房气恼地说道："拿这种假玩意来坑骗我家康先生！还不快走！"说完，用嘴朝房边的保镖一刁，保镖将他搡出了大门。

巫仿边走边想，自己熬神费力设计的行刺方案，又成了泡影！

他本想以名画来敲开康有为的大门，趁此套近乎靠近他，寻找机会将他刺杀于旧提督楼中，谁知被一幅假画把整个计划砸了，他又悔又气。文轩斋掌柜先生为何识别不出是幅假画呢？要是当初他识出来这是赝品，自己也不会如此狼狈了！难道被他捉弄了？

夜很深，附近人家都已睡了。湖北路一座楼房的窗口里还亮着灯光。文轩斋字画店的掌柜先生罗尔章坐在桌子前，正用放大镜在细细察看一尊铜佛，这是今天下午从一个盗墓贼手里买来的。看过品相和年代之后，他得意地笑了。

突然，他的肩头被人拍了一下，一抬头，看到一个蒙面人已经站在了他的身后，手中的短剑寒光。他刚想喊叫，刀尖已抵住了下颌。接着，蒙面人像抓小鸡一样，将他从椅子上提起来，扔在了地上。

他以为家中遇到了劫贼，连忙摘下手上的戒指，又掏出了前胸上口袋里的怀表、钱夹，双手捧给蒙面人："好汉，请饶命！"

蒙面人不接。

他又从床底下拖出一只小皮箱，将里边的银圆、首饰统统倒在床上："全归你。"

蒙面人只是用眼睛盯着他。眼睛里射出一种令人胆寒的凶光，他连忙跪下了，因为他的嘴里刚被塞进了一团抹巾，说不出话来，只好鸡啄米似的磕着头。

蒙面人一把撕下了面罩。

他惊呆了，站在自己面前的人，原来就是昨天到店里卖画的那位客人！他浑身哆嗦着，眼中充满了恐惧与绝望。

"你误了我一件大事，我就要你这条小命，咱们扯平了！"巫仿说完，挥剑朝他胸口刺去……待他不再动弹了，巫仿才在他的衣服上擦了擦短剑上的血，转身走了。

第二天，巫仿拉着一位客人经过那里时，看到楼下有一些警察进进出出，门口围满了看热闹的人。

车上的客人叫他停一停，问一个路人："这里出了什么事？"

路人说："文轩斋的罗掌柜昨晚被人杀了，这不，警察正在验尸呢！"

"是什么人干的？"

"听警察说，是强盗入室劫财，被罗掌柜发现了，强盗就将他杀了！"

车上的客人听了，叹了口气："这种人，迟早会遭报应。"

巫仿说道："唉，都是钱财惹的祸！走吧！"

巫仿拉着客人，飞也似的消失在人流中了。

七

在青岛，巫仿经常以不同身份，出没在不同的场所。

有一天下午，巫仿拉着一辆空车，正在街上揽客，遇上了一个挑着担子卖鲜果的小贩，二人便在马路边聊开了。巫仿问他姓什么？家在哪里？小贩叹着气说道："我姓杜，叫杜先河，我哪里有什么家啊！白天走街串巷，晚上住东镇悦来客栈。大哥，您贵姓？"

巫仿说，"我姓洪，叫洪仁。对了，我问你，住悦来客栈贵不贵？要是便宜，我也去住。"

"不贵，一宿五毛钱。我领你去看看？"

巫仿连忙道谢，二人边走边说，去了悦来客栈。

悦来客栈是一家车马店，在这里住宿的客人很多，有的是赶马车运货的车把式，有的是流动的小商小贩，有以手艺为生的匠人，也有跑江湖的艺人，还有卖家传秘方的郎中、换了便装的逃兵、偷鸡摸狗的流浪汉、面黄肌瘦的大烟客。客栈里没有单间，客人一律睡通铺。每间又大又长的房子里设有两排通铺，每排通铺上能睡三十多人。

巫仿看中了这里。他预交了半个月的房钱之后，便拉着杜先河来到了一家小饭馆。他要了一斤高粱酒，又点了一只烧鸡和一盘海鲜，和杜先河一直喝到天黑。自此，二人成了无话不说的朋友。

巫仿当然不能每天住在悦来客栈，他住"恭邸"时，就对杜先河说，外出拉车不能回去住，让他看着铺位，莫让别人占去；他住悦来客栈时，就对溥秋说，他要去外埠看货，得等两天才回。

今天，他手里提着两只皮箱，来到了"恭邸"门口。

看门人一看是他，连忙说道："是瑞温先生呀，快请进，快请进！"说着，帮着巫仿接过一只皮箱，一进门便喊道，"溥总管，瑞温先生来了！"

溥秋正准备去康有为家，因为溥伟从旅顺写来了一封信，要他亲自交给康有为。见巫仿来临，便笑着说道："您这又是从哪里来的呀？"

"长春。"说着，巫仿打开了一口皮箱，取出一只锦盒，打开锦盒，揭开一层红绸子，里边是两棵高丽参。他将锦盒递给溥秋，"我托人从长白山买了这两棵参，给您老补补身子。"

溥秋望着锦盒中的人参说道："这可是两棵年岁不短的高丽参哪！你何必

这么破费呢？"

巫仿说："这是我的一点心意，不成敬意，您老千万别在意。"

"好，好，我收下就是了。不过，今后再来时，可不许再这样了！对了，你住哪家旅馆？"

"我刚下车就来您这儿了，还没去旅馆。"

溥秋说："还是住这里吧，给我做个伴，你多说说京城的事。"

巫仿说："又打扰您了，实在不好意思。"

溥秋听了，有些生气，说道："一家人怎么说两家话？"他说到这里，朝外喊了一声，"小叶，快上茶！用康先生送的绿茶。"

小叶是个年轻的杂工，他应了一声，便将茶具端进来了。

溥秋说："你先喝会儿茶，我去去就回，顶多一个时辰。"

巫仿说："您老去忙吧，别耽搁了大事。"

溥秋走了以后，小叶提着一壶开水进了客厅，他说："温先生，这是康圣人送给溥总管的春尖，您喝杯品一品。"

巫仿说："我平时不大喝茶，更不会品茶。"

小叶说："溥总管和康圣人一样，都特别爱品茶。"

"是吗？这可是一种福气。"

小叶来了兴趣，他说："溥总管能闭着眼品出什么是西湖龙井、什么是黄山云雾、什么是君山银针、什么是云南滇红？到了青岛以后，他每逢有了好茶，总忘不了送给康圣人品尝。康圣人从外地出游回来，也总忘不了给他捎点好茶。"

巫仿一边喝茶，一边听他闲聊，他听得非常认真。

晚上，溥秋和巫仿坐在客厅里，边品茶，边说话。巫仿从他的谈吐中，渐渐了解了溥秋的一些身世。

溥秋虽是恭亲王溥伟的管家，但由于多年以来便与溥伟朝夕相处，溥伟的皇族门第观念和八旗子弟的信仰已溶进了他的骨子中。溥伟荣他荣，溥伟辱他辱。而溥伟的命运又是和大清王朝的命运连在一起的，溥伟复辟失败，远走旅顺，他便忠心耿耿地守着溥伟的托付。但在客散人去之后的长夜里，在富丽堂皇却又极度冷寂的豪宅里，他感到心中十分空虚，青岛十分空虚，整个世界也十分空虚。他摆脱不了这种无尽无了的空虚，常常用叹息和打坐来对抗这种空虚。

他没结过婚，一辈子都没碰过女人。一生两种爱好，一是打坐。他的这种打坐介乎于气功的打坐入静和佛家的打坐悟禅之间。打坐时，先燃一炷香，香尽坐完。若遇空暇，他一天可打坐七八次。二是品茶。关于品茶，可以说已到了炉火纯青的地步了。过去，各地年年都要向朝廷进贡新茶，皇上便赐给恭亲王一些。凡是御茶，皆是各地精选的极品，所以，都很名贵。恭亲王自己也十分爱茶，常常派人下江南去采购。溥秋跟着恭亲王染上喝茶品茗的习惯了，他不但爱茶，而且对茶经、茶艺十分精通。

巫仿打起了茶叶的主意。

八

第二天一早，巫仿借口去南方进货，便离开了"恭邸"。

又过了几天，他来拜访恭邸时，带来了一盒茶叶。他告诉溥秋说，这是他托人从琼州带来的，特意送给他品尝。

溥秋用剪刀剪开盒子上的绑带，撕开封条，打开盒子，见盒中还有两层白绢，打开白绢，又是数张竹纸，掀开竹纸，才看到茶叶。那茶叶很是奇特：一根根的搓成麻花状，长约三寸，粗约筷子，乌黑油亮，散发着一种沁人心脾的清香气味。

巫仿告诉他说，这叫苦丁茶，长在琼州岛的五指山莽林之中。

一听说是苦丁茶，溥秋一下子来了兴趣。他不记得自己的一生到底喝了多少种名茶，但却从未喝过苦丁茶。不但没喝过，而且连看都没看过！对于苦丁茶这个名字，他倒是听人说过。据说，这种茶叶在二千多年以前便传到了中原，供东汉的宫中饮用。由于产在亚热带的荒野之地，数量极少，且途中运输要长达一年之久，所以，极为珍贵。《本草纲目》中说此茶可延年益寿，且可治疗多种疾病。所以，只作贡品为皇帝专享。到了清朝中期，不知是产地出了什么变故，还是途中出了什么岔子，总之，只听宫中的老人们提起过苦丁茶这个名字，但却失传了。他见了此茶以后十分激动，小心翼翼地用两个指头拿起一根，放在一只西洋玻璃杯中，冲上开水，不一会儿，扭在一起的茶叶绽开了，变成了一枝三叶，清绿翠嫩，十分好看。他将杯子捧在手中，轻轻喝了一口，其味苦似黄连，咽下之后，舌尖渐渐变甜，沁人心脾，余味绵长。

"好茶，好茶！"溥秋喝了几口，连声赞道："此茶才是茶中之王呢！"

他举着杯子，望着杯中碧绿的苦丁茶，忽然说道，"这么名贵的茶，我不敢独享，送给康先生，让他也品尝品尝。"

巫仿连忙说道："不不，这一盒苦丁茶，您老自己留下喝吧！我这里还有一盒，准备带回家孝敬家父的，既然您老要送人，就送这一盒吧。"说完，从皮箱中又取出了一盒苦丁茶。

溥秋连忙说道："使不得，使不得！"

巫仿将茶叶盒塞在他的手中，说道："我以后再给家父带一盒不就行啦？再说，家父极少喝茶，您就收下吧！"

溥秋十分感动，他亲自将这盒没开封的苦丁茶放在了古董架上。

溥秋留他住在恭邸。他说他要乘晚上的船去上海，便告辞离开了。

目标已经选定，成功即在眼前。巫仿常年紧锁的眉头，松开了。

这两盒苦丁茶，是他托一个去海南采购杂货的商人，在天涯茶庄买来的。天涯茶庄专营野生苦丁茶。

巫仿将苦丁茶进行了改装，又配置了两个锦盒，将其中的一盒用自制的"七步倒"浸泡过；而后烘干，再装进盒中，整个计划天衣无缝。

第十九章 神偷"救驾"

"恭邸"失窃，掺毒的茗中极品"苦丁茶"被小偷顺手牵羊，无意中救了康氏一命。……巫仿找到两个小偷，一泄心头之恨。

—

青岛的春天，景色迷人。

福山路上的旧提督楼，长满了爬山虎，沐浴在习习的春风之中。楼前的院子里，丁香树的枝头已冒出了一层绿中泛白的花苞。虽然花苞尚未绽开，却似乎能闻到它沁人心脾的清香。一些新移栽来的月季，新叶紫红，核桃大的花苞在枝头上摇曳着，仿佛想借助春风吹开包得很紧的花瓣。墙头上的一大片蔷薇，却不像丁香和月季那样含蓄，它们开得热烈，开得疯狂，将上千朵白的、红的、黄的花朵一下子铺在墙头和篱笆上，惹得一群蜜蜂在院子里飞来飞去，发出一片"嗡嗡"之声。

旧提督楼里里外外都已油刷一新。院子里、栏杆上、花圃旁，已打扫得一尘不染，但李唐仍在督促着男女仆人们里里外外地忙碌着。因为今天康府要举办宴会，一是答谢为他定居青岛接风的客人；二是感谢曾支持和帮助过他的各界友人。请柬早已发出去了，由于时间尚早，客人们还没来。

康同琰一边在灶房间指导厨师切菜、配料，一边观察着院子中的动静。一旦听见门房进来通报有客人来时，则迅速解下围裙，稍作梳洗，便疾步去院中迎客，而后将客人送往客厅，奉上茶水或咖啡之后，再退出客厅，又去灶房间忙碌。

今天到旧提督楼赴宴的客人都很尊贵，其中既有外国客人，又有各界名流，也少不了当局政界的要人，以及记者和广东同乡，共有四十多位。

溥秋还没来。

大家散坐在宽敞的大厅中，喝茶、喝咖啡、吸烟、听留声机。也有几个人在欣赏墙上悬挂着的一幅康有为的手书：

> 天下为一家，
>
> 中国为一人，
>
> 知周乎万物，
>
> 仁育乎群生。

左边，是一幅油画——《西斯丁圣母》。

此刻，康有为很希望刘海粟能来。不知为什么，他特别器重晚年收下的这位门生。

他想问问他近来又画了些什么作品？书法艺术有无新的突破？自己从上海启程来青岛时，刘海粟一直将他送到十六铺码头，向他挥泪相别的情景，康有为总是难以忘怀。后来，他同肖娴一起还专程到青岛看望过刘海粟一次。这次，他也向上海友人和弟子发了邀请电，但并不奢望他们能来。

这时，李微尘走到他的跟前，悄声说道："刚才接到肖娴电报，说悲鸿、海粟、立三、元培等因时间仓促，公务缠身，不能前来；又接胡适、志摩发来的问候电报各一封。"

康有为听了，点了点头。当年在上海时，这些朋友们是家中的常客，大家经常坐在一起谈文论艺，说古道今，皆无拘无束。而今来了青岛，见面的机会自然少得多了。"待樱花盛开的日子，再邀请他们来青岛相聚吧。"他对李微尘说，"去跟同琰说一声，不再等溥秋了，酒会可以开始。"

康同琰身着一身银灰色西装，头戴一顶银灰色窄边礼帽，略施粉黛，未佩珠宝，落落大方地走进客厅。她朝客人们看了一眼，脸上微笑着，先用英文说了一遍，再用京话说道："诸位女士、先生们，我受爸爸的委托，十分诚挚地欢迎大家来寒舍聚会，请大家入席。"说完，含笑鞠躬，而后带领宾客们去餐厅。

康家今天的酒宴，既不同于西餐样式，又非中餐规矩。餐厅中央摆了三张八仙桌，每张桌子上摆着一只比一品锅还大的瓷缸，旁有洗好、切好的生鱼片，其余尽是些小碟子，不下五六十只。碟子中除了调料之外，便是花生粉、葡萄干、黄瓜、粉皮、芹菜、胡萝卜等；一只西洋瓷盘中放着两只新鲜柠檬；旁置有小方桌一张，桌上摆着中国茅台、日本清酒、法国白兰地、烟台葡萄酒及以当地用崂山矿泉水酿造的啤酒，唯独没有康有为爱喝的绍兴黄酒。

康同琰告诉大家说，这是爸爸家乡特有的鱼脍。用家乡的鱼脍来款待贵宾，包含着主人的一番特别心意。接着，她指导每桌的侍者，将生鱼片倒进瓷缸中，将几十碟配料陆续倒进去，用筷子在缸中搅拌，搅拌均匀了，又切开柠檬，将柠檬汁挤出来，滴在上面。然后，由仆人为客人们倒酒，客人自己将生鱼片盛于小碟中，吃多少，盛多少，吃完了再盛。餐厅中不设椅子，宾客们都站在餐厅中饮酒吃菜，彼此碰杯交谈，十分方便。这种不拘形式的酒宴方式，颇似西方的家庭鸡尾酒会。

那鱼片的味道，可以说是甜、酸、苦、辣俱全。客人们尝过一口之后，都纷纷赞叹不已。一是因为平生未吃过这种广东鱼脍，很新奇；二是选料和配料都十分讲究。康同琰告诉大家说，为办这次鱼脍，已准备一个多星期了，有些配料还是托人从上海和天津买来的呢。

正当大家相互碰杯时，溥秋匆匆来了。他身着一袭蓝色长袍，内穿香云纱马褂。一进门，便将带来的一对一尺多长的高丽参交给康同琰，又走到康有为跟前，向他作揖告罪，说是因事缠身来迟了。康有为今日特别高兴，他亲自为他倒了一杯茅台酒，二人碰了碰杯子，喝干了。

溥秋说他因事缠身，并非托词。

他临来赴宴时，去客厅中取苦丁茶。谁知当他走到古董架前时却傻眼了，原来，那只准备送给康有为作礼物的装苦丁茶的锦盒不翼而飞了。

他吓了一跳。是自己记错了地方还是佣人移动了位置？他挨个询问了众人，他们皆说不曾动过锦盒，而且也没进过客厅！他又回到书房和自己的卧室里查找，都没见到锦盒的影子。此时，他才明白，原来恭邸昨夜失窃了！经过仔细查对，丢了一架自鸣钟和一尊鎏金佛祖像。或许是这位梁上君子以为那只锦盒里一定装着特别贵重的宝贝，便伸手取下，揣入怀中，借着夜色和浓雾，悄悄爬墙出了恭邸？除此之外，他再也找不到锦盒失踪的原因了。他甚至还想过，那个窃贼回到家中，打开锦盒以后，一看里边是苦丁茶，一定会又气又恼的。

去康家赴宴不能不带礼品，既然苦丁茶丢了，他便找出了一对高丽参，送给了康有为。

对于康有为来说，恭邸失窃，是他的福气。那个偷苦丁茶的窃贼无意中成了他的救命恩人。

二

也许是春天来了的缘故，这几天，巫仿的心境特别好。

自从他将苦丁茶送给溥秋之后，心中便有了一种莫名的激动。这种激动就像童年时盼着过年一样，越是临近年关，心中越是激动。

当他打听到康府的酒宴如期举办时，心中的激动便成了抑制不住的喜悦。这天上午，他对杜先河说要去码头上揽客，便匆匆离开了。

其实，他并没去码头，而是去了汉堡街，化名尤若凡，住进了一家旅馆。换了衣服之后，又悄悄去了火车站，买了一张第二天上午去济南的火车票。

现在，他是在等待最后的确切消息。

他认为此次刺杀必能成功。

他在火车站旁边的一个饺子馆里吃了半斤水饺，然后，便像外来的游人一样，沿着威廉街的海沿散步。走到天后宫时，他烧了三炷香，往功德箱中投下了一块银圆，祈求菩萨保佑他成功。看看天色尚早，便沿着江苏路去了基督教堂。因为今天是礼拜天，许多中外信徒都来这里祈祷礼拜。这是一个既可以消磨时间，又可以探听消息的场所。

这座基督教堂离德国总督府不远，是德国牧师昆祚建造的。这是一座典型的德国古堡式建筑，绿色尖顶，由花岗岩石砌成。教堂由钟楼和礼拜堂两部分组成，钟楼高约40米，上面装了一只巨型的钟表，每到正点，钟声清脆悠扬，飘荡得很远。过去，这里只供德国人聚会礼拜，两年前，教堂的全部教产转给美国基督信义会，成了各国的基督教徒进行礼拜的国际礼拜堂。

阳光透过彩色玻璃窗，射进无数色彩斑斓的光环，也照在流着血、钉在十字架上的耶稣。在管风琴的伴奏下，唱诗班唱着赞美诗，气氛庄重、肃穆。巫仿对此毫无感受，他不是一个虔诚的信徒，他想的是如何杀人。他心不在焉地学着身边几个外国女子祈祷的样子，闭上双眼，画着十字，动嘴不出声地祈祷起来。他可不是向上帝祈祷赐福于他，而是在心中描绘着一个他梦寐以求的场面——

酒宴散后，康有为命人将溥秋送来的茶叶泡上，他坐在客厅的红木椅上，接过佣人捧给他的茶杯，看着杯中嫩黄翠绿的苦丁茶在开水中慢慢散开，又将杯子举到唇边，呷了一口，细细品着，点头称赞，接着，便将杯中的茶水慢慢喝完，还没等他放下杯子，只见他脸色蜡黄，大汗淋漓，捂着肚子摔倒在地上。顷刻间，康家大乱，男哭女号，车鸣狗叫，一片慌张……在第二天的报纸上，便会登出康有为中毒身亡的大字标题！

祈祷结束了。巫仿从基督教堂出来之后，慢悠悠地来到了汇泉湾，沿着山坡上的石阶到了衙门山。他站在山顶上，可以看到远处教堂的尖顶和十字架，当然，坐落在福山路上的旧提督楼，更看得一清二楚。

他坐在德国人当年修建的炮台水泥墩上，望见乘坐小轿车、马车、东洋车的客人一批批走进了旧提督楼，他还看见仆人和女佣们匆匆穿过前面院子的身影。他觉得旧提督楼里的这些人都十分可怜、可悲。因为死神就在旧提督楼的上空徘徊。此刻，他们在同一个即将毙命的僵尸唱和、碰杯，说不定有的人还要同归于尽，那就让他们去陪葬吧！谁叫他们是好朋友呢！

他就这样坐着、想着，一直坐到山下市区的华灯初上，坐到康家的客人们都陆陆续续地走出了旧提督楼，坐到旧提督楼里渐渐熄了灯光，周围一片寂静，他才狠狠地站起来，顺着原路下山而去。

看来，宴会上没有发生任何事情。

是哪个环节出了岔子？是自制"七步倒"失效？还是康有为没来得及喝苦丁茶？

他辗转反侧、彻夜难眠，刚刚合上眼皮，已听见街上小贩在叫喊"卖香油果子！"他披衣下床，去街上买了一份报纸，报纸上也没有出现他所期盼的标题。

他疑惑起来，百思不得其解：到底是什么原因呢？

因为没有康有为毙命的消息，所以，他暂时还不能离开青岛。

他忽然想到了一个可能：溥秋根本就没有将苦丁茶送给康有为！

假若溥秋没送，那只锦盒一定还会摆在"恭邸"客厅中的古董架上！

他又去了"恭邸"。

当他刚刚跨进"恭邸"的二门时，溥秋已迎出来了，笑着问道："怎么，你没去上海？"

"海上有雾，轮船延期了。"

"那就迟几天再走。"溥秋一边请他进了客厅，一边说道："你来得正好，我有件事想请你帮忙。"

"什么事？只管吩咐好了。"巫仿边说，边朝古董架上扫了一眼，那只装苦丁茶的锦盒不见了！

"说来有些不好意思，我想请你再买一盒苦丁茶。"溥秋的脸上有些歉意。他指了指古董架，说道："准备送给康先生的那盒苦丁茶，前晚被一个窃贼顺手牵羊了！"

巫仿听了，连忙说道："这有什么难的？您只管放心好了，从上海回来以后，我就托人去办。"溥秋十分感激他，留巫仿在恭府吃午饭，但巫仿心中有事，便站起来告辞了。在回旅馆的路上，他又气又恨。那个窃贼什么不能偷？却偏偏偷了那盒不能饱肚子的苦丁茶！

也许康有为命不该绝？巫仿的使命也没有结束。

三

在青岛住久了，又加上成天拉着东洋车满街跑，巫仿对青岛的地形已十分熟悉，又因常住悦来客栈，对地痞流氓、小偷窃贼的藏身之处，也时有所闻。

青岛的春季多雾，刚才还是朗朗晴天，一阵阵海风从海面吹过来，裹着一团团的浓雾悄无声息地朝岸上弥漫而来。转眼之间，大雾便将街道、房舍和路边的树木遮了个严严实实。巫仿穿过浓雾，大步走进了太平路上的天后宫。

在天后娘娘的塑像前，地上铺着一张草席，神偷胡大胆和独眼龙坐在草席上，正对一堆赃物进行估价、分赃。胡大胆将一包衣物扔给独眼龙，说道："这些都归你！"

独眼龙接过衣物，眼睛却盯着草席上的首饰。

胡大胆将首饰装进了自己的一顶帽子里。

独眼龙急了，说道："老兄，你可不能独吞啊！"

"独吞？上次在'恭邸'拿的那些东西，不是全归了你？"小偷们从来不说"偷"字。

独眼龙有些不服气，"不是也分给你一尊玉佛吗？"

"别忘了，是我为你望风，你才得手的。"胡大胆说着，又从首饰中找出了一只银锁，"给你！"

听见有脚步声传来，二人迅速从草席下抽出了各自的刀。

巫仿以黑纱蒙面，大摇大摆地走到了他们跟前。

胡大胆向后退了一步，问道："你是谁？来干什么？"

巫仿说："我是你们的爷，今天是来找你们算账的！"

胡大胆朝独眼龙使了个眼色，二人一齐举刀砍过来。巫仿突然来了个"鹞子翻身"，飞起一脚，踢飞了独眼龙的刀，又顺手一拳，将他击倒在地上。

独眼龙已经爬不起来了，他连忙喊道："大爷饶命，要什么东西，您只管拿。"

胡大胆还从来没遇见过这样的对手。他知道来者不善，连忙跃上了供桌，又从供桌攀上了屋梁，他想溜。

巫仿笑了笑，说道：“这才是货真价实的‘梁上君子’呢！”说完，来了个“蛟龙出水”，一把抓住了胡大胆的一只脚，一用力，将他从屋梁上拽了下来，重重地摔在地上，痛楚地呻吟着：“哎哟！”

巫仿问道：“说吧，是谁偷了‘恭邸’的东西？”

胡大胆指着独眼龙说：“是他！”

独眼龙连忙反戈：“是神偷和我一起，他望的风。”

“都偷了些什么？”

独眼龙说道：“一个钟和一尊铜佛，还有一盒茶叶。”

“东西呢？”

“卖了。”

“茶叶呢？”

独眼龙说：“我扔进海里了！”

巫仿咬着牙根说道：“你偷了谁家？偷了些什么？我都不管，你就是不该偷那盒茶叶！”说着，抓住独眼龙的两只手腕，来个“朝怀作揖”，只听“嘎巴”一声，骨头断了！痛得独眼龙在地上直打滚。

又对胡大胆说：“既然是你望的风，我就让你的一对眼珠子来赔我那盒苦丁茶吧！”说话间，他的中指和食指来了个“双龙戏珠”，胡大胆的双眼窝顿时射出两股血水，“嗷”的一声，昏厥过去。

巫仿捡起地上的一块布，揩了揩手，若无其事地走出天后宫。雾更浓了，浓得对面看不清人。

四

巫仿刚刚进了悦来客栈，杜先河拉着他就往外走。巫仿问他，他也不说，一直将他拉进了一家水饺店，才告诉他：“今天运气好，发了点小财，我请客。”

二人要了两盘水饺，又要了一斤烧酒，以水饺当菜，边吃边饮。杜先河说道：“不瞒你说，我从小港码头上进了一筐广东橙子，进价低，货又新鲜，以为一定会卖个好价钱的，谁知当地人不识货，卖不动！我急了，今日去赶李村集，仍然没卖多少，回来路过广东公墓时，遇上了财神爷。"见巫仿听得十分认真，他也来了兴趣，便将在广东公墓卖橙子的经过说给巫仿听。

广东公墓在台东和李村之间的一个山坡上，是广东人自己出资购地修建的。朝南有石门，四周有围墙。当杜先河走到公墓时，已经走得腰疼腿酸了。他将担子放在公路边上，坐在石阶上歇息。这时，忽然有三辆汽车驶来，停在公墓外边，原来他们是去公墓拜祭死去的广东同乡的，他们一看到筐子里的新鲜橙子，都显得十分高兴。他们没还价，便买了一些，带进了公墓，让他在外边稍等一会，他们拜祭完了之后还要再买一些。那些广东人进了公墓之后，他从门缝中朝里一看，见每座墓前的石桌上，除了点燃着香纸，摆放着点心等祭品以外，还摆放着几只橙子。原来广东人爱吃橙子，橙子勾起了这些广东人的乡情。

拜祭完了之后，他们走出公墓，让杜先河称了剩下的橙子，便搬上了停在路边上的一辆汽车，付了钱以后，就朝市区开走了，车屁股后边卷起了一阵黄尘。

"我做梦都没想到，能遇上这样的好事！不但卖光了橙子，还卖了个好价钱！"杜先河又喝了一口烧酒，颇有感慨地说道，"看来，广东人爱吃橙子，一方水土养一方人啊。"

巫仿点了点头，一个新的谋杀计划已经在心里形成了。

"听说福山路上有户人家，是广东人，爱吃南方水果。"巫仿说道。

还没等巫仿说完，杜先河已抢过话头："噢，我知道，他就是有名的康圣人——就是老佛爷曾经悬赏一百万两银子要他脑袋的康有为。"他把三十万两说成了一百万两。也许是他多喝了几口烧酒，此刻，他满脸通红，心情极佳，"我就不信他的七斤半就那么值钱！"接着又说道："广东人请客少不了水果，水果中又以广东产的最受欢迎。前几天，康圣人家请客，我送去了六十多斤菠萝，他们家全买下了。"

"你生财有道啊，"巫仿笑着说道，"广东人开的酒楼，是不是也要广东水果？"

"这我还不知道呢，过几天，我就去南粤酒楼问问。我的同乡王少利在那里当买办。"

二人边说边喝，将一斤烧酒喝完之后，才到客栈歇息了。

巫仿几乎通宵未眠。

五

在崂山面向大海的山坡上，田兰安葬了阮少杰。她在墓碑前，栽种了几株蔷薇花。然后，端坐墓前，拿出铜箫吹奏了一曲《长相思》。这箫声，吹出了无尽的思念和懊悔；这箫声，飘向远方，与海涛声融汇一体。阮少杰被杀身亡后，田兰大病了一场，还没等病愈，她便身藏铜箫和小八音，只身来到青岛市区，在茫茫的人海里寻找杀害阮少杰的蒙面人，她要为阮少杰报仇。

她不知道蒙面人长得什么模样，也不知道他的年龄到底有多大，但她记住了瞬间闪过的印象——蒙面人的右耳少了半截！

为了寻找这个右耳少了半截的刺客，她已走遍了青岛市的车站、码头、大街小巷和许多饭店、旅馆，却不见刺客的踪影。她心里有个解不开的结，这个刺客是谁？为何还要行刺康先生？现在藏到哪里去了？但她想，既然康先生住在青岛，刺客就不会离开青岛。

有一天，她从栈桥上下来，像一个外地游客，在海滨的马路上慢慢走着。虽然她久居崂山，但下山后的衣着打扮，与市区中产阶层人家的女性十分相似。她身穿中式女装，宽袖偏襟的罩衣，长发盘在头上，用一丝网罩住，手里握着一只白色珐琅质坤包，像一位悠闲的阔太太，边走边欣赏沿海的风光。

一辆东洋车从她对面跑来，车上坐着一位乘客。就在车夫从她身边掠过的一刹那，她眼睛一亮：她看到车夫的右耳。对，就是他！

她好不容易等到了一辆空车，连忙跳上去，说道："快！"

车夫边跑边问："太太，您去哪里？"

"跟上前边那辆车！我多付车资。"

车夫边跑边朝前张望，不一会，追上了一辆东洋车，但车夫是个十八九岁的小伙子，又追上了一辆，车夫是个络腮胡子，连续追上了好几辆东洋车，都不是她要找的人。忽然，前面的一个十字路口上，有一辆东洋车正在下客，她连忙喊道："快，就是那一辆！"

当车夫追到十字路口时，那辆东洋车已跑得没有踪影了。

田兰望着车夫的粗布衫，粗布衫早已湿透了。他停下车，问道："太太，您还想去哪儿？"

田兰摇摇头，下了车，从包中抽出钱来，递给了车夫。

车夫接过钱数了数，见多给了十元，笑着说道："谢谢太太。"

田兰虽然没有追上那个车夫，总算找到了线索，心里也踏实多了。

六

这天清早，康有为早早起床，洗漱完毕之后，忽然说饭后要带康同令去李村的枣儿山转转，康同凝、康同琰、李唐、李微尘等几个人有些不放心，便说，早春三月的枣儿山一定很美，就权当是一次郊游吧，要求随他同去。他听后，就同意了。于是，仆人们忙碌起来，有的备车，有的准备郊游的食品。康同琰还特意为他准备了一篮香蕉和苹果，以备途中解渴。

早饭后，康有为将九姑娘拉到自己的座车旁，笑着说道："跟爸爸一块坐，好吗？"

正在青岛读六年级的康同令一边点头一边靠在父亲的身上。父女之情，真切动人。

两辆汽车，缓缓地离开了旧提督楼。

去枣儿山的路是一条曲曲折折的山路，汽车无法行驶，他们便将汽车停在李村的村头，一行人步行向山坡走去。

清风拂面，青草茵茵，野花初绽，春鸟唱鸣。他们说说笑笑，也不觉累，走了不到半个小时，便到了那块墓地。

"你们看看，这里好不好？"康有为站在墓地的中央，指着远处说："北边是李村镇，李村河自镇中流过；东边是海上仙山崂山；西边是青岛市；南边是大海。住在这里，可以登高望远，人间香火供我享用，实乃风水宝地！"

大家见他心情很好，又知道他喜观风水地脉，所以都附和着他，赞叹这里山清水秀，朝可迎崂山紫霞，夕可采海湾落日。

康有为听了，很是高兴。他席地而坐，给大家讲起了这里的风水："你们再看，这左有流水可谓之青龙；右有长道可谓之白虎；前有大海可谓之朱雀；后有五陵可谓之玄武。地势东高西低，但高而不危，低而不没，显而不露，静而不幽；脚下的土质不湿不浮，坚而不顽。"说完，他以手掌抚摸着地上的沙土杂草。忽然，脸上有了一种悲戚之色，自言自语地说道："翁公的墓地就是我为他看过的，他有恩于我，又因我而受连累遭贬。翁公已故二十余秋，真想再去墓前拜祭，可惜难以成行了。"

他说的翁公，就是当时状元出身的户部尚书、一品大员翁同龢。他支持并同情康有为的变法，还将他引荐给光绪皇帝。变法失败后，慈禧将他软禁起来。后来，他被谪还乡，住在虞山的鹁鸪峰下，在自家的门额上写着"翁氏丙舍"四个大字。因他的房屋呈一瓶形，所以，他便自号"瓶庐居士"，也是隐喻他对当年朝政变幻之事守口如瓶。他还在室外凿了口大井，他知道自己身体肥胖，行动不便，想若遇不测之时，可跳井自尽。

1904年5月21日，他吟成了一首绝命诗之后，旋即去世了。他的那首绝命诗共有四句：

> 六十年间事，凄凉到盖棺。
>
> 不将两行泪，轻向尔曹弹。

他的墓碑，是他死前自己写好的，上面刻着："清故削籍大臣之墓。"

康有为海外逃亡归来之后，曾经专门去他的墓前祭奠过，还为他立了一块新碑。今日，他坐在自己的墓地上，追忆这位故友，抚今念昔，心中不免悲凉起来。

李微尘怕他重提往事而伤心，便转移了话题，"先生，听说翁公以书法作品从太监手中换回他在狱中的请假条，可是真的？"

"是真的。"一提起翁同龢的书法，康有为又有了兴致，接着讲了翁同龢当年被软禁的一个小插曲。

翁同龢的书法造诣很高，他的书法融颜苏二体，上窥魏晋，自成一家。当时许多王公贵胄和高官要员，都以能得到他的一幅翰墨为荣。有一个常在慈禧身边走动的太监，多次央求他作书，均被他拒绝了。事也凑巧，他被软禁之后，负责看管他的人，正是被他拒绝作书的那个太监。为了得到他的文字，也是为了进行报复，这个太监想出了一个歪主意：翁同龢要大小便时，需向他写请假条，并加盖他的印盖。这样，这个太监积聚了几十张翁同龢的请假条，然后裱成了四幅大中堂。翁同龢被放逐老家之后才得知此事，甚觉此举有辱斯文，便托人去同那个太监商量，用写好的字去换回请假条。开始，那个太监不同意，怕有假，后来，翁同龢将写好的条幅装裱起来寄往北京，又经友人周旋，方将请假条换了回来。

他讲的这个故事，让身边的人忍俊不禁。这时，他看到康同令正在山坡采撷野枣，便呼唤到自己身边，问她："你喜不喜欢诗？"

康同令点了点头。

"你喜欢谁的诗呀？"

"徐志摩，我最喜欢他的那首《再别康桥》。"说着，她朗诵起来：轻轻的我走了，正如我轻轻的来；我轻轻的招手，作别西天的云彩……"

康有为听了，称赞道："徐志摩可是个才华横溢的后生。他的新诗讲音韵，有意境。为人虚心好学，算起来，他应排在我的徒孙辈上呢。"

其实，徐志摩不是他的学生，但早期的徐志摩长期追随梁启超授业，而梁启超又是康有为的门生，按旧例应与梁启超的儿子梁思成等属于徒孙一辈。实际上，此时梁启超的激进思想，与康有为的改良思想，已经分道扬镳了。而徐志摩更是一个在思想上、艺术上执着地追求新思潮、新形式的著名诗人了。

去年四月中旬，刘海粟陪同徐志摩到杭州西湖的丁家山去看望过康有为。康有为对这个身着蓝色长衫、蓬松着头发、不修边幅的写新诗的青年人十分喜欢。他们乘着小船，到了湖中的小瀛洲上，坐在亭子里，一边品茗，一边听康有为评论唐宋两代诗人们吟咏西湖的作品。

徐志摩年轻、热情、求知欲强。他向康有为请教：应如何评价印度诗人泰戈尔？康有为告诉他说，泰戈尔襟怀淡泊，有中国陶渊明、孟浩然之风。他虽然主张人道，歌颂和平、大海、母爱与印度的山川风物，但又与晋唐田园诗人不相同。他精研佛经，对瑜伽各派哲理均能贯通。他的哲学力作《生之现实》获诺贝尔奖之后，将奖金扩充印度国际大学，令人钦佩。泰戈尔还能作曲，他创作了近千首歌曲作品。他生于殖民地，熟知西方文明，又努力发扬本民族精神，并发而为诗，震惊世界，是位伟大的诗人。他还告诫徐志摩说："虽然你的新诗写得极有诗情，又有文采，尤得青年一代推崇，但沉厚不足。我寄望于你，他年能将泰戈尔的作品翻译成中文，让国人了解。研究一个诗人，不可只局限于其诗，应在诗内诗外同时研究，方能脱俗。"

徐志摩敛眉倾听，十分恭谨。

临别时，他又勉励徐志摩："应在学术上有大建树，大发明，以不负此生。"

事后，徐志摩曾对刘海粟说过，在老一辈中这样爱护我们，并对我们寄予厚望的人，除了父母，实在不多了。康先生学识渊博，仍手不释卷，令我惭愧，我是太懒散了。康有为先生这样恳切期望，令我没齿难忘。

"我很想再见见徐志摩，"康有为转头望着山下茫茫的大海说，"恐怕来不及了。"

大家听了，默默无语。

忽然山下传来了喊声："康先生！"

众人转头望山下，只见一个矫健的身影，沿着一条崎岖的山路朝着他们跑来。

康同令悄声问道："爸爸，这是谁？"

康有为摇了摇头。

康同令又望了望李微尘及哥哥、姐姐等人，因为距离太远，大家也看不真切，不免警觉起来。

来人径直跑到了山坡上，随从拦住了他，他喘着粗气站定后笑着说道："康先生，我终于找到您了！"

康有为有些犹豫，问道："你是……"

"我是伞郎啊！您看。"说完转过身去，他背上有把油布伞。

康有为一下子记起来了："对，对，我记起来了，我们的信使。当年你在北京和香港时，总是背着一把雨伞。"说完，站起来迎上去，一把抓住他的手，仔细端详着他的脸，好像要从他的脸上找到当年的影子。

李唐连忙走过去，问道："还记得我吗？"

伞郎说："怎么不记得，您是李唐哥嘛！"

几个在香港见过伞郎的门生一块围过来，大家互相辨认着、问候着。由于过于突然，许多话都来不及诉说，彼此的脸上笑着，眼角却闪着泪花。

康同琰和康同令从未见过伞郎，只是站在一边好奇地看着。不过她们也十分高兴，因为他是爸爸的好朋友嘛。

鹤子和张光也没见过伞郎，她们只好站在人群外边笑望着来客。

康有为向她们招了招手，逐个向他作了介绍。伞郎一一同她们握手，当握到康同令时，她好奇地问道："叔叔，你为什么叫'伞郎'呢？"

伞郎笑着说："因为我喜欢成天背着这把伞啰，所以就叫'伞郎'！"

康同令说："我知道，这里面肯定有故事！"

因为她曾听过她爸爸的种种故事，也听过她爸爸朋友们的故事，所以她才这么问的。

伞郎说："你猜对了，等以后有机会，我一定讲给你听，好不好？"

鹤子连忙将她拉到自己身边，以便让大人叙谈。

康有为问道："伞郎，你这是从哪里来的？"

"广州。"

"那你来青岛……"

伞郎连忙说道："我已参加了北伐，因事路过上海时，特到辛家花园去看您。听二夫人说您到了青岛，所以就顺路赶来看望您。"

"太好了，太好了！"康有为对他说："今晚就住在我家里，我们好好叙叙别后的事情。"

"不啦，我有公务在身，要去济南，车就在下面，不能耽误。"

康有为说："你匆匆而来，又匆匆而去，我心里实在不忍啊！"

伞郎笑了笑，说道："我也不愿离开您呀，待我在济南办完事，一定到你家里住几天。"

康有为忽然想起了什么，问道："你见过田兰了吗？"

伞郎摇了摇头，说道："没有，我想转回来后再去找她。康先生，我走了，请您保重。"说完，他朝康有为鞠了一躬，又转身向大家辞别，还特意和康同令握了握手："以后再给你讲故事。"说完，沿着原路下山了。

康有为站在山坡上，久久地望着他的背影，直到消失在视线之外。

康同令走到爸爸的身边，看到他的双眼已经潮湿了。她知道他因见了故人，勾起了对往事的回忆而伤感。她见他一时兴奋，一时悲伤，情绪波动很大，加上早春的枣儿山上尚有寒意，怕待久了伤身子，便说道："爸爸，时间不早了，我们下山吧。"

康有为点了点头，又朝四周看了一会，才随着众人下山了。在下山的路上，他一再回头盼顾远处的阴宅。

七

巫仿回到客栈以后，倒头便睡下了。

他太累了。这些天来，他不但觉得疲劳，而且，似乎神经也已经崩溃了。他不知道自己还能坚持多久，更不知道结局如何。

他觉得巫氏一家和康有为像在玩一场游戏，这场游戏玩得太久了，已令他生厌。他似乎黔驴技穷了，只是在无奈地等待着游戏的结局。

他不知道康有为能否死在自己手中？也许自己会死在康有为之前。他甚至希望自己和康有为抱在一起，或葬身于东海之底，或焚身于烈火之中！

不一会，杜先河挑着水果筐子回来了。他打了一盆热水，一边坐在床头洗脚，一边对巫仿说："洪仁大哥，这么早就躺下了？"

巫仿佯装睡着了，没有回答。

杜先河见他睡了，便不再打扰他，对坐在对面铺上的算命先生说道："李半仙，你给我算上一卦，算算我这几天能不能发点洋财？"

"发洋财？要是能发点土财也就不错了。"说着，李半仙真的在床铺上为他算起卦来。算完了，笑着说道："此财不大，来自东南，财来灾至，须加防范。"

"今日下午，我到英记酒楼那条大街去卖香蕉，我的一个同乡说，一些广东佬明天在他那里举办酒宴，宴请他们的同乡，就是大名鼎鼎的康圣人！要我送一大筐广东橙子去。"

巫仿听了，似被电流触了一下，浑身一震。

"洪仁大哥，你病了吗？"杜先河见巫仿在床上弹动了一下，连忙走过去，伸出手去试他的额头，"不烧呀！你哪里不舒服？"

巫仿睁开眼，笑着说道："我没病，只是有些困了，刚才听李半仙说你要发点洋财？真的吗？""唉，钓鱼还要有一只虾呢，没有本钱进货，有财也发不到咱的手里！"

原来，英记酒楼是经营南北大菜的中式酒楼，酒楼里富丽堂皇，有十多名名师掌勺，还请来了从清宫中遣散出来的两位御膳厨师，所以，名声大噪。权贵巨商在英记酒楼举办酒宴，一般须提前三天预订。酒楼的买办王少利，有意照顾老乡杜先河的生意，便把这个消息告诉了他，还特意建议他说，广东人请客，爱吃广东的新鲜水果，要他设法送些新鲜橙子去，只要个大新鲜，就是价钱高些都行，广东人舍得花钱。但杜先河难住了，本钱不足。

他叹了一口气，说道："命中八升，难求一斗啊！"

巫仿翻身坐在床上，对他说道："杜老弟，财神爷送上门来，可不能不接呀！这样吧，本钱由我垫上，挣的钱，二一添作五，如何？"

　　杜先河听了，十分高兴。二人又说了一些闲话，直到大通铺上响起了此起彼落的鼾声，这才各自歇息了。

第二十章　猝死青岛

在广东同乡会为康有为举办的接风宴上，他喝了一杯鲜橙汁，一代圣人终于走到了他生命的终点。……巫仿正在为自己的妙计等待结局时，等到的却是田兰复仇的子弹，他为阮少杰作了陪葬。

一

自从康有为到了青岛之后，广东同乡会一直想为他接风洗尘，可总是插不上档。康有为初来乍到，应酬频繁：当地政要宴请他，清廷遗老们宴请他，洋人宴请他，还有大学、报馆的一些学者文士宴请他，他还要回请别人，所以，广东同乡会的宴请，便只好一再推迟。前天，同乡会的几位主事人到旧提督楼拜访他时，再次提出了要为他接风洗尘，康有为觉得再也不能拖了，都是乡里乡亲，盛情难却，便当即答应下来了。

宴席定在英记酒楼，开席时间定在三月三十日下午五时。

到了三月三十日这天，康有为起得特别早，他显得很兴奋，甚至有一种内心的激动。起床之后的第一件事，不是按惯例去院子活动身子、面对大海做深呼吸，而是匆匆洗漱之后，便进到书房，找出了给溥仪的《赐寿谢恩折》手稿，又焚香于案前，神色极其严肃的开始诵读。读着读着，情不自禁地热泪流淌，他目不转睛，专心致志，一口气读完了手稿。

早饭之后，他将李微尘等弟子及子女们叫到客厅中，名义上说是要给几位广东同乡各写一条幅，要大家帮忙参谋参谋，写什么好？并准备笔墨纸砚。待大家万事俱备之后，他大发感慨："现在的后辈都视我为保皇党，不知我处于斯时斯地，有难言之痛！清末，国运垂危，列强虎视眈眈，那拉氏等不以国事为重，结党营私，吏治不修，欲废皇上。我之所以保皇，与那拉氏等相对抗，志在变法。法不变，国土陆沉。君主不过维系人心之一主教，供人顶礼而已。若宪政雷厉风行，虽国事千疮百孔，然未尝不可有所作为也！"

弟子及家人见他如此伤感，知道他是触景生情，便设法找些话题分散他的心思。但他依然按照自己的思路说："有些好事之徒，不学无术，对我攻讦，实则贬孔教、败佛学。我在西安为保护卧龙寺佛经而受人围攻，就是佐证！"

那还是四年前的事：

那年冬天，康有为到了洛阳，吴佩孚对他待以上宾，礼遇极优。陕西督军兼省长又把他从洛阳请到了西安。西安孔教会的人士见他时行跪拜礼，称他为"圣人"，陪他谒文庙，行祀孔礼。教育界纷纷请他为各校师生讲演，曾在西安引起轰动。

有一天，他去卧龙寺游览，住持寺僧定慧请他吃饭。饭前，他看到寺内存有宋版《大藏经》四柜，是海内孤本，十分珍贵。但此经已残缺不全，且已生了书虫。他便对定慧说，愿以藏经两部相换，将这部旧经带回去修补，以便于保存。定慧同意后，康有为还写了合同，双方都签了字。康有为便派人将《大藏经》装上汽车运回住所。此事被当地一些绅士知道后，坚决反对，并发了传单、宣言、电报向各界呼吁，又上告到法院，说是圣人盗经，闹得满城风雨。

随同康有为去西安的弟子邓毅十分气愤，他对闹事者说："康圣人走南闯北，对皇帝也没订过合同！这次在西安订合同，是以新经换取旧的《大藏经》，拿回去修补，便于保护，真是好心当作驴肝肺，简直是无理取闹！"康有为也十分恼火，他拍案大怒，说道："算啦，不换了！"命人把《大藏经》送还了卧龙寺。

离开西安时，康有为向省长要了十几匹驮骡，驮了几十口箱子。当地人以为箱子中藏的是《大藏经》，便拦截检查。打开以后，发现里边尽是些秦砖汉瓦之类的东西！这是康有为游览名胜时随手拾得的。康有为虽爱《大藏经》，但并未带走，"盗经"之说是经过夸大了的误传。这到底是一场误会还是有人在幕后导演？没有人说得清楚。"圣人盗经"这场公案，便不了了之。康有为恼火的是幕后导演者对他的人身攻击，广东一家报纸上曾刊登了一幅漫画：一人挟着经卷在前头跑，一僧在后边追赶，旁有一寺，上写"卧龙"二字，还配了标题：圣人不死，大盗不止。

说到这里，他十分激动："那拉氏下密旨取我性命，小辈欲诽谤毁我名声，我，依然是我！"从他的话中可以听出他对此事一直耿耿于怀。

康同琰给他端来一杯龙井，他喝了几口，情绪渐渐平静下来了。他让康同琰将他著的《大同书》找出来。他以手抚摸着书套，说话时的感情色彩很浓，他说："《大同书》是因孔子大同之说写成的，古往今来，无有敢想者、敢为者，更无人能实现之。此书之'天下大同'的主张，只好留待后来之人去实现了。"

他的《大同书》，也确实是一部独一无二的奇书。他提出全世界成立一个理想的大同政府，政府下设分政府，总政府和分政府各有自己的立法院和行政院。大同政府的都会或定在昆仑之顶，或定在地中海、太平洋的某一海岛上。有人说他的《大同书》是疯人痴语，有人说是对未来超自然的协同社会作了预言。

康有为终于平静下来，他缓缓地走到书案旁，拿起了毛笔，开始为同乡友人写条幅。

二

青岛的小港，有几家干鲜水果批发货栈，全市的小贩们都来这里批发。

中午，杜先河来到小港码头，批了两筐鲜橙。小筐里装的是二级货，便宜一些；大筐里装的是一级货，价钱高些。他挑起筐子，刚刚走出客栈，巫仿便拉着东洋车跑来了，他问道："货新鲜吗？"

杜先河说："十分新鲜。二级货，我留下零卖；一级货，送英记酒楼。"

"你还没吃午饭吧？"巫仿问他。

杜先河说："还没来得及吃呢！"

"我也没吃，走，前边有家海鲜馆，咱们一起去吃碗海鲜面吧！"

杜先河说："好吧，我还真有点饿呢！"

到了海鲜馆以后，巫仿把东洋车停在门口，又帮着杜先河将两筐红橙搬进店堂。巫仿要了一盘油炸沙丁鱼，两碗虾米面条，半斤烧酒。杜先河说："洪大哥，咱们就不喝酒了吧？"

巫仿说："不，不，为了做成这笔生意，咱们痛痛快快喝两杯，你说对不？"

杜先河听了，笑着端起了酒杯，他颇有感慨地说道："这些广东人真有口福，舍得吃这么贵的红橙！"

"人家有钱嘛！"巫仿喝了一口酒，说道："谁叫咱们这么穷呢？"

杜先河今天既高兴又激动，他放下酒杯，从大筐中抓起几只红橙，说道："咱们今天也吃几个，解解馋！"

巫仿连忙接过，说道："我去洗一洗。"说着，手里拿着几个红橙进了灶房。

也许是杜先河多喝了几口酒，他觉得头有些重，脚轻飘飘的，渐渐支持不住，便把头伏在桌子上睡了。

巫仿付了饭钱后，叫醒了杜先河，并为他剥了一只红橙。杜先河边吃边说："嗯！这红橙真甜。"

巫仿朝窗外看了看，说道："天色不早了，可别耽误了给英记酒楼送货。"

杜先河抬头望了望墙壁上的钟，连忙说道："啊哟，再不送货，就来不及了！"说完，急着去搬红橙筐子。

巫仿帮他系好扁担之后，杜先河挑起担子就走。巫仿远远地跟在后边。渐渐地，杜先河的步子显得有些吃力了，他只好放下担子，坐在路边上歇息。

巫仿拉着车从后边追来，说道："杜老弟，时间不早了，来，把筐子放在车上吧，我跑得快，先帮你送去，免得误了人家的酒宴。"

杜先河非常感激。他说："那就谢谢你了。"说着，他将那筐一级红橙吃力地搬上了车后座："记住，到英记酒楼后门找王少利！"说完，就歪倒在路边上了。

巫仿朝已经昏迷的杜先河看了一眼，便拉着东洋车匆匆离开了。

三

1927 年 3 月 30 日下午。

康有为午睡起床之后，就问李微尘，他上午写的条幅包好没有？李微尘说已包好了。他重新打开看过之后，颇为满意，又亲手折好，准备去英记酒楼赴宴时带去。

自到青岛以来，因参加宴请太多，他已经很劳累了。尤其是他在老朋友吕振文的公馆赴宴之后，感到周身有些不适，故后来一般宴请，他都委婉谢绝了，毕竟是古稀之年的人，但广东同乡会的宴请，既然事先已同意了，那是非参加不可的。

这些年来，他在海外遇到过不少广东同乡，不管是事业有成的，还是举步艰难的，异乡漂泊，十分不易。在青岛谋生的这些广东同乡，虽然他认识得不多，但觉得有种"同是天涯沦落人，相逢何必曾相识"的感觉。想到他们和自己一样远离了故乡，那种乡情、乡愁总是排解不开，心里总有一种酸酸的惆怅。对广东老乡，他有一种特别的亲切感。今天，他会听到地道的乡音，会见到许多老面孔，也会结识更多的家乡朋友，心里既感到欣慰，又有一种"老之将至"的凄凉感。汽车已经备好，停在院子里面。康有为站在客厅里，鹤子正帮他扣上衣扣，又给他围上了一条围巾，以防天气变凉受寒。她后退了一步，像看一个孩子一样，又打量了一会，才笑着说道："好啦！"

康有为走到客厅门口时，鹤子低声嘱咐道："有为君，早些回来，我等着你。"

康有为端详着身姿婀娜、青春焕发的鹤子，点点头，笑了笑。这微笑中包含一丝难以言表的依依之情。康同凝、康同琰、康同令和门生们都等在院子里。康同琰说："爸爸，你一个人去，我总有些不放心。"

康有为想了想，说道："那就让微尘陪我去吧！"

康同令说："爸爸，我也想去！"

康有为摸了摸她的头，笑着说："这种场合，小孩子最好别去，尤其是女孩子。你在家里等我，晚上，我还要听你朗诵徐志摩的诗呢！"说完，亲了亲她的额头。

康有为和李微尘的汽车开出大门后，大家才离开院子。

汽车在英记酒楼门口刚刚停下，同乡会的老乡们便蜂拥出来迎接他。然后，簇拥着他进了大厅，请他坐在首席的椅子上。康有为双手抱拳，频频地向同乡们致意："幸会，幸会。有劳各位，谢谢！谢谢！"

酒宴开始了，东道主是位六十多岁的老者，他站在康有为身边，说道："诸位同乡，康先生是名扬四海的风云人物，又是学识盖世的大学问家。他已从上海迁来青岛定居。这是我们广东青岛同乡会的莫大荣幸。我代表广东的同乡们，先敬康先生一杯！"说完，和康有为碰了碰酒杯，二人都将杯中的酒一饮而尽。紧接着，广东同乡在青岛各界的代表纷纷站起来向康有为敬酒，大厅里不时响起掌声。

英记酒楼后门，是一条偏街。酒楼中所需的鱼肉、蔬菜等物资，都是从后门运进。王少利已在门口站了一会了，还没见到杜先河送红橙来，急得他来回踱步。

一名侍者跑出来，对王少利说："老王，红橙怎么还没送来？客人们等着用呢！"

王少利说："我不是正在这里等着吗！应该快到了，你先去应付一下。"说完，将他推进了酒楼，自己则焦虑不安地向远处张望起来。

巫仿拉着东洋车急匆匆跑来了，他一边放下车，一边问道："哪位是王少利先生？"

"我就是。"

"杜先河病了，让我先将红橙送来。"

"好、好！红橙呢？"

巫仿走到东洋车旁，掀下盖在上面的褂子，露出了一只筐子。他揭下筐盖，里边是鲜艳的红橙。

这时，那个侍者又跑出来了，说道："老王，首席的客人要喝橙汁。"

王少利说："快，先榨一杯送去！"

巫仿连忙从筐子面上拿了几个又大又圆的干净红橙，递给了侍者。

侍者拿着红橙，急急忙忙地去了配餐间。

巫仿将红橙筐子搬下来，交给了王少利，说道："红橙送来了，没有我的事啦，我还要去揽客呢。"

王少利十分感激，说道："我替杜先河谢谢您。"

"不客气。"巫仿拉起空车，兴冲冲地飞奔而去。

四

今天康有为的心情特别好，他已连续喝了好几杯酒了，脸色渐渐红润起来。他觉得有些燥热，便把围巾解下来，搭在椅子背上。

一名侍者为他斟酒时，他小声问道："我要的橙汁呢？请快点上来。"

侍者连忙点了点头，不一会儿，将一杯鲜橙汁用托盘托着，送到了首席。

康有为接过杯子，轻轻抿了一口，觉得味道不错，又连着喝了几口，将剩下的半杯放在桌上。也许是口渴难耐，过了一会，他将剩下的半杯也喝完了，然后，又频频和同乡们应酬着。

宴席的气氛渐渐达到高潮，大家相互敬酒，推杯换盏、觥筹交错，场面十分热闹。

康有为忽然觉得腹部有些不适，他连忙放下杯子，用手按着腹部。

"康先生，您怎么啦？"东道主问道。

康有为说："腹部有些痛。"

"要不要服点止痛药？"

康有为没有回答，豆大的汗珠慢慢从他额头上沁出来。突然，他身子向后一仰，椅子翻倒了，他在地上滚动着……

满堂宾客大为惊骇，宴席一下子乱了！有的过去扶他，有的去找大夫，还有的去叫汽车，有几位女宾吓得尖叫起来。

李微尘从邻桌连忙跑过来抱起康有为，大声问道："老师，您怎么啦？"

康有为的嘴嗫嚅了一下，他脸色苍白，大汗淋漓，表情极为痛楚。汽车来了，众人将他抬在后座上，叫司机赶快送往医院。

康有为大声说道："不，送我回家，家里有药！"

李微尘知道他懂药理，对自己的病心中有数，平时他和门生们生病，都是他开药方，所以，只好依了他，汽车开进了"天游园"。

"天游园"里，一下子乱成了一锅粥。

康有为躺在床上，他忍着痛为自己试过脉以后，服下了几种常备的中成药药丸，但并未奏效。

家人和门生都守候在床边，鹤子的眼里闪着泪光，康同令抱着康有为的头，哭着说道："爸爸，您怎么啦？您别吓我，我害怕！"

鹤子连忙把她搂在自己怀里，用手帕为她擦了擦眼泪。

康同琰不信中医，她把康同凝叫到走廊上，说道："爸爸的病情严重，须西医会诊。"

康同凝一边朝外走一边说："我这就开车去洋医院请西医大夫！"

不一会，两位外国医生随着康同凝走进卧室。他们为康有为量过体温、血压之后，又检查了眼底、舌苔，叩听了他的腹、背，又将呕吐物和粪便派人送到医院进行化验。一位日本医生给他开了一些西药，康同琰看过之后，让他服下了。过了一会，康有为说："现在腹部痛得轻些了。"

一位德国医生用英语对康同琰谈了一会，康同琰对康有为说："爸爸，这位德国医生怀疑您是食物中毒引起的疼痛，不过，还要等化验结果出来之后才能确诊。"

康有为听了，无力地点了点头。

这时，医院的化验结果送来了，两位医生看过之后，都确诊为食物中毒，必须排出腹内食物才行，要他继续服解毒药。

康同琰代表全家向两位医生表示感谢，又亲自将他们送上了汽车。

医生走了不久，康有为又开始不断呕吐，连胆汁都吐出来了，一直折腾到晚上十点多钟，才停止呕吐，腹部也不痛了。他对守在床边的家人和门生们说道："我肚子里的污物都吐出来了，毒也吐清了，不碍事的，大家去休息吧！"

大家见他已言谈自如，脸上也不见痛苦之状，也就放心了。这时，大家才觉得有些饥饿。原来，一家人到现在还没吃晚饭。于是，康同琰又张罗着让厨师做夜宵。

一场惊吓过后，人们的脸上才逐渐恢复平静。

五

海上起风了，天边扯起了几道闪电。汇泉湾的波浪冲击石岸的响声清晰可闻。

墙上的挂钟敲了十二下，康家的人吃过消夜后，似乎都没有睡意，大家都来到康有为的卧室，围在康有为的床边，陪着他说话。

康同令一直守候在康有为的床头。康有为怕她睡迟了，明晨不能按时上学，便对她说："同令，你去睡吧。"

康同令是五夫人廖定征生的女儿，虽然只有十二岁，但异常聪慧，不但能背诵数百首唐诗宋词和现代名诗，还特别爱好艺术。她画的水彩画在小学绘画比赛时得过头名。她还会弹钢琴、古筝、拉小提琴，能用英文演唱西洋歌曲。康有为特别喜欢她，说她多才多艺，将来可成为一名音乐家。她说："这都是受爸爸的影响。"

康有为听了，心里格外高兴。其实，他只是教她背诵唐诗宋词，除了昆曲，对于音乐，他并不在行。

"爸爸，您刚才的样子，真叫人害怕。"

康有为笑着说道："怕什么，我这不是又回来了吗？"

康同令听了，连忙将脸蛋贴在他的胸前。

"你们都大了，有的已经有家有业了，我不再为你们操心了。"康有为望着坐在跟前的家人和门生，用一种既伤感又超脱的声调说道："人活百岁，终将一死。让我放心不下的，就是同令了。"

大家听了此话，都觉得十分突然。

"爸爸，我不离开您，一辈子也不离开您。"康同令十分懂事。她一面说着，一面紧紧抱住康有为的脖子，似乎一撒手，她的爸爸就会飞走似的。

康有为对周围的人说道："大家去休息吧，你们不必管了。"说完，将康同令搂在怀中，搂得很紧，好像也怕失去了她一样。

鹤子和张光的眼里闪着泪花。

康同琰朝窗外看了看，外边下雨了，淅淅沥沥的雨点，敲打着梧桐、芭蕉，显得更加寂寞、凄凉。她拉上窗帘，走到康有为的身边，悄声说道："爸爸，夜深了，您睡一会吧。大家也都累了，该回去休息了。"

康有为听了，点了点头。

待大家离开卧室之后，康同琰帮康有为掖了掖被子，拧熄了电灯，带上房门，回到了自己的房间。

李微尘值夜，他怕惊动了康有为，便端了一把靠背椅，坐在卧室外边，在走廊昏黄的顶灯下看书。

将近拂晓，李微尘忽然听见康有为的卧室里传出了一阵响声。他急忙推开房门，借着走廊的灯光一看，发现康有为从床上滚了下来，在地板上翻滚着。他一面大声喊人，一面冲进卧室，拧亮电灯，连忙将他抱起来。康有为在李微尘的怀中扭动着、挣扎着。这时，家人和门生们都跑来了，有的去取急救药箱，有的去备车准备送往医院。但已经迟了，鲜血从康有为的七孔中流出来，不一会，他就像一个睡熟的婴儿，软软地躺在李微尘的怀中……

从旧提督楼传出的阵阵哭声，划破风雨交加的漆黑夜空。大海的涛声、隆隆的雷声由远而近滚了过来，淹没了哭声。

此刻，是公元 1927 年 3 月 31 日凌晨 4 时 30 分。

六

青岛火车站，是一座钟楼式的德国建筑，它是胶济铁路的起点，也是终点，货运繁忙，旅客如梭。

田兰穿了一件淡青色的长裙，上身穿了一件米色的羊毛短装，手里拿着一个浅白色的珐琅包，俨然是一位富家太太模样。她站在火车站的门口，似在等候什么人。不过，她的目光却不时地观察着来来去去的东洋车，她要找的是缺了半边耳朵的车夫。

她终于找到了她要找的东洋车——巫仿刚刚放下一位乘客，田兰就坐上去了。

"太太，您去哪里？"

田兰说："去海边。"

巫仿有些犹豫，但还是拉起了东洋车。

离开车站不久，田兰与迎面而来的一辆东洋车擦肩而过。那辆车上的乘客惊讶地望了她一眼，似乎发现了什么，连忙吩咐车夫："调头，追上前边那辆车！"

车夫转头朝田兰坐的洋车追去。

巫仿将田兰拉到了海边，回头说道："太太，到啦，请您下车。"

田兰说："不，继续朝东拉！"

巫仿："您到底去什么地方？"

"叫你拉，你就拉，又不少给你的钱。到了地方，我自会告诉你！"巫仿还真没碰到过这样的女客人，他朝她看了一眼，似曾在哪里见过，但就是想不起来。他只好继续拉着她朝东奔跑，渐渐出了市区。

巫仿边拉车跑着，边想着自己的心事：

他已听说了康有为中毒身亡的传言，但他并不确信，因为太多的失手，使他产生了多疑，他不亲眼看到康有为的坟墓就不会轻易相信传说的消息。按他的计划，康有为一死，就立即乘火车回北京。但报纸上一直没有康有为死讯的报道，官方当局也不见有什么动静。他甚至怀疑这个传言是一个骗局，所以，他还不能离开青岛，他想等几天有了确切的消息后再作行止安排。想着跑着，东洋车已经到了远郊。他觉得有些异常，便停下车来，问道："太太，您到底想去哪里？"

"崂山！"田兰冷冷地说道。

"崂山太远，您还是雇辆马车去吧，我实在拉不动了。"

田兰厉声喝道："少废话，快拉！"

巫仿抬头一看，一支手枪的枪口正对着自己的脑门。他不再说话了，连忙转身向前奔跑起来。后边的那辆东洋车渐渐追了上来，两辆车相距四五十米。

"太太，我们远无仇，近无冤，您这是……"他想知道她的动机。田兰吼道："住嘴！你不是身上有慈禧的懿旨吗？"

巫仿听了，浑身一震，他陡然想了起来，那次在太清宫保护康有为的女子就是她。不过，他很快就镇静下来。他一面继续奔跑，一面悄悄拧开了车把。这时，后边的东洋车追上来了，她听见有人在喊："田兰！"田兰刚一转头，巫仿趁机从车把中抽出了短剑，突然转身，朝田兰刺去。伞郎从后边的东洋车上一跃而起，持伞击向巫仿。巫仿猝不及防，被击倒在地，在他倒地的一刹那间，他猛地掀起车把，将田兰掀下车来，他趁机抽身而逃。

田兰和伞郎来不及说话，二人连忙追赶上去。

巫仿因拉着车已经跑了三十多里路，体力消耗很大，逃跑的速度渐渐慢下来了。不过，追赶他的人也放慢了脚步，等他歇过气来，又继续逃命时，追他的人速度也加快了。就这样，快一阵慢一阵，相持了一个多小时之后，伞郎纵身跃到巫仿前头，截断了他的去路。巫仿低头一看，不远处有一座坟，花岗岩墓碑上刻着"阮少杰之墓"。

巫仿知道自己已经无路可退了，便央求他们："大哥大姐，我在北京钱庄里有三十万两银子，只要你们放我走，我就分给你们一半。"

田兰和伞郎好像没听见，一人持枪，一人持伞，步步紧逼，一直将他逼到墓碑旁边。

"三十万两全给你们，行了吧？"巫仿哀求着。

田兰并不答话，她走到离他只有丈余远的地方，举起了她的"小八音"。

巫仿突然来了一个"鲤鱼跳龙门"，只见他纵身一跃，从空中举剑朝伞郎刺去。

伞郎将伞一撑，巫仿的短剑刺进雨伞的同时，雨伞的伞尖已经扎进了他的右膀，他嚎叫了一声，摔在地上，接着，又迅速翻身坐起来。

伞郎从伞柄中抽出了青锋剑……

"等等！"田兰握着"小八音"，朝巫仿一步一步走去，她边走边说："少杰，你送我的'小八音'，今天终于派上用场了！"

巫仿望着她手中的枪，惊恐地往后退着，一直退到了海边的岩石上。实在无路可退了，他举起了短剑，准备自绝。

田兰举枪射击，"啪"的一声，子弹穿透了他的右手腕，短剑"当啷"一声掉进了海水里。

巫仿回头望了望身后的汹涌波涛，长长地叹了口气，说道："请你们稍等一下，容我给祖先叩个头再走，行吗？"

伞郎说："你叩吧！"

巫仿跪在岩石上，悲戚地说道："老佛爷，我总算完成了你的'懿旨'了；父亲、伯父、兄弟，我也来了……"

说完，巫仿跪着转过身去，不一会，他的头渐渐低下了。

田兰诧异："他想干什么？"

伞郎走过去，用伞尖一拨，巫仿一头栽倒了，一股鲜血从他鼻孔和嘴角流了出来。他手中，有一只玉雕的鼻烟壶。

波涛不断撞击着海岸，浪花不断扑到岩石上，将巫仿卷进了大海……

田兰和伞郎在阮少杰墓前默默坐了一会，田兰说："哥哥，你去上海时，该去看看沈萍。"

伞郎摇了摇头，说道："不，我马上要去广州报到，我要参加北伐军。"

"什么时候走？"

"今天晚上。"

"祝你们成功！"

伞郎殷切地说："田兰，仇也报了，时代也变了，你也要考虑一下今后的去向了。"

　　田兰沉思着，慢慢走到阮少杰的坟前，把阮少杰送给她的"小八音"埋进了坟里，然后在坟头上加了几捧土，在墓碑前放上几枝蔷薇花，又深深鞠了三个躬："少杰，安息吧！"

　　是的，仇报了，可她内心却产生一种茫然的感觉，望着无涯无际的大海，她却不知路在何方……

尾 声

　　康有为的猝死，震惊了青岛当局。警方迅速将现场保护起来，严禁外人进出天游园，更不许报馆记者采访。

　　不久，在河南村的枣儿山上，在康有为看好的风水宝地上，堆起了一座孤零零的新墓，墓碑朝南，黑色的大理石碑上刻着"南海康先生之墓"七个正楷大字，碑前放着一束鲜花。在新墓不远处，还有一座无碑的小坟，那是康同令的坟。康有为去世两天后，她也莫明其妙地夭殇，随她父亲去了。

　　康有为的死因曾引起了人们的好奇和猜测。不过，这就像他生前的功过是非一样，褒也好，贬也好，真也好，假也好，任凭后人评说，他再也听不见了。

　　田兰在山坡上采了一把蒲公英和野枣，轻轻放在康同令的坟头上，然后，取出了铜箫……

　　一位老人正赶着羊群向山上走，忽听见箫声传来，他抬头望去，因距离太远，他看不清吹箫的人。他只看到在蓝天的衬托下，有一个人久久地站在山坡上，山风吹拂着她的灰色道袍，像一片灰色的云彩飘荡着。

　　山坡上，箫声低回，如泣如诉，仿佛在哀悼逝去的人、逝去的时光；海面上，汽笛长鸣，一艘轮船，正乘风破浪向远海驶去。

2017 年 7 月定稿于鄂州